비교하는
인생에

———

행
복
은 없
다

지금의 나보다
젊은 연세에 돌아가신
어머니와 아버지를 회상하며

송영우 지음

비교하는 인생에

행복은 없다

수준 높은 독자의
행복하고
가치 있는 삶을 위한
메시지

체념은 희망과의 은밀한 내통

어둠이 가고 희망의 태양이 다시 떠오르길 기다린다.
그것은 폭풍우 지나고 구름 속을 헤치며 나오는 희망의 태양 같은 것이다.

바른북스

서
문

악서는 아무리 조금 읽어도 많이 읽은 것이요, 양서는 아무리 많이 읽어도 조금 읽은 것이라는 쇼펜하우어의 다소 과장된 말도 있으나 좋은 책은 단 한 권만 읽어도 많은 책을 읽는 효과가 있음을 이 책을 통해 독자들은 알게 될 것이다.

이제 결전의 시간이 다가왔다.

상처받은 영혼, 고단한 영혼, 좌절한 영혼, 불안한 영혼, 두려운 영혼, 고독한 영혼, 절망하는 영혼, 희망이 없는 영혼, 배신당한 영혼, 권태로운 영혼, 탐욕으로 가득한 영혼, 시기하는 영혼, 증오하는 영혼, 분노하는 영혼, 무관심한 영혼, 의지에 불타는 영혼, 맹목적인 영혼, 표류하는 영혼이 우리 영혼의 모습이다.

이제 결전의 시간이다.

이 책을 읽고 고통, 번뇌, 갈등, 외로움, 불행을 극복하고 주위를 두리번거리지 않고 홀로 꿋꿋이 살아갈 지혜와 용기를 얻을 것이기 때문이다.

저자의 70여 년 인생 경험과 사유에 바탕을 둔, 이 책은 지혜로운 삶에 관한 토의로서 비종교적 자기 구원의 이야기를 담고 있다.

인생에 대한 회의감이 들거나 고통스러운 삶을 사는 사람들이 불행하지 않고 행복한 삶의 길을 찾아가는데 필요한 조언이 이 책에 실려 있다.

"인간 존재의 문제, 인생의 모습, 행복과 불행의 문제, 사람의 마음, 앎과 깨달음에 관한 토의를 통해 사고 범주를 확장한다면 청년층은 인생살이에 도움을 얻을 수 있고 장년층은 세월을 돌아보며 남은 생애를 정비하는 데 도움을 얻게 될 것이다."

끝내 자기 구원을 찾아 고통스러운 삶에서 조금이라도 멀어져야 하기에 이 책을 읽는 독자들은 적어도 불행을 면할 기회를 부여받은 것으로 저자는 확신한다.

아무쪼록 삶의 번뇌와 회의 그리고 고통을 물리치고 자주, 자강, 자립하여 담담하게 한세상 살아갈 수 있기를 기원한다.

2023. 12. 1. 송영우

차
례

◈ 서문

◈ 후기

I

인간의 모습에 대하여

가면

가면은 얼굴을 알아보지 못하도록 뒤집어쓰는 가짜 얼굴이다. 얼굴이 알려져 관중이 선입견을 품을 수 있는 인격체의 대역으로 혹은 화자의 인격보다는 그의 익명성을 보장하려는 의도 아래 얼굴을 가리는 가면은 출현하는 사람 대신에 새로운 인물을 창출하는 역할을 한다.

가면을 대하는 우리의 시선은 다소 당혹스럽고 그리 반갑거나 즐거운 느낌은 아니다. 참모습 보기를 원하고 가짜 얼굴인 가면에는 생경한 느낌이 들기 때문이다.

가면의 반대말은 참모습이라 할 수 있다. 가면이 익명성의 상징적 조형이라 한다면 요즘 같은 문자 소통 시대에 자기의 신분을 숨기고 의사를 표명할 수 있는 공간은 마치 가면 연극을 연상하게 만든다.

본래 인간은 때때로 자신의 모습을 숨기고 싶어 하는 존재임을 암시하는 물체가 가면인 듯하다. 가면을 쓰면 행위자가 자신이 아닌 가면을 쓴 가짜 인간이기에 책임질 일도, 비난받을 일도 없으니 부끄러운 짓도 용감하게 할 수 있다. 가면이야말로 새로운 인격, 아니 이중인격을 창출하는 좋은 도구가 된다.

위선이나 가식은 보이지 않는 무형 가면의 일종이다. 가짜 자기로 행세하는 것이기 때문이다. 그러나 따지고 보면 위선적이지 않고 가식이 없는 사람은 단연코 없다고 볼 때 인간이 가면을 쓴 존재가 아니라고 자신 있게 말할 수 있는 사람이 있을까.

｜ 인간의 모습에 대하여

'Persona'는 한 개인의 실체가 아닌 다른 사람에 비치는 겉모습을 뜻하는 단어이며 동시에 '가면 인격'이라는 뜻도 있다. 그리스어가 어원이라고 알려진 'Persona'는 훗날 로마의 라틴어가 된 후 영어의 'Person=사람'으로 변천되지 않았나 추측할 수 있다. '사람=가면' 즉, 사람은 가면을 쓴 존재라는 것을 이 단어는 암시하고 있는 셈이다.

가식이나 위선은 나쁘지만, 타자를 속이거나 자기를 위장하려는 의도 없이 자신의 흉한 모습을 가리려는 가면은 일종의 미덕이라고 볼 수 있으므로 반드시 나쁜 것이 아니라고 볼 여지도 있다. 실상 자신의 속마음을 모두 드러내는 솔직함이나 진실함은 반드시 좋은 것이 아닐 수도 있다. 왜냐하면, 대상은 언제나 변하고 그것을 관찰하는 대상의 생각 또한 변할 수도 있기에 유보하는 태도가 반드시 가식적이라 볼 필요는 없기 때문이다.

그러니까 위선까지는 아니더라도 가식적 모습이 어느 정도까지는 필요하다고 볼 수 있다. 만일 있는 그대로 직설적으로 다 까발린다면 세상은 항상 다툼과 증오로 가득 찰 것이기에 가면적 현상인 가식이 세상을 그나마 안온하게 보존하는 데 긍정적 역할을 하는 측면이 없다고 볼 수 없다.

가면을 까보려 하면 안 된다. 그냥 보이는 대로 믿고 손뼉 치면 된다. 오히려 끝내 본모습을 보이지 않는다면, 우리는 가면 그대로 인식하면 그만이다. 가식의 가면을 벗지 않고 인내하며 끝내 노출 시키지 않은 사람은 인격자라고 부를 만하다.

왜냐하면, 본래 불편하기 짝이 없는 가면을 참아내는 일은 부자연스럽고 고통스러운 일이고 하찮은 일에도 가면을 벗어 던지는 사람도 아주 흔하고 때로는 잔바람에도 가면이 벗겨지기 때문이다. 모름지기 가면을 손으로 붙들어 충격에도 벗어지지 않도록 하는 것이 동물을 면하고 인간으로 사는 길이 아닌가 싶다.

사람은 본시 가면을 쓴 존재이기에 가면을 벗지 않고 죽는다면 그 속을 알 필요도 없이 가면 모습대로 인식하면 그만이다. 설령, '나의 神'이 없더라도, 양심이 있는 인간이라면, 가면을 쓴 자신과 실제의 나를 돌아보며 곱씹어 볼 일이다.

> "우리의 미덕이란 대부분은 가면을 쓴 악덕에 불과하다."
>
> —라 로슈푸코

직업에 귀천이 없다지만, 이 시대에 누구나 좋은 직업을 가지려는 이유는 너무나 잘 알고 있어 물을 필요가 없는 어리석은 질문이다.

그렇지만 여전히 정치지망생은 '국가와 민족'을 위해 나섰다고 용감하고 자신 있게 말한다. 만일 부귀영화는 물론 수많은 특권을 누리고자 정치인이 되길 결심했다고 솔직히 말하는 후보는 낙선이다. 만일, 돈을 많이 벌고자 의사, 변호사가 되려고 답한다면 듣는 사람들은 혀를 끌끌 차며 말세라고 한탄할 것이며 같은 또래 학생이라면 시기와 질투심에서 분개할지도 모른다.

책에는 진짜 중요한 말이나 솔직한 말도 없을 수 있다. 중요한 것은 혼자만이 알아야 이기심이 충족되고 무엇보다 솔직하게 말하면 속이 보이거나 공박을 당하고 심하면 사달이 나기 때문이다. 가식은 어쩌면 우리 사회를 지탱하는 보루의 하나일 수도 있다.

ㅣ 인간의 모습에 대하여

그러나 실제와 다른 가식적인 말을 해도 크게 문제 삼는 사람이 없음은 가식은 인간의 기본자세이기 때문이다. 한편 생각하면 가식 없는 직설적인 언급은 아름답지 못하고 살맛 안 나는 느낌을 줄 수도 있다. 불결한 인상이 드는 용어보다 가면을 쓴, '화장실'이라는 용어는 순화되어 아름답지 않은가?

또한, 가면이 반드시 나쁜 것만은 아닌 이유는 화장하는 여자를 보라! 민얼굴보다 화장한 얼굴은 뭇사람의 시선을 즐겁게 해주니 이것은 가면이나 가식이라기보다 선(善)에 속한다고 봐야 한다. 특히 언어를 통한 미(美)의 구현이 목적인 문학 분야에서 가식은 필요한 장식의 일종이라 여길만하다.

아무튼 '**인간=가면**'의 등식이 성립할지라도 가면이 때론 흉한 모습을 가리는 측면에서는 좋게 봐줄 수도 있겠다.

가식이 없는 유일한 관계는 부모·자식 사이라는 생각이 들고 한집에서 자란 형제자매도 대체로 가식 없는 관계라 볼 수 있다.

인간의 모습

　도스토옙스키는 소설 속에서 막연한 인류애는 쉬워도 개별적 인간에 대한 사랑이 어렵다는 사실을 줄곧 내비친다. 예수의 '이웃 사랑'은 실천이 가장 어려운 덕목이라 생각할 수 있다. 소설에서 작가는 등장인물의 입을 빌려 자기 생각을 말하는 경우가 많다. 주인공은 가장 말을 많이 하는 존재이므로 작가의 생각 없이 그도록 오래 주인공의 이야기를 전개하기는 어렵기 때문이다.

　세상은 자기 이익을 위해 남을 사랑하는 척할 뿐이고 순수한 이웃 사랑이나 남을 도와주는 일은 매우 어려워 안타깝게도 미망(迷妄)에 그치는 일이 된다. 그래도 포기할 수 없는 미완의 희망은 '이웃 사랑'이라 믿어야 할까?

　소설은 모두 작가의 가슴속에 묻어둔 생각이고, 화가의 그림도, 작곡가의 노래도 다 부질없는 가슴앓이 속풀이가 아니겠는가? 남의 구구한 사정을 이해하면서 세상의 옳고 그름을 분별하기는 참 어려운 일이다. 그러나 분명한 점은 누구에게나 좋고 싫음이 있다는 것이다. 그건 이유가 없다. 싫은 것은 싫고 좋은 것은 좋다. 그건 너, 나 없이 그런 것이라 여긴다.

　살아오며 친척, 친구, 학연이 있는 사람, 사회 친구, 용무로 만나는 사람, 단골 병원, 단골 가게, 이웃, 아는 사람 등으로 인연을 맺은 수많은 사람에 대한 의도적 분류는 아니더라도 부지불식 간에 드는 생각이 있다.

세상일은 결국 사람이 하는 것이므로 사람을 알아보는 통찰력은 인생살이에 큰 영향을 주어 일을 성공적으로 수행하는 데 도움이 될 수도 있고 불찰(不察)이면 반대일 수도 있어 사람을 잘 못 판단하여 배신당하고 상처받고 좌절하여 후회하기도 한다.

간단히 말하자면, 사람은 대략 5개 유형으로 분류할 수 있다고 볼 수 있다. 그러나 이 대목에서 저마다 세상에서 신성한 소명과 역할이 있는 존엄한 존재인 사람을 분류하는 일은 있을 수 없다고 공박할 수는 있으나 개인적 삶에서는 속으로 그렇게 생각할 수도 있다는 뜻이다.

'괜찮은 사람'의 특징은 일단 무엇이든 주기를 좋아하는 사람이라고 여겨진다. 배려하고, 베풀고, 관심 두고 염려하며 조금이라도 도와줄 거리를 찾는 사람으로서 인간관계의 기초인 주고받는 관계로 요약되는 '상호성'을 존중하며 사는 소수의 인격적인 사람이다.

'그럭저럭 괜찮은 사람'은 위에 열거한 장점을 조금이라도 보여주는 부류로서 이런 사람도 그리 많지는 않은 것 같다.

우리의 인연 중에 만나는 대부분 사람은 '있으나 마나 한 사람' 유형이다. 이 부류는 관계의 기본인 상호성에 무감각하거나 무시하며 산다. 이들에게 호의적으로 대하면 상대방도 그렇게 할 것이란 기대는 하지 않는 편이 좋다. '있으나 마나 한 사람'의 특징은 필요할 때만 찾고 놔두면 영영 무소식인 사람이다. 대표적 증상은 먼저 근황이나 소식을 전하는 일이 없고 매사에 소극적이어서 일이 생길 때만 아는 척하는 인간의 부류이다. 함께 놀 때만 친구인 사람은 결국, '있으나 마나 한 인간'으로 판명되기 쉽다. 이런 사람은 지갑을 여는 경우가 없고 입만 가지고 다닌다. 기대할 것도 베풀 필요도 없는 배은망덕한 이런 유형의 인간이 세속적인 성공하는 일은 거의 없다. 왜냐하면, 세상이 그리 만만하고 타인이 그리 어리석지는 않기 때문이다.

'불편한 사람'은 그럭저럭 절반의 소통은 되나 자기와 관련이 없는 일에는 전혀 관심도 없고 동정심도 없다. 이런 유형의 사람과도 좋은 관계를 유지하려는 노력은 하지 않는 편이 현명하다. 이 부류의 인간은 상대를 무시하기 일쑤고, 항상 가시 돋친 말로 상대에게 면박을 주거나, 우열의식에 민감하여 자기 자랑에 도취한 자기애로 완전무장한 사람이다. 한번 불편한 사람은 두 번 불편하고, 두 번 불편한 사람은 평생 불편하다고 보면 크게 틀리지 않다.

'불쾌한 사람'은 저의를 숨기고 사람을 이용한다. 거래 관계라면 이해할 수 있으나 순수한 우정을 앞세우는 척하다 이용가치 없으면 돌변하는 사람이다. 이들은 뭔가 얻어내려는 저의로 가득 차 있어 자기 이익을 위해 면종복배하다가 불리하면 상대방의 약점을 파고드는 유형이다. 갑자기 무례한 짓도 서슴지 않는다. 열등감이 커 뒤에서 상대방을 깎아내리고 칭찬에는 매우 인색하다. 상대방은 다 알아차리는데도 자기만 현명한 척하는 어리석은 사람이다. 대놓고 남의 '불행'을 즐기는 부류도 여기에 속한다. '불쾌한 사람'은 저의를 숨기고 접근하는 경우가 많아 그 점을 알아차린 후에는 경계하거나 단절한 편이 좋다. 은퇴자에게 때늦은 부질없는 비평일 수는 있으나 현역으로 활동 중인 사람에게는 참고가 될지도 모른다.

'불편한 인간'이라면 틀림없이 오늘 이 글을 읽고 그런 인간 분류가 무슨 소용이 있느냐며 그냥 살라고 충고할지도 모른다. 그렇다면 그는 뭘 하며 사는가? 무슨 생각으로 사는가? 돈벌이? 위락? 섹스? 아니면 출세?

'괜찮은 사람', '그럭저럭 괜찮은 사람'만을 상대하기에도 우리의 생애는 그다지 길지가 않지만 타자 의존적 삶은 비극적 결말을 가져올지도 모르니 알고 있어야 할 거다. 더구나 싫은 사람은 피할 수 없는 관계에 놓여 있지 않다면, 이른 시간 안에 단절하는 편이 유익할지도 모른다.

가까이서 보는 사람에 대한 사랑은 갑자기 식을 수도 실망할 수도 있기에 조금 거리를 둔 사람과의 관계가 더 오래갈 수도 있으나 '오는 사람 환영이고 가는 사람 붙잡지 않는다'는 생각이라도 오는 사람은 목적이 있고 가는 사람은 내게 볼일이 없다고 보는 것이 인간성의 모습이 아닌가 싶다.

인격이란 무엇인가?

  우리가 물건의 품질을 따지듯이 사람에게도 품질이 있다. 그것을 인품이라 부르며 그것이 곧 인격이다.

  인격을 구성하는 요소로는 배려, 헌신, 양보, 관용, 성실, 윤리성, 관심 같은 대자적(對者的) 품격 요소에다 자기 내적 요소로서 도덕심, 양심, 정직, 진실, 정결 같은 것이 아닐까 싶다. 그러니까 인격을 결정하는 요소에 지적 능력, 학식, 학벌, 지위, 경제력, 체력, 인기 같은 것들을 고려대상이 아니라는 것을 누구나 쉽게 유추해 볼 수 있다.

  인격은 대개 타자의 입에 오르내리는 사람의 품격 가치라고 생각할 수 있으나 타자에게 인식된 가치라기보다는 내 안의 자각이어야 한다고 생각할 수 있다. 인간 내면에는 선과 악이 공존하므로, 인격은 선(善)이 드러나고 악(惡)은 이성에 의해 상시적으로 통제되는 상태에 의존한다고 볼 수 있기 때문이다.

  그런 의미에서 이성이 마비되어 인격 장애가 발상하는 병적인 상태나 생사를 넘나드는 상황에서는 통상적인 상태는 아니므로 인격은 보편적 일상에서 따져보는 제한된 의미에서의 인간 품격일 수도 있다.

  인격은 자기 내적 가치이나 타자의 입에 오르내릴 수 있는 타자의 인식 속에 살아 있는 판단이다. 즉, 자각하는 사람에게 자신의 인격은 본인만이 그 실상을 알지만, 타자의 인격 판단에는 오류가 있을 수 있다. 인격이 가식 혹은 위선 혹은 허위 속에 가려져 있는 때도 있기 때문이다.

| 인간의 모습에 대하여

오래 살다 보면 많은 인적 경험이 쌓이며 인격이 무엇인가 생각하게 된다. 우리가 흔히 듣는 옛 어른들의 말은,

"사람은 겪어봐야 한다."

사람을 오래 지켜보고 상종해 봐야 그 사람의 참모습을 알 수 있다는 말이다.

고마움과 미안함을 알고 표하는 일이 인격의 표상적 징표이다. 이거 쉬운 거 같아도 어렵다. 고마움을 표하면 보상해야 할 채무의식이 생길 수도 있어 고마워도 표현을 안 하는 수도 있고, 미안함도 같은 이유로 표명하지 않고 숨기는 사람도 있다.

무엇보다 인격이 극명하게 드러나는 사례는 손실이나 피해 혹은 패배가 발생했을 때 나타나는 그 사람의 태도이다. 흔히 말해 그 사람을 알려면 함께 도박이나 여행을 해보라는 말은 그래서 나온 거다. 손실이 나면 훌훌 털고 일어나지 못하고 낯을 붉히며 끝까지 물고 늘어지는 인격도 있고, 여행지에서는 자기 고집만 내세우고 양보하지 않는 경우도 발생한다. 또한, 패배의 탓을 외부에 돌리며 불복하는 자세도 인격자의 모습은 아니다.

일상에서 인격이 드러나는 경우는 금전적 지출이 수반하는 일을 대처하는 모습에서다. 경조사비 같은 경비 지출을 꺼린다면 인격을 의심

해 볼 수 있고 또한 "밥 안 사는 사람은 친구도 아니다."라는 말도 그와 맥이 상통한다.

지적질 잘하고 거북한 말을 자주 하는 사람치고 남에게 베푸는 사람은 드물다는 사실도 관찰할 수 있다. 하찮은 것이라도 베풀지 않는 사람에게 기대할 인격 요소는 없다.

의무는 소홀히 하고 권리만 챙기는 사람, 인간관계를 우열 관계로만 파악하는 사람의 인격은 낮다. 또한, 우열의식이 몸에 절어 있어 비교 우위에 있을 때는 상대를 얕잡아 보고 열세인 경우는 헐뜯는 공격 성향을 드러내 상대를 피곤하게 하는 인격도 있다.

듣기보다 말하기를 좋아하여, 대화 중에 말끝마다 '나'라는 용어를 자주 사용하는, 심정적 대화를 이성적으로 대응하는 사람도 뭘 모르는 '겉 똑똑'으로 정서 배반을 일으키는 인격의 소유자로 보면 틀림없다. 물건의 결함에 대해 지적하는 사람은 결코, 살 사람이 아니고 구경만 하고 구매하지 않을 명분을 거기서 찾으려는 사람이다.

인격의 요체는 타자에 대한 배려, 관심, 공헌이 중요하지만 앞서 언급했듯이 학력, 지위, 재산, 능력과는 아무 상관이 없다. 인격은 타고난 기질에다 경험이 보태져 형성된 것이라 잘 변하지 않는다. 인격이 완성되는 20대, 아니 10대 후반부터 평생 그 인격 모양으로 산다.

인격은 아주 심각한 자기 각성이 없는 한 조금도 향상되지 않아 인격의 고양은 몹시 어려운 일이나, 인격 수양에 도움이 되는 방법은 신앙, 묵상, 참선, 반성의 일기(日記) 같은 것을 들 수 있다. 다만 나이 들면

| 인간의 모습에 대하여

서 젊어서 보다는 조금이나마 남의 처지나 사정을 헤아리는 마음이 생길 수는 있으나 이런 사람도 흔하지 않다.

인격은 자존(自尊)이다. 자존심은 타인에게 내세우거나 보여주는 게 아닌 내 안의 자각하는 인격이다. 그러므로 자존이 남에게 대접받으려는 마음이면 안 되고, 사람들은 그런 자존심을 좋아하지도 않거니와 인정하지도 않는다는 사실을 알 필요가 있다.

인격은 자각으로서의 품격이지 타인에게 인정받고자 하는 가식이나 연출은 아니라는 생각이 든다. 그런데도 인격은 재귀적, 보상적 측면이 있어 그 결과는 본인에게 돌아간다. 인품이 낮으면 재능이나 기능이 있어도 하는 일마다 큰 시련에 부닥칠 수도 있음을 아는 편이 좋다.

매일 스스로 인격을 들여다보며 반성하고 반추하면 인격이 향상되지 않을까 싶다.

인격의 모습들

내가 준 책 읽어봤느냐고 묻자, "술 마실 시간도 없는데 책 읽을 시간이 어딨나?" 하고 답한다. 이 사람은 작가의 정신에 해당하는 책을 음주 행위 아래로 둠으로써 자신의 열등감과 상실감에서 도주하는 모습이다.

또 책을 기증받은 어떤 사람은, "야~ 신변잡기!" 하고 받아친다. 상대를 깎아내려야 속이 편한 그는 남의 글을 신변잡기로 정의하며 나도 쓸 수 있는 글이라는 투로 말하는 듯하다. 역시 열등감에서 한 말일 게다. 그런데 경수필(미셀러니)이 본래 신변잡기인 것을 알고서 하는 말일까.

"네 책이 팔린다고 생각해, 너의 정신분석을 해봐야겠다."

이들의 인격을 생각할 뿐, 서운하다거나 불쾌한 느낌조차 지급할 필요는 없다고 생각하며 차제에 인격이 무엇인가 다시 조망해 볼 뿐이다.

상품에는 품질이, 사람에겐 인격이 중요하다. 상품의 가치로서 품질은 실용성, 내구성, 안전성 등을 따져볼 것인즉, 사람도 상품의 품질에 해당하는 사람의 품질이라 할 수 있는 인격을 생각해 볼 수 있다. 인격이야말로 그 사람의 가치로 규정할 수밖에 없다는 결론에 도달할 수 있다.

인격이란 결국 자신보다 타자와의 관계에서 거론되는 품격이다. 상품의 품질을 사용자가 판단하듯이 인격도 결국 타자의 인식이나 평가

ㅣ 인간의 모습에 대하여

의 결과다. 물론 나에게 편익 혹은 불이익을 주는 사람의 인격을 단순히 평할 수는 없고 관찰을 해봐야 할 거다.

그리하여 사람은 오랫동안 겪어봐야 그 속을 알 수 있다는 말도 있지만 사람들은 그냥 스쳐 갈 뿐 오랜 시간 함께 할 수 없는 경우도 많아 우리는 단편적으로 사람을 판단할 수밖에 없다.

인격의 중심에는 양보, 헌신, 배려가 있다. 자기 것을 조금이라도 양보하고 손해를 감수하며 상대방의 처지를 헤아리는 것이 인격의 요체라고 볼 수 있다. 그것이 인간의 '품질'이다. 산속에 들어가 혼자 사는 사람은 아마 인격에 대해, 사람의 품질에 대해 절망한 사람이 틀림없다.

살아가며 다른 사람으로부터 받는 기쁨, 즐거움, 위안, 격려, 배려, 도움과 같은 긍정적 효과와는 반대되는 불쾌감, 피해, 배신, 불성실, 몰상식, 불공정, 무시, 멸시, 차별, 억지 등과 같은 부정적 효과를 놓고 볼 때 총량적으로 어느 것이 더 크다고 여기는지는 사람마다 다르게 느끼고 생각한다고 볼 수 있다. 긍정의 총량이 더 크다는 사람, 부정의 총량이 더 크다는 사람, 엇비슷하다고 생각하는 사람이 있을 수 있다.

그렇지만 설령 부정의 총량이 더 크다고 여기는 사람도 별수 없이 맹목적으로 세상과 함께 살아가야 할 삶의 조건 아래 놓인다. 한편, 사람으로부터 받는 긍정 효과의 총량이 아무리 커도 단 하나의 부정 효과라도 있으면 긍정 효과는 모두 상쇄되고도 남는다. 예컨대 자기의 이익과 안위만을 생각하다가 배신이 발생하면 긍정 총량은 모두 달아나 버리고 만다.

세상은 남으로부터 무엇인가 얻어내려는 저의로 온통 뒤덮여 있다. 사람이 동물이란 측면에서 남을 뜯어먹어야 생명의 유지가 가능한 면에서 일견 타당한 모습이다. 타자로부터 먹이를 구하지 않아도 되는 자연으로 돌아가 농경을 하면 좋으련만 건강과 체력이 허락해야 한다. 그러니 고작 도시의 방랑자로 살아갈 수밖에 없는 처량한 처지인 사람도 많다.

인격을 생각한다!

"양심이 무엇인가 생각해 본 적이 있는가?"

"나의 이익을 위해 타자를 노략하지 않았는가?"

"내 생각과 다른 말을 하면서 타자의 반응을 살펴보는 일은 없었는가?"

"암중모색하며 선한 웃음 웃지는 않았는가?"

"사심 없이 남을 살맛 나게 해주었는가?"

"놀 때만 친구로 살지는 않았는가?"

"있으나 마나 한 사람으로 살지는 않았는가?"

"밥도 한번 안 사며 큰소리쳐 실망을 주지 않았나?"

"대화 중에 상대방의 말을 듣기보다 언제나 '나'를 앞세우며 추한 이기심을 내보이지는 않았는가?"

"말해야 할 때 침묵하고 침묵해야 할 때 말하지 않았던가?"

"하찮은 무엇이라도 받고 고맙다는 인사는 제대로 했는가?"

"조그만 도움에도 고맙다는 말을 잊지 않았는가?"

"남의 애경사 부조 떼어먹고도 내 애경사 고지하지는 않았는가?"

"받기만 하고 주는 일은 외면했는가?"

그러나 인격은 때론 위장할 필요도 있다. 그것이 예절에 속하기 때문이다. 예절은 인격을 규격화한 제품 같은 것이다. 예절은 지켜져야 한다. 예절을 지키며 살았는가 생각하며 반성하는 날도 있어야 한다.

타자 인격의 인식은 의외로 간단할 수도 있다. 시간과 경비를 안 쓸 거면, 말로만 때워도 된다….

"고맙다."
"미안하다."

이 두 마디가 대용품으로서 인격의 요체인지도 모른다. 고마움을 알고 미안함을 안다면 인격자라 여길만하다. 하지만 제때 이런 말 하는 사람 아주 드물다. '고맙다', '미안하다', 말하면 훗날 갚아야 한다는 '채무의식'에서 그런 말 하기를 꺼릴 수도 있어 대부분은 의례적 언사조차 생략하고 만다.

이런 사람, 저런 사람

웃는 낯의 노인이라면 잘 살아온 성공한 인생이라 할만하지만, 노인 대부분은 표정이 없다. 살아오며 좋은 일보다 힘들었던 때가 훨씬 많아 세상에 데이고 사람에 차이고 상식적인 사람을 만나기도 쉽지 않았던 그의 일생이다.

상식적인 사람이란 어떤 사람인가? 고마움을 알고 미안함을 알면 그것만으로 족하다. 간단해 보이지만 이게 몹시 어려운 일이다. 그 이유는 '자기 면책' 때문이 아닐까 싶다.

고마움은 갚아야 할 일종의 빚이며, 미안함도 보상해야 할 부담부 채무지만 이를 면탈할 생각으로 의도적으로 잊기를 원한다. 고마움과 미안함이 이렇게 망각의 대상이 되는 현상은 자기의 책임을 면하려는 '자기 면책'의 성격을 띤다.

준 것은 잊고 받은 것만 생각하라는 격언은 훌륭하지만, 그 말은 역설적으로 그렇게 사는 사람이 별로 없다는 간접증거이기도 하다.

도움을 받은 사람은 대개 무언가 내재하는 수치심과 굴욕감에서 도주하고자 때로는 꼬투리를 잡아 자기 면책을 도모하고 심하면 도움을 준 사람 뒤에서 험담하기도 한다. 예컨대 돈 빌려 간 사람은 일부 또는 전부 갚지 않고 피해 다니며, 자기 면책을 위해 고마운 마음이나 미안 함에서 벗어나고자 뒷말도 불사하는 것이다.

명절이 되면 어렵게 사는 친구들에게 소갈비 선물도 하고 생일날 케

　　　　　　　　　　　　　| 인간의 모습에 대하여

이크도 보내고 했지만 지금 내 곁에 있는 사람은 없다. 오히려 뭔가 얻어내려 여전히 수를 쓰는 이도 보이고, 속여먹으려고 접근하는 사람도 있다.

그러나 자잘한 것은, 일부러 속아주는 방법이 현명한 처세일 수도 있다. 재롱을 부리는 애들에게 잘한다고 칭찬하지 않으면 애들이 다시는 내 앞에서 재롱을 부리지 않을 것이기 때문이다. 작은 것은 속아주고 큰 것만 사기당하지 않으면 되는 거다. 작은 것을 탐하면, 큰 것은 놓친다는 소탐대실의 진리는 사람들이 살아가는 모습에서 관찰할 수도 있다.

세상을 하직할 때 한세상 살며 고마운 사람이 많았다고 기억하면 좋겠지만 쉽지가 않다. 그래도 스치는 사람마다 서운하게 대하지 않고 도리에 어긋나는 일을 않는다는 신조는 가지고 살아야 할 모양이다.

살아가는 곳이 하루하루 전쟁터이니, 참으로 상식적으로 살아가기가 어려운가 보다. 그래도 될 일은 되고 안 될 일은 안된다. 부지런히 일상적으로 움직이기 전에 생각하고 판단하는 일이 우선이 아닌가 싶다. 아무리 바빠도 소출이 없다면 뭔가 변해야 하지 않을까 싶다.

인간의 정신적 성숙도는 나이에 비례하지도, 학력에 비례하지도, 신분에 비례하지도, 직위에 비례하지도 않는 것이란 생각이 강하게 든다. 어른이면서 아이도 있고, 아이이면서 어른도 있는 법이다.

한번 바보는 영원한 바보인가? 그렇게 목소리 높여 떠들어 댄다면 대개 그 이면에는 비밀스러운 이유가 있음을 노출하는 셈이다. 먹지 않고 짖어대는 개는 있어도 먹지 않고 악다구니 치는 사람은 없기 때문이다. 설혹 순수하게 짖어댔더라고 훗날 세상에 청구서를 내미는 모습이 정치인의 생애일 수도 있다.

상식적인 사람을 만나보기가 쉽지 않은 세상이다. 그런 의미에서 "나는 사람보다 개를 더 좋아한다."[01]는 출처 미상의 글에 눈길이 간다. 이는 인간세(人間世)에 염증을 느낀 통찰력 있는 사람의 말일 수도 있다. 하지만,

"아주 사소한 일 때문에 괴로워한다면 그가 지금 행복을 누리고 있다는 뜻이다. 큰 불행이 닥치면 작은 근심은 기들떠볼 경황이 없다."

"큰 그늘은 작은 그늘을 덮어버린다."라는 말도 있으니 세상과 사람에 대한 작은 푸념은 큰 불행은 없다는 뜻인 줄 알고 살아가면 되려나.

더군다나 누군가가 음지에서 '나'를 비난하고 있을지도 모르니 그렇다면 찾아가 '미안하다', '고맙다'는 말을 전한다면 '자기 면책'을 면하는 경우가 될 터이다.

---

01) 《쇼펜하우어 말》이라는 책에서 원전을 밝히지 못함

| 인간의 모습에 대하여

'3/4은 사람 1/4은 동물'

"길 가는 사람 10명 중, 9명은 바보이고 1명만 정상이야."

"여보게! 그러지 말고 바보를 8명으로 줄여주면 안 될까?"

"그럼 내가 바보를 면할 것 같으니 부탁이네."

"그거야 어렵지 않지. 말만 잘하면 9할과 1할을 맞바꿔 줄 수도 있네. 즉, 1할만 바보로 말일세."

"여보시오! 고학력자가 대부분인 이 나라에서 바보가 그리 많을 수가 있겠소?"

"그 말도 맞아. 하지만 학력과 바보는 상관이 없지."

"바보는 학력과 상관없고, 지위와도 상관없고, 재력과도 상관없지. 장사꾼 바보도 있고, 정치인 바보도 있고, 관료 바보도 있고, 기자 바보도 있고, 바보 학생도 있고, 바보 가정주부도 있고, 바보 작가도 있고…."

"그럼 그 이유를 설명해 줄 수 있겠나?"

"그 경우는 하도 많아 말로 다 표현할 수 없지. 그러니 그냥 '거시기, 거시기'로 해두지."

"왜 그런 거 있잖아, 적당한 어휘가 생각이 안 나거나, 본래 정확히 알지 못하거나, 아니면 너무 많은 단어를 동원해 설명해야 할 것 같을 때는 그냥 '거시기'로 해두는 거."

"그게 무슨 뜻인가? 이 사람아!"

"정확하게 말해 줄 수는 없는 거야?"

도대체 누가 '바보'인가?

어떤 사람이 '바보'인가?

그렇다면 '바보'인 줄을 어찌 알았는가?

바보는 포괄적이어서 무엇이라고 한마디로 '말하여질 수 없는 것이라', 그리하여 바보의 정의도 모호한 셈이어서 9할이든 8할이든 1할이든 그건 본인 맘대로 정하는 것이지.

그런데도 바보에 관해 논단하려면 먼저 바보를 규정하는 일이 우선이기에 단순히 바보는 어리석은 사람이라고 보면 될지 모르겠네. 그러나 어리석음도 포괄적 의미를 내포하여 말이므로 꼭 짚어 지적할 수는 없지.

그래도 굳이 말한다면, 바보는 느낌만 있고 생각은 없는 사람이 우선이지. '감각적으로 사물을 아는 일은 모든 사람에게 속하며 손쉬운 일이라서 지혜롭다고 할 수 없기 때문'[02]에 사탕이 달콤하다는 느낌이 들어 '달다'고 말하지 않는 바보는 없지. 느낌은 그렇게 '모두'에게도 오지만 이 사탕을 나보고 왜 먹으라는 거지? 이런 생각을 해봐야 하지 않겠나.

"나는 생각하기 전에 먼저 느꼈다."는 장 자크 루소의 말은 생각이 일어나는 메커니즘이나 프로세스를 말하는 것일 뿐이고, 짧은 느낌 이후에 긴 생각의 흐름을 암시하는 말로 해석해야 한단 말이야.

사람의 의식의 흐름은 ① 느낌 ② 생각 ③ 판단 순으로 진행되는 거고, 최고의 정신 능력은 생각의 조각을 모아 판단을 내리는 일이지. 하

◇◇◇◇◇◇◇◇◇◇◇

02) 아리스토텔레스, 《형이상학》, 이종훈 옮김, 동서문화사, 2016, p.32

| 인간의 모습에 대하여

지만 이것은 따로 토의해야 할 과제로 남겨두세.

　바보는 어리석은 언행, 판단 오류, 인식 오류 등의 일종의 저열한 정
신의 소유자라고 보면 되지. 바보는 정신 능력이 부족해 처음 경험하는
일은 잘 풀어내지 못하거나 책을 읽어도 무슨 뜻인지 해득하지 못하고
남의 말을 정확히 이해하지 못하고 맹목적으로 남을 추종하거나 잘 속
아 넘어가거나 인식 능력이 떨어져 상황을 오판하는 등의 현상을 보일
것이다.

　안 되는 일은 항상 남을 탓하고, 으스대고 뽐내기 좋아하고, 언제나
우월감을 느끼려 비교하길 좋아하고, 자기 주관 없이 남을 따라 하며,
사소한 일에 목숨을 걸고, 자신이 못하는 일은 과소평가하고, 남을 속일
수 있다고 믿고, 받기만 하고 주는 법이 없고, 공짜는 언제나 대환영이
고, 타인의 기억을 과소평가하고, 감각기관에 굴종하며, 위락에 장시간
을 몸 바치고, 사기 칠 생각에는 늘 심사숙고, 잔재미만을 추구하고. 잔
머리 쓰느라 언제나 바쁘고, 성행위가 삶의 큰 목적이며, 우선 단 게 곶
감이라 빼먹고 보고, 수틀리면 떼어먹을 기분으로 빚을 지며, 내게 이익
이면 무조건 찬성, 돈 안 되는 일에는 무심하고, 돈만 있으면 행복이고,
전화하겠다며 그만 잊고, 나 바쁘니 나중에 전화해(이것도 바보짓), 용건 없
으면 연락 없음(용건 있을 때는 이미 늦어), 절대로 먼저 연락 안 함(버려야 할 사람),
회신 전화는 볼 일 있을 때만(그러다 큰 손해 볼 수도), 감투 좋아하고(소외되면 죽
을 맛), '바보'도 외우기는 잘해 좋은 학교도 가고 때론 어려운 시험에 합격
하고 학위를 받는 일도 발생하지. 하지만 외울 수 없는 것은 잘 몰라.

또한, 바보는 현실적 이해득실에 관한 개념이 없어 자기의 정서에 자신을 맡기는 비이성적인 사람일 수도 있다. 어렵게 번 돈을 모두 가난한 사람에게 나눠주고 정작 본인 가족은 빈한한 살림을 꾸려가는 사람을 우리는 선인이요 인격자로 추앙하지만, 그의 가족은 바보처럼 산다고 여길 수도 있고 남에게 이용만 당하고 손해를 보고 사는 사람도 바보라 여길 수도 있지.

무엇보다 바보는 어리석어 현실적 측면에서 '손해 보는 사람'이라고 정의할 수도 있으나 우리가 여기서 바보를 조롱하고 낮잡아 볼 수만은 없는 이유가 있다. 즉, 바보의 불행이 나의 행복이요, 바보의 손해가 나에게 이익이요, 바보의 실패가 곧 나의 성공으로 이어지는 게 세상사의 원리이기 때문이지.

사회적으로 볼 때, 손해의 대척점에는 이익이 도사리고 있으므로 바보는 비(非)바보에게 이문을 안겨주는 것이 세상의 구조라네. 아무튼, 사회적 자원의 배분 측면에서 볼 때, 불이익을 초래하는 바보짓은 누군가에게 이익이 되어 돌아감으로 누구든지 바보의 선행을 할 필요가 있지…. 그런 의미에서는 내게 이문을 안겨주는 바보를 조롱할 아무런 이유가 없어. 대자적(對自的) 측면에서 바보는 다중이 사는 사회에서 필연적으로 누군가는 되어야 할 일회적 신분 같은 거야.

한편, 바보라고 항상 바보짓을 하는 것은 아니고 현명한 사람이라고 전혀 바보짓을 하지 않는 것도 아니다. 그러니까 바보의 모형은 따로 존재하는 게 아니라 누구든지 어느 부면에서는 바보가 될 수도 있고 인간의 어리석음은 한끝도 없어 바보를 면하기는 원천적으로 어려운 운명에 놓인 인간이지.

ㅣ 인간의 모습에 대하여

그러나 사회적 공헌이 없이 불이익을 고스란히 자기가 짊어지는 바보도 있지. 판단 착오나 인식 부족에서 오는 억울한 바보는 남에게 이익을 안겨주지도 못하면서 자신이 비난과 욕을 뒤집어쓰는 경우이지. 누군가 이익을 보았다면 그를 욕할 이유는 없었겠지.

말을 잘못해 '욕먹는 사람', 공연히 '미움받는 사람', 악행으로 불행을 자처하는 사람, 능력보다 저평가된 사람, 무지를 드러내 무시당하는 사람, 예의가 없어 경멸 대상인 사람, 나쁜 습관으로 질병을 불러들이는 사람 등은 남에게 이문을 안겨주지도 않고 혼자만의 불이익 속으로 빠져드는 경우지.

그러니까 대자(對者) 관점에서 바보는 누군가에게 보배로운 사람이 되는 것이고, 혼자 손해를 안고 나자빠지는 비대자적 관점의 바보는 억울한 삶을 사는 셈이야.

'주는 것 없이 미움받는 사람'은 주변에서 아주 흔히 볼 수 있는 바보 모형이고, '받는 것 없이 기분 좋은 사람'은 현명한 사람이라 말할 수 있지. 묵묵부답, 쇠귀신 같은 태도, 가타부타 묵비, 무정견으로 일관하는 사람이 전자에 해당하고 후자에 속하는 그룹은 대개 예의가 바르고 경우에 어긋나지 않는 사람들이지.

'바보론(論)'은 각자 한번은 생각해 볼 문제인 이유는 남에게 이문을 안겨주는 바보짓은 어쩌면 '선행'이요 '잘하는 짓'일 수도 있으나 그렇지도 않은 경우로서 바보가 될 필요는 없기 때문이지.

그러므로 '바보론(論)'은 계속되어야 한다. 이 대목에서 또 '그 바보 교

수'는 대안 제시도 없이, "어려운 얘기지!" 하며 풍선 바람 빠지는 소리
를 할지도 모르지.

다시, 첫 화두로 돌아와 바보는 1할도 되고 9할도 되는 맘대로 조정
대상이므로, '바보란 무엇인가' 생각하는 것만으로도 바보 탈출은 그리
어려운 일은 아닌지도 모르겠네.

◈ 후기

'인간이란 무엇인가', '인생이란 무엇인가' 이런 대명제에 관해서는
관심이 없어, 생각해 보려 하지도 않고, 그냥 하루하루 살아가는 사람
은 바보일지도 모른다.

오스트리아 최고 부자로서 자산 다 버리고 가난을 택해 노르웨이 산
골 오두막 살이, 초등학교 선생이 철학 교수보다 의미 있다던, 비트겐
슈타인 이 사람 제법 쓸만한 독창적 인간이었다. 그는 교사 생활을 하
며 학생 체벌 문제로 주민들과 마찰을 빚자, "그의 스승 러셀에게 보낸
편지에서 마을 사람들이 진정한 인간이 아니라 1/4은 동물, 3/4은 인
간"[03]이란 말도 했다.

철학의 여러 문제는 '언어논리'에서 유래한다는 그의 말은 맞다. 사
람들 사이에 소통수단으로서 세계를 묘사하는 데 사용하는 언어의 한
계가 철학의 무모함으로 연결될 수 있다. 그것은 마치 무한의 개념을

◇◇◇◇◇◇◇◇◇◇

03) 박병철, 《비트겐슈타인 철학으로의 초대》, 필로소픽, 2014, p.33

Ⅰ 인간의 모습에 대하여

유한한 언어를 사용하는 한계의 무의함과도 같은 것으로서 세계의 여러 현상에 정확히 묘사하는 언어는 그와 1:1로 대응하는 것이어야 하지만 그것은 사실상 불가능한 일이다. 아마 태초에도 '거시기, 거시기' 그렇게 각자의 언어(?)를 사용해 오다가 공통점을 찾아 언어의 관습이 생기고 사회가 형성되면서 '사전'에 나오지 않는 말은 공인하기 어려운 현대사회가 도래하였다고 믿어진다.

우리는 언어의 세계에 갇혀 있다. 어떤 생각이 떠오를 때, 이것이 무엇인가, 우선 묘사할 단어를 찾는 일이 우선이지만 알지 못하면 표현할 수 없어 형상화되지 않고 그 개념이나 생각은 무언어(無言語) 속에 묻히고 만다. 철학과 언어 사이의 문제를 발견한 그의 색다른 견해는 상당히 본질적인 것으로 동조해 마지않는다.

"누구든 자신을 이해한 사람은 결국, 자신의 글이 무의미하다는 것을 깨달을 것이며, 밟고 올라간 뒤에 버려야 할 사다리 같은 것"[04]이라고 그는 주장했다.

자가당착에 빠지지 않으려고 논쟁에 휩쓸리지 않고자, 그는 써놓은 2만 쪽의 글을 유고로 남기고 죽은 듯하다. 종국에, 그는 철학으로서 이룬 게 없고 스스로 아는 데 그치는 무언의 인간을 자처한 셈이다. 생애에서도, 철학적 사유에서도, 의미를 찾으려 힘썼지만, 철학사에 남긴 업적은 인정하더라도 그의 인생에 어떤 의미가 있었는지는 모른다.

언어의 한계를 넘어 말하고자 하는, 알 수 없는 것에 대해 말하는 것은 무의미하다. 그럼 아무 말도 하지 않아야 하나. 그것이 문제다.

◇◇◇◇◇◇◇◇◇◇

04) 같은 책, p.92

자아의 확인

경멸한다는 뜻의 영어 숙어, 'Look down upon'은 단어의 구성이 참 재미있다. 누구 위에서 내려다본다는 뜻에서 그렇다. 3차원에서는 2차원 평면을 내려다볼 수 있듯이 한 차원이 높으면 그 아래 차원의 것들은 손금 보듯이 다 볼 수 있다. 바로 옆에 두고 찾지 못하는 건물도 하늘에서 보면 바로 그 위치를 알 수 있는 것과 같은 이치다.

흔히 자부심에서 타자를 경멸하며 자존 의식을 품는 때도 있으나 그것은 그 사람의 의지대로이고 더 중요하고 가치 있는 일은, 남을 내려다볼 것이 아니라 자신을 스스로 위에서 내려다보는 것이다.

어쩌면 본인 스스로 경멸하는 것이 정신 성장의 출발점이 아닌가 싶다. 일종의 자기 부정이다. 정신의 수련과 성장은 이런 과정의 상태에서 시발한다.

'나(Me)'가 있고 나를 내려다보는 또 다른 '나(Ego)'를 철학에서는 '초자아(Super ego)'라고 부르는 모양이다. '욕구에 미응답하는 세계의 침묵'에 절망하는 인간은 이 시대 우리의 자화상이다.

그 욕구가 무엇인가? 사람들은 말할 수 없고 말하지 않는다. 그러나 차원을 높이면 알 수 있다. '차원 높은 사람'은 아마 니체가 이름 붙인 인간이 아닌가 기억한다.

스스로 차원을 높이면 자신을 내려다볼 수 있다. 욕구는 무한정 증가하는 괴물 같아 때려잡지 않으면 그 괴물이 나를 잡아 삼킬 거다. 이

| 인간의 모습에 대하여

대목에서 아침부터 놀러 집을 나서는 그는, '그딴 거를 왜 해야 해?' 하고 반문하며 오히려 '생각하는 자'를 경멸할 수도 있다.

그러나 별다른 이유는 없다. 그 사람도 할 말이 얼마든지 있기 때문이다. 한 번이라도 더, 감각을 만족시키는 일을 중요하게 여기는 삶도 얼마든지 있을 수 있기 때문이다.

그러나 생각을 단련하고 정신을 고양하지 않으면 욕구 미충족이나 상실에서 오는 불행의 크기를 줄일 수 없어 좌절하거나 불행이 닥칠 때 스스로 감당할 수 없을지도 모른다. 극단적인 자살은 고통의 불행과 다툼에서 패배를 의미하는 대표적 증표다.

이런저런 상실과 고통에도 꿋꿋하게 살아가려면 정신 무장이 필요하다. 정신 성장이 필요하다. 어떤 이는 종교적 신심을 통해, 신념을 통해, 지각을 통해, 관찰을 통해, 깨달음을 통해 고통을 잊고 '해탈'에 도달한다.

그렇지만 자기 그릇대로 살다 가는 인생이다. 정신의 성장과 자립이 없으면 하루도 평안하지 않고 바람에 흔들리는 나뭇가지처럼 물결치는 대로 떠내려가도 그만이다. 한 번뿐인 생, 오늘도 3차원에서 2차원에 사는 자(者)의 좌표를 확인한다.

왜? 알아야 하니까! 내가 누구인가? 나는 어디를 향해 가는가? 궁금하지 않은가! 그렇지만 내 속에 내가 살고 타인도 산다. 내 속에 많은 사람이 살고 있다. 나는 절반씩 부모에게서 받은 것이고 부모는 또 그의 부모에게 그러한 것이라, '나'는 수많은 조상의 복합체가 아닐 수 없다. 그리하여 본래 자아의 정체성이란 없는 것이고 그것이 놓인 환경과 결합하여 어떤 특정한 성향이 지배적 역할을 할 뿐인지도 모른다. 사람을 한정적으로만 믿을 수 있는 이유도 그 때문일 거다.

우리가 태어날 때 악덕의 양과 미덕의 양이 이미 정해진 상태라고 보는 학자도 있다. 그래서 선인도 때로는 악행을 하고, 악인도 이따금 선행하는 존재이므로 재수 없으면 내게 악덕이 돌아오고, 행운이면 미덕이 찾아온다. 같은 이치로 어떤 이는 나의 미덕으로 위로받거나 이문을 보고 또 다른 이는 나의 악덕으로 상처나 피해를 받을 것이리라.

어리석음은 우리 인생의 동반자이다. 때로는 영리하게 보이는 사람은 어리석음이 잠시 휴식을 취하고 있을 때 관찰된 그의 모습일 뿐이다.

우리는 혼자만이 알고 있는 자신의 비행은 곧잘 망각한다. 타인이 나의 잘못을 알고 있지 않다는 안도감은 알량한 명예와 자부심의 토대가 되기도 한다. 이렇게 들통이 나지 않은 자신의 악행이 자신의 의도와 상관없이, 바람 부는 날 휘날리는 때 묻은 속옷이 드러나듯 엉뚱하게 표출되는 때도 있다.

나와 신(神)만이 아는 악행을 저지르지 않은 사람은 하나도 없다는 악행의 보편적 경향 또한 자신을 옹호하는 근거가 된다. 때때로 자신이 저지른 어리석은 행위를 고백하는 이유는 그 때문에 돌아올 비난을 사전에 차단하려는 방어 전술일 수도 있다.

내게 더 큰 결함이 없다면 우리가 남의 허물을 발견하고 그토록 기뻐할 수는 없다. 대체로 남을 비판하고 비난하는 사람은 자신에게도 그런 요소가 있다고 해석해도 많이 틀리지 않는 이유는 인간은 자신의 내부에 존재하지 않는 것을 의식하지 못하는 경향이 있기 때문이다. 우리는 남의 내면에 존재하는 나의 모습을 보는 것이다.

독재에 항거하던 사람은 대체로 독재자가 된다. 독재를 비판하고 타

| 인간의 모습에 대하여

도하는 게 역사의 발전에 도움이 되지만 그 주체의 속성은 그렇다는 것을 말하는 것일 뿐 독재와 싸운 사람들의 그 당시 행위를 깎아내리고 비판하는 것은 온당하지는 않을 것이다.

우리는 머릿속에 없는 관념이나 경험 혹은 이미지에 대해 반응하지 않는다. 아마 거짓말 탐지기의 원리도 거기에 기반을 둔 것이지 싶다. 세상과 인간에 대한 개인의 견해는 일종의 반응이다. 반응이 많다는 건 관념과 경험이 적지 않다는 방증이 된다. 알고도 모르는 척하는 때도 있으나 대체로 무정견(無定見)은 무반응이다. 무반응은 관념 없음이나 형상화할 수 없는 생각이다.

무엇이 올바르고 무엇이 그른 삶인지 정의할 수 없다. 그렇지만 고뇌하는 인간과 만족하는 돼지의 차이를 말하는 오만함은, 자부심과 허영심에 가득 찬 소크라테스 같은 인간일진대 그래도, 돼지가 되고 싶지 않아 새벽잠 못 이루며 오늘도 삶을 성찰하고 있는 내가 나를 바라봄이다.

변하지 않는 존재로서 사람

　사람은 잘 변하지 않는다. 어찌 알 수 있는지 묻는다면, 자신을 생각해 보면 단박에 알 수 있지 않을까. 그 이유는 아마 기질에서 오는 것 같다. 기질은 체질에서 나온다. 담즙질, 우울질, 점액질, 다혈질은 서양인의 기질 구분이고 동양의학에서는 태양인, 소양인, 태음인, 소음인 등의 체질 구분이 있다.

　불교에서는 '참 나'가 있다는 주장도 그와 연(緣)을 같이 하는지도 모른다. 어떤 환경이 조성되거나, 어떤 조건을 주면 사람은 대개 같은 선택을 한다.

　변절자는 변절이 주특기인 것은 그 때문이고 배신도 하는 사람이 한다. 빌린 돈을 안 떼먹은 사람은 있어도 한 번만 떼먹는 사람은 없을 듯하다. 출결 관리 차원에서 혹은 학생들의 이름을 외우고자 출석을 부르기도 하지만 결석하는 학생은 이미 정해져 있다. 개강 후 첫 4주 정도는 매번 출석을 부르고, 이후에는 선별하여 부르기로 했다. 한 번이라도 결석한 학생을 대상으로 출결을 조사하면 언제나 정확했다.

　기질이나 체질은 체액과 상관이 있는 모양이나 더 구체적으로는 인간의 생각과 행동을 지배하는 중추가 있는 듯하다. 다시 말해, DNA가 달라서 개별적 인간의 본질이 된다. 이것이 추구하는 가치의 사령탑이다. 그 '핵'의 모습을 본인은 정작 모를 수도 있으나 타자의 눈에는 보이는 예도 많고 간혹 개인의 가려진 참모습이 장구한 세월을 관찰하면 드러나는 일도 있다.

새벽기도든, 아침 예불이든, 삼보일배든, 삼천배든, 새벽묵상이든 이 모든 거동은 변치 않는 자아를 깨부수기 위한 것이라고 본다.

만일 사람이 쉽게 변하는 존재라면 한번 크게 깨달음을 얻고 그 상태를 유지하면 그만일 터이지만 그런 사람이 없다. 어린이 놀이 기구, 두더지 머리 쥐어박기처럼 때려도 때려도 또 튀어나오는 자아다.

만취, 폭행, 살인, 기만, 절도, 갈취, 간음 등 저지르지 않은 죄악이 없었고 전쟁터에서 수많은 사람을 죽였다고 톨스토이는 고백했다.[05] 문명(文名)을 얻어 명예와 막대한 재산을 모은 톨스토이지만 중년에 와서는 인생의 의미를 찾지 못하고 자살 충동에 집안의 밧줄류를 모두 제거하고 총을 들고 사냥에도 못 나갔다. 세계적 찬사를 받는 수많은 작품을 통해 사람들을 가르치려는 광적인 자신감[06]이 있었으나 정작 본인은 삶의 의미도 모르고 글을 썼다는 자백이다. 악한 생각과 악한 행동을 하지 말아야 하지만, 악한 행동은 거의 멈추었더라도 악한 마음은 여전히 죽지 않고 살아 있는 일이 흔하다.

변화는 바쁜 일상에서는 찾기 힘들다. 바쁜 상태를 이해하지 못한다면 그에게는 바쁜 날이 없었기 때문이다. 살아가며 아주 드물게 긴박한 일이 발생하는 때도 있으나 바쁜 사람은 항상 바쁘다.

바쁨을 자랑으로 여기지만 실상 바쁨은 무능함의 표상이요 동시에 여러 가지 일을 효율적으로 처리하는 능력이 없기 때문이므로 처량한

◇◇◇◇◇◇◇◇◇◇◇

05) 톨스토이, 《참회록》, 유상우 옮김, 흥신문화사, 2012, p.194
06) 같은 책, p.196

현실로 보일 수 있다. 아니면 안 해도 되는 일에 진을 빼고 사고(思考)는 게을리했기 때문일 수도 있다. 인생 공부 예습을 하지 않은 탓일 수도 있다.

시간은 잘만 활용하면 주체할 수 없을 정도로 넘쳐흐른다. 이런 상태로 만드는 건 자신의 몫이다. 무슨 일을 하든, 조건 없이 시간은 남. 아. 야. 한다고 본다. 바쁨은 무능의 표상이요 고단함의 징표다. 이처럼 '바쁨'에 시비를 거는 이유는, 자신의 돌아봄은 바쁜 사람에게는 불가능하기 때문이다.

먼지 긴 성현들의 마지막 화두는 '나는 누구인가'에 방점을 찍히는 것 같다. 자기를 돌아보는 일, 인생 예찬이든, 인생 참회이든 마지막 과제가 아닌가 싶다.

허물이 없는 사람은 없다. 단점이 없는 사람은 없다. 결함이 없는 사람도 없다. 완전히 결백한 사람도 없다. 죄가 없는 사람도 없다. 어쩌면 산다는 건 매일 죄를 짓는 일이다. 악업을 쌓는 일이다.

우리에게 마지막 소망은 '좋은 변화'다. 계량할 성질이 아니어도, 오랜 노력 끝에 아마 미미한 정도의 변화라도 이루었다면 성공이 아닐까. 타자를 분석할 필요가 없고 그럴만한 충분한 자료도 없으니 자신만 생각하면 된다. 그 변화의 출발점은, '나는 누구인가?', '나는 무엇인가?'를 생각하는 곳이다.

변화하려면 돌아봐야 하고, 아침 예불이든, 새벽기도이든, 새벽묵상이든, 삼천배든, 삼보일배든 해야 한다고 믿는다. 자기 구원을 위해서다.

너에게 관심 없다니까!

4년 전인가 책을 발간하려고 출판사에 보낸 원고를 읽은 편집인이 출판을 거절하면서 한 말은 '당신의 인생에 대해 알고자 하는 사람이 없다'는 거였다. 그 말은 당신이 '무엇으로 유명하단 말인가?' 따지는 말로 들렸다.

도스토옙스키는 《카라마조프가의 형제들》 서문에서 "독자들이 왜 당신의 인생을 연구하는 데 시간을 낭비해야 한단 말인가?" 자문하고 있었다.

책은 작자를 알고 싶어서가 아니라 책의 내용을 알고자 읽을 뿐인데도, 출판사는 작자가 위인이나 유명인이 아니라는 투로 받아들이는 세태는 한심하지만, 책을 팔아야 하는 그들의 처지를 이해할 수 있으니 모욕적으로 받아들일 수는 없는 말이다.

젊어서는 세상 사람들이 모두 나를 쳐다보는 줄 알며 살아가지만 실상, 자신에게 관심을 보이는 사람은 그리 많지 않다. 관심의 대상은 어떤 관계가 있어 관리 의무 아래에 놓여 있거나 영향을 주는 위치에 있는 사람이고 때로는 순수하게 호감이 가는 사람이다.

그러므로 이에 해당하는 가족, 친척, 친구, 지인, 동료 등은 단절하기 어려운 사이이므로 필연적으로 관심의 영향권 아래 둘 수밖에 없는 사람들이다. 그러나 이밖에도 우리는 대개 사방을 두리번거리며 제삼자에게도 신경을 쓰며 산다. 그 이유는 혹여 나를 관찰하고 있을지도 모른다는 생각 때문이다. 이는 직접 관계가 없는 사람들에게도 자신의 행동을 조심하는 긍정적 효과가 있으나 한편으로는 자기애적 불필요한 집착을 불러와 자신을 옥죄는 부정적 효과도 있다.

"열 사람 중에 일곱 사람은 나에게 관심이 없고, 두 사람은 나를 싫어하고, 한 사람만이 나를 좋아한다."

정신과 의사가 하는 말이다. 개인적 소견이므로 절대적 의미를 두기는 어렵지만 대체로 그렇다고 볼 여지가 없지 않다. 실제로 '나'에게 관심을 보이는 사람은 '나'로부터 무엇인가를 얻어내거나 이용하여 이익을 보려는 사람들이 대부분이고 순수한 의도에서 관심을 보이는 경우는 한순간의 일이다. 굳이 선호의 관점에서 말하자면 위에서 언급한 어떤 의사의 말보다 더 엄격하여 나를 좋아하는 사람은 20명 중의 1명 정도이고, 2명은 나를 싫어하고, 나머지 17명은 나에게 관심이 없다고 말하고 싶다.

이런 사실은 단체나 소규모 모임에서 실증적으로 확인할 수도 있다. 예컨대 1960년대 한 학급 학생은 60명 이상이었고 그중에 별다른 이유 없이 나를 좋아하는 사람은 많아야 3명 정도였으니 1/10보다 적은 1/20 정도가 아닌가 싶다. 그렇게 자신에게 관심 있는 사람이 거의 없음에도 자기를 치장하고 사람들에게 마음 쓰며 속을 끓이는 일도 생긴다. 지나치게 남을 의식하거나 관심을 끌려는 노력은 허사이다. 주는 것 없어도 나를 좋아하는 사람이 있고, 주어도 싫어하는 사람도 있음을 우리는 흔히 경험한다.

그 이유는 아마 물체 사이에 때로는 인력이, 때로는 반발력이 작용하듯, 인간들 사이에서도 기질상의 친소가 발생하는데 여기에는 기질에 따른 이유 이외에도 우리가 알지 못하는 진화론적 배경이 관계하는

지도 모른다.

정치인의 경우는 국민의 반수 이상만 좋아해도 선거에서 승리할 수 있지만, 개인은 평생 그 정도의 모집단은커녕 잘해야 수십 명 정도의 사람들과 관계를 맺으며 살아갈 형편이다.

대중과 접점을 가지지 않는 개인에게 쏠리는 관심은 무시할 정도로 아주 적고 그나마 관심이 부정적 측면으로 나타날 때도 있다. 경쟁 관계에 놓이지 않아도 무작정 시기·질투로 무장한 예도 있고 이유를 알 수 없이 자신을 싫어하는 사람도 있다. 이들은 뒤에서 험담하거나 없는 말을 지어내어 모략을 일삼는다. 때로는 어처구니없게 내게 은전을 받은 사람도 나를 싫어하거나 피하는 일도 생긴다. 과거에 도움을 받았다는 사실을 고맙게 생각하는 부류도 있지만 반대로 수치스러운 내밀한 사실로 여기는 사람도 있기 때문이다.

사람을 싫어하는 데는 대개 직접적인 사유도 있으나 단지 자신을 무시하고 배척했다는 이유만으로 혹은 비합리적 정서적 이유도 그 원인이 될 수 있다.

아무런 개인적 관계가 없는데도, 고학력자라서 싫고, 잘 생겨서 싫고, 키가 커서 싫고, 부자라서 싫고, 영리해서 싫고, 잘난 사람 미워하고, 부자 미워하고, 좋은 직장 다니는 사람 미워하고, 좋은 집에 살면 미워하고, 좋은 차 타면 미워한다. 이렇게 자신과 상관이 없는 간접적 이유만으로도 사람을 미워하고 싫어할 요인은 너무 많다.

미움은 대개 상실감 때문이다. 자신이 가지고 있는 것이라면 미워하고 시기할 이유가 없다. 그리고 특정 지역, 특정 학교를 싫어하는 사람은 대개 거기서 좌절을 맛본 사람일 개연성이 높다.

환호와 열광 속에 대중의 사랑을 받는 사람일지라도 침묵 속에 숨겨진 비난과 비호감이 있을 수 있고 더구나 더 많은 사람이 그를 알지도 못하고 관심이 없다는 사실도 알아차려야 한다.

반면에 자신을 특별한 이유 없이 좋아하는 사람은 일종의 본능적인 친화성이라고 생각된다. 그러니까 좋아하는 1/10을 제외한 나머지 사람들은 관심이 없거나 심하면 적대적이라는 사실을 반드시 주목할 필요가 있다.

우리의 불행은 대개 남을 의식하고 비교하는 과정에서, 때로는 남과의 관계에서 불편함을 느껴 아까운 시간과 정열을 쏟으며 고민하는 데서 발생하기 때문이다. 타인의 선호를 의식하지 않고 관계에 상관없이 자기 생각과 판단으로 맘 내키는 대로 사는 게 맞는지도 모른다. 아마 실상은 모두 그렇게 살고 있는지도 모르겠다.

관심을 끌려고 노력하고 잘 해줘도 90%는 헛수고다. 왜냐하면, 10%만이 그대를 좋아하게 되어 있기 때문이다. 여기서 '생철학(生哲學)'의 원조 격인 쇼펜하우어의 말을 인용해 보자.

"만일 우리가 남의 눈을 의식하지 않고 산다면 불필요한 불안과 걱정에서 떠나 현재의 물질적·정신적 가치의 1/10만으로도 만족하고 행복하게 살 것이다." 우연하고도 공교롭게도 앞서 언급한 '나'를 좋아할 확률 1/10과 쇼펜하우어가 제시한 수치 1/10이 일치하는 면은 흥미롭다.

일터 안에서는 물론이고 그 밖의 인간관계에서도 어려움에 부닥쳐 보지 않은 사람은 드물다. 하지만 나에게 관심을 가지는 이가 거의 없으니, 쓸데없이 남 신경 쓰며 살지 말아야 한다. 나를 좋아할 소수의 사람은 그냥 조건 없이 친화적이며 우호적이지만 아무리 잘해줘도 싫어하는 사람은 반드시 생기고 나머지는 대부분은 나에게 무관심하다. 젊은이들은 사방을 두리번거려 봐야 나를 쳐다보는 사람은 아무도 없으니 착각하지 말아야 한다.

누군가가 나에게 관심을 두고 있다는 믿음이 착각에 불과하다는 사실을 깨닫게 된 시기는 대개 30대 후반 정도가 아닐까 추정한다. 쓸데없이 남을 의식하는 일에 아까운 노력, 시간 그리고 어렵게 번 돈을 소모하지 말아야 한다. 헛심을 빼지 말고, 헛돈 쓰지 마라.

남을 의식해 비싼 옷, 시계 등의 장신구, 할부 자동차, 분에 넘치는 큰집에 살며, 빚 갚느라 고생할 필요도 이유도 없다. 인생 끝난 후에 공연히 헛심을 뺐다고 후회해도 때는 늦다. 금의야행은 불필요하고 어리석은 일이다. 아무 옷이나 입고, 아무거나 신고, 아무 집에 살고 아무 차를 타더라도 당당하고 자신만만하게 혼자서 가야 한다. 그대에게 관심이 있는 사람이 거의 없기 때문이다.

타인의 마음속에 있다고 여기는 '나의 자아'를 찾지 말아야 한다. 나는 나이고, 나는 나대로 살다 가는 것이 전부다. 남의 눈을 지나치게 의식하며 인생을 허비하지 않고 내실 있게 살면 행복과 평안함이 거기에 있다고 믿어야 한다.

II

인생의 모습에
대하여

맹목적 생애

    쇼펜하우어의 책 서문에는 이 책이 책장을 장식하는 데 쓰일 수도 있기에 돈이 아까울지도 모른다고 언급한 것으로 기억한다. 실제로도 "세계는 나의 표상"[07]으로 시작하는 원문으로부터 얼마간을 읽어가면서도 도무지 그가 무슨 말을 하려는지 알 수가 없었다.

    쇼펜하우어의 주저 《Die welt als Wille und Vorstellung》 즉, 《의지와 표상으로서의 세계》는 발표 당시 인정받지 못하다가 그 후 30년이 지나서야 세상이 그의 천재성을 알게 해준 저작이다. 그런데 이 책에 대한 의문이 한순간 간단히 풀리게 되었으니, 그 이유는 제목 자체가 이 책의 내용을 한마디로 요약한 것이었기 때문이다.

> "인간은 자신이 태양과 대지를 아는 것이 아니라 단지 태양을
> 보는 눈과 대지를 느끼는 손을 가지고 있다는 사실 뿐….
> 세계는 오직 표상으로서만 존재한다는 사실, … 인간 자신과
> 관계함으로써만 존재한다는 사실을 깨닫게 한다."

    내가 죽으면, 세상에 대한 본인의 표상이 사라지는 것일 뿐, 세상은 여전히 존재한다. 그것이 세계다.

◇◇◇◇◇◇◇◇◇◇◇

07) 쇼펜하우어, 《의지와 표상으로서의 세계》, 홍성광 옮김, 을유문화사, 2014, p.39

그렇다면 표상을 띠게 하는 즉, 표상의 저변이라 볼 수 있는 의지의 목적은 무엇인가? 의지는 왜 생기는 걸까. 그것은 맹목적인가, 필연적인가, 끝없이 이어지는 의문에 대해 답할 수 있는가? 그건 나의 몫은 아니고 신에게 물어봐야 하는가. 여기서 나는 국외자로서 구경꾼이고 만다.

베를린 대학에 강좌를 개설하였을 때, 그의 적수 헤겔의 강좌에는 수강생이 많았으나 쇼펜하우어의 강의에는 학생이 별로 없었다고 전한다. 그는 교수직에 뜻이 있어 보였으나 아마 그 일로 '김이 새' 관두고 부모 유산으로, 직업 없이 연구만 하면서 고집 센 철학자로 살았던 것 같다.

우리는 결코 생명과의 전투에서 승리할 수 없다는 걸 알고 있으면서도 영원하지 않은 생명을 연장하고자 몸부림친다. 세기의 부조리, 불합리, 모순, 고통, 고난, 비참, 비탄, 질병, 재난, 재해 속에서도 살고 싶어 한다.

맹목적인 것처럼 보이는 '생의지(生意志)'의 지향점은 무엇인가? 삶과 죽음의 의미가 무엇인가? 왜 살아야 하는가? 이는 자기만의 대답이며 누구도 대신 답해줄 수 없다.

혼돈의 세상, 모순의 세상, 폭력의 세상, 위선의 세상, 가식의 세상, 허위의 세상, 자비의 세상, 양심의 세상, 육신의 세상, 영혼의 세상, 이기심의 세상 등, 이 모든 것이 세상의 실상이다.

세계사의 큰 줄기는 전쟁의 역사이며 그 승자가 만들어 낸 세계 속에서 우리가 살아왔다는 걸 알게 된다. 그러니 정의, 도덕, 윤리 같은 좋은 말은 모두 '헛소리'요 집단이나 개인의 이익과 영광을 위해 셀 수 없이 많은 사람이 폭력에 죽어간 곳이 이 세계라고 봐야 한다.

가까운 우리의 역사만 보아도, 조선은 이성계의 폭력으로 세운 나라고, 이어서 2공화국은 4.19에 모인 군중의 잠재적 폭력성에 굴하여 탄생하였으며, 이어서 진짜 무력(폭력)을 앞세운 5.16과 5.18이 각각 3공, 5공화국을 만들어 냈고 지금 우리는 그 연장 선상에서 살고 있지 않은가.

이 세상은 전쟁 혹은 폭력이 만들어 낸 결과물임이 분명하다. 군사력의 본질은 폭력이고, 폭력이야말로 강자의 정의를 집행하는 수단이라고 볼 수밖에 없다. 그러니 전쟁을 혐오하고 거부하는 세력은 역사의 참모습을 모르는 바보이거나 불순한 저의가 있다고 봐야 할 거다.

세상의 출발점에서부터 개인 간의 폭력에서 시작하여, 부족 간, 국가 간에 살생의 폭력이 전쟁의 형태로 나타났지만, 평시가 되면 사람들은 언제 그랬느냐는 듯이 정의를 말하고 진선미를 예찬하고 정신을 말하고 도덕을 말하고 헌신봉사를 말하며 문화를 창조하는 모순된 행보를 보이기도 한다.

그러다 세상은 다시 '폭력의 세기'에 접어든다. 그러므로 세상은 혼돈이고 어디로 굴러가는지 알 수가 없는 공이라 여겨진다. 그러나 '세기의 부조리' 속에서도 뭔가 인간을 지배하는 무엇이 있다는 생각이 드는 이유는 '양심' 때문이다. 미치광이처럼 날뛰는 폭력이나 불같은 욕정 속에서도 양심의 소리가 들린다. 그것은 두려움이요 수치심이다.

그렇지만 무엇에 대한 두려움인가? 징벌 때문이다. 징벌이 없다면 두려움도 없다. 사람은 그만큼 악독한 존재일 수도 아니면 고통에 대한 겁이 많은 존재일 수도 있다. 하지만 벌을 의식함은 양심의 두려움이지만 암암리에 죽음의 심판을 생각하기 때문일 수도 있다. 최후의 큰 징벌은 죽음이며 그로써 벌을 의식하는 거다.

만일 죽음이 없고 무한대로 살 수 있으면 세상은 어찌 돌아갈까? 살인하고 수천 년 지옥에 있다가 나와 선행 조금 하고 몇만 년 천당의 꽃동산에 살면 되므로 못 할 짓이 무엇일까. 죽음은 확실히 징벌이다. 이세상에서 가장 소중하게 여기는 것은 재물도 아니고 생명임을 부인하는 사람이 없다는 점에서 그것을 잃는 죽음은 확실히 최고 수준의 형벌이 아니라고 말할 수 없다.

혼돈의 세상, 무질서의 세상, 폭력의 세상, 이기심의 세상 속에 '육체의 생활이 만들어 내는 죄악에서 해탈'을 논하는 폭력의 세상에도 야만의 원시시대가 조금씩이나마 진보하지 않았던가. 양심이 있기에 역사는 조금씩이라도 전진하고 있다고 생각할 수 있다. 또한 그 세상 속에서도 양심이 있기에 미래의 희망을 품고 살아야 한다고 믿을 수 있다.

인생의 어느 시기에는 특별한 목적이 있을 수 있으나 대체로 전 인생을 놓고 볼 때 살아야 하는 이유를 쉽사리 발견하기 어렵다. '왜 살아야 하는가'에 대한 질문에 선뜻 답하는 사람이 없음은 그만큼 사람의 일생이 맹목적이라고 볼 수 있는 대목이다.

왜 살아야 하는가?

21세기가 된 지금에도 세상은 태초와 달라진 것이 없어 보인다. 탐욕적 인간은 그 목적을 달성하고자, 선동, 술수, 폭력, 전쟁을 통해 쟁취한 권력을 자기 이익을 위해 휘두르고 강자가 약자를 지배하는 약육강식의 모습은 그 외양만 바뀌었을 뿐 변한 것이 없는 세상이다.

그 세상 속에 살았고 지금도 살아가는 사람 모두에게 '어찌 살아야 할까?'는 공통적 질문이 아닐 수 없다. 진지하게 그러한 생각 없이 '그냥 마구 사는' 것처럼 보이는 사람조차 삶이 무엇인가 하는 스치는 듯한 의문 정도는 품고 있다고 보아야 할 것 같다.

'이 책에는 결론이 없다.'[08] 400여 쪽의 책을 마무리하며 에필로그로 남긴 저자의 명언(明言)이다. 지금 나는, '왜 사느냐?'를 주제로 하는 책의 독후감이 아닌 읽기 전의 '독전감(讀前感)'을 쓰려고 하고 있다. '왜 사는가?'는 관점에서 여러 철학자나 문인의 생각을 읽기 전에 먼저 내 생각을 정리해 보려 한다.

아마 그것이 유치한 현세적, 말초적, 독단적인 생각의 수준에 머물 수는 있으나, '왜 사는가?'는 의문에 대한 답은 본래 정론이 있을 수 없는 개별적이며 주관적 사고의 대상으로서 사람들이 의미 있는 아무런 견해도 개진하지 않는 무정견 영역에 속하는 문제이다.

◇◇◇◇◇◇◇◇◇◇◇

08) 마하엘 하우스켈러, 《왜 살아야 하는가》, 김재경 옮김, 청림출판, 2022, p.434

사설(辭說)이 길어졌으나, '왜 사는가?', 존재 이유에 대한 의문은 삶에 지친 사람에겐 결론이 나지 않는 사치스러운 망상으로 공허한 질문이 되기 쉽지만 번민하고 생각하는 존재를 자부하는 사람에게조차 답을 듣기도 쉽지 않은 질문이다.

그러기에 "왜 사는가?"는 질문에 돌아오는 대답은 "모른다.", "그냥.", "살아 있으니까.", "죽지 못해." 등의 직관적인 답이 주류를 이룰 전망이다. 그 이유를 알 수 없어, 왜 살아야 하는가에 대한 답을 찾기 어려운 사람들에게 다음과 같은 질문을 던지면 어떤 대답이 나올 것인가?

삶의 여집합이 죽음이라 볼 때, "왜 사느냐."는 질문 대신에 "왜, 당신은 죽으려 하지 않는가?" 하고 묻는다면 "모른다." 같은 무정견보다 구체적이고 또렷한 대답이 나올 수 있다.

죽을 수 없는 이유로서 예상되는 답을 큰 영역으로 분류하면, 의무, 소유, 성취, 쾌락 등의 범주가 될 듯하다. 우선, 의무감에서 죽을 수 없다는 답이 주를 이룰 것 같다. 돌봐야 할 미성년 자식, 성년 후에도 후견이 필요한 자식, 책임져야 할 배우자, 보살필 부모 등은 나의 존재를 필요로 하여 감히 죽음 따위를 생각할 수 없다는 의무감이 곧, '왜 사는가?'에 대한 답이 될 수 있다. 한편 여기서 국가·사회에 대한 의무를 말하는 사람은 의인이거나 아니면 위선자로 보일 수도 있겠다.

소유의 차원에서 죽을 수 없다는 답도 나올 수 있다. 많은 재산을 두고 죽기는 억울하다, 혹은 지금 재물이 펑펑 들어오는 마당에 죽을 수는 없지 않은가, 내심 이런 생각을 하지 않는다고 단정할 수 없다. 이는 곧, '왜 사는가'에 대한 답으로 간주할 수 있다.

성취를 위해 죽을 수 없다는 사람도 있을 수 있다. 대통령직이 목전에 아른거리는데 어찌 죽을 수가 있단 말인가. 남을 짓밟을 수 있는 '완장'이 곧 내 손에 들어올 모양인데 죽을 수가 없고 시대에 따라서는 자신의 이념이 인정받고, 조국의 해방을 맞이하기 전에 죽음을 인정할 수가 없고, 기업가는 기업의 번창함을 보기 전에 죽을 수는 없고, 예술가는 큰 인기를 얻기 전에 혹은 대작을 완성하기 전에 죽음은 안타깝고 억울한 일이라 여길 것이다. 그러기에 그것이 그들이 '왜 죽지 않고 사는가'의 이유가 될 수 있다.

보통사람에게 쾌락의 관점도 죽음을 받아들이지 않으려는 무시할 수 없는 요인이다. 여기에는 성적 관점과 도락의 두 관점이 있을 수 있다. 우리말에 "살자니 고생이요, 죽자니 청춘"이란 말도 솔직한 성적 관점에서 속마음의 고백이 아닐 수 없다. 애인이나 논다니들과 성교를 한 번이라도 더 하고자, 죽음을 두려워할 수 있다. 도락이나 취미 차원에서는 술을 못 잊어, 담배가 좋아, 바둑, 골프, 낚시, 당구, 등산, 여행 등을 그리워하며 죽음을 꺼릴 수도 있다.

'왜 사는가?'에 대한 답은 저마다의 이유가 다르고 정당성을 다져 볼 사안도 아니다. 그러니까 죽음을 꺼리는 심사를 '왜 사는가?'의 응답이라 봐도 무방하다고 여길 수밖에 없다.

이제 시선을 돌려 다른 관점에서 '왜 사는가'를 살펴보자. 행위에는 의도하는 목적이 있다. 세상에 아무 의미도 없이 존재하는 것이 있을까? 우리를 지어낸 조물주(종교상으로는 'God')에게 의도가 없다고 보기 어렵다고 생각하는 것이 맞지 않을까. 그러기에 어떤 종교에서는 신의 뜻에 따라 찬양·찬미하며 사는 게 신의 주문이며 의지라고 여긴다.

생명은 내 것이 아닌 신의 의지의 소산이므로 그의 뜻에 맡길 뿐, '왜 사는가?'에 대한 의문은 터무니없고 무의미하고 무가치한 명제라고 여길 수 있다. 살고 죽음은 나를 지어낸 이의 뜻이니 오직 순종함이 마땅하지 논단의 대상이 아니라는 관점이다.

'왜 사는가?'에는 앞서 말했듯이 이런저런 답이 있거나 없을 수도 있고 각자가 믿는 대로일 뿐이다. 그런데도 도무지 자신의 삶에 의미를 부여하지 않고는 배길 수 없는 철인, 문인 등의 고뇌를 살펴볼 필요도 있다.

삶의 의미를 발견하기 어렵고 혹여 발견했더라도 현실 속의 본인이 변하기는 몹시 어렵다. 톨스토이의 사상에 심취하고 추종하여, 그처럼 전 재산을 헌납한 철학자의 후생에서도 그치지 않는 삶에 대한 회의를 어찌 봐야 할까. 삶과 죽음으로 대별 되는 인생의 문제를 간과하여 '생'의 의미 모르고 사는 보통사람도 '왜 사는가?'의 명제를 생각할 가치가 없다고 볼 수 있을까?

사람은 잘 변화하지 않는 존재다. 말하자면 단 1%만 변화하려 해도 엄청난 수양이 필요한 것 같다. 10번은 저지를 일 중에 단 한 번이라도 하지 않는다. 이것도 어렵다.

그것이 자기의 삶에 의미를 부여하는 계기가 된다면, 안 해도 되는 일에 단 한 번뿐인 여생의 시간을 보내는 일을 멈추고 가치를 찾아 나서야 할 듯하다.

이야기나 생각 느낌 따위는 어느 시점, 즉 어느 단면의 설명이며 묘사일 뿐 그것이 결론일 수는 없다고 조심스럽게 생각할 수밖에 없음에는 지나 보면 알게 되는 사실도 일조한다.

성급히 결론을 알고자 하는 심사는 불확정성, 불확실성에 대한 초조감이나 불안감이고 때로는 자신의 이해득실과 관련이 없는 무가치한 것에 시간을 소모하지 않으려고 단락(斷落)을 원하는 것이다.

영어로, 'So what?' 즉, '그래서 어쨌다는 거냐?'는 말은 친한 사이에서 흔히 사용하고 때로는 화자를 공격하는 수단으로 쓰기도 한다. 상대방의 얘기를 듣고 난 후에 그렇게 말한다면, 억지로 들어줬지만 듣기 싫었다는 거고, 실없는 얘기, 상관도 없는 얘기 이제 더는 하지 말고 집어치우라는 뜻이다. 재미도 없고, 무익한 대화는 필요 없고 듣기도 싫다는 말이다.

그러나 화자(話者)는 의식이든 무의식이든 그 말을 하는 이유가 반드시 있는 법이다. 오히려 별다른 의도가 없는 잠재된 무의식의 작동일 수도 있다. 'So what?'의 대상이 될만한 내용이라 판단이 들어도 웬만하면 인내하고 이해하면서 들어주는 편이 좋다. 그 속에서 우리는 상대의 정체성을 알아차릴 기회로 삼을 수도 있기 때문이다. 그러니 '그래서 어쨌다는 거냐'고 묻기보다 말 속의 함의나 의도를 조심스레 헤아려보는 인내심이 더 유익하지 않을까, 싶다.

세상에 정말로 순전히 정직하고 솔직한 책은 없다고 봐야 한다. 저자의 부정직성 때문이 아니라 사회적 논란과 공박을 의식하기 때문이다. 신앙심도 없고 미워하면서도 교황청에 미움을 살까 봐, "존경하는 교황님과 교회에 엎드려 바칩니다." 운운하며 서문을 시작하는 중세 시대의 서책을 심심치 않게 발견할 수 있고, 술 많이 마시면 반드시 당뇨병이 생긴다고 말했다가는 술 팔아 먹고사는 장사의 미움을 사고, 건강에 나쁜 음식이라고 강조하면 회사에서 소송할지도 모른다.

그러므로 다중에게 발표한 글월에는 솔직함과 담백함이 담겨 있을 턱이 없고 독자는 문간을 읽고 알아차리거나 유추 해석해야 할 거다.

아무튼, 우리는 성급하게도 결론을 무척 좋아하나 수학이나 과학의 세계가 아닌 인생살이에는 결론이 없다고 볼 수밖에 없다. 설령 누군가 결론을 제시한다 해도 다른 이는 또 다른 결론을 제안할 것이기 때문이다. 보편적 결론이 없는 것은 아니지만 삶에 대한 결론은 개별적이고 독자적인 존재의 망상일 뿐이다.

세상 어디에도 결론 없다. 다만, 남의 얘기도 듣고, 살며 생각하며, 내 삶을 들여다보며 삶의 다양성을 위해 변화를 추구하여 내 삶이 시. 간. 낭. 비.였다는 씁쓸한 결론에는 도달하지 않으면 좋은 듯하다. 혹시 삶에 결론이 있는지 알아보는 노력과 시간은 그런 의미에서 유익하다, 말하지 않을 수가 없다.

그 책의 결론은 왜 사느냐에 질문에 결론이 없다는 것이 결론이다. 그러나 '왜, 사느냐'에 대한 답변이 궁하다면 '당신은 왜 죽지 않고 사는가'에 대한 답이 그 이유가 될 수도 있다는 것이 사전에 쓰는 독후감이다.

인생에는 의미가 있다고 믿고 그 의미를 찾음이 행복의 길이라고 강조하는 신학자의 주장도 있으니 새겨볼 대목이란 생각도 든다. 나를 세상에 있게 한 존재의 근원을 생각하여 삶의 의의와 목적을 찾아야 한다는 말이다.

종교적 담론으로 흐를 수도 있어 더는 지속하기 어려운 토의이지만, 존재 근원의 의미를 찾아 나서는 일이 삶의 의의를 알게 하여 불행을 면하고 행복에 이르는 방도일지도 모른다.

삶의 가치는 스스로 느끼며 생각하며 설정하고 실천에 옮기는 것이다. 하지만 삶에 대한 담론이 너무 난해하여 그 이유에 대해 답하기 어렵다면, '왜 죽지 않고 살고 있는가?'에 대해 생각해 보는 것만으로 본인의 삶이 정비된다고 생각할 수 있다.

구르는 공 같은 인생

　세상이 무엇이냐고 묻는다면 그것은 혼돈 속에서 미지의 곳을 향해 구르는 거대한 공(球) 같은 거라는 생각이 든다. 그렇다면, 우리도 구르다 어딘가에서 멈춰버릴 공 같은 인생이 아닐까.

　간혹 의지적 삶을 꾸려가는 사람을 볼 수 있지만 대체로 인생살이는 누군가 발로 차거나 집어 던지면 공과 같아 이리저리 구른다. 공이 굴러가는 이유는 그 자리가 불편하기 때문이다. 공은 자리를 찾고 있다. 접시에 구슬을 놓으면 이리저리 구르다 그 중앙에 자리 잡는 모습과 비슷하다. 그 자리가 좋고 편하기 때문이다. 바람이 불면 멈추었던 공은 다시 구르기 시작한다.

　심심한데 저 나라나 빼앗아 볼까, 따분한데 마누라 제치고 다른 여자와 혼인해 볼까, 반면에 사람들이 미치도록 좋아하는 돈을 잔뜩 쌓아두고도 다른 이유로 자살하는 사람, 지존의 위치에 있었던 영예에 대비되는 수치심에 바위 아래로 낙하하는 사람도 한 곳에 멈춰서는 공의 모습이다. 장애물에 걸려 더는 움직이지 못하는 공의 운명이다.

　사람이 자기의 의지대로 살아가는 듯 보이지만 실상은 장애물에 부닥쳐 다른 곳을 향해 가는 모습일 수도 있다. 각자 지금 하는 일이나 위치는 무엇인가를 피하려다 도달한 결과일 개연성이 높다. 그러므로 우리의 의지라는 것도 실은 처음부터 이리저리 공처럼 구르다 형성된 우연한 결과에 지나지 않을지도 모른다.

〈구르는 돌이 멈추는 곳〉[09]은 더 구르기보다 자기 형상에 맞아 머물기 편한 요철(凹凸) 부분이 틀림없다는 말도 할 수 있다. 아무튼, 그렇게 이리저리 구르다 멈추는 곳에서 수명을 다하는 공과 같은 우리네 인생의 운명이다. 세상이 혼돈 속에 굴러가는 거대한 공이라면 '나'는 아주 작은 공이라 부를 만하다.

◇◇◇◇◇◇◇◇◇◇◇

09) 송영우, 《철학하는 공학자의 인생론》, 신광문화사, 2017, p.432~434

구르는 공 같은 인생

인생이란 미로

인생은 미로 속에서 헤매는 일이 아닐까?

미로는 들어가면 쉽게 빠져나올 수 없는 곳으로 미로 속에 감춰진 미궁은 그리스 신화에 나오는 말이다. 크레타의 공주 아리아드네가 한 눈에 반한 타국의 왕자 테세우스를 떼어놓기 위해 그녀의 아버지가 가두어 놓은 곳이 미궁이다. 미궁에 들어가면 쉽게 나올 수 없는 이유는 내부의 길이 아주 복잡한 미로이기 때문이다. 흔히 해결이 어려운 일을 미궁에 빠졌다고 말하기도 한다.

그리스 신화의 현대적 해석에 능한 신화작가 이윤기 씨는 "미궁은 들어가지 않으려는 사람에겐 존재하지 않는 곳"이란 말을 남겼으나 신화의 기원은 그렇다 치더라도, 실상 우리는 미궁을 찾아 들었다가 미로에서 길을 잃고 헤매다 그 속에서 운명을 다하는 존재일 수 있다는 측면에서 미궁은 우리에게 생소한 곳이 아니다.

설령 미궁임을 알았다 해도 다시 빠져나오기는 어렵다. 의식이 깨어난 시기부터 노년에 이르기까지 매일 마음을 다잡고 가다듬기를 수십 년 해보아도 삶의 미궁에서 탈출하기는 쉽지 않다. 미궁에 빠지는 일은 복잡한 미로 때문이기도 하지만 원천적으로 욕망이라는 덫 때문이기도 하다.

미로에 들어가는 날, 공주는 왕자에게 몰래 실타래를 건네주었다.

왕자는 미궁의 입구 문설주에 공주가 건넨 실을 묶어놓고 실타래를 풀면서 들어가, 나올 때 풀어놓은 실을 따라 무사히 미궁에서 살아 나올 수 있었다고 그런다.

미로는 들어가지 않으려는 사람에겐 존재하지 않는 곳이지만. 삶의 행적이 바로 미궁 속에서 헤매는 일일진대 어찌 미로를 피할 수 있을까. 불행하게도 우리는 미로 속으로 들어가지 않을 수는 없는 운명에 처해 있다. 미궁에 들어갈 때는 실타래가 있어야 한다. 그 무엇을 찾아 미궁 속에 있다면 나올 때를 생각해 퇴로를 확보해야 한다는 말이다.

실타래는 미로의 퇴로이다. 미로를 따라 미궁에 도전할지라도 미로에서 나올 수단이 필요하다.

인생이 결코 희극일 수는 없어

인생이 희극일까 비극일까?

  인생이 희극이라면 잠깐 흘러간 좋았던 꿈같은 이야기를 회상하기 때문이지만, 우리의 삶에는 무수한 고통이 있으며 끝내 질병과 노화의 끝에 죽음이 기다리고 있기에 인생은 비극일 수밖에 없다.

  이러한 인간적 관측을 종교는 '영생'이나 '극락'에 귀착시켜 죽음의 비극을 희극으로 반전시키는 모습이다.

  오늘날, 자살(自殺) 대국이 된 대한민국이다. 한강 다리 중앙부근에 설치한 '생명의 전화'가 여러 군데 보인다. 자살하는 사람은 마지막으로 누군가에게 신호를 보낸다는 것이 정설이며 이때 손을 잡아주면 자살을 면하기도 하기에 '생명의 전화'는 그런 용도로 있는 듯하다.

> "내 철학을 잘 이해하면 살아 있기보다 살아 있지 않는 것이
> 좋음을 누구나 깨달을 것이다. 심오한 철학적 관점에서 인생
> 자체는 아무 가치가 없으므로 생존 자체를 거부하는 것이 가
> 장 큰 지혜이며 깨달음이다. 자살하는 사람이 삶을 포기하려
> 는 이유는 생명 자체의 부정이 아니라 삶의 조건에 절망하고
> 있기 때문이다. 살려는 의지 자체를 단절하고 싶은 것이 아니
> 라는 뜻이다. 그가 벗어나려 하는 것은 생존 자체가 아닌 고뇌

그 자체인 것이다."

위 구절들은 쇼펜하우어가 바라보는 인생관의 결어(結語) 부분이라 할 수 있다. 이 말의 영향을 받아 자살한 사람이 여럿 있었다는 얘기는 한 번쯤 들어봤을 거다.

인간을 불행 속으로 빠트리는 요소는 너무나 많아 일일이 다 열거할 수 없으나 그 원인으로서 내적 요소와 외적 요소로 크게 나눌 수 있다. 고뇌의 고통을 스스로 이겨내지 못하면 절망 상태가 된다.

고뇌는 의지의 좌절이나 상실에서 온다. 현실적으로 보면 사회적 · 금전적 · 신분적 성취의 좌절, 명예의 상실, 사랑의 상실, 자유의 상실 등은 고뇌를 넘어 심한 고통을 가져다주는 내적 요소이고, 여기에 외적 요소로서 재난, 질병, 사고, 사건과 같은 외생적 요소도 고뇌의 원인을 제공한다.

여기서 살펴볼 부분은 자유 의지의 문제다. 자유는 타자의 권익을 침범하지 않는 한, 본원적으로 우리에게 주어진 임의적 개별 의지의 천부적 권리 영역이다.

그러나 자유는, 그 의지가 펼쳐지는 공간으로서 추구하는 대상에 따라, 상당한 제한이나 좌절이 따라올 수 있다. 자유의 제한이나 속박은 외부로부터 오는 때도 있지만 스스로 조성한 조건일 수 있다. 자유에의 좌절은 대체로 행복이나 쾌락을 추구하려는 과도한 부당한 의지에서 불행으로 귀결되기 쉬우며 이는 구체적으로 설명하지 않아도 알 수 있는 사실이다.

자살의 원인이 되기도 하는, 절망하는 삶의 조건이란 행복을 추구하려는 의지 혹은 행복한 상태를 삶의 기본으로 상정한 생각 때문일 수 있다. 자신이 행복해야 한다는 가정은 근거가 없어 무모한 편에 속하고 불행하지 않을 이유도 없는 것이고 봐야 할 거다.

삶은 비극의 모든 요소를 내포하고 있다고 봐야 한다. 의지의 좌절로서 운명의 훼방, 헛수고의 허망함, 희망의 미충족, 질병의 고통, 부질없는 노력의 영락, 시시각각으로 다가오는 알 수 없는 불안, 불운의 시련, 그리고 끝내 오랫동안 두려워한 죽음이 꿈틀거리며 다가오는 모습을 보며, 이따금 느껴보는 순간에 지나가는 행복이나 쾌락은 지속적 불행을 압도하지 못하므로 인생이 결코, 희극일 수는 없다고는 생각할 수밖에 없다.

만일, 이 고해의 세상에서 불행을 인간의 삶에서의 기본 상태로 여긴다면 자살하고 말 것도 없다. 나는 이만큼의 행복과 쾌락을 누리며 인정받을 자격이 있다는 '자가발전적' 자기애가 지나쳐 자살로 이어지는지도 모른다.

그러므로 행복하기를 원하지 말고 인생은 나의 의지나 노력과 상관없이 덤으로 얻은 생명이라 여기면 조건 없이 감사하는 마음이 생겨날 수도 있다. 부모의 우연한 성교로 이유 없이 태어나 살다가 영문도 모르고 죽는 것이 인생이란 사르트르의 언명도 있다.

병적 우울증 상태가 아니라면 자유 의지로 자살을 선택할 수 없다. 때가 되면 자연 소멸할 존재로서 자살은 아주 부자연스러운 일이기 때문이다.

죽을 만큼 고통에 처한 경우가 없더라도 죽을 마음이면 차라리 온갖 수단을 동원하여 불가능에 도전해 볼 수도 있겠다. 되면 좋고, 안 되면 그때 가서 죽으면 되니까 말이다. 웃을 일이 아니다. 죽을 용기로 하지 못할 일이 없다. 죽음은 선악의 측면을 떠나 일단 세상에서의 모든 의무와 책임을 면해주는 완전한 해법이기 때문이다.

그러나 자살은 어리석은 일이다. 쇼펜하우어의 최대 모순은 자살을 장려했을 뿐 그는 자살하지 않았고 당시로는 장수한 편인 72세에 죽었다는 것이다. 더구나 그는 유산 받아 거의 일을 하지 않았고 연구만 했으니 독신이었지만 특별히 불행한 인생도 아니었다.

자살은 불필요한 일이다. 자살을 포기하면 두 번 인생을 사는 셈이니 새로운 희망을 품지 않더라도 인생은 본래 그러려니 하고 다시 한번 살다 보면 좋은 일도 생기는 게 인생이 아닐까 싶다.

플라톤은 인생에서 광분할 것이 별로 없다는 뜻으로 말한 구절이 있고 쇼펜하우어에 따르면 인생 경로는 삶에 대한 집요한 의지의 짧은 꿈에 지나지 않는 무한한 백지 위에 재미로 그려보는 덧없는 형상에 불과하다는 말도 있다.[10]

'의지의 목표는 끝이 없는' 여정이므로 의지의 길이도 조절이 필요할지도 모르지만, 인생, 그거 별수도 없고 별것도 없으니 기대는 하지 말고, 그냥 살아보는 거다.

◇◇◇◇◇◇◇◇◇◇◇◇

10) 쇼펜하우어, 《의지와 표상으로서의 세계》, 홍성광 옮김, 을유문화사, 2014, p.533 참고

남의 불행이 나의 행복일까?

남의 불행을 기뻐하는 마음이란 뜻을 지닌 독일어 단어가 있다.

Schadenfreude = Scharden(손해 · 피해) + Freude(기쁨)

독일어 이외에 이런 의미의 언어가 있는지는 알 수 없으나 남의 불행을 기뻐하는 심사는 남에게 닥친 손해나 불행이 내게는 오지 않았다는 안도감이거나 경쟁 관계에서 부전승 혹은 불로소득의 기쁨이리라. 남의 불행을 즐기는 마음의 이면에는 아마 시기심의 증오가 그 원한을 해갈하고픈 마음이 자리 잡고 있을 듯하다. 그밖에도 남의 불행은 내 삶에 위안으로 삼으라는 무지막지한 조언도 있다.

불행하거든 더 불행한 사람을 생각하라, 살기가 힘들다면 더 힘들게 사는 사람을 보라, 몸이 불편하다면 더 심하게 아픈 사람을 보며 살아라, 이런 종류의 조언은 종교인은 물론 천재라고 일컬어지는 철학자의 글에서조차 발견할 수 있다.

맞는 말이다. 자신보다 열세이거나 불우한 사람에게서 위안을 얻는게 사람의 모습이기 때문이다. 정신 능력이 떨어지는 사람, 체력이 약한 사람, 몸이 아픈 사람, 운이 나쁘거나 오판하여 망한 사람 등은 내게 좋은 위안 요소가 된다. 하루에 두 끼밖에 못 먹는 사람에게 한 끼만을 먹는 사람을 생각하며 위안을 받으라 하고, 한 끼 밖에 못 먹는 사람에

　　　　　　　　II 인생의 모습에 대하여

게는 쫄쫄 굶는 사람을 보며 굶주림의 고통을 참도록 말할 수 있다.

하지만 그렇게 연쇄적으로 자신보다 힘든 상황에 부닥친 사람을 위안의 요소로 삼는다면 마지막 계층은 어디에서 위안을 찾는단 말인가?

이와 비슷하게 먼저 떠나 추락한 비행기 편을 놓치고 다음 비행기를 타는 바람에 살았다는 사람의 감사와 감동의 말도 들은 적이 있다. 어떤 종교인은 교통사고로 다친 사람에게 그 차에 타고 있던 사람 대부분이 사망하였으나 당신은 살아 있으니 얼마나 감사한 일인가 위로의 말을 전하고 감사의 기도를 했다는 말도 들린다.

그렇다면 나는 살았더라도, 사고 난 비행기에서 죽은 사람은 무엇인가? 내가 살고 타자가 죽었다면 죽음을 면한 나는 안도의 감사 기도를 해야 할까? 인간적으로는 이해할 수 있는 대목이다. 전쟁터에서는 적을 죽이고 내가 살면 감사한 일이 아니던가! 그렇다면 죽은 적군은 무엇인가? 사람은 그토록 이기적이고 편파적이고 모순된 존재이다.

누가 연봉이 얼마이고, 얼마짜리 집에서 살고, 계급이 무엇인지 연신 따져보길 좋아하고 관심이 많은 사람이 지천이다. 그렇지만 그래서 어쩌겠다는 말인가.

남보다 우월한 면을 발견하여 기쁨과 위안을 얻으려는 심사이지만 반대로 비교하여 열등한 자신의 처지를 확인하면 상실감과 불만족을 느끼게 된다. 남과 비교하면서 우월감이나 열등감을 느끼는 일은 인간의 원초적 심성이다. 이로부터 발생한 시기, 질투, 증오심은 험담과 중상모략으로 이어질 수 있다.

타자와 비교하여 우월감을 느껴 행복할 수는 있으나 한편으로 나보다 나은 사람이 나를 보고 우월감이나 승리감이나 만족감을 표명한다면 나의 기분은 어떠할까? 그리하여 우리는 대화 중에도 무심코 남의 불행요소를 발견하는 데는 귀를 쫑긋이 세우고 들을지라도 타자의 행복 얘기는 듣는 척만 하고 외면하기에 십상이다. 이것은 스스로 불행을 느끼지 않으려는 일종의 자기방어 메커니즘에 속하고 특별히 도덕적 하자가 있거나 심술 맞은 인성 때문이라 보기는 어렵다.

그렇지만 자신보다 열세인 사람, 불우한 사람, 불행한 사람, 못난 사람, 힘든 사람, 건강하지 않은 사람, 죽은 사람을 보고 위안을 얻으라는 조언은 받아들이기 어렵다.

왜냐하면, 그 말은 역으로 자신보다 유능한 사람, 강세한 사람, 행복한 사람, '잘나가는 사람', '잘생긴 사람', 강건한 사람을 보고 열등감을 느끼라는 말과 동등한 말이기 때문이다.

결론적으로 '나'는 나이고 '너'는 너이다. 타자에게서 행복의 요소를 찾으려는 마음은 자가당착의 어리석음이다. 남에게 우월감을 느껴 자신이 행복할 수 있다면 반대로 누군가가 나를 보고 우월감에서 행복할 수도 있기 때문이다.

남에게 행복감을 주는 일은 선행이 될 터이지만 위안거리 혹은 웃음거리가 된 내 신세는 처량하다고 말하지 않을 수 있을까? 그러므로 남과 비교하는 일은 어리석다. 더구나 여기서 행불행을 발견하는 일은 더욱 그렇다.

행불행은 전적으로 내 정신 안에서 발견해야 한다. 곁눈질 치지 말고 앞만 보고 당당하고 자신 있게 사는 것이 맞다. 그리고 눈치 볼 것도 없다. 아무도 당신에게 관심을 두고 있지 않는다고 생각하는 편이 현명하다.

내 안에 샘을 파고 그 안에서 기러 올린 물을 먹으며 남의 샘 앞에서 기웃거리지 않는다. 그러다 혹여 당신의 안부를 묻는 사람이 있다면 거기에 머무는 사랑과 관심이 서려 있다고 믿는다.

남의 불행을 즐기고 기뻐하는 인생의 비루함을 생각한다….

인생이란 공병(空瓶)

　미국의 어느 철학자가 인생을 빈 병에 비유한 글이 있었다. 예컨대 큰 돌, 자갈, 모래를 가지고 빈 병을 채우는 방법으로 먼저 큰 돌로 가득 채우면 그 사이로 자갈을 넣을 수 있고 자갈 사이에는 다시 모래가 들어갈 수 있다는 거다.

　뒤집어 생각하면, 인생의 병을 모래로 먼저 채워버리면 자갈이나 큰 돌은 들어갈 수가 없고, 자갈로 채우면 모래는 들어가도 큰 돌은 들어갈 수 없다고 유추할 수 있다. 만일, 이미 채워진 모래 병에 자갈을 채우려 한다면 이미 있던 모래를 파내야 한다.

　더 이상의 덧붙임 해석은 의미가 없지만, 인생을 빈 병에 비유하여 생각해 볼 부분은 있어 보인다. 인생을 무엇으로 채울 것인가, 순서가 중요하다는 말이다. 젊어서 큰 뜻을 세우고 진력하며 살아가면서 이후 순차적으로 나머지 것을 채워나감이 삶의 바람직한 순리라고 생각해 볼 수 있다.

　그러나 인생이 그리 순탄하게만 살아지는 것이 아니고 뒤죽박죽 엉망진창 두서없이 흘러서 간다. 먼저 큰 뜻을 세울 겨를도 없이 현실적 삶에 급급하다 보면 인생의 빈 병에는 모래만 가득할 수도 있고 뒤늦게 거기에 보다 큰 돌을 넣으려면 불가능할 수도 있다.

　하루에 100만 원을 버는 사람은 온종일 그 일에만 열중할 수밖에 없어 고작 1년에 며칠을 쉴 뿐이지만 사람들은 그래도 무척 부러워할 것이나 그는 인생을 모래로 채우고 있는지도 모른다. 그 인생의 병(瓶)에는 모래밖에 없어 다른 것이 들어갈 여지가 없기 때문이다.

그러다가 뒤늦게라도 이게 인생의 전부가 아니라고 생각하면서 생업의 시간을 줄이고 삶을 돌아보며 예술과 문화를 섭렵하고 고상한 취미를 갖게 된다면 그는 모래로 채운 인생의 일부를 자갈로 치환한다고 볼 수 있고 한 걸음 더 나아가 인생과 자연에 대한 진지한 생각이나 정신 혹은 영혼의 세계에 관심을 둔다면 그는 다시 큰 돌로 병을 채우는 것으로 볼 수 있다.

가치관은 쉽게 변하지 않는 것이지만 눈 돌려 옆을 보면 또 다른 인생이 열린다는 것을 알 수도 있다. 혹여 본인의 삶에 회의가 든다면 살아가면서라도 생활의 행태에 변화를 주어, 마치 두 번의 삶을 살다가는 경험도 필요할지나 않을까.

기억과 인생

기억의 사전적 의미는 이전의 인상이나 경험을 의식 속에 간직하거나 도로 생각해 내는 일이라고 한다. 여기서 '간직'은 미래를 위한 것이요, 도로 꺼내는 것은 과거의 일이다.

시험에 대비하기 위해서는 책의 내용을 기억해야 한다. 혹은 자신이 당한 억울한 사연을 기억하여 반전의 동력으로 삼으려는 경우도 있다. 기억은 그렇게 미래를 향한 강박 속에서 이루어지거나 고통 속에 그려진 기억이 있는가 하면, 맘속에 자연스럽게 남아 있는 반추하고 싶은 과거에 대한 단순한 '추억성'의 '기억'도 있다.

어느 경우든 기억의 대상은 과거에 대한 것이다. 미래에 반추하는 기억도 결국에는 그것을 꺼내 쓰려는 시점에서는 과거에 대한 것이 틀림없다.

그럼 기억는 무엇인가? 이로운 '부재(不在)'보다, 대개 아쉬운 '부재'에 대한 즉, 지금은 없는 사랑, 명예, 부, 건강, 존경, 슬픔, 아련함, 아쉬움, 후회 등에 대한 느낌이 우리가 회상하는 기억이기 쉽다. 때로는 기억하고 싶지 않은 '존재'에 대한 기억도 있다. 그러므로 기억은 기억하고 싶지 않은 것과 다툼이거나 '부존재'에 대한 아쉬움 혹은 그리움일 수 있다.

'확인'은 지금 있는 것에 대한 인식을 확보하려는 행위다. 언제나 귀

찮은 의식으로서 번거로움인 '확인'은 '부재'에 대한 두려움을 제거하려
는 시도다. 기억은 상실이 대상이고, 확인은 소유가 대상이다.

나는 독백한다
기억하는 자!
그대는 상실에 아파하고
확인하는 자!
그대는 불안에 잠 못 이룬다
기억도
확인도 없는 세상은
이미
이 세상이 아니다
살아 있는 동안
기억하리라
비록 아플지라도
살아 있는 동안은
확인하리라
비록 상실이 올지라도
하지만
과거와 현재 사이만을 오가는
불구적(不具的) 실존인 우리에게
미래의 소리가 들린다
기억도 확인도

부질없는 무위(虛無)라는 것을

좋은 기억보다 나쁜 기억이 다섯 배나 많다는 어느 수도자의 말은 개인적 경우로서 관념적일 뿐 실증적 사실은 아닐 터이지만 아름다운 기억보다 대체로 나쁜 기억이 더 많다고 인정하지 않을 수 있을까.

고마운 기억보다 서운했던 기억, 유쾌한 기억보다 불쾌한 기억, 기쁜 기억보다 슬픈 기억, 즐거운 기억보다 고통스러운 기억, 감동보다는 실망의 기억, 좌절의 기억, 절망의 기억, 배신의 기억, 평안보다 불안의 기억, 감사보다는 분노의 기억, 그밖에도 부정적인 기억이 긍정적인 기억을 압도한다.

그 이유는 기억하는 사람 인격의 반영이 아니라 기억은 기억하는 시간과 관련이 있기 때문이다. 책을 여러 번 읽으면 그 기억이 오래 남는 것과 같은 이치로 좋은 기억은 순간에 지나가고 나쁜 기억은 반추하여 머릿속에 오래 남게 되는 것이다.

이런 '나쁜 기억'은 회상 이상의 몫으로, 더욱 오래 우리의 맘속에 자리 잡아 장기기억이 되면 정신건강에도 영향을 미쳐 어떤 형태로든 삶에 영향을 주는 요소로 작동하는 위력을 발휘한다.

실상 정신 수양은, 나쁜 기억의 용해(溶解)와 그 대상의 소멸이 핵심으로서 그 이전에 우선 용서와 화해가 필요하지만, 우리 주변에 그렇게 사는 사람은 보기 어렵다.

오히려 보복이 나쁜 기억의 원한을 해갈(解渴)하는 성격을 띤다고도 볼 수도 있다. 하지만 보복은 그다지 쉽지 않은 경우가 태반이므로 타자에 대한 험담의 배경에는 공개할 수는 없어도 의미를 둘 수 있는 '나

‖ 인생의 모습에 대하여

쁜 기억'이 숨어 있고 그와 곁들여 시기·질투심, 열패감 등이 자리 잡고 있기도 하다.

대체로 나쁜 기억은 구체적 결과가 주된 대상을 이루지만, 함부로 아무 생각 없이 지껄이는 상대방의 '말'이나 태도에서 보이는 '인식'이나 때로는 '솔직하고' 직설적인 면에서 유래하기도 한다.

저 사람은 왜 '그런' 인생의 길을 갈까. 의문의 배경에는 틀림없이 나쁜 기억이 도사리고 있거나 '은밀하고도 불가피한' 말 못 할 개별적인 사연이 있는지는 본인만이 알고 타자는 알 길이 없다.

아무튼, 우리는 타인의 삶에 관해 이러쿵저러쿵할 계제는 아니고 '나쁜 기억'에 대한 토의를 지속할 필요가 있다. '나쁜 기억'은 그 속성상 우리를 비관적, 냉소적, 배타적, 부정적으로 유도하여 미래에 또 다른 나쁜 기억이 될 일을 만들어 내기 쉽기 때문이다.

'인류를 사랑하기는 쉬워도 개개인에 대한 꾸준한 사랑은 어렵다'고 도스토옙스키는 《카라마조프가의 형제들》에서 말한다. 인류는 나와 직접 관계가 없는 불특정 집단이고 개개인은 나와 관련을 맺은 사람들이란 점에서 우리는 그의 말에 단박에 동의하지 않을 수가 없다. 나쁜 기억 때문이다.

한두 번의 나쁜 기억은 대화를 통해 해갈할 수 있지만 사소하더라도 나쁜 언행이 자꾸 반복되면 결국 '사랑'은 결단(決斷)에 이르고 만다.

그러면 나쁜 언행이란 무엇일까. 상대방에 대한 속마음으로서 '나쁜 인식'이 드러나는 말이다. '나쁜 기억'이 되는 언행이나 태도를 보인 당사자는 자신이 상대방에게 나쁜 기억을 심어주었다는 사실을 알지 못

한다. 그것을 알면 그렇게 언행을 했을 까닭이 없다. 그러기에 나쁜 기억의 원인 제공자는 어리석고 어쩌면 '머리 나쁜' 사람이란 판단이 맞을지도 모른다.

하지만 생성된 '나쁜 기억'을 어찌하랴! 잊으려 하면 더 생각난다. 한 가지 방법은 있다. 애써 좋은 기억을 찾아 상쇄하는 방법이다. 또 다른 방법은 본인도 타자에게 나쁜 기억을 준 적이 없는지 상기하여 상쇄하는 기법이다.

하지만 기억이 어찌 내 맘대로 조절이 될까. 기억이 없다면 지금의 '나'는 내가 아니다. 그러니 기억을 잘 달래고 어루만져 순화시키는 수밖에 없다.

인생의 장년에 이르면 '나쁜 기억'의 창고는 차고 넘치게 되어 수많은 단절이 발생하므로 평생 가는 인간관계가 없음을 실감하게 된다. 그러기에 조금이라도 '좋은 기억'을 심어준 아름다운 사람은 소중히 여겨 오래 곁에 둘만 하다.

간음한 여인을 용서하며 이제 더는 '죄를 짓지 말라'는 성서의 말처럼, 구업(口業)을 짓지 말라는 불경의 말처럼, 남아 있는 날들이나마 생각하며 말하고 행동하며 살아가는 일이 최선이 아닐까 싶다.

인류 최초의 소설, 《일리아스》와 《오디세이아》에는 재미있는 표현이 있다. 술 마신 사람은, 절반은 사람이고 절반은 말이라는 뜻의 '반인반마(半人半馬)'라는 거다. 음주하는 인생은 술 마시고 타자에게 나쁜 기억을 만들어 주지는 않았는지 회고할 필요가 있다.

아무래도 우리는 '나쁜 기억'을 주고받는 존재가 아닌가 싶다. 용서와 화해가 참 어렵다고 느껴진다. 잘 안되니까 이렇게 되뇌며 주절거리

‖ 인생의 모습에 대하여

고 있는 것은 아닐까?

만일, 자고 일어나니 머릿속의 기억이 모두 하얗게 지워졌다면 그 사람은 어찌 될까? 자신이 어떤 사람인지 알 수 있을까? 이전의 그로 돌아갈 수 있을까. '나는 누구인가?' 따위는 생각할 겨를도 없이 동물적 추동에만 휘둘려 되는대로 살아가는 사람에게 자의식이 작동하고 있을까.

사람에게서 기억이 모두 없어지면 어떻게 되나? 자의식은 기억에 기반하여 생긴다. 기억이란 무엇인가? 우리는 무엇을 기억하는가?

예컨대 평생 많은 시간을 소모한 어떤 행위에 대해 훗날 별로 기억나는 것이 없다면 그 일은 인생에서 기억할 만한 가치가 있는 일이 아니었다고 생각할 수 있다. 이런 예는 수도 없이 많아서 예컨대 위락에 소모한 시간은 단지 그것을 했다는 사실만 기억한다. 우리는 의미 있는 일만 기억한다고 볼 때, 기억에 없는 일은 우리 인생에서 별다른 의미를 부여하기 어려운 일인 경우이다.

온갖 종류의 죄악을 범했다는 톨스토이는 참회록에서 명예와 돈을 얻기 위해 저작에서도 같은 추행을 저질렀다고 고백한다. 세상 사람들을 가르치고 이끌어갈 의무를 띤 사람이란 광적인 자신감에서 저술을 계속한 결과 문명을 얻고 인세로 막대한 재산을 벌어들인 그는 주변의 찬사와 존경을 받으며 사랑스러운 가족과 대궐 같은 집에서 최고급의 음식을 먹고, 사교계에도 드나들었다.

그러는 사이 차츰 회의가 찾아들기 시작했고 급기야 삶에 의의를 찾지 못한 그는 자살의 유혹에 시달렸다. 그는 15살부터 철학서를 마구 탐독하면서 유년부터의 신앙생활을 멈춘 경력이 있었다. 그는 영리와

文名을 얻고자 저술 작업에 집착하여 막대한 부와 명예를 일궜으나 인생에 대한 깊은 회의감에 자살 충동을 억누르고 인생의 후반에는 세속적인 삶을 버리고 참회와 깊은 명상 속에서 종교에 귀의한다.

살인의 기억, 간음의 기억, 절도의 기억, 폭행의 기억, 도박의 기억, 사기 친 기억…. 이런 기억은 작가로서 엄청난 경험으로 작품을 쓰는 데 유용한 소재가 되어 많은 독자를 확보하는 결과를 가져왔고 범죄의 기억에서 끌어낸 참회는 그를 인류의 스승으로서 참인간의 표상으로서 우뚝 서게 하는 계기가 된 것이다. 참고로 그의 살인은 사적 범죄는 아니고 '전쟁에서 숱한 사람을 죽였다'는 고백으로 해석한다.[11]

기억이 소중하다. 앞서 언급했듯이 우리는 의미 있는 것만을 기억한다. 그렇다면 의미란 무엇인가? 자기의 인생에 영향을 준 일이다. 기억에 없는 일은 의미 없는 일이라 생각해도 무방하다.

그렇다면 기억 속에는 무엇이 들어 있는가? 고통, 불쾌, 가책, 자책, 공포, 분노, 슬픔, 불안, 수치, 좌절, 광희, 증오 등 주로 부정적인 기억이 주를 이룬다. 그 이유는 좋은 기억의 소극성, 나쁜 기억의 적극성 때문이다. 이는 인간이 가지는 양심과 이기심의 영향 때문이라 생각된다.

인생을 돌아보며 톨스토이처럼 온갖 죄악을 저지른 사람은 많지 않으나 참회의 요소가 없는 사람은 없다. 그것은 각자의 일이다.

참회는 새 출발이다. 톨스토이는 참회 후에 다시 옛날로 돌아가지 않았다. 인생살이 얼마 남지 않았다면, 나쁜 기억은 그것으로 족하니 이제 더는 나쁜 기억을 만들지 않도록 유념해야 한다는 생각이 앞선다.

◇◇◇◇◇◇◇◇◇◇

11) 그가 전쟁에서 돌아온 나이가 26세였으니 그로부터 추산한 1854년은 러시아의 남방정책이 원인이 되어 발생한 크림 전쟁 시기였다.

위락은 시간 죽이는 단순 행위일 뿐 거기에 간직할 별다른 의미가 없음은 이미 살펴보았다. 가치가 없기 때문이다. 대신에 좋은 기억을 만드는 마지막 어려운 과제가 남은 셈이다.

인생의 결말이 멸절임을 알고 있지만, 사람들은 잊고 살며 생각조차 하기 싫어한다. 하지만 사멸의 결론을 또렷이 지속하여 인식한다면 무엇을 어찌해야 하는지는 깨닫게 될지도 모른다.

어리석은 인간이 따로 없다. 당하고 나서야 정신을 차리는 어리석음은 인간의 고질병이다. 질병도 때로 감사할 일이다. 그를 통해 다른 삶이 열린다는 확신이 있기 때문이다. 나쁜 기억 말고, 좋은 기억 만드는 날들이 되어야 한다고 믿는다.

죽음이 임박해 올 때 세상과 인간에 대한 '좋은 기억'을 간직하며 떠나기를 바라야 하지 않을까. 그런데 좋은 기억보다 나쁜 기억이, 좋은 사람보다 나쁜 사람에 대한 기억이, 좋은 세상보다 악한 세상에 대한 기억이 압도하니 우리의 불행은 여기에서 발원한다.

실존 세상과 실존 인간을 규정하기 어려운 이유는 그것이 마치 얼룩강아지 모양이기 때문이다. 검은색도 아니요. 흰색도 아닌 두 색이 섞여 있는 알록달록한 게 인생이요 세상의 모습이다.

2천년대 들어와 외국인 불자의 세계적 모임이 있고 난 후에 발간된, 마치 신교의 간증 같은 성격의 내용의 책으로, 《공부하다 죽어라》[12]는 참석자들의 신앙고백이었다.

◇◇◇◇◇◇◇◇◇◇◇

12) 현각 외 10인, 《공부하다 죽어라》, 《조화로운 삶》, 2003년 11월부터 열린 '외국인 출가 수행
자 초청 영어 법회' 번역집

왜, 불문에 입교하였는지에 대한 사정은 조금씩 다르지만 대체로 고통을 제거하여 마음의 평안을 얻고자 함이 공통점이었다.

고통의 근원은 피할 수 없는 생로병사의 운명을 필두로, 원하는 것을 얻을 수 없는 좌절의 고통, 사랑하는 사람이나 재물을 잃는 상실의 고통, 싫어하는 사람과 더불어 지내야 하는 관계의 고통 등은 불교가 지적하는 인생고 혹은 인간고의 대개다.

구체적으로는 미충족의 좌절, 건강의 상실, 젊음의 상실, 재산의 상실, 지위의 상실, 명예의 상실, 관계의 상실, 사랑의 상실, 이별, 배신, 관계에서 오는 고통으로는 부부갈등, 부자갈등, 형제갈등, 부모의 자녀 학대, 사회적 갈등으로는 직장 내 갈등, 동업종 사이 갈등, 집단 내 갈등, 노사갈등, 사회 계층 간의 갈등, 정치 세력 간의 갈등, 나라 사이 갈등이 있다.

고통은 삶에 회의감을 주기에 충분하기에 고통과 갈등에서 초월하여 마음에 평안을 얻는 방법은 출가라고 단정 짓고 승려가 된 외국인들의 신앙고백이다.

사람은 아무래도 과거에 지배를 받는 경향이 있다. 과거는 바로, 기억의 세계다. 좋은 기억에 지배를 받으면 좋지만 대개 나쁜 기억에 얽매이기 쉬운 것이 사람이다. 좋은 기억보다 나쁜 기억에 지배받기 쉬운 면이 보편적 인간 성향이기에 그 마음을 반전시키려면 '마음공부'가 필요하다.

불교에서 선행과 보시(普施)는 나쁜 기억과 악행을 잊기 위한 수행의 인간적 수단일 수 있다. 기독교는 믿음이라는 수단으로 구원에 도달하는 것이고….

끝이 좋아야 한다. 마지막 기억이 안 좋으면 다 안 좋게 느껴진다. 인간에게는 죽음의 시간이 시시각각 다가오고 있다. 오늘 세상이 끝나더라도 나쁜 기억을 만들지 않아야 한다고 믿는다. 참 어려운 일이다. 미워하지 말고 베풀고 감싸고….

27 06 2008 18 29

입신출세

입신(立身)과 출세는 유사한 개념이어서 '입신=출세'라고 봐도 무방하다. 조직에 몸담은 사람은 제법 높은 직위까지 오르거나, 사업하는 사람은 그 분야에서 제법 탄탄하게 입지를 구축했거나, 자영업이라면 타의 추종을 따돌릴 만큼 성가(成家)했거나, 교육이나 연구 분야에서는 나름 업적을 남겼거나, 사회적으로 제법 알려진 예술인, 체육인, 기능인이라면 어느 정도 입신했다고 말할 수 있다. 그렇게 입신, 출세는 타자의 시선에 바탕을 둔 판단이라고 생각된다.

아무튼, 입신출세가 쉽지 않아 대부분 인생은 그에 이르기보다 하루하루 현실 속의 구멍 난 곳을 메워나가는 일에 급급한 삶을 살고 있다.

'성인(成人)'이란 어른(Adult)을 뜻하지만, 자의(字義)로 보면 '사람이 된다'는 뜻으로 새길 수도 있겠다. 사람이, 사람이 된다는 뜻은 아마 인격적으로 완숙한 존재가 된다는 뜻으로 받아들일 수 있다.

그렇다면 인격이란 무엇인가? 인격은 능력보다 사람의 됨됨이요 품격이라 할 수 있고 여기에는 수많은 덕목이 포함된다. 사랑, 자비심, 양심, 정결, 배려심, 인정, 베풂, 관심, 이해, 양보, 봉사, 헌신, 진실, 정의, 정직, 순결, 인내, 관용, 용기, 남의 감정을 알아차리고 자신의 감정을 조절하는 '정서 능력' 등이 인격의 범주에 속한다.

입신출세는 좋은 것이고 목표로 삼아 진력한 인생이 아름답다고 여겨지나 입신출세가 인생의 목적일 수 있을까! 위 덕목 중에 입신출세에 절대적으로 필요한 개인의 '이성 능력'은 인격의 구성 요소로 열거하지 않았음은 눈여겨볼 대목이다.

입신출세 후에도 인생길에는 여전히 암초가 도사리고 있다. 날로 더해지는 출세욕, 금전욕, 권력욕, 명예욕, 심지어 성욕까지 욕망은 무한대로 나아가기 때문이다. 무슨 욕망이든지 욕망의 끝은 결코 채워질 수 없으니 그 해결책을 찾아야 한다.

욕망으로부터 자유로워지는 것이다. 자유롭다는 뜻은 우리말이라기보다 영어의 'Free'를 직역한 말 같다. 'Be free of'를 '무엇으로부터 자유롭다'는 표현은 우리말로는 어색하고, '무엇으로부터 벗어난다' 혹은 '무엇이 없어도 되는' 혹은 '무엇에 연연하지 않은' 뜻으로 표기함이 더 좋을 듯하다.

욕망으로부터 자유로워지는 일은 어려운 일이라고? 불가능에 가깝다고? 그러니까 욕망의 속성을 자각하고 노력해야 조금이라도 욕망을 제어할 수 있다는 뜻이다. 무엇에도 연연하지 않는 지경이 최고 인격 상태인 '성인(成人)' 혹은 '성인(聖人)'이라 할 수 있다.

그런데 여러 덕목에 충일해야 하는 '성인', 즉 입신의 조건을 갖춘 사람이 세상에 존재할 것인가. 인생의 목적이 입신출세가 아님을 알고 타인의 눈에는 입신을 못 했더라도 자기 내적 입신을 이룬 사람도 없다고 볼 수 없다. 자신의 현실적 처지에 상관없이 부족함이 없다고 자족하는 사람은 '자유인'으로서 입신자(立身者)이고 '성인(成人)'에 근접한 사람, '사람이 된 사람'이다.

인격을 자주 언급한다고 해서 결코, 인격자가 되지 않으나 적어도 인격을 자각하는 사람일 수는 있고 '성인(成人)'이 되고자, 즉 인격자가 되고자 조금이라도 깨어 진력하는 사람일 수는 있다.

하지만, 어느 정도는 인격자는 아니더라도 조금은 괜찮은 사람 같다고 생각되면 세상에서 벌어지는 재미난 현상도 있다. 세상 물정 모르는 속여먹기 좋은 상대라고 여기면 어김없이 노출된 자비심을 적기에 활용해 짓밟기를 멈추지 않는다. 참으로 인격자로서 '성인(成人)', 즉 '사람 되기'가 쉽지 않다.

하지만 인생의 어느 시점부터는, 젊은 날의 욕망을 멈추고 선업을 쌓아야 한다. 이룰 수 없을지라도 진력함에서 인생의 의의를 찾아 입신의 끝은 출세가 아닌 '사람 됨'이라고 말할 수 있다.

　　　　　　　　　　　　　Ⅱ 인생의 모습에 대하여

III

태도에 대하여

태도는 마음의 거울

　세상의 모든 일은 사람이 하는 것이므로 일의 성패 혹은 능률을 위해서는 일의 주체로서 대상을 파악해야 한다. 해악을 끼칠 사람인가, 도움을 줄 사람인가, 속만 빼먹고 버릴 사람인가, 배신할 사람인가, 성실한 사람인가, 진실한 사람인가….

　경력이나 탐문에 의한 평판 등을 알면 도움이 되어도 그럴 겨를이 없이 처음 접하는 사람의 마음을 아는 방법은 말과 태도 그리고 태도의 범주에 속하는 것으로 표정을 들 수 있다. 말은 들어보면 알 수 있으나, 태도는 보아야 알 수 있는 겉모양이다. 말보다 대개 태도를 보면 그 사람의 속마음을 알 수 있다. 태도는 마음이 보이는 거울이기 때문이다.

　상대방의 말을 듣는 태도, 감사하는 태도, 친절한 태도, 미안함을 아는 태도, 배려하는 모습, 손아랫사람에게도 공손한 태도, 타인의 일에도 관심을 보이는 태도, 매사에 진지한 태도, 부탁에 응하는 태도, 전화 받는 태도 등은 마음 상태를 보여준다.

　좋은 태도는 사회생활의 자산이 되거나 일의 성패에 영향을 주기도 하는 요소이다. 세상에 공짜가 없으니 태도가 양호한 사람은 무슨 일을 하든지 성취할 개연성이 높다. 반면에 태도가 불량한 사람은 사회에서 인정받고 성공하기가 어려울 수도 있다.

태도는 몸짓이며 넓은 의미로 보면 상황 대응 자세이기도 하다. 몸 동작으로는, 고개를 빳빳이 쳐들고 말하는 태도, 눈을 마주치기를 꺼리는 태도, 눈을 내리깔고 말하는 태도, 눈을 치켜뜨며 꼬나보는 태도, 다리를 꼬고 앉아 있는 태도, 다리를 짝 벌리고 앉는 태도, 큰 소리로 말하는 태도, 이상한 눈초리로 쳐다보는 태도, 딴전을 피우며 말하는 태도, 받은 명함을 보지도 않고 버려두는 태도, 받은 명함으로 카드 놀이하는 손놀림, 받은 명함을 책상 위에 놓고 손톱으로 찍어대는 모습, 쳐다보지 않고 말로만 응대하는 인사, 악수하며 이내 딴 곳을 쳐다보는 태도, 일하면서 응대하는 태도 등이 나타나고, 상황에 대응하는 자세로는, 자기와 관련 없는 일에는 '노코멘트'로 일관하는 태도, 암중모색하는 태도, 돈 안 되는 일에는 일절 반응하지 않는 태도, 공짜 좋아하고 전혀 자기희생 없는 태도, 저가 물건 사면서 할인하는 태도 등을 생각할 수 있다.

이 시대 소통망을 대하는 자세도 사람의 인성 파악에 중요한 단서가 될 수 있다. 예컨대 수백 번의 메시지를 받아도 단 한 번도 응대하지 않다가 이해관계가 있는 일에는 즉각 반응하는 태도 같은 거다. 그렇지만 세상이 그리 만만하지 않아, 이런 얄팍한 태도의 결과는 본인에게 회귀하는 경향이 있다. 나쁜 태도로 살다 보면 세상살이가 꼬이고 하는 일마다 난관에 부닥칠 수 있다.

이미 언급했듯이 태도는 마음의 거울이면서 그 마음이 지어낸 몸짓이라고 볼 때, 여기에는 표정도 포함된다. 마음이 만들어 낸 드러난 표정만큼 정직하고 정확한 태도는 없다. 장사하는 사람은 표정만 보면 업황을 알 수 있다. 잘 되면 안 된다, 안 되면 잘 된다고 답하는 때도 있는 장사이므로 업황을 물어볼 필요조차 없다. 그건 일반인도 마찬가지다. 죽는소리해야 돈을 빌려달라는 말을 듣지 않을 거다.

그렇듯이 표정을 보면 그 사람이 처한 상황을 짐작할 수 있다. 관상은 '타고난 표정'이지만 표정은 알게 모르게 자신이 만들어낸 모양이며 이것이 굳어지면 인상이 된다. 관상은 선천적이고 인상은 후천적 태도의 반영이다.

숨긴다 해도, 태도는 어느 순간 결국 밖으로 드러나고 만다. 처음 볼 때부터 태도가 좀 석연치 않다는 생각이 드는 사람은 주시헤 볼 필요가 있다. 첫인상이 꺼림칙한 사람은 일상적 접촉에 가려지다가 어느 순간 결정적으로 해악을 끼치는 수도 있기 때문이다. 사악한 마음, 간특한 마음은 태도로 드러나고 그것을 일찍이 간파하는 사람은 현명하다. 나이 들면 냉소적 인간이 되는 이유는 태도를 보고 그 마음을 미리 알아차리기 때문이다.

마음이 태도로 나타나는 경우는 자연스러운 일이지만 반대로 태도가 마음을 만들어 내는 일도 있다. 허리 굽혀 인사하면 자기도 모르게 공손한 마음이 들지도 모르고, 경례하면 은연중에 대상에 대한 존경심이 생길 수도 있고, 악수를 청하면 적대감이 없어 보여 안도감이 들기도 한다.

태도가 동작이고 자세라고 볼 때, 그중의 압권은 비록 강요된 태도이나마, 군인의 '차려' 자세이다. 그 자세는 부동자세로서 군인의 기본 자세라고 강조할 정도로 군인의 자세 중에서 기본인 자세다.

부동자세는 아무 행동도 예비하지 않은 자세로서 가만히 서 있는 물체와 같은 모습을 나타낸다. 그러므로 그 자세로 서 있는 사람은 예전 군대에서는 지휘봉으로 배를 찔러도 되고 발로 차도 문제될 것이 없었다. 그야말로 복종할 준비가 되어 있는 그 자세를 유지하다가 명령을 받아 즉각 다음 동작으로 옮기므로 차려 자세가 군인의 기본자세가 되는 것이다. 그러므로 차려 자세는 복종의 상징적 태도이며 수명(受命) 준비 태도이기도 하다.

그러므로 태도는 마음에서 우러나오는 겉모습일 수도 있고 마음을 준비하도록 강요된 규범적 행위일 수도 있다. 태도의 중요성을 알고 본인도 오해받지 않도록 행동할 필요도 있다. 실제로 내 마음이 불순하여 드러난 태도라면 그 결과를 달게 받아야 하지만 내심이 그렇지도 않으면서 오해를 살 태도를 보일 때가 있으면 억울한 일이기 때문이다.

한편 태도, 그거 믿을 수 없다고 말하는 사람도 있을 수 있다. 그 말도 맞다. 면종복배는 흔한 일이고, 웃음 속에 칼을 품는 수도 있고 사이비 교주는 대개 천사처럼 웃는 태도로 위장하는 경우도 있다.

그리고 6.25 당시에 전세가 변할 때마다 표변(豹變)하는 인간상은 소설의 좋은 소재가 되기도 했다. 완장 차면 돌변할 사람, 주변에도 상당수 잠복해 있다. 평소의 태도로도 그 싹은 보일 수도 있으니 그것을 아는 사람은 현명하다.

평상시 몸가짐을 조심한 태도로 보이던 사람도 어느 자리에 가면 태도가 돌변하는 경우는 대단한 인격자가 아닌 한 거의 다 그렇다. 태도가 변하면 마음도 변한 것이 맞다. 표변하는 인간, 이거 호랑이보다 무서운 거다.

하지만 그런 위치에 있는 사람도 많지 않고 그 기간 또한, 길지 않아 흔한 일은 아니므로 그러려니 하고 일상적 태도에나 관심을 둬야 할 거다. 특수한 상황에 부닥치는 때는 그리 많지 않기 때문이다.

본래 예외 없는 규칙이 없고 인문학적 명제에는 자연과학과는 달리 진리나 정론이 없고 확률론적 개황이라고 보면 된다. 그런 의미에서 일상적 태도를 보고 사람을 판단해도 확률상 큰 무리가 없다고 생각할 수 있다.

마음이 드러난 모습이 태도이지만 태도를 중시하면 마음도 좋아진다고 믿어야 한다. 기립박수는 존경하는 마음을 키우며, 묵념은 애도하는 마음을 알게 한다.

태도는 마음의 거울이면서, 마음을 지어내는 수단이기도 하다.

사람은 믿을 수 있는 존재인가

전쟁터에서 한 치 앞이 안 보이는 정글의 밀림을 헤치고 수색하다 총질할 겨를도 없이 적과 마주하여 서로 놀라는 장면을 영화에서 본듯하다. 차마 죽일 수 없어 도망치자고 손짓하자 모두 뒤돌아 달아났다.

그러나 일방에서 마음이 변해 도주하는 적의 등 뒤에 총질을 한다. 나는 살았지만 너는 죽어야 한다는 것이다. 일종의 배신이다.

인도적 견지에서 엉겁결에 서로 살기로 했으나 적을 죽여야 한다는 막연한 순간적 후회에서 그런 짓을 했을 수도 있고, 수색대의 정체가 노출되어 우리 부대의 안전을 위해 죽일 수밖에 없다고 마음이 변했을 수도 있다.

빵을 훔쳐먹을 것인가, 배고픔을 참을 것인가. 그것은 양심의 가책을 참을 것인가 배고픔을 참을 것인가의 문제다. 선택은 양심과 배고픔의 정도에 따라 달라진다. 이것을 먹지 않으면 죽을 것 같은 상황이라면 양심은 설 자리가 없어진다.

사람은 그렇게 단순한 존재가 아니다.

인류 역사의 상당 부분은 배신 혹은 배반의 역사임을 알 수 있는 대목은 우선 성경에서조차 예수를 팔아먹은 유다는 물론이고, 믿음을 고백한 베드로 이외 제자들의 배신을 예수님은 이미 알고 있었으니 '의인은 하나도 없다'[13]는 말도 경전에 나온다.

믿었던 신하의 배신이 나라의 역사를 바꾼 사례는 너무 많아 우리나라의 경우만 봐도 혁명이나 변혁이 나라에 좋은 결과를 초래하는 때도 있으나 조선조에 이어 제3공화국, 제5공화국은 모두 배반에서 시작되었음은 부정할 수는 없는 역사다. 배반은 믿음의 반대이다.

주변의 사례를 보더라도, 친구 둘이 등반에 갔다가 뜻밖에 조난으로, 추위 속에서 밤을 지새우며 한 장밖에 없는 담요를 덮지 않으면 죽을 수도 있는 상황을 맞이한 그날 밤, 모포 한 장을 차지하려고 격투가 벌어졌으나 다행히 둘 다 조난에서 살아 돌아온 후 서로의 속마음을 알아차리고 다시 보지 않는 사이가 되었단다.

배신은 아직 '그때'가 되지 않아 나타나지 않을 뿐 이미 잉태되고 준비된 것일 수도 있으므로 생존 갈림길에 서는 순간 대부분 사람이 배신할지도 모른다고 믿어도 아주 많이 틀리지 않는다. 그리하여 세상의 관습, 제도, 법률은 철저히 인간 불신에 바탕을 두고 제정한 규범이 아니던가.

◇◇◇◇◇◇◇◇◇◇◇◇

13) 《신약성서》〈마태복음〉 제26장 31~33절

Ⅲ 태도에 대하여

세상은 결코 정의로운 곳이 아니지만, 그렇다고 불의가 온 세상을 뒤덮고 있지도 않고, 인간은 믿을 수 없는 존재이지만, 그렇게 믿어서도 안 되는 이유는 믿지 못하면 함께 협력하여 도모할 수 있는 일이 불가능하기 때문이다. 사람은 궁극적으로 믿을 수는 없으나 한정적으로는 믿어야만 한다.

삶의 동력인 이기심과 욕망은 동시에 파멸에의 유인인 것도 알아야 하고, 남녀의 사랑은 한때 피었다 지는 꽃처럼 영원한 것이 아니며, 사람마다 나와는 다른 개별성을 인정해야 한다.

사람을 믿지 마라. 이렇게 책에 쓰면, 독자는 읽다 말고 책을 집어던지며 화를 낼지도 모른다. 그러니까 당신은 믿을 만한 사람, 아름다운 사람, 축복받은 사람, 진실한 사람, 당신도 할 수 있다며 온갖 미사여구로 포장한 책이 나오는 배경이 된다.

정작 중요한 말은, 인격이 드러나는 점을 의식하여 가식으로 무장한 저자의 책에는 없고, 오히려 저자가 뒤에 숨을 수 있는 등장인물을 앞세우는 소설에서는 발견할 수 있을지도 모른다.

"믿을 사람 한 사람 없네!"

사람을 믿지 마라, 이렇게 책에 쓰면,

"당신! 지금, 나도 못 믿겠다는 거냐?"

"그렇다면 너 자신을 믿을 수 있다고 생각하는가?"

이런 말을 들으면, 화를 내면서도 속마음으로 실은 나도 너를 믿지 못한다고 비웃을 수도 있다. 이렇게 되면, 너도 못 믿고 나도 못 믿는 존재로서 상호불신을 확인하는 대목이 된다.

믿을 사람이 없다는 말은, 애석하게도 시점의 차이일 뿐 이미 준비된 미래인 경우도 있다. 그런데 한 가지 살펴볼 부문은 과연 '내가 나를 믿을 수가 있는가'의 문제다. 사람의 마음이 얼마나 빠르게 변하는지는 굳게 결심해도 어느 순간 마음이 변해 의외의 결정을 내리고 순간에 행동으로 옮기는 자신의 모습에서 발견할 수도 있다.

사람은 믿을 만한 존재인가? 자주 던지는 화두였다. 사람이 믿을 만한 존재인가는, 스스로 믿을 만한 사람이라고 자부할 수 있는지 대한 자문에서 그 답을 찾을 수 있을지도 모른다. 즉, 상황에 따라 나 자신도 확신할 수 없다는 측면에서 인간에 대한 부정적 식견이나 불쾌감을 희석할 수도 있다.

사람은 믿을 수도 안 믿을 수도 없는 존재다.

법규나 사회제도는 근본적으로 인간 불신을 바탕으로 만들어진다는 사실은 당연하지만 불편한 진실이기도 하다. 누가 선의가 아닌 악의로 살아갈지를 알 수 없기 때문이다. 선량한 사람도 때때로 악행을 하고 시치미를 떼는 예도 있어 '믿을 사람이 없다'는 말은 과장된 말로 여길 수도 없다.

그러나 살아가며 개인 간에 불신을 내비치는 경우는 불쾌감을 넘어 분노를 일으켜 관계는 단절되고 만다. 때로는 약속을 지킬 수 없는 불

가피한 상황도 있고, 아예 처음부터 삶의 철학이 달라 배반이 발생하는
때도 있다.

세상은 자기의 이익을 극대화하려는 '만인의 만인에 의한 투쟁'의 장
으로 유리한 신분이나 위치를 이용하여 남의 등골을 빼먹는다. 결국,
마음 좋은 사람이 남의 밥이 되는 일은 흔하다. 악인은 그의 유전자가
시키는 대로 종국에는 배신한다. 그게 누구인지는 처음에는 알 수가 없
다. 그렇다고 악하게 살고자 마음먹어도 천성이란 것이 있어 쉽게 변신
이 안 되기도 한다.

사회제도가 불신을 전제한다고 해서 개인 간에 불신을 드러내면 될
일도 안 된다. '나'는 믿을 수 있는 사람이라고 스스로 말하는 사람은 어
리석지만 누가 나를 의심한다면 금방 그 사실을 알아채고 그를 경계하
고 불쾌한 사람으로 여길 것이다.

오히려 '나는 당신을 믿는다'고 신뢰를 보내면 좋다. 때로는 그런 말
을 오히려 악용하는 사람도 없지 않아 세상살이가 어렵게 느껴지지만,
역설적으로 어쩔 수 없이 대부분 경우 사람은 믿을 수 있다고 봐야 한
다. 만나는 사람마다 불신을 가정하면서 도모할 수 있는 일은 아무것도
없기에 믿는 수밖에 다른 방도가 없다. 상처받는 믿음이 되는 한이 있
더라도 다른 방도가 없는 게 세상살이 아닌가 싶다. 아주 큰 일이 아니
라면 믿음으로 하고, 운명적인 일이라면 경계심을 가질 필요는 있다.

세상은 결코 정의로운 곳이 아니지만, 그렇다고 불의가 온 세상을
뒤덮고 있지도 않고, 사람은 궁극적으로 믿을 수 없는 존재이지만, 한
정적으로는 믿어야만 살 수 있고, 믿음이 밑천이요 사랑이라 여길 수밖
에 없다.

혼탁하고 혼란스러운 세상, 하지만 사는 날까지 사람을 제한적이나마 믿으며 살아내야 한다. 배반을 당할지언정 우리는 서로 믿고 사랑하지 않을 방도가 없는 게 우리네 삶의 갈 길이라 믿어야 한다.

2020년, 겨울의 끝자락 2월에 내린 '서설(序雪)'은 처음 본다. 그래도 서설(瑞雪)이라 생각하면서….

III 태도에 대하여

비판에서 배우는 교훈

    살아가며 고맙게 생각하는 대상은 자기에게 호의를 베푼 사람이다. 그러나 비판적 견해를 보인 사람도 당시에는 다소 불유쾌하지만 긴 세월을 놓고 보면 도움이 되었다고 생각되는 예도 많다.

    한편, 칭찬은 사람의 기분을 좋게 하지만 거기서 배울 점은 별로 없고 칭찬하는 사람에게는 대개 다른 뜻이 있는 때도 있다. 벌써 8년 전쯤인가, 출간을 타진하려 원고를 보낸 출판사 편집자의 출간 거절의견의 핵심은 '당신에 대해 알고 싶은 사람이 없다'는 거다. 그 말을 두고 다소 감정 섞인 반론이 이어졌고 오랫동안 불유쾌한 기분에 휩싸였었다.

    또 다른 출판사는 "우리 회사에서 출판하기에는 '그렇다'."라는 말로 출간 의사가 없음을 에둘러 표했다. 무엇 때문에 '그렇다'는 말은 없었고 아마 불필요한 논란을 사전에 잠재우려는 아주 간단한 화법을 구사한 것 같다. 또 다른 출판사는 아예 뭉개버렸다.

    여기서 말하는 출간의뢰는 자비출판이 아닌 '돈이 될만한 책' 발간에 해당하는 기획출판을 의미하는 것이다. 그런데 출판계의 현실은 자비출판도 충분한 경비를 지급하지 않으면 별로 달갑게 여기지 않는다. 그 이유는 책이 잘 팔리지 않기 때문이다. 한편, 매년 조금씩이라도 꾸준히 팔리는 대학전공도서는 예외적으로 환영이다.

    독자의 관점에서 원고를 읽으며 탈고하는 과정에서 '독자는 당신에 대해 알고 싶지 않다'는 그 말에 적극적으로 동조하게 되었다. 그러니까 옛 편집자의 조언이 맞는다고 생각하게 되었으니 그녀에게 이제라도 고맙다는 말을 해야겠다.

'나'를 주제어로 하는 글은 일기와 일인칭 소설이 있으나 그밖에 '나'를 내세운 글은 독자가 알기를 원하는 대상이 아니고서는 잡동사니로 여겨질 수 있다.

책은 읽힐 목적으로 쓰이는 것이기에 독자의 반응을 무시할 수 없다. 그들이 싫어하는 말을 쓰면 읽히기 어렵다. 독자는 무조건 듣기 좋은 말만 원한다. 그러기에 직업작가는 독자에게 따스한 위안을 주는 아부성의 글로 이문을 챙기기도 한다. 상실감이나 열패감에 젖은 독자는 예민하게 반응한다.

어떤 책이 팔리는지 알 것 같다. 독자에게 결코 상실감, 열등감, 소외감을 주어서는 안 되고 반대로 우월감, 자신감, 자긍심을 심어줘야 할 것이다. 그렇지만 그런 글에는 알맹이가 없다. 그냥 쓰고 버리고 마는 일회용 반창고 같은 거다. 아니면 읽어도 그만 안 읽어도 그만, 시간 낭비용 글이다. 상실감, 박탈감, 열등감 등은 극복의 대상이지 위로의 대상으로 삼으면 개인 정신의 성장은 거기서 끝이 아닌가 싶다.

호의가 독이 되는 경우가 있다.

사진가에게 사진이란 작품이다. 예술에 대한 이해가 부족한 사람은 이것도 자랑으로 여긴다. 본질에서 예술이 자랑의 속성을 띠는 경향은 당연하다. 오히려 자랑할 만한 수준이 아니면 봐주지 않고 봐주지 않으면 예술성은 반감한다. 그리고 사진으로 멋진 장면을 보았으면 그만이지 그것의 의미를 따지는 사람도 있다.

10여 년 전에 여행을 마치고 돌아와 암 투병 중인, 종교적 신심이 깊어 보이는 사람에게 전문가용 사진기로 찍은 피오르드 사진을 보내자 항의 문자가 왔다.

"아픈 사람 지금 약 올리는 거냐?"

사진을 보낸 이유는 우선은 기분 전환용으로, 더 나아가 生의 의욕을 자극하여 쾌유를 바랄 뿐이었지 무슨 억하심정이 있을까. 아픈 사람 약 올려 내게 무슨 이득이 있나. 이 사람 역시 평생 지켜봐도 남에게 베푸는 꼴을 보지 못했었다.

거기에 대고 어떻게 해명을 해야 한단 말인가. 사람이 이만큼 옹졸하고 단순할 수 있다는 사실을 배웠다. 그렇지만 불편한 심기를 내비치니 나의 실수라고 여기고, 그 사진 하단에 포토샵을 이용하여 그 사람 사진에서 얼굴을 도려내어 따 붙이기로 합성한 사진을 다시 보내주어 그를 위로하고 말았다.

아마 원인 모를 상실감에 그런 말을 했을 터이다. 대개 이런 부류의 사람은 지식을 공유하고 남에게 베푼다는 의미를 모르는 것 같다. 그 경험에서 남에게 함부로 호의를 베풀지 말아야 한다는 교훈을 얻지만 살아가며 그런 교훈에도 불구하고 불편한 일은 계속 발생했다.

오직 박탈감과 상실감에 젖어 사는 이런 부류의 사람은 무엇이든 남에게 베풀지 않는다는 사실을 아는 것도 교훈이라면 교훈이다. 사람에게서 사람이 그다지 단순한 존재가 아니라는 사실을 배운다.

50대 후반에 올린 이전에 운영하던 블로그의 글, '성공한 인생이란?' 이런 글에 조회 수가 많이 나왔던 기억이 있다. 사람들이 성공에 관심이 많다는 사실, 그리고 타자가 주장하는 성공의 요소가 무엇인지 알고 싶었다는 증거다.

'성공'은, 타자가 '인생'에 대해 재단할 일은 아니고 자신이 성공했다고 믿으면 그것으로 결론이 난 것이다. 남이 나를 어찌 볼 것인가, 두리번거릴 필요가 없는 사안이다.

III 태도에 대하여

나만 빼고 평등!

이념은 양심인가, 아니면 생존방식인가?

이념이 개인의 양심에서 우러난 신념인가 아니면 선택한 생존의 철학인가 진한 의문이 든다. 개인의 이념이 전자 혹은 후자에서 나온 것인지는 살아온 삶의 자취와 지속적인 관찰에서 드러나기도 하지만, 진실은 본인만이 아는 것이다. 하지만 그따위 생각은 해보지도 않고 현실 속에서 악다구니를 쓰며 이문을 취하는 데만 혈안이 된 사람들이 사는 곳이 이 세상이 아닌가 싶다.

자유와 평등이 공존하는 나라가 '이상 국가'이다. 지금 우리 사회에 드리운 이념적 대립은 정치 세력에 의해 조장된 것이라고 여기는 시각이 우세하지만, 정치가로서의 입지는 국민의 지지를 바탕으로 성립하므로 이는 전적으로 바른 판단은 아니다. 선동하고 교육하여 '평등'의 이념을 주지시키고 정책적 반영을 시도하려는 배경에는 무조건적 평등을 원하는 국민이 있기 때문이다.

앞서가는 것은 모두 나의 적이다. 지식인은 적이다. 부자도 적이다. 앞서가는 대학도 적이고, 앞서가는 기업도 대한민국의 적이라고 공공연히 말한 정치인이 불과 몇 년 전까지도 존재했었다. 앞서가는 것들을 혼내주고 망신을 주면 국민 대중은 환호한다. 게다가 그들의 것을 빼앗아 나눠준다면 국민의 지지는 이미 나의 것이므로 정권 쟁취는 식은 죽 먹기다.

또 한편에선, 누구도 앞서가면 안 되므로 자는 토끼도 깨워 함께 가야 한다던 초지일관하던 사람은 개인적 삶에서만큼은 존경받는 경우도 있었다.

과연 그들이 개인적 양심과 신념에서 그러는지 아니면 생존의 수단으로 선택한 이념을 표방하고 구현하고 있을까. 삶에서의 피해의식의 반작용으로 형성된 생각처럼 보이기도 하지만 때로는 자기의 생각이 따로 있으면서도 일부 대중 영합을 위해 취하는 자세일 수도 있다. 밀하자면 갈아입을 수 있는 의복으로 위장 변신하는 경우도 있고 남의 옷도 매일 입고 다니면 내 옷처럼 느껴질 수도 있는 일이다.

너나 나나 평등한 사람이므로 호칭도 정겹고 격의 없는 '동무' 혹은 '동지'라고 부른다면, 그 사회에서는 모든 사람이 똑같은 대접을 받아 평등하게 똑같이 살고 있을까.

하지만 정말로 '평등'을 원하는 사람은 없고 타자는 평등하되 본인은 특별한 사람이라고 생각하지 않는 사람이 드물다. 그러므로 진정한 평등을 실천하는 사람은 거의 없다. 대형 월세 아파트에서 호의호식하며 살지만, 자신이 무산계층임을 내세우며 대중의 지지와 사랑을 한 몸에 받는 사람도 있고, 민중 민족을 외치며 미 제국주의 타파를 주장하면서도 자녀들은 미국 유학 보낸다. 그들은 이념이 아닌 아주 유효한 생존의 수단으로서 진한 이념적 성향을 보였다는 걸 그의 행각이 보여주는 대목이다. 대중들도 그 사실을 알고 있으면서도 그들을 지지하는 이유는 그를 통해 자신이 이득을 볼 수 있다는 한 가닥 믿음 때문이다.

본인이 열세에 있을 때, '나'는 다른 사람과 같아지는 평등을 원한다. 하지만 일단 평등상태가 되면 '나'는 그것을 벗어나 남달리 우월한 상태가 되기를 원한다. 사람의 본성은 그토록 교활하고 변덕스럽다. 평등이 지향하는 곳은, 결국 '나만 빼고 평등'이다. 타자에겐 평등을 주문하고 나에게는 특별함을 원하는 게 사람이 아니고 무엇일까.

평등사상은 기어코 평등을 넘어 진정, '너'와 '나'의 자리바꿈을 원한다. 주인이 하인 되고, 하인이 주인 되는 세상을 원한다는 말이다. 무서운 얘기다. 그러므로 피지배계급이나 무산계급은 계급투쟁을 통해 혁명을 원하고 있다고 볼 수 있다.

하지만 정부가 특정 계층을 핍박하고 약탈한다면 그건 언젠가 나에게도 일어날 수 있는 일이라고 생각하는 게 맞다. 남의 것을 빼앗아 나에게 갖다 주는 정부를 좋아하면, 언젠가 나도 그렇게 빼앗기는 처지가 될 수 있다는 뜻이다. 적대 계층에 가해지는 폭압을 환호하지만 그건 언젠가 본인이 당할 수도 있다는 뜻이고 그런 일은 '그 사회'에서 늘 일어나는 일이다. 폭력이 폭력을 부르고 반란의 내부에서 또 다른 반란이 일어나는 것도 그 때문이다. 공산주의 사회가 대개 강압과 독재로 흐르는 경향은 인간의 본성을 억눌러야 하기 때문이다.

"모두가 평등한 상태에서는 누구도 행복하지 않을 것이므로 누군가 불행해지는 것이 낫다."라는 말도 있다. '사촌이 땅 사면 배가 아픈' 국민성을 생각할 때 우리 중에 진정으로 평등을 원하는 사람은 없다고 봐야 한다.

아마 60년대 초반으로 기억한다.

"미국에서는 청소부나 대학교수나 봉급이 같아 서로 옆집에 산다."
아직도 기억하고 있는 그 말은 10살도 안 된 내게 생경한 충격이었다.
그게 사실인지를 언젠가 직접 확인해 보리라는 '꿈'은 약 20년 전에 미
국에 체류하는 동안, 바로 나의 옆집에 '그'가 살면서 어렵지 않게 실현
되었다.

같은 아파트에 살았지만, 공교롭게도 이웃에 사는 '그'는 미국 이민
자로서 청소부었고, '나'는 단기 1년간 체류 대학교수 신분이었다. 당
시 그들 부부는 모두 청소부로서 남들이 퇴근하는 시간에 비어 있는 빌
딩을 야간에 청소하러 출근해서 한 달에 버는 돈은 각각 2천 불이니 합
하면 4천 불이란다. 그 돈에서 아파트 월세 8백 불, 차 2대 할부값 7백
불, 의료보험료, 교회 헌금, 생활비 쓰고 나면 고작 몇백 불 남는다고
했다. 육체적으로 힘들어도 누구나 할 수 있는 평범한 일을 하는 분들
은 미국 사회에서도 많은 돈을 받을 수 없다. 노동자 계급은 생산의 제
일선에 있는 산업의 역군으로서 칭송받고 존중받아 마땅하다. 하지만
누구나 자기의 역할이 있다.

자동차 설계는 엔지니어의 몫이다. 하지만 머리만 쓸 줄 알지 노동
은 체질적으로 안 맞는 엔지니어를 생산 현장에 투입하면 효율성이 떨
어진다. 이게 지식인의 한계다. 한편, 자동차 공장 노동자 여럿이 머리
를 맞대고 아무리 숙의해 봐도 신차를 개발할 수는 없다. 노동자가 주
인인 세상이 되면 우스갯소리로 만날 같은 차만 타고 다닐 수밖에 없을
지도 모른다. 그게 노동자의 한계다.

이 세상 사람들은 저마다 분야별 한계가 있고, 제각각 소질이 다르고, 소명도 다르다. 노동자는 노동자이며, 기술자는 기술자다. 모두 이바지하는 몫만큼 시장의 평가대로 대접하는 게 공평한지, 무조건 같은 대접을 해야 공평한 사회인지는 이미 북한 같은 공산사회가 입증한 셈이다. "동무", "동무" 하며, 평등을 외치는 북한에서도 아마 원자탄 만드는 과학자는 발에 흙 안 묻히고 살고 있을 거다.

우리 국민이 평등에 목말라하는 데는 역사적 배경이 있다. 우리는 조선 5백 년간 '양반', '상놈'을 차별하고 구분하는 신분 사회를 겪었다. 지금도 기억나는 말이 있다.

아주 어려서 아버지께서 하시는 말씀이 옛날에는 양반이 '상놈'을 불러다 볼기를 때려주면 땅문서를 갖다 바친다는 거다. 그게 나의 조상이 그랬다는 건지, 당시 시대상을 말씀한 건지 너무 어려 확인하지는 못했다. 근세까지 '양반'이 아니면 결혼도 하지 않는 아주 봉건적 신분 차별적 가치를 고수하는 집안도 있었다.

아무튼, 서양 사회처럼 시민의식이 무르익어 발생한 혁명이나 변혁기가 없었던 가운데, 조선 말기 우리는 급기야 일본의 식민지가 되면서, 민중의 난으로 이따금 표출되던 '민중의식'은 일본의 총칼 앞에 잠복하고 말았다. 루이 16세가 처형되는 프랑스 대혁명 같은 시민운동 없이, 다시 말해 상민의 양반이나 왕정에 대해 한풀이를 할 기회를 놓치고 곧바로 일본 식민통치 아래 놓이게 된 것이다.

그러다 남북이 분단되어 정식으로 이념이 다른 두 '국가'가 수립되면서 이념은 비로소 진용을 갖추게 된다. 이 과정에서 여러 분야에서 지식인이 이북으로 넘어갔고, 이어서 한국전쟁이 발발했다. 이념전쟁인 한국전쟁은 아무런 성과도 없이 남북 토지 경계선만 약간 달리하면서 끝이 났고, 이내 들어선 남한의 정부는 극우적인 성향을 나타내기 시작하여, 그 경향은 80년대까지 이어졌다.

지금 우리 사회가 겪고 있는 이념의 진통은 지배계급에 대한 '한풀이' 기회가 없었던 역사에 대한 반동이요 반작용이라고 볼 수 있다.

하지만 자유와 평등이 평화롭게 공존하여 지속적 번영이 가능한 국가 사회를 만드는 수준의 좌우 균형을 그 한계로 명확히 설정해야 한다. 그 선을 넘는 이념화는 국가 총생산의 감소를 불러와 국민 모두의 삶이 어려워질 수 있음은 이미 몰락한 동유럽 사회주의국가가 말해준다.

아무리 일해도 가난을 대물림할 수밖에 없는 절망감은 '평등'의 기치에 불을 붙인다. 그러나 평등에만 심취하면 모두가 망하는 길이다. 국민의 각성이 먼저 필요하다. 정치인은 국민이 지지하지 않은 길을 선택하는 위험을 감수하려 하지 않기 때문이다.

청소부는 청소부대로, 교수는 교수대로, 노동자는 노동자대로, 기술자는 기술자대로 앞서거니 뒤서거니 하는 자연스러운 모습 속에서 세상에 이바지하며 한평생 살면 그것이 소명이요, 천직이다. 무엇이 귀하고 천하고도 없다.

인간으로서 존엄성을 잃지 않을 정도의 재물은 있어야 하지만, 그것을 넘어 부호가 된들 행복이 보장되지 않는다는 철학적 사유도 필요하다. 재벌이 노동자보다 행복하다는 증거가 어디 있나? 마찬가지로 노동자가 재벌보다 불행하다는 증거도 없다. 자유와 평등이 공존하는 세상이 바른 곳이다. 파당이나 파벌의 기세에 눌려, 혹은 불이익이 올까 두려워, 입 닫고 사는 지식인이 할 말을 해야 할 때이다.

  자유와 평등은 새의 양 날개와 같다. 오른쪽 날개만 성하면 왼쪽으로 나르다가 추락하고 만다. 반대로 왼쪽 날개만 성해도 결과는 마찬가지다. 자유와 평등은 추락하지 않고 하늘을 날게 하는 새의 양 날개 같은 것이다. 공존의 세계를 꿈꾼다.

그냥 마구 살아?

플라톤 저술의 특징은 모두 소크라테스가 주인공이며 그 영향을 받아 대화형식으로 되어 있어 《대화편》이라 부른다. 최소한 25편이 플라톤의 저술로 알려졌으며 추천하는 저작은 《변명》(소크라테스의 변명으로 알려진 책), 《크리톤》, 《파이돈》, 《향연》, 《국가론》 등이다.

플라톤의 지술은 그때마다 다른 등장인물과 소크라테스와의 대화이지만, 편의상 우리는 플라톤의 사상이라고 통칭하는 경향이 있음도 알아야 한다.

플라톤의 저작을 권하는 이유는 여기에 세상의 모든 철학과 사상이 담겨 있기 때문이다. 세계 명작을 읽다 보면, "아, 요거, 기원전부터 플라톤 책에 나오는 거 아니야!" 하며 무릎을 치며 서양의 철학은 플라톤의 주석이란 화이트헤드의 말이 맞는다고 인정하게 된다.

플라톤은 국가론에서 소크라테스의 말을 인용하며, 인간을 세 부류로 나눴다. 돈을 사랑하는 자, 명예를 사랑하는 자, 지혜를 사랑하는 자를 들었다.

돈을 사랑하는 자는 명예와 지혜는 실속도 없는 허영심이라 여기고, 명예를 사랑하는 자는 돈은 천한 것이며 지혜는 공허하다고 생각하며, 지혜를 사랑하는 사람은 진리를 추구하는 즐거움에 빠져 다른 것은 모두 무용지물에 불과하다고 플라톤은 말했다.

그의 결론은 지혜를 사랑하여 지적 쾌락을 추구하는 철학자가 가장

큰 기쁨을 얻으며 실익을 추구하는 자의 삶이 가장 즐겁지 못하다고 보았다.[14]

그의 말은 지금 세상에도 통하는 교설(敎說)일까? 이 세상에는 첫 번째 부류의 인간인 돈을 사랑하는 사람만으로 가득 차 있다. 간혹 살신성인하는 모습도 보이지만 극소수의 인간에게만 해당한다.

지혜를 사랑하려면 독서와 사색이 필수이지만 돈도 명예도 따라주지 않는 지혜를 좇아 사는 사람은 이 시대에 만나보기 힘들다.

명예를 추구하는 사람이 순수한 때도 있으나 불순하고 엉뚱한 속셈을 가진 경우도 생각해 볼 여지가 있다. 명예를 통해 돈을 벌 수 없다면 사람들이 그토록 명예에 집착할 것 같지 않다고 지적하는 철학자도 있다. 오늘날 명예와 부는 교호적으로 작동하여 부를 통해 명예를 사기도 하고 명예를 통해 음흉하게도 부를 추구하는 측면도 있으므로, 명예가 단순히 명예 추구로만 끝나는 경우가 얼마나 되는지 알 수가 없다.

금전이 숫자에 불과하다면서도 일종의 승패 개념으로 재미로라도 투전을 하지 않는 편이 마음의 평정심을 잃지 않는 길이다. 하지만 삶의 역동성을 위하여 반대로 생각할 수도 있으니 무엇이 맞는지는 확신할 수가 없다.

돈과 섹스는 대개 한 짝을 이룬다. 남자에게서 이것은 원리이며 공식이다. 그렇지만 노년이 되면 돈은 숫자에 불과하지 않은가 하는 의문이 들고, 젊어서나 중년이 되도록 그토록 광분하던 성적 행위는 중노동이며 불결하고 아주 어색한 행위라는 배반적 생각이 들 수도 있다.

◇◇◇◇◇◇◇◇◇◇◇

14) 플라톤, 《국가론》, 이환 옮김, 돋을새김, 2011, pp.249~251

은퇴자 생활을 하다 죽을 것인가, 아니면 일을 할 수 있는 데까지 하다 죽음을 맞이할 것인가도 따져볼 문제이지만 무엇이 맞고 틀리고도 없고 각자 사는 대로의 선택이다.

유아기를 지나 청년기 혹은 장년기에 접어들면 세상이 나의 마음대로 살아지지 않는 곳임을 하나둘씩 깨닫는다. 노년에는 새벽녘에 잠에서 깨어나면 여러 가지 생각이 떠나질 않는다. 젊어서는 그토록 넓어 보였던 길이 이제 오솔길로 접어들어 막다른 골목으로 가고 있다는 초조함 때문이다.

그리움의 언덕, 불안의 언덕, 두려움의 언덕, 고통의 언덕, 슬픔의 언덕, 외로움의 언덕, 좌절의 언덕, 분노의 언덕, 집착의 언덕, 욕망의 언덕, 기쁨의 언덕, 후회의 언덕, 비탄의 언덕, 집념의 언덕을 굽이굽이 넘어 내리막길에 서면 이제 인생이란 연극이 끝이 났다는 공허감에 그날의 일들이 무엇이 그리도 열중할만한 가치가 있었는지 때늦은 허탈감이 찾아든다.

이런 공허감의 해독제가 안 해도 되는 일상적 잡기(雜技)가 아닌가 싶다. 온종일 거기에 자신을 내주어도 '경험의 보복', '충족의 보복'이 오지 않는다면 권태와 공허를 망살(忙殺)하는 수단으로 나쁜 일은 아니라고 봐 줄 수도 있다.

그러나 경험이나 충족의 보복을 심하게 느낀다면 다른 창조적인 일을 찾아봐야 하지만 노년에는 소모적일지라도 새로운 '소일거리' 찾기도 쉽지 않다.

오후 3시!

'무엇을 하기에도 늦고 무엇을 하기에도 이른 시간이다'.[15] 임마누엘 칸트가 기계적으로 산책하는 시간이 오후 3시 반이라던가. 하루 중에 가장 힘든 시간이 이때가 아닌가 싶다.

해는 서쪽을 향해 가지만 아직은 해거름도 아니고 대낮도 아니다. 하던 일도 싫증이 난다. 홀로 하는 산책이 일상의 구원이라고 생각할 수 있다. 나는 무엇을 위해 살았는가, 반추하는 시간으로도 적합하다.

플라톤의 말처럼, 돈? 명예? 지혜?

'그딴 거 생각해서 뭘 해, 그냥 마구 살아, 마구 살라고! 먹고 마시고 성교하고… 죽으면 끝이야.' 이런 소리도 들리는 듯하다.

부모님의 죽음, 형제자매의 죽음, 집안 어른의 죽음을 목격하며 우리의 삶이 유행가 가사처럼 끝내 부르다 만 노래요, 그리다 만 그림이요, 쓰다만 편지가 되는 것이 아닐까, 그런 생각이 진하게 남는다. 죽기 전까지는 끊임없이 무슨 일을 도모하다 맞이하는 죽음이기에 미완성을 남기고 돌아가는 인생이 아닌가 싶다.

삶은 결국, 어느 날 미완성으로 끝이 날 모양이지만 매듭을 지을 수 있는 일은 모두 그렇게 해야 한다고 믿는다.

완성해야 할 일은 그대에게도 있을 거니까 잘 생각해 봐야 할지도 모른다.

◇◇◇◇◇◇◇◇◇◇◇

15) 장 폴 사르트르, 《구토》, 방곤 옮김, 문예출판사, 2014, p.53 참조

돈을 주니까

90년대의 이야기다. 1주에 한 번, 미국과 한국 사이를 오가면서 방송에 출연한 희극인이 있었다. 미국과 한국 사이의 왕래는 장거리 일정이어서 사람들은 그의 행보에 놀라움을 표했고 그것이 어찌 가능할까, 그의 대단한 열정과 체력에 감탄했었다.

1주일에 한 번 태평양을 건너는 힘든 여정을 소화해 내는 비결을 그에게 물었다. 고국에 계신 동포 여러분과 고국을 사랑하는 마음에서 어려움을 참고 이 일을 하고 있다는 답변을 예상하였으나 그의 대답은 역시 희극인다웠다.

"돈을 주니까!"

더는 말이 필요 없었다. 추가 질문도 필요하지 않았다. "Brevity is the soul of wit(위트는 간결함이 생명이다)." 셰익스피어의 말이 떠오르는 순간이다. 아무튼, 그의 말이 맞는다. 답은 '돈을 주니까'에 있다.

사회현상을 뭐 그리 열심히 탐구하나, 알고 보면 다 그 때문인 것을! 알고 나면 허탈하고 더는 연구하기 싫어질걸! 돈 주면 다 내 편이 된다. 뭐 그리 대단한 정치철학, 선거공학, 필요 없다. 돈 마구 풀어 선심 쓰

　　　　　　　　　　　　Ⅲ 태도에 대하여

면 되는데 무슨 대단한 이론이 필요할까. 암 그렇지!

이런저런 단체의 지도자는 고귀하고 순수하다. 애국애족을 외치는 사람은 멋있다. 환경보호를 주장하는 선견지명은 존중할만하다. 복지시설확충을 주장하는 이는 희생적이다. 위안부 할머니 돌보는 여성은 아름답다. 선량하다. 정말 그런 사람도 가끔은 있다. 분명히!

누군가가, 당신은 돈에 대해 초연한 사람처럼 보이지만 실제로는 그렇지 않다고 놀라움을 표시한다면 뭐라고 답해야 할까….

아이고 순진하고도 순결한 사람아! 당신이 그러지 못하면서 타자에게 그걸 요구하고 기대하는 어리석음이여!

전 재산을 기부하고 초등 선생을 자원한 비트겐슈타인 얘기, 적선을 장려하는 구호의 외침은, 마치 나는 돈이 필요하지만, 당신은 그렇지 않다는 얘기이거나 도움을 청하는 말로 들린다.

건물이 있다.

기둥을 잘라내면 건물은 어찌 될까? 있을 때는 모르지만 없어지면 그 존재 이유를 알게 된다. 아침부터 귀찮아도 직장으로 나간다, 가게로 나간다, 농토나 바다의 일터로 나간다, 정치인은 국회로 나간다.

그렇지만, "돈을 주니까." 하고 답하는 사람은 하나도 없다. 만일 돈을 안 주면 어찌 될까? 건물에서 기둥을 자르는 일이다. 건물이 존속할 수 없다. 아무도 출근하지 않는다. 일터로 나오지 않는다.

타자에게 요구하는 기대는 자신에게는 예외가 되는 현상이 보편적이다. 가식과 위선은 우리를 질리게 만든다.

"돈을 주니까!" 그 말 맞다.

실상 돈으로 얻을 수 있는 소유의 자유, 고통과 불편이 없는 편리성의 자유 등, 돈이 주는 자유가 아주 많아 사람들은 '돈을 주니까' 수모를 참으며 불편을 참으며 일터로 나간다.

그렇게 '돈을 주니까' 일을 한다지만 그러나 돈으로 살 수만은 없는 인생의 많은 부분이 있다. 그 효용성에 한계가 있으니 '진리가 너를 자유롭게 한다'고 믿어야 하나 보다.

자유를 얻으려면 돈을 추구하기보다 진리를 알아야 한다는 뜻이다. 그 말도 맞다. 정말로! 진리가 너를 자유롭게 한다지만 진리가 곧장 밥을 먹여주지는 못한다는 사실이다.

"인생 살아보니 결국 돈이더라!"

이 말을 누가 했을까요?

인류의 스승으로 여겨지는 성인(聖人)이 했을까요?
철학자가 했을까요?
종교인이 했을까요?
부호가 했을까요?
거지가 했을까요?
정치인이 했을까요?
젊은이가 했을까요?

아닙니다.

그 말은, 인생을 다 살고 죽음을 앞둔 100세 노인이 한 말이다.

왜,

다른 사람들은 그런 말을 안 하는 거야?
살날이 아직 남아 있어 창피하니까.
너무 야하니까.
너무 노골적이니까.
너무 속이 보이니까.
너무 저속하니까.
너무 불결하니까.

너무 당연하니까.

지식은 물론 권력도, 명예도,
그것 때문인가.

생존이 중하므로, 욕망이 중하므로, 지배가 중하므로, 존경이 중하
므로, 과시가 중하므로, 사랑이 중하므로, 자존이 중하므로, 체면이 중
하므로….

아닌 경우도 간혹 있으나 그건 드문 일.
"돈을 주니까."

아니면 증명해 보이시게.
그럼 그에게 돈을 주어보시오.

"웃기기 마시라고."
그것도 맞는 말.

"살아보니 결국 돈이더라!"
"그 말 맞고요!"

웃자 웃자, 그러하니 인생이지.

IV

사람의 마음에 대하여

욕망 아니면 권태

지금 있는 것은 이전에도 있었으니 '태양 아래 새것'이 없다는 노년에 접어든 솔로몬의 언명은 한 번쯤 곱씹어 볼 만한 말이다. 지혜와 욕망의 화신으로 살았던 그의 말은 새것을 찾아 살았음에도, 태양 아래에서 새것을 찾지 못한 심드렁한 상태를 주지시키는 언사라 볼 수 있다.

욕망과 권태는, 교호적(交互的)인 관계에 있어서 욕망이 달성되면 이내 찾아오는 것이 권태다. 하지만 왕이 아닌 일반인의 욕망 충족에는 항상 좌절과 제한이 따른다.

새것은 욕망의 표징이라 여겨진다. 미충족 욕망은 고통으로 다가온다. 설령 욕망이 충족된 후에도 포만감과 성취감은 잠시 이내 권태에 도달하여 또 다른 욕망을 찾아 두리번거린다. 그러니 인생은 욕망 아니면 권태다.

권태를 달래주는 약은 놀고 즐기는, 위락(慰樂)이다. 게다가 미충족 욕망의 고통을 잊게 하는 약도 위락이라 볼 수 있다. 이것이 위락의 속성이다. 위락과 취미는 권태의 소산이란 측면에서 유사하지만, 굳이 구분한다면 위락은 소모적이요 취미는 생산적 경향을 띤다고 강변할 수도 있다. 결국, 삶의 4대 요소라면, 욕망, 권태, 고통, 위락이라 볼 수 있다.

'새것이 없다'는 한탄은 새것을 찾아 살아왔다는 방증인데 그렇다면 새것을 찾는 데 실패하거나 좌절하여 그 일을 그만둔 것인가? 아니다.

IV 사람의 마음에 대하여

그렇다면 글을 남겼을 까닭이 없다.

'Sex King', 'Wisdom King', 에서 종국에 'God Son'이 되기로 회심 (回心)하며 종용하는 내용이 그의 명언(明言)의 요지다. 자꾸 솔로몬의 말을 되뇐다면 죽어서 돌아갈 곳이 마땅치 않아서일 거다.

육체의 산보는 여행이고, 정신의 산책은 독서와 사색이다. 여행은 한도 끝도 없는 방황이고, 독서는 날마다 무지를 일깨워 한없는 시간을 요구한다.

그만하자. 그럼 뭘 할 것인가? 그래도 찾아본다. 무언가 있을 것 같은 그것을 알 수 없다. 잘 모르는 세계 밖에는 무엇이 있다고 단정하는 편이 좋다. 그래야 찾으려는 헛수고라도 할 일이 되니까. 이미 알고 있는 문제를 지속해서 풀고 있을 수는 없다.

'신은 죽었다'고 믿을 수도 있다. 신이 있다면 이 세계가 이토록 무질서하고 무자비하고 잔인하고 폭력이 난무하는 약육강식의 세상일 수가 있을까. 살아 있는 것은 욕정, 쾌락, 야망, 물욕, 권력, 명예 같은 것이 아닐까?

죽음을 극복하는 수단은 없다. 생애의 끝에서 우리를 기다리는 죽음은 다툼의 대상이 아니다. 죽음을 극복하는 일은 신의 존재를 믿는 것 이외에 달리 방법이 없다는 결론으로서 종교가 인간이 만들어 낸 환상이란 말이 나오는 배경이다. 더구나 세상에서 핍박받고 고통받고 궁핍하게 살지라도 저세상에서는 그러지 않으리라는 희망은 신의 존재를 믿도록 한다. 그러나 신이 있다 해도, 죽음이 임박해 존재를 인정해도 되고 아니면 그만인 신의 존재이다.

글이 잘 안 써지는 날, 그 이유를 작자는 안다. 말하고 싶지만 차마

할 수 없는 얘기, 쉽사리 결론 나지 않는 논쟁적 얘기, 실존 인물에 관한 얘기, 때로는 가식적이고 위선적 자아가 장애물일 때도 있다. 또한, 사람들이 진정 미치도록 좋아하는 예컨대 돈, 섹스, 명예, 권력 등에 대해 노골적인 측면을 입에 올리면 작자의 인격에 흠집이 나거나 글의 품격 떨어진다고 생각할 수도 있기 때문이다.

욕설을 마구 난사하는 소설은 위선과 가식에 대한 반작용으로 봐야 한다. 세상을 향해 욕을 하고, 위악을 구사하기도 하고, 때로는 반칙과 비도덕을 꿈꾸는 때도 있다. 살인, 간음, 폭력, 사기, 갈취, 협박, 도박, 위증, 조롱, 모욕 등의 모든 인간에게 미완의 꿈을 실제적이고 재미있게 쓰면 소설이 되는 거다.

신은 죽었고 권력이 신이고 돈이 신격이다. 돈 앞에 인격 없어 조금만 손해 보면 등 돌리고, 돈 몇 푼에 죽음을 협박한다. 돈 변통 안 해주면 단박에 원수가 된다.

욕망과 권태의 이중주(二重奏)나마 행복에 겨운 날일 수도 있다. 어느 날 소리 없이 찾아든 질병의 고통은 모든 것을 다 앗아가 버리고 끝내 죽음으로 이끈다.

3천 년 전의 솔로몬의 말이 자꾸 맴도는 이유는 무엇 때문일까. 세계 밖에는 무엇이 있다고 믿어야 하는 날인가! 지쳐가는 삶, 욕망도 권태도 아닌 삶의 굴레를 벗어나는 날을 모색한다.

비교하는 인생에 행복은 없다

사형을 앞둔 사람도 복장이나 머리를 매만지거나 최후에 할 멋있는 변론을 생각한다고 그런다. 최후 진술이 일상적 언어가 아닌 미리 생각하고 준비한 말로 들리기에 알아낸 사실이리라. 이 대목에서 알 수 있는 두 가지 사실은 사람은 명예를 중히 여기고 죽기 직전까지도 생각을 멈추지 않는 점이다.

남에게 훌륭하다고 인정받고자 하는 명예심은 남을 의식하고 체면을 중시하는 허영심에서 나온 것이다. 명예심과 허영심은 항상 동반 관계에 있다. 명예는 곧 죽을 사람에게도 중요한 심사(心事)이므로 생전에는 더 말할 나위 없이 소중하다.

60년대에는 중고교에 교지라는 문집이 있던 시절이 있었다. 아무래도 글을 좀 쓸 줄 아는 학생들의 투고로 잡지가 구성되다 보니 그 외의 학생들은 관심 밖이지만 그 시절에도 대필로 교지에 투고하려는 학생이 있었다고 기억한다. 속된 말로 '머리에 피도 안 마른' 나이에 명예를 밝히고 허영심에 들떠 사는 그들은 지금 어디서 무엇을 하는지….

60대 중반의 나이에도 고급 시계를 사고자 1천만 원을 모아 놓았다고 말하는 지인에게 "시계 사서 무엇하게?" 하고 물으니 자신을 표현할 방법이 그밖에 없다고 대답했다. 그는 이미 외제 차를 타고 다니면서도 허영심이 충족이 안 되었던 모양이다.

남이 나를 어찌 생각하는가, 눈을 밖으로 돌리면 내 삶의 주인은 자기가 아닌 허영심이나 허튼 명예심이 된다. 실상 허영심이나 명예욕이 없다면 사람들이 그토록 기를 쓰고 남보다 더 열심히 일하지 않을지도 모른다. 우리는 이성보다 명예욕이나 허영심에 더 많은 것을 참아내며 힘든 일도 마다하지 않는다. 따라서 그것이 긍정적인 면이 없다고 말할 수는 없다.

고가주택, 고급 자동차, 회장 직분, 고급 시계 등의 사치품 등, 모두 형편만 된다면 누리면 좋겠지만 내면으로 들어가면 사정은 달라진다. 본시 외양을 중시하고 추구하는 사람은 내면세계는 돌볼 여력이 없어 속은 비어 있을지도 모른다. 내면이 공허하면 약간의 정신적 충격이 올 때도 견디지 못하고 걷잡을 수 없이 추락하고 만다. 그러나 흔히 '뿌리 깊은 나무 바람에 아니 흔들린다.'던가!….

물질로 얻는 행복이나 위안이 제한적임을 알고 있어도 내면을 살찌우는 일에는 소홀하기 쉽다. 하지만 남에게 비치는 외형적인 삶보다 정신세계의 수려함, 심오함 그리고 다양성의 존재를 알고자 하는 허영심은 삶의 도구로서 본인을 살찌우는 도구가 될 수 있다.

조금이라도 자신에게 손해가 돌아오면 참지 못하고 비난하고 항의하는 사람이 사치품을 사는 허영심은 참으로 이해하기 어렵다. 젊어서 잡기나 위락에 허송세월하고 내면의 양식을 준비하지 않으면 노년에는 마음이 공허할 터이지만 '모르면 약'이니 뭐라 말할 까닭이 없을지도 모른다는 허탈감도 든다.

그러나 평생 물질의 노예가 되어 산다면 아쉬움이 남는 인생이고 물질의 허영에서 정신의 허영으로 넘어오면 보다 이상적인 삶이 될 거다. 설령 물질이 부족한 삶이라도 '정신의 여행'으로서 독서 혹은 명상이나

Ⅳ 사람의 마음에 대하여

사색은 부족한 물질 대신에 삶에 위안이 되고 마음이 부유해지는 길이 아닐까 싶다.

확고한 자신만의 철학이나 신념은 독서와 사색을 통해 얻을 수 있다고 볼 수 있다.

이 시대에 자신의 삶이 불행하다고 생각하는 많은 한국인에게 우선 위로와 격려가 필요할 터이지만 불행의 원인이 유독 강한 평등의식과 남과 견주며 시기하고 질투한 결과가 아닌지 살펴볼 필요도 있다. 개별적이고 개체적으로 너는 너대로 나는 나대로 살다 가면 그만이건만 굳이 타인과 비교하여 불행의 요소를 찾아내고야 만다. 절대 불행이 존재하지 않는 것은 아니지만 대체로 불행은 비교에서 온다고 믿어진다.

비교하는 인생에 행복은 없다.

남에게는 있으나 내게는 없는 것에 대해 아쉬움이나 원망은 상실감 혹은 박탈감을 느끼게 한다. 대체로 본질에서 상실감은 스스로 초래한 결과이고, 박탈감은 외적 요인에 책임을 돌리는 일이다. 그러기에 박탈감은 '배 아픔'을 넘어 시기, 질투로 이어진다. 시기가 대상에 대한 미움이라면 질투는 그보다 심한 분노에 가깝다.

그렇다면 미움이나 분노는 본질에서 무엇을 향하는가? 그 생각의 끝단에는, 대상의 멸망 혹은 대상의 부재를 희망하는 것 이외에 아무것도 아님을 발견하게 된다.

시기·질투는 내심으로 남의 좋은 것을 빼앗으려는 마음이며, 그 대상이 병들거나 멸망하여 역경에 처하기를 바라는 마음이며, 심지어 부존재의 사망을 원하는 마음까지 발전하기도 한다. 이것은 시대의 정신을 넘어 인간의 본성에 속한다. 그러기에 질투는 때때로 흉포한 사건으로 이어지는 일도 있으나 대부분은 미실천에 그치는 한때 속앓이나 잠깐 마음속 태풍으로 끝나는 경우가 더 많다.

타자의 '자랑질'을 싫어하는 이유는 단연 상실감이나 박탈감을 일으키기 때문이다. 그렇지만 남의 '자랑' 속에도 정보가 있어 유익하여 배울 것이 있다면 참고 들어줄 만하다고 여길 수도 있다. 사실 무슨 말을 해도 곡해하고 시기하는 사람은 끝없이 내면에서 비교하기를 계속하기 때문이다. 시기 · 질투심에서 나오는 말은 듣기도 참으로 거북하다. 그러다가 열등감이 갑자기 한 점 우월감으로 변하는 순간, 비교우위의 우월감을 느껴 행복감을 가지려고 쾌재를 부르며 상대방을 조롱하기 시작한다.

시기 · 질투의 반대는 '칭찬'이다. 칭찬은 곧 박탈감이나 결핍감을 자극하여 비참한 지경으로 자신을 내몰 수도 있다고 여겨 말하기는 쉬워도 실천이 어렵다. 시기 · 질투로 생긴 증오심은 나만 힘들게 하고 대상은 아무런 일도 없다는 듯이 잘도 살아가니 참 억울한, 무의미 그 자체다.

성격은 10대에 이미 결정되어 변하지 않으나, 생각은 30대까지는 불완전한 상태에 있다가 40대는 경험과 사유를 통해 어느 정도 영글고 60대는 되어야 완성이 되는 듯하다. 노년까지도 시기심에 가득 찬 삶을 사는 인생은 행복할 수 없다. 내 삶의 주인은 자신이다. 타인과 비교할 필요가 없다. 시기 · 질투가 간혹 발전의 동력으로 작동하는 일도 있으나 대체로 자신을 갉아먹는 고통이요 질병이라 할 수 있다. 심적 고통은 외적 요인에서도 오지만 상당한 부분은 스스로 만들어 낸 내적 요인 때문이다. 그러므로 인생살이에서 자신을 갉아먹는 것은 대상이 아니라 '자신'임을 알게 된다.

박탈감을 부추겨 생긴 증오심을 권력의 기반으로 삼는 세력도 있어 시기·질투심은 나를 남에게 내주고 이용당하게 만드는 어리석은 마음이므로 스스로 경계하고 각성할 필요가 있다.

적어도 내 것에 만족하며 감사하면 평안한 마음에 불행은 면할지도 모른다. 더 필요한 것이 무엇일까. 오늘 만족하지 않으면 내일은 늦을지도 모른다.

만족은 결국, 나를 위하는 길이다.

오늘보다 못한 내일이 찾아오지 않는다는 보장이 없기 때문이다. 그러다 좋은 일이 생기면 더욱 기쁘지 않을까.

개인이 자동차를 소유하기 시작한 때는 80년대, 먼저 자동차를 산 사람에게 나도 곧 차를 살 계획이라고 말하자 그가 내던진 말이 기억난다.

"당신이 운전할 수 있을까?"

운전은 위험하니 하지 않는 편이 더 좋다는 조언인지, 타인의 의지를 꺾고자 사전에 훼방을 놓으려는 말인지 구별이 안 되었다. 아마 후자였을 것이다. 운전이 그렇게 어렵고 위험하면 거리에 자동차가 그리 많을 수가 있을까. 은퇴 후에 독서에 매진하겠다는 내게 어떤 사람은, "그거 허영심에서 하는 말이 아닌가?" 하고 말하며 독서 욕구를 깎아내리고 한편으로 잘되지 않을 거라고 염장을 지른다.

모두 시기심에서 나온 말이 아니라고 단정할 수 없다. 자가용 차를 나만 타고 다녀야 좋은데, 너도 차를 산다니 시기심이 생겼거나 자신은 평생 전공 서적 이외에 책 한 권 옳게 읽은 적이 없으니 책을 읽겠다는 말에 시기심이 발동하여 못 참고 그만 심통 맞은 언사를 던진 셈이라고 볼 수 있다.

시기와 질투는 유사어이지만 조금 다른 면은 시기는 소극적 미움 상태이나 질투는 미움을 넘어 공격성을 띤다. 시기는 샘내고 미워하는 마음의 문제요 질투는 마음을 넘어 표출하는 말을 포함한 행동의 문제다. 열등감, 상실감, 결핍감, 독점욕 등의 원인으로 발생하는 시기는 타자의 소유나 능력에 대하는 부러움과 미움으로서 자신도 그것을 갖겠다는 의지의 간접적인 표출이지만 질투는 미움을 넘어선 가벼운 분노로서 대개 험담, 악담, 모함, 모욕적 언사 등의 악행으로 나타난다. 그러므로 시기와 질투는 각각 다음과 같이 도식화할 수 있다.

시기심=부러움+증오

질투심=시기심+분노

시기심은 본인에게는 없는 타인의 소유에 대한 부러움에서 발원한 증오심이다. 본인의 마음속에 생긴 시기심은 타인은 물론 미소유의 자

IV 사람의 마음에 대하여

신도 미워하는 셈이기에 이중의 고통을 초래한다. 시기심은 대상에게는 별다른 영향을 주지 못하면서 자신을 쥐어뜯어 갉아먹는 불필요한 자기 부식성이 강한 악성의 감정이다.

질투심은 시기심을 해갈하고자 표출하는 분노가 더해진 감정으로 시기심보다 한 수 위의 강력한 감정이라 볼 수 있다. 시기·질투는 위의 예에서 보듯이 대화를 통해서 혹은 은연중 태도로 그 실체를 알 수 있고 때로는 제삼자를 통해 확인하기도 한다.

대개 젊어서는 시기·질투심이 강하여 이를 토대로 성취를 이루는 긍정적 효과를 가져오는 예도 있으나 노년이 되어도 여전히 젊은이처럼 시기, 질투심이 강한 태도를 보이면 추하다는 인상을 지울 수 없다.

하지만 살아가며 차츰 이 감정이 부질없음을 깨닫게 된다. 시기·질투는 곧 절망감과도 교우(交友)하기 때문이다. 성인이 되어서도 작은 사람이 키가 커질 가능성은 없고, 얼굴이 못생긴 사람이 그 반대로 되는 것은 불가능하고, 노래를 못하는 음치가 변할 가능성은 없으며, 신체나 정신의 결함은 개선 여지가 거의 없는 고정불변의 상황이다.

변화의 가능성이 없는 일에 대해서 사람들은 시기·질투심을 넘어 곧 절망함으로써 체념이란 수단을 동원하여 '자기 구원'에 이르기도 한다. 이런 일련의 과정을 정신 수양이라 부르며 그 정도가 결국 인격의 척도가 되며 사람 됨됨이라 부를 만하다.

상대방의 시기, 질투심을 시험하는 간단한 방법은, 그에게 자랑을 해보면 즉각 나타난다. 자식 자랑, 배우자 자랑, 돈 자랑, 지위 자랑, 학력 자랑, 학식 자랑, 인품 자랑 등은 모두 시기·질투 대상이다. 웬만한 말은 자랑으로 듣고 즉각 시기심이 발동하는 이유는, 내부에 도사리고 있는 좌절과 상실감 때문이고 이는 평소에 정신 수양으로 극복하지 못한 원초적 마음 상태가 드러난 경우이다.

그러므로 시기, 질투의 반응에서 우리는 손쉽게 그 사람 결핍감의 현주소를 파악할 수도 있다. 그런데도 시기·질투가 자신의 정보를 까발리는 작용이 있음을 사람들은 잘 알지 못하는 경향이 있다.

시기와 질투는 뜻밖에도 형제, 자매, 친척, 친구, 아주 가까운 이웃 사이에서 발생하고 잘 모르는 사이에는 개입할 여지가 없다. 흔히 남녀 사이의 시기심은 사랑의 징표로서 독점욕 때문이며 상대가 다른 이성과 어울리는 걸 알면 질투를 넘어 사달이 날지도 모른다.

그러므로 질투는 다툼으로 이어지고 그 끝에 사고가 발생하는 때도 생긴다. 자신에게 패배를 안겨준 정적이라면 약점을 공격하고, 연적(戀敵)이라면 사건을 초래하는 예도 발생한다. 한편 질투심 없음은 무관심의 척도로 볼 수도 있다. 질투하는 모습은 보기 좋지 않고 듣기도 거북하다. 하지만 정당한 비평이나 비판은 질투와는 본질에서 사뭇 다르나 피상적으로는 비슷한 느낌을 주는 때도 있다.

질투 중에는 아주 교묘한 것도 있다. 아는 사람이 쓴 글을 읽으면 그 정신에 영향을 받아 종속될지도 모른다는 불안감이나 무지한 자신을 외면하고자 의도적으로 읽지 않는 경향도 있다. 질투가 제일 기뻐하고 좋아하는 때는 대상이 몰락할 때이다. 더구나 자신은 힘 안 들이고 타자의 공격으로 얻은 선물일 때는 더욱 기쁘다.

그러나 시기 질투로 내 키가 한 뼘이라도 크면 좋으련만, 그것이 나에게 아무런 도움이 되지 않으며 시기심은 자신을 초라하고 우울하게 만들고, 상대방에 대한 일종의 분노로서 질투심은 지속성이 매우 강하다.

IV 사람의 마음에 대하여

다시 말하지만, 가끔 시기·질투가 자기 발전 동력의 효과는 있으나 대체로 부질없고 가치 없다고 말할 수 있는 이유는 자기만의 고통이기 때문이다. 자신의 소유를 소중히 생각하고 감사하며 운명에 순응하며 사는 게 바람직하다고 생각할 수 있다.

아무튼, 자신에게 없는 타자의 재능을 조롱할 필요도 없고 자기만의 타고난 다른 능력을 믿고 묵묵히 걸어가는 편이 몸에도 좋다고 여겨진다. 남을 것을 탐하거나 좋은 것을 다 가지려고 해도 인생은 결국 무위로 끝이 난다.

세상의 모든 강이 바다로 흘러들어도 바다를 다 메울 수가 없다는 지혜의 왕(王)이며 쾌락의 왕(王)인, 구약 전도서 1장에 나오는 솔로몬의 회한과 반성을 다시 생각해 본다.

내색은 안 해도 맘속에 '저 사람은 좋은 사람이다.', '악한 사람이다.', '얌체다.', '이기주의자다.', '있으나 마나 한 사람이다.', '터무니없는 사람이다.', '무지몽매하다.', '수전노 계열이다.' 이런 생각과 판단은 우리가 모두 지니고 살아간다. 언제 어디서나 제일 많은, 사람의 유형은 필요할 때만 달려드는 존재들이지 싶다.

단 1명의 악한 사람의 언행이 다른 착한 사람으로부터 받은 안온한 마음의 평화를 깨트린다. 하기야 악인 1명이 수천, 수억 명을 죽인 게 세계의 역사가 아니던가!

두말할 것도 없이, 시기 질투는 본능에 속하는 감정이라 할지라도 그 모습에서 당사자가 악인으로 인식되는 일도 있으니 경계해야 할 마음이다. 아무쪼록 비교하는 인생에는 행복이 없다고 믿어야 한다.

자만심

Benjamin Franklin (1706~1790) 은 젊은 날 한 친구로부터 자신이 오만하다는 세평이 있다는 말을 들은 적이 있었다….

> "사실 인간이 가진 감정 중에 '자만심'만큼 굴복시키기 힘든 것도 없다. 감추려 해도 때려눕혀도 숨통을 막고 눌러도 자만심은 살아남아서 여기저기서 그 모습을 드러낸다. 내가 쓰는 이 글에서도 그것이 보일 수 있을 것이다. 내가 그것을 극복해냈다고 말한다면 내가 겸손하다는 자만이다."[16]

정규 교육 2년, 인쇄소 수습공 출신으로, 미국독립선언문을 기초한 그는 단 1분 1초도 낭비하지 않는 인생을 산, '자기 개발' 덕분에 그 위치까지 도달할 수 있었다고 자서전에서 밝히고 있다.

미국독립기념일 1776년 7월 4일은 그가 70세가 되던 해였다. 무학에 가까운 그는,

> "나는 어려서부터 책 읽는 것을 좋아했고, 적은 돈이라도 내 손에 들어오기만 하면 책을 샀다."

◇◇◇◇◇◇◇◇◇◇◇

16) Benjamin Franklin, 《프랭클린 자서전》, 이계영 옮김, 김영사, 2014, p.171

"… 이 책들은 나의 사고방식을 크게 변화시켰고, 나중에 일어
난 몇몇 중대한 사건에 커다란 영향을 끼쳤다."[17]

    슬쩍슬쩍 내보이는 자만심은 타인에게 불쾌감을 줄지언정 자기에겐
필요한 정신으로서 자기 존재 이유가 되기도 한다. 그렇지만 물질에서
나온 자만심은 저급하고 유치한 초급의 자만심이더라도 대중은 그걸
원하고 있는 듯하다. 뭐라도 내세울 게 없어 자만심이 없는 사람은 처
량한 신세일 수도 있다.

    벤저민 프랭클린은 자만심에 대해, 자만심은 다른 사람의 자만심을
참지 못하는 경향이 있으나 자만심이 있는 사람에겐 생산적인 면이 있
으므로 편견 없이 봐주는 게 좋다는 뜻으로 말했다.[18]

    독학으로 프랑스어, 이탈리아어, 스페인어, 라틴어를 익히고 자연과
학에도 심취하여 피뢰침을 발견하기도 했던 벤저민 프랭클린의 '자만
심'은 어디서 온 것일까. 자기 개발을 통한 정신 능력 때문이다.

    마치 상업적 의도로 나온 말이 아닌가 하는 의혹 때문에 '자기 개발'
이란 용어에 거부감이 들기도 하지만 필요성이 인정되는 자기 개발은
예컨대 교습을 통해 이루어지기보다 철저히 독서와 사색을 통해 얻어
지는 것이다.

    지식과 정보가 넘쳐나는 이 시대, 검색하면 다 알 수 있다고 믿지만,
서책에서 배운 지식이 아닌 것은 휘발성이 있어 남는 게 없을 듯하다.

◇◇◇◇◇◇◇◇◇◇◇

17) 같은 책, p.31
18) 같은 책, p.15

집에 서재가 없는 사람과는 거리를 두라는 말도 있다. 책을 읽지 않는 사람과의 대화는 잡담 —이것도 잠시 필요하지만— 으로 흐르고 배울 점이 별로 없다.

삶은 언제나 잔잔한 호수같이 평탄하지만 않고 정신은 극한으로 몰아붙일수록 더욱 강하여 뿌리가 흔들리지 않는 나무처럼 폭풍우 몰아쳐도 버틸 수가 있으니 정신적 자만심은 극대화하는 편이 나쁘지 않다. 비용과 시간이 많이 드는 물리적 여행보다 정신의 여행인 독서가 자만심을 키워주고 정신의 불행을 막아 줄 거라 믿는다.

Benjamin Franklin은 풍부한 어휘 실력과 적당한 단어를 찾아내는 능력을 원했던 문필가임을 확인할 수 있는 구절도 있다.

> "시를 쓸 때는 운율을 맞추기 위해 뜻이 같으면서도 길이가 다르거나 소리가 다른 언어를 끊임없이 찾아내야…."[19]

누구나 들어본 적이 있는 "Time is Money."는 Benjamin Franklin의 말이다. 그의 자서전은 문학적 관점에서도 이런저런 생각에 잠기게 만드는 책이다.

그는 젊은 날 한 친구로부터 자신이 오만하다는 세평이 있다는 말을 들은 후에 독단적으로 단언하지 않는 것을 원칙으로 삼기로 했다. 이런 방식이 처음에는 그의 성격에 맞지 않아 무척 고생했지만, 훗날 의원이 되어서도 성실함, 다음으로 이 습관의 덕을 보았다고 고백한다. 그러니

◇◇◇◇◇◇◇◇◇◇

19) Benjamin Franklin, 《프랭클린 자서전》, 이계영 옮김, 김영사, 2014, p.36

까 그는 내심 자만심을 의도적으로 숨기고 살았다는 뜻이다.

　남의 숨겨진 속마음까지 알 수 있는 존재는 신(神)밖에 없으니 밖으로 드러내지 않은 자만심은 문제 될 것도 없다.

이기심에 대하여

글은 억지로 써지지 않고 그릇에 넘쳐흐르는 물을 쓸어 담듯이 의식이 차오르면 저절로 흘러나오는 것이다. 글이 안 써질 때는 의식의 강도가 약한 것이므로 억지로 쥐어짜도 소용없다. 생각이나 느낌이 차오르고 소통이 가능한 언어 구사 능력만 있으면 누구든지 글을 쓸 수 있다. 이는 음악이나 미술 그리고 다른 창작 분야도 마찬가지 일 듯하다.

인문학(인문과학)은 정치, 경제, 사회, 역사, 철학, 문학 등의 정신과학을 총칭하는 사전적 의미를 지닌다. 더욱 간단한 인문학의 정의는 자구에서 보이듯이 '人文'=人+文, 즉 사람에 관한 글이라고 볼 수도 있다.

인문학은 사람의, 사람에 관한, 사람을 위한 글이다. 인문(과)학에 자연과학처럼 보편적 진리나 법칙보다 수많은 이견이 존재하는 이유는 세상의 사람 수만큼 다른 생각과 느낌이 있을 수 있기 때문이다. 인문학에 보편적인 답이 있는지는 알 수 없으나 유일무이의 정답은 존재하지 않는다고 볼 수 있다.

> "사람을 죽여 기름을 짜서 자기의 구두를 닦으라고 해도 사양
> 할 사람이 없을 것이다."

문헌상 근거 제시 없이 쇼펜하우어의 말이라는 주장도 있으나 인간의 극단적 이기심을 잘 표현한 구절이라 여겨 인용하였다.

이기심에 관한 우리의 부정적 인식에 따라 누군가 본인을 이기적인 사람이라고 여기면 불쾌하게 생각하기 일쑤다. 그러므로 교양인이나 인격자로 인식되기 바라며 이기심을 경계하지만, 속마음까지 이기적이 아닌 사람은 거의 없다. 우리는 자신과 상관이 없는 얘기에는 관심이 전혀 없어 듣는 시늉만 하다가도 이해관계가 조금이라도 있어 보이는 말에는 귀를 쫑긋하며 집중하는 모습을 보인다.

속임수를 쓰거나 연출하거나 혹은 위장해도 통찰력이 있는 사람은 몇 마디 말로도 대상이 품고 있는 이기심을 알아차릴 수 있다. 이기심은 만나는 사람마다 이용가치를 먼저 따져보고 아니면 무시해버리고 얻어낼 만한 것이 있으면, 말투부터 조심하고 환심을 얻으려 한다. '쓰면 뱉고 달면 삼킨다'는 말도 같은 뜻이다.

모임이 생겨나는 원리는 개인의 이기심을 충족시키고자 주도하는 사람의 저의가 숨겨진 위장술에 바탕을 둔 경우가 대부분이다. 그렇지만 여기에 모이는 사람들 역시 이해관계가 맞아떨어져 필요한 사람을 자연스럽게 접촉하려는 의도를 가지고 이기심을 충족시키고자 모여들어 구성원을 이룬다.

그러니까 이용당할 만한 사회적 기능상의 가치가 없는 시기에는 냉대받는 자신을 보호하기 위해서도 접촉범위를 제한하는 편이 현명할지도 모른다. 어떤 이는 동문회에 갔다가 법조인과 기업인끼리만 얘기를 나누고 다른 이들은 모두 '찬밥'이라며 다시는 안 나간다는 말도 했다. 세상은 본래 그런 곳이다. 이기적 인간에게 순수함은 찾아보기 어렵다.

이기심은 자존심과도 관련이 있어 소외감이나 박탈감을 느끼면 대뜸 적개심을 품고 험담하기도 한다. 자기 이익만 생각하고 남의 처지를 돌보지 않는 이기심이 그 목적을 달성하는 데는 뜻밖에 장애가 도사리고 있다. 타자의 눈에 띈 이기심은 불결하고, 경계심을 불러일으켜 소기의 목적을 달성하지 못하게 만드는 예도 있다. 따라서 이기심을 버리고 이타심을 유지하는 편이 오히려 이기심의 충족에 유리한 배리(背理)가 성립할 수 있다.

저의가 없는 순수함이 최고의 덕목이라 할 수 있지만 그런 사람은 거의 만나보기 어렵다. 이를 반영하듯, I장에서 언급한 '우리의 미덕은 가면을 쓴 악덕에 불과하다'는 '라 로슈푸코'의 말은 미덕의 본질과 이기심이 추구할 이상적 작태를 알려주고 있다고 볼 수도 있다.

그러므로 이기심의 저의를 숨기기보다 차라리 솔직하게 대하는 것이 존중받고 때로는 도움을 받을 수도 있는 묘책이기도 하다. 그리고 언제나 최선을 원하는 욕심 많은 이기심일지라도 최선이 아니면 차선을 택하고 여의치 않으면 최악을 면한 차악을 찾아볼 수밖에 없다. 예컨대 선거는 최선이 아니면 차선을, 최악 아닌 차악(次惡)을 선택하는 일이고 이런 원리는 인생살이에도 적용된다고 본다.

세상에는 총체적으로 볼 때, 최선도 없고 최악도 없다. 최선이 어떤 이에게는 최악이 되고 마찬가지로 최악이 누구에게는 최선이 될 수도 있기 때문이다.

우리는 매일같이 나의 이기심에 휘둘리고 타자의 이기심에 노출된다. 서로의 이기심의 충족을 주고받으면 이상적이지만 상호성이 없는 이기심은 충족되기 어렵다. 그러나 역설적으로 이기심의 충족은 놀랍게도 이타심을 구사하여 달성할 수 있을 수도 있다. 남의 것을 축내기보다 내 것을 먼저 내놓고 기다리고 안 되면 체념할 수 있는 마음이 이기심이라 여겨야 할 거다.

일이 잘 안 풀리고 성취가 없다면 분명히 이기심의 오작동일 수 있다. 물질이든 마음이든, 주지 않으면 받을 수 없어 이기심을 충족시킬 수도 없다. 이것은 진리에 가깝다고 여겨야 할까.

때로는 줘도, 줘도, 더 달라 할 뿐 이용만 하고 결코, 주지 않는 사람도 있으니 본시 이기심이 못된 심사라는 관점에서 사람을 잘 보고 대응해야 한다. 하지만 이것도 사람에 관한 한 개인적 인문학이니 서두에 언급한 것처럼 마땅히 이견이 있을 수 있다.

자신이 이용가치가 있을 때는 사람들이 자신의 주변에 모여들어 이를 즐겨도 좋지만, 영화로운 지난 세월을 잊지 못해 추태를 부리면 초라해질 수도 있으니 그냥 조용히 사는 편이 신상에 좋을지도 모른다.

이기심은 때로는 이성적이기보다 맹목적 의지에 불과한 경우도 흔하다. 여가 혹은 평생 정신 가치를 무시하고 성취에만 몰두하다가 만년에야 비로소 자신의 생애가 덧없이 다 흘러갔음을 느끼고, 지나친 본인의 인생에 후회와 한탄이 나올 수도 있다. 이기심이 자신을 좀먹게 하는 일도 흔하다….

'경험과 충족'의 보복성

언젠가 방문한 동창에게 음악 몇 곡을 들려주자 조금 듣더니 아예 손사래를 쳤다.

"아! 귀 버리겠다!"

아마 한 번도 구경하지 못한 거창한 오디오 시스템에서 한 번도 들어보지 못한 좋은 소리를 듣고 인제 귀를 버렸으니 집에 가서 어찌 음악을 들을까, 걱정이 앞섰던 모양이다. 한번 좋은 소리를 들으면 그보다 나쁜 소리는 들을 수가 없는 거다. 그것이 바로 '인생의 문제'로서 '경험의 보복'이다.

보잘것없는 우리의 박물관이나 미술관과는 달리, 유럽이나 미국의 경우에는 관광지보다 우선하여 방문할 곳이 이곳이라고 단정해도 무리가 아니다. 동남아 여행 서너 번 할 비용으로 서양의 박물관 구경 한번이 훨씬 낫다고 생각해도 무방하다.

대영박물관의 보물, 베르사유 궁전의 어마어마하게 큰 벽화, 스페인 왕실 소장품인 마드리드 Prado 박물관 대가들의 그림, 미국 Washington D. C. 스미스소니언 박물관과 미술관, Philadelphia 미술관의 그림은 입이 떡 벌어질 정도의 미술품이라 그 후 웬만한 그림에는 감흥이 없다면 외국 박물관을 보면서 '눈을 버린' 것으로 역시 '경험의 보복'이 아닐 수 없다.

인류사에 회자하는 고전을 읽으면 오늘날 '베스트셀러 나부랭이'는 거들떠보지 않게 되는 '경험의 보복'을 경험한다. 여행을 많이 하면 눈 높이가 높아져 웬만한 곳에서는 감흥이 없어진다. 이것도 '경험의 보복' 이다.

특히 권력 금단현상은 사람을 불행하게 만들어 그 단맛을 잊지 못해 계속 권력을 탐하며 권부의 주변에서 추파를 날리는 행태를 보인다.

좋은 오디오 음악 소리, 대형 미술관의 그림이 우리를 행복하게 하 지만 그보다 나쁜 소리, 소품의 그림에는 만족할 수 없는 후유증으로서 '경험의 보복'이 만만치 않은 거다.

노자의 《도덕경》 48장에 학문을 행하면 지식이 날로 더해진다는 말 이 있고 20장에는 학문을 끊으면 근심이 없어진다는 말도 있다. 《구약 성서》 〈전도서〉 1장 18절에는 지혜가 많으면 번뇌가 많으니 지식을 더 하는 자는 근심을 추가하는 것이라고 지적한다.

우리 격언에 식자우환이란 말도 같은 뜻이다. 속된 말로 '아는 만큼 보인다'는 말도 있으나 보인 것만큼 번민도 많아질 것이다. 아이들이 항상 즐거운 이유는 경험이 적기 때문이다. 해보고 나면 시들하여 다른 재밋거리를 찾지만, 결국에 한계를 맞게 되는 노년에는 인생의 흥미를 잃고 권태로워한다.

인기 절정에서 여운을 남겨놓고 내려오는 사람이 현명한지도 모른 다. '경험의 보복', 이것은 '충족의 보복'과 같은 말로서 뒤집어 생각하 면 미경험, 미충족이 유보된 행복이라는 말도 된다.

경험은, '경험의 보복'을 극복하고자 또 다른 경험을 추구하면서 경험의 지평을 넓혀가려는 확장성에서 발전의 동력이 되지만, 누구에게나 직면하는 한계에 도달하면 가벼운 좌절에 빠지는 수도 있으니 경험의 속성을 잘 인식할 필요도 있다.

더구나 사람들이 그토록 원하는 '경험과 충족'이건만 이것이 장애가 되는 때도 없지 않다. '경험과 충족'은 고정관념과 편리한 답습을 불러오는 경향이 있어서 새로운 세계의 창조에 방해될 수도 있어 이것도 '경험과 충족'의 보복성이라고 볼 수 있다. 그러므로 경험 없음에서 오는 불만족스러운 현실을 불행이라고 여길 필요가 없다는 것을 알게 된다. 미경험은 잠시 유보된 경험이라 여기는 긍정적 전환으로 희망을 품고 사는 것이 삶의 지혜일 수 있다. 오히려 미경험이 창조의 밑거름이 되는 수도 있다.

V

행복과 불행에
대하여

고통 문제

우리가 인생의 목적이라 여기는 행복은 고통이 없는 상태를 의미한다고 볼 때, 행복을 논하기 전에 고통의 문제를 먼저 생각해 봐야 한다. 고통이 없는 사람이 없으므로 고통의 문제는 인생에서 으뜸으로 다루어야 할 화두가 아닐 수 없다. 행복을 추구하지 말고 고통 없음을 행복으로 여겨야 한다는 말도 있다.

고통은 어디서 오는지 살펴볼 필요가 있다. 고통은 소유의 상실, 욕구의 좌절, 직면의 고통에서 오고 사람에 따라서는 도덕적 문제도 수반한다.

소유는 개인이 영유하는 것이란 뜻에서 비단 물질에 국한하지 않고, 지위, 사랑, 명예, 권력, 존경 등도 크게 보면 이 영역에 속한다. 소유의 상실로서 건강의 상실, 재물의 상실, 지위의 상실, 명예의 상실, 직업의 상실, 사랑의 상실, 관계의 상실 등은 고통의 진원지라고 볼 수 있다.

건강의 상실에서 오는 질병의 고통은 자기 내적으로 조절할 수 없는 안타까운 현상이지만 본원적 고통으로서 생로병사의 궤도 위에 있는 인간 누구에게나 닥치는 숙명이다.

건강은 생득적인 면이 있으나 그밖에 재물, 지위, 명성, 명예, 사랑, 직업, 관계 등의 상실은 본래는 없었던 것을 후천적인 노력 끝에 이뤄낸 결실이므로 이를 본래 상태로 되돌리는 일은 참으로 고통스러운 일이다.

상실에 버금가는 현실적 고통은 욕구의 좌절에서 온다. 원하는 소유의 대상은 상대방도 원하기 때문에 항상 난관에 부닥치게 되어 있다. 부재한 것에 대한 열망으로서 소유의 추구는 인생의 과제라고 볼 수 있다.

소유에 대한 욕구의 좌절은 모든 이에게 고통이 된다. 이것을 겪지 않는 이는 아무도 없다. 물욕의 좌절, 신분상의 좌절, 직업 선택의 좌절은, 사업실패, 퇴직, 낙선, 진급 누락, 자격시험이나 입시 불합격 등의 형태로 나타나고 이것이 내 맘대로 되는 사람은 아무도 없다. 본능적 욕구인 성적 좌절도 인생고의 하나일 수 있다.

그러나 일단 소유가 달성되어도 기쁨도 잠시 이내 권태가 찾아오고 또 다른 소유를 갈망하게 된다. 우리는 이렇게 끝없이 소유를 찾아 헤매다가 어느 날 죽음을 맞이할 운명이다. 한순간의 소유 달성이 기쁨일지라도 계속되는 갈망의 달성은 불가능한 일이므로 끝내 소유는 좌절을 맛볼 것이다.

쇼펜하우어에 따르면, "소유나 성취는 얼마 안 가 포만감을 낳고 이내 새로운 모습으로 소망과 욕구가 다시 나타난다. … 이에 대한 투쟁은 곤궁함에 대한 투쟁과 마찬가지로 고통스러운 것이다."[20] 그러면서 "소망은 그 본성에 따라 고통이다."[21]라고 지적한다. 희망을 품어서는 안 된다는 뜻으로 해석할 수도 있는 이 말은 희망의 속성을 피력하는 정도로 이해하여야 할 것 같다.

많은 좌절 속에서도 불굴의 의지로 욕구를 달성하는 예도 있으나 그

◇◇◇◇◇◇◇◇◇◇◇

20) 쇼펜하우어, 《의지와 표상으로서의 세계》, 홍성광 옮김, 을유문화사, 2014, p.521
21) 같은 책, p.521

렇지 않은 경우가 더 많다는 객관적 사실도 외면하면 안 된다. 성공의 가능성은 전적으로 본인에게 달려 있고 때로는 운명 같은 운에 지배를 받는 일도 있다. 좌절은 욕구가 낳은 산물이므로 욕구가 적으면 좌절도 적고 따라서 고통도 적을 거로 상상할 수 있다.

따라서 소유의 갈망은 좌절의 씨앗이며 크나큰 고통의 뿌리라고 말할 수 있다. 그러므로 왕에게도 거지에게도 고통은 있다. 이웃 나라를 먹어치우려다 좌절한 왕의 고통은 하루 동냥에 실패한 거지의 고통과는 비교도 할 수 없을 정도로 클 것이다.

소유의 속성을 자각함은 불행을 방지하는 묘약이다. 공익을 위한 소유와 개인 소유의 갈망 사이에는 그 결과에 있어서 차이가 있으나 본질에서는 상통하는 개념이라 본다.

상실이나 욕구의 좌절에서 오는 고통보다 더 실증적이고 현실적인 직면의 고통도 있다. 상실이나 소유의 좌절이나 모두 '무(無)'와 관련된 것이라면 직면의 고통은 '유'와 관련된 것이다. 이는 피할 수 없는 사람이나 상황 등이 주는 고통을 뜻한다.[22]

이것은 의외로 한 인생의 행로에 지배적 위력을 발휘하는 고통일 수 있다. 적성에 맞지 않는 일에 대한 고통, 싫은 배우자와 살아야 하는 고통, 군대(집단) 생활의 고통, 노동의 고통, 악인이 주는 고통, 나쁜 공기가 주는 고통, 불량한 주거환경의 고통, 저질 정치가 주는 고통, 미운 직장 상사가 주는 고통, 출근하고 싶지 않아도 해야 하는 고통, 학생에게는 공부가 싫어도 등교해야 하는 고통도 있다.

◇◇◇◇◇◇◇◇◇◇◇

22) 이것을 불교에서는 원증회고(怨憎會苦)라고 일컫는다.

V 행복과 불행에 대하여

우리 인생의 여정이 무엇을 추구하기보다 무엇을 피하는 과정일지도 모른다. 만일 회피보다 추구하는 삶을 살았다면 엄청나게 위대한 사람일 테지만 실상은 무엇인가를 회피하는 과정이 타자의 눈에는 추구하는 과정으로 보였을 수도 있고 그 사실을 본인만이 안다.

직위에서 배제되거나 죽을 운명에 처함을 알고 목숨 걸고 분연히 일어나 나라를 집어삼킨 사람이 어디 한둘일까? 대개 죽음에 내몰린 큰 도둑이 자고로 그렇게 왕이 되는 법이다. 왕을 추구한 게 아니라 무엇인가를 면하려다 그렇게 되는 경우가 흔하다.

회상은 참 아름다운 말이다. 당신의 인생은 엉뚱한 길을 피하고 피해 이 길로 달려오지나 않았나, 일종의 도피처를 찾아! 그렇다고 자책할 일도 없다. 다들 그렇게 살아간 발자국을 남길 뿐이 아닌가. 미래가 어쩌고저쩌고 현혹하는, 여전히 욕심으로 가득 찬 인생이 부럽기도 하고 부끄럽기도 하다….

싫어하는 사람 피하고, 싫은 물건 피하고, 싫은 장소 피하고, 피해 가는 인생길이다. 아무것도 되지 않아도 좋고, 소유가 모자라도 좋고, 직면하는 고통을 고통으로 여기지 않을 깨달음이나 지혜로 피할 수만 있어도 성공한 인생이 아닐까 싶다. 하지만 소유를 위한 몸부림도 누군가 그 혜택 속에서 행복을 누릴 수 있다면 아름답다고 말할 수 있다.

언제나 같은 결론이지만 세상에는 사람의 숫자만큼의 우주가 존재하므로 자기의 우주 속에서 살다 가는 인생길이다. 나는 나대로 너는 너대로 살다 간다.

게다가 '자기 탓', '남의 탓'도 아닌 자연재해나 질병처럼 자연이 가져다준 고통도 만만치 않고 질병이야말로 고통의 대왕 격이며 이에서 벗어나고자 몸부림을 쳐봐도 사람은 죽어야 할 운명이다.

그러므로 우리는 '남의 탓'이나 자연이 주는 고통 앞에 한없이 노출되어 있어서 '자기 탓'으로 생기는 고통이나마 줄이도록 노력해야 한다고 믿는다. 나쁜 습관이나 버릇이 고통을 만들어 내는 경우도 많다.

종교가 아니더라도 고통의 감소는 덜 불행해지는 지름길이므로 고통의 본원(本源)에 관한 관조는 그 첫 번째 걸음이 아니라고 말할 수 없다.

V 행복과 불행에 대하여

소유적 행복

행복한 인생의 실제적 조건으로 보통사람에게는 건강, 재물, 관계가 중요하고, 그밖에 명예, 권력 등은 선택적이라 말할 수 있다. 인생의 고통은 위에서 열거한 것들에 대한 소유의 좌절과 상실에서 오므로 행복의 실제적 조건이 그것이라고 볼 수 있다.

건강의 중요성은 긴말이 필요 없을 것이나, 건강의 상실은 고통의 진앙이며 생명과 연관이 있어 끝내 한 인간의 존재와 부존재에 영향을 주는 요인이다.

건강하다고 가정할 때, 재물은 아마 가장 중요하게 여겨지는 요소가 아닐 수 없다. 사회에서 일어나는 갈등과 사건 대부분은 금전상의 이유 때문인 걸 봐도 금전은 대단하다 못해 거의 생명과 필적할 처절함과 절실함의 대상이다.

동물적 존재로서 사람은 의식주를 확보하고 현대사회에선 인간적 서비스를 받으려는 목적으로 금전을 숭상하고 추구함은 너무나 당연한 결과다. 열심히 사회봉사를 하는 존경스럽던 사람도 알고 보면 금전상 이유로 드러나는 때도 있고, 대단한 사상가처럼 보여도 생존방식으로 선택한 이념이요 사상인 경우가 태반이며, 국가 민족을 위한다는 정치인도 알고 보면 대개 돈 버는 직업인으로 판명되는 경우가 많다. 그러나 정도의 차이가 있을지언정 금전상 탐욕이 없는 사람은 찾아보기 어렵다.

건강과 금전 다음으로 중요한 '관계'로 넘어가 보자. '관계' 중의 중요한 것을 순서대로 열거하자면, 부부관계, 부모·자식 관계, 형제 관계 그리고 사회적 관계를 들 수 있겠다.

가족 간의 불화는 앞서 언급한 건강과 재물의 확보를 능멸할 정도의 위력을 지닌다. 사실상 가족 사이의 갈등도 금전상 이유가 흔하다고 볼 때, 금전의 역할은 중첩이 되는 부분도 있으나 관계라는 측면에서 따로 떼어 보면 가족 간 갈등은 금전 이외에 '애정', '헌신', '기여' 등의 차원에서 빚어지기도 한다.

가족을 넘어서 사회적 관계 속에서 빚어진 갈등도 심히 우리의 행복을 해치는 결과를 가져온다. 건강과 재물이 넘쳐도 불명예로 자살하는 인사들이 있음은 살펴볼 조건이다.

건강, 재물, 관계만 좋으면 범인(凡人)은 행복하게 살 수 있지만, 그것만으로 만족하지 못하고 명예를 추구한다. 명예는 허영심에서 나온다. 비교적 순수성에 바탕을 둔 예술적 명예 추구는 좋아 보이나 대중 앞에 나서서 알아주기를 바라는 명예는 추하고 속이 보인다. 명예도 권력처럼 물질상의 이문을 취하는 수단으로 삼는 일도 흔하다고 지적하는 철학자도 있다. 그렇지만 명예는 허망하여 조그만 악덕이라도 드러나면 비난받고 즉시 추락하고 마는 속성이 있다. 마지막으로 따져볼 것이 '권력'이다. 권력만 얻으면 명예도 금전도 따라오고 관계도 좋아지는 경향과 풍토가 있는 가히 인류사회는 권력 만능의 세상이다. 하지만 권력은 아무나 추구할 재간이 없고 설령 얻는다고 해도 무상하여 권력을 잃은 후에는 핍박과 조롱이 따르니 일반인은 거들떠볼 게 못 된다.

행복의 조건을 이따금 상기할 필요가 있는 이유는 불행해지는 것을

사전에 방비하고자 함이다. 재물도 변변치 않고, 관계에서도 부덕하고
알아주는 이 없고, 내세울 것 없을지라도 서러워할 일은 아니다.

일상적 행복

일상적 행복은 생활의 즐거움을 말한다. 아무리 불행한 인생을 산다 해도 일상에서의 영육 간 활동에서 오는 일상적 행복이 없을 수는 없으므로 이것이야말로 인생의 행복을 지탱하는 마지막 보루라고 봐도 무리가 없어 인생에서 실재적 행복의 요체라 여겨진다.

우리가 그토록 생명에 집착하는 이유도 일상을 연장하고자 하는 소망이요 발버둥 이외에 아무것도 아니다.

생활의 즐거움이란 무엇일까? 크게 생각할 것도 없이 우선 눈앞에서 펼쳐지는 본인의 삶을 돌아보면 될 듯하다. 일상의 즐거움은 개인에 따라 다르지만 대개 사소한 일이다.

가족이 주는 즐거움, 자연의 즐거움, 문화생활의 즐거움, 일상의 즐거움 등을 꼽을 수 있다.

가족의 즐거움은 가정의 즐거움으로서 가족은 인생의 대부분 시간을 함께하는 구성원이다. 자식은 보살핌과 사랑의 대상이며 동시에 양어깨를 누르는 압박이기도 하지만 그 안에 즐거움이 없다고 볼 수는 없다. 부모님이나 집안 어른들은 돌봄의 대상이건만 인자함과 너그러움에서 그 인품이 주는 향기 또한 생활의 즐거움이 된다고 여길 수 있다.

자연의 즐거움은 아침에 눈을 뜨자마자 마주하는 새벽의 삽상함과 고요함에서 시작하여 동이 트면 보이는 수목들의 모습은 안온한 행복감과 평안함을 느끼게 한다. 때로는 강, 바다, 산행으로 보는 풍광은 행복감을 주기에 부족함이 없다.

문화의 즐거움은 인생에서 커다란 행복의 원천이 되며 이를 향유하는 정도에 따라 인생의 가치와 의미가 결정된다고 보아도 틀림없다. 먹고사는 일에만 몰두한 인생이라면 문화의 즐거움을 알기 어렵다.

문화의 즐거움은 생활의 외연을 확장하는 곳에서 나온다. 음악, 미술, 문학, 철학, 종교 등의 섭렵이 문화 즐거움의 원천이며 여기에 빠질 수 없는 것이 여행이다.

모르는 것을 알고 타인의 생각 엿보고 느낌에 동조하는 독서의 즐거움도 지적 요구 충족의 행복감을 준다. 이 시대 책을 보는 사람은 거의 없어 독서의 즐거움은 극소수 계층에만 주어지는 삶의 보람이며 행복이다. 마음이 뒤숭숭하거나 불안하거나 불만이 차오를 때 경전을 읽는 일도 순간의 행복일 수 있다.

논증이나 고증이 필요하고, 논쟁적 주제의 글쓰기는 다소 고통스러운 일이지만 그를 통해 보람과 행복을 느낄 수도 있다.

악기 연주 혹은 노래도 좋고 무엇보다 음악은 일상생활의 일부로 볼 수도 있다. 음악은 마음속에 살아 있는 언제까지나 존재하는 기억일 수도 있다. 음악이 주는 기쁨이야말로 즉흥성이나 보존성 측면에서 최고다. 아무 때나 원하는 곡을 들을 수 있는 환경에 살고 있기 때문이다. 그러므로 음악을 멀리하는 삶은 생활의 즐거움을 놓치는 안타까운 일이라고 생각할 수도 있다.

진품이든 가품이든 그림을 바라보는 잔잔한 행복도 무시할 수 없다. 이따금 화랑에서 보는 그림도 생활의 즐거움의 하나이다.

일상의 즐거움 중에 매우 중요한 부분을 차지하는 부면은 직업과 관련이 있는 일이다. 무엇보다 일터에서 직무상의 일을 잘 처리했을 때의 기쁨도 생활의 즐거움이고 자신이 잘할 수 있는 일에서 성취했을 때도 일상의 기쁨이다. 예술의 창작은 누구나 할 수 없는 최고의 즐거움이다.

사소한 일상의 기쁨으로 커피를 마시는 시간도 즐거운 시간이다. 나에게 '새벽 커피'야 말로 하루의 시작이며 명상의 시간이다. 커피콩을 갈고 압출하여 뽑는 커피의 향과 거품은 황홀함 그 자체이다. 산책, 운동 같은 옥외 활동도 일상의 즐거움에 속한다.

여행의 즐거움은 이루 말할 수 없다. 그러나 여행의 즐거움은 어느 시기가 지나면 소멸해 버리니 비행기에 오래 앉아 있기도 힘들고 눈도 잘 안 보여 경치도 예전만 못하기 때문이다.

린위탕(임어당)의 《The Importance of Living》, 《생활의 발견》에 보면 누워 있는 즐거움, 의자에 앉는 즐거움, 담배 향의 즐거움, 술 마시는 즐거움, 심지어 성적인 매력에 대한 즐거움까지 언급하고 있다. 아마 이런 내용이 '생활의 발견'이란 번역 서명이 탄생한 배경인 듯하다. 실

　　　　　　　　　　　　　　　V 행복과 불행에 대하여

상 잠자리에 들어 잠을 청하는 고요한 순간의 즐거움과 안온함은 생활의 기쁨이 아닐 수 없다.

지금은 생활의 즐거움을 얘기하는 시간이다. 이전처럼 사람에게서 즐거움을 찾지 않는 날이 찾아왔다면 스스로 만든 고독의 즐거움이다. 생활의 즐거움을 타자에게서 찾으려는 시도는 좌절하기 쉬워 나이가 들어갈수록 혼자서의 즐거움을 찾는 일이 중요하지 않을까 싶다. 행복은 나의 내면에서, 나의 일상에서 찾아야 한다.

일상의 즐거움을 귀하게 여김은 행복을 찾아가는 일이며 여기에는 예외가 없어 아무리 불행한 처지에 있더라도 일상의 즐거움이 없는 사람은 없기 때문이다. 이것은 누구에게나 찾아오는 행복으로서 일상적 행복론이다.

윤리적 행복

건강, 재물, 관계에서 고통이 없어 행복의 우선 조건이 충족되고 일상적 행복을 누리고 있다 해도 그것으로 행복하기 어려운 것이 사람이란 존재가 아닐까. 어찌 생각하면 이것은 부가적인 허영심이나 공명심의 명예를 추구하는 마음일 수도 있다.

윤리나 도덕적 행위가 인간을 행복하게 한다는 것은 생존의 필수적인 면이 해결된 사람에게 나타나는 현상이다. 헌신, 배려, 양보, 용기, 절제, 온화함, 긍지, 기부처럼 도덕적인 덕이 있는 행위나 태도는 본질에서 본인에게 행복감을 준다.

행복론의 창시자라고 부를 수 있는 아리스토텔레스가 그의 아들에게 주는 행복에 관한 담론으로 《니코마코스 윤리학》은 행복이란 무엇인가, 그를 위해 어떻게 해야 하나, 행복과 관련된 도덕은 무엇인가 설하고 있다.

행복한 삶이 되려면 행위를 뒷받침하는 윤리에 대해 생각하지 않을 수 없다. 본질에서 양심에 꺼리는 일은 마음속으로나 실질적으로나 행복일 수는 없다. 그리고 탐욕에서 나온 행위는 언제나 마음을 불안하게 만든다.

도덕적인 덕 이외에 사람은 지적인 덕을 실천하려는 의지도 있다. 문명의 창조, 기술의 개발, 예술의 창조 같은 것이 이에 해당한다. 책을 저술하거나 음악을 나타내 보이거나 조형물을 만드는 등 문화창조에서 행복감을 느낀다.

이토록 사람의 행복의 조건은 생존에 필수적인 것 이외에도 일상적 즐거움, 그리고 윤리적 측면에서의 즐거움까지 맛보려 하는 존재이다. 행복은 그렇게 쉽게 달성하기 어려운 과제이므로 고작 누구나 경험하는 일상의 즐거움에서 인생 행복을 맡겨야 할지도 모른다.

쾌락은 분명히 행복이지만 오래가지 않는 순간일 뿐이고, 지속적인 행복은 멀리 있지 않고 특별한 때가 아닌 일상에서 발견할 수 있는 즐거움에 있다.

한국인의 행복

　세계인의 삶의 가치에 대한 특정한 연구결과를 주목하지 않더라도 서양인 대부분은 가족을 최고의 가치로 여겼지만, 한국인은 두말할 것도 없이 '돈'을 최고의 가치로 꼽는다는 것은 잘 알려진 사실이다.

　이런 결과를 두고 한국인의 가치관에 비판을 가하는 성향도 없지 않으나 인문적 통계나 설문에는 모호성이 내포하고 있기 마련이다. 한국인이 돈을 중시하는 배경에는 '5천 년' 역사의 가난 때문이다.

　공자 曰, "나물 먹고 물 마시고 팔을 베고 누웠으니 즐거움이 그 안에 있고…. 사내대장부 살림이 그만하면 족하고…."

　청빈의 예찬에는 몰락한 양반이 부귀영화를 숭상하는 마음이 숨어 있는 반어법이라고 봐야 할 거다. 유교권 국가는 대개 금전을 제일의 가치로 여긴다는 통계도 있으니 말이다. 청빈락도, 요즘 그런 말 인용하면 위선자요, 꼴통이요, 꼰대요, 심하면 미친놈 소리 듣기 십상이다.

　급격한 산업화를 이루기 전인 1960년대까지 한국은 지구상에서 가장 빈곤한 나라 중의 하나였다.

　　　　　　　　　　　　　Ⅴ 행복과 불행에 대하여

'잘살아 보세, 잘살아 보세 우리도 한번 잘살아 보세.'

삼천리 방방곡곡에 울려 퍼지던 노래 가사처럼 잘사는 것이 국가적 의제였던 시대 배경에서 금전 숭상의 사조가 발생하였던 것 같다.

서양인이 가족을 최우선의 가치요 행복의 요람으로 생각한다지만 실상 한국인이 돈을 중시하는 배경에는 역사적 이유 말고도 서양과 다른 특이한 가족문화 즉, 부모를 봉양하고, 자식의 결혼까지 책임지는 혼례문화가 존재한다. 막대한 혼례 비용을 걱정하지 않는 부모가 단 한 명도 없는 이 나라이다.

그러므로 한국인의 '돈 사랑' 이유는 서양인들이 최고의 가치로 여기는 '가족'이란 대답과 아주 다르지 않다고 해석할 수도 있다. 그런 의미에서 한국인의 물질적 가치관을 헐뜯고 자조할 필요는 없어 보인다.

다만 '우리도 한번 잘살아 보세'가 지나쳐, 사촌보다 잘살아 보세, 이웃보다 잘살아 보세로 발전하여 비교 불행이 만연하게 된 점은 스스로 살펴볼 부분이다.

나라의 역사로 볼 때, 크게는 단일민족으로서 성씨(姓氏)사회의 집성촌을 이루고 살던 한민족의 특성상 옆집 사는 사촌이나 친척과 비교하는 문화가 태동하지 않았나 싶다. 그리하여 나온 말 '사촌이 땅 사면 배가 아프다'는 심사의 박탈감은 평등의식으로 발전하여 궁극적으로 좌파의 이념의 한국적 토대가 되어 남북전쟁의 사태를 맞이한 한국의 현대사이다.

금전만능은 으레 부의 역사가 짧은 졸부들의 생각이다. 부의 역사가 오래된 서양에서 돈보다 가족, 직업, 일, 종교 등에 가치를 두는 모습은 금전만능 현상을 지나 자연스러운 사회의 발전 양태일 수도 있다. 우리의 금전 중시의 사상은 금세기가 지나면 부의 역사가 축적되어 완화될 것으로 기대한다. 돈으로 안 되는 게 너무 많다는 것을 알게 되면서, 돈으로 행복을 사기 어렵다는 사실을 깨달으면서 슬그머니 그런 시대가 도래할 것이다.

서양에서 사형(死刑)의 도구였던 십자가는 여기에 못 박혀 죽은 예수의 죽음 이후 희생이나 구원을 상징하게 되었다. 그렇지만 십자가의 용도가 그렇듯이 통상적 의미는 형벌과 고통을 뜻한다고 봐야 할 거다.

그런 의미에서 흔히 말하는 '삶의 십자가'는 삶의 고통을 의미하면서 은근히 형벌의 이미지를 연상하게도 한다. 죽임을 당하러 무거운 십자가를 짊어지고 Golgotha 언덕을 올라가는 예수를 보며 우리도 저마다 삶의 무거운 십자가를 짊어지고 힘겹게 언덕을 올라가는 존재라는 상상을 한다.

등에 무거운 짐이 지워지지 않았다면 우리는 하늘로 훨훨 날아 올라갔을지도 모른다. 질병의 짐, 관계의 짐, 불능의 짐, 생존의 짐, 증오의 짐, 분노의 짐, 불운의 짐 등은 온통 고통과 희생이라는 면에서 형벌과도 상통하는 개념이다.

개인주의나 이기주의의 본질은 자기의 짐이 타자의 짐보다 항상 더 무겁다고 생각하며 그 짐을 덜어내려는 생각이나 행위 때문일 거다, 그러기에 실상 사람들은 '내가 더 행복해'보다 내심 내가 더 불편하고 더

V 행복과 불행에 대하여

불행한 존재라고 생각하는지도 모른다.

아무튼, 이 시대는 금전적 관심과 고통이 있는 시대임이 분명하다. 경제적 십자가의 짐을 지고 저마다 언덕을 올라가고 있다. 이것은 나만의 희생과 고통이 아닌 공기처럼 나도 모르게 본인을 둘러쌓고 있는 존재의 환경이라고 말할 수 있다.

여기에 '질병의 짐'까지 짊어지고 올라가는 노년의 행복이 무엇인지 알 수가 없다. 왜 사는가, 혹은 왜 살아야 하는가에 머뭇거릴 뿐 즉답하는 사람이 거의 없는 모습에서 삶의 맹목성을 주목하게 된다. 그것이 바로 '맹목적 삶'일진대 저마다 무거운 십자가를 지고 삶의 언덕을 올라가는 모습이 애처롭다. 십자가의 종착점은 죽음이다. 불확실성의 세상 속에서도 우리는 결국 그리로 가게 되어 있다.

'고통 없음'이 행복이라지만 고통이 없는 인생이 어디 있을까. 그것을 잊고자 순간의 쾌락과 위락에 의존하는 인생인지도 모른다. 어떻게든지 행복한 한국인이면 얼마나 좋을까.

행복의 조건으로 서양인은 비교적 정신 가치를 중히 여기지만 동양인은 물질 가치를 최우선으로 꼽는 경향이 있다. 이에 대해 서양은 이미 오래전에 물질적 풍요를 경험하였으나 동양은 그렇지 못했던 역사적 배경이 그 원인이라고 지적하는 견해도 있다.

실제로 서양이 동양을 지배한다는 '서세동점'의 식민주의 시대를 거치면서 서양은 동양에서 인적 물적 약탈을 저지르며 오랫동안 부를 유지해왔다.

그렇게 서양의 식민지 시대를 경험한 동양의 여러 나라가 물질 가치를 최우선으로 꼽는다지만 일부 동남아 불교국가 국민의 행복지수가 아주 높은 점을 고려하면 서양은 물질 가치보다 정신 가치를, 동양은 그 반대라고 보는 견해는 보편성을 띠는 분석은 아니라고 볼 수 있다.

수천 년간 굶주리며 살아온 우리 민족은 현대에 와서 일본의 식민지로서 36년간 수탈을 당해 더욱 뼈저리게 물질적 고통을 경험하였고 그것도 모자라 한국전쟁까지 발발하여 최빈국 국민으로 살았던 게 불과 60~70년 전의 일이었다.

하지만 한국인의 물질 숭상은 이제 그 도를 넘어 일종의 신앙으로서 '물신교(物神敎)'가 되었다고 해도 과언이 아닌듯하다. 못 먹고, 못 입고, 살아온 환경 아래 굳어진 우리 민족의 유전자는 정신 가치를 팽개치고 물질 숭상으로 나아가는 결과로 이어진 것 같다.

그렇다면 서양 사람들은 어찌 정신 가치의 소중함을 물질 위에 두게 되었을까. 앞서 언급한 대로 그들은 물질적 풍요를 경험해 보았으나 별 것이 아니고 그보다 소중한 가치가 있음을 알아차렸다고 봐야 한다.

입에 올리면 천박하다는 저변의 인식 아래, 종교인들은 흔히 '돈'을 '물질'이라고 순화하여 부르는 경향도 있다.

하지만 현대사회에서 '금전=물질' 공식은 맞지 않고 물질은 금전의 하위 혹은 종속되는 개념으로써 금전은 물질뿐 아니라 명예, 권력까지도 거머쥘 수 있는 수단이 된 시대가 되었다. 아무튼, 우리나라에서 돈은 행복의 제일 조건으로 군림하고 있음은 부인할 수가 없다.

불행하게도 은퇴 후에도 생활비를 벌고자, 혹은 더 많은 부를 쌓고

자 열중이고 때론 암중모색이다. 알고 보면 자기 잇속 챙기려고 개인과 집단은 목소리를 높이고 여기에 언론은 자극적 보도로 여론몰이를 유도하여 누군가의 이익을 대변하는 일도 흔하다.

시대의 발전은 구성원의 의식을 통해 정치적, 문화적 진보가 있어야 가능하다. 실물 세계의 확충에는 필연적으로 금전이 필요하지만, 정신 세계의 확충은 전혀 그런 요구가 필요 없다.

마음만 먹으면 평안함이나 행복은 나의 것이 되지만 그 과정에 도달하려면 상당한 자기 성찰과 수양이 필요한 것이다. 역경이나 고난이 닥쳐올지도 모르는 내일은 오늘보다 더 고통스러울 수 있으니 모름지기 오늘에 감사해야 한다는 것을 깨닫는 데 아주 긴 세월이 걸릴 수도 있다. 감사하지 않는 삶은 행복하지 않다는 증거이고 그 끝을 알 수 없는 한없는 욕구 불만이며 소망의 몸부림이다.

물질 가치에의 몰입에서 벗어나지 않는 한, 남과 비교하는 인생을 사는 한, 모든 것을 남의 탓으로 돌리고 나 잘되는 것보다 남 안 되는 것을 더 좋아하는 한, 한국인의 행복은 너무 멀어 보인다.

행복에 이르는 길

목적은 실천적 의지가 바라는 것이며 목표는 목적의 대상이며 수단이라고 볼 수 있다. 인생의 목적은 무엇인가? 행복이라는 것에 방점이 찍힌다.

그러면 행복은 무엇인가, 쾌감이 행복인지, 군림이 행복인지, 인기가 행복인지, 소유가 행복인지, 과시가 행복인지, 지위가 행복인지, 권위가 행복인지, 지식이 행복인지, 명예가 행복인지, 음주가 행복인지, 섹스가 행복인지, 잡기가 행복인지….

하지만, 아리스토텔레스의 말에 따르면 고통이 없는 상태가 행복이라는 것이다. 그가 말하는 고통은 본인이 선택한 고통은 예외가 될 것인즉 고행을 통해 행복에 이르는 길도 있기 때문이다. 아무튼, 그의 언명이 아니더라도 조금만 생각해 보면 고통 없는 상태가 불행이 아닌 행복한 상태라고 여길 수 있다.

쇼펜하우어는 행복한 운세를 타고난 사람은 격렬한 기쁨이나 커다란 향락을 맛본 사람이 아니고 극단적인 고통을 모르고 평생을 산 사람이라고 말한다. 그렇지만 대부분 인간은 평생 행복을 추구할 목적으로 선택한 수단으로서 금전, 출세, 명예, 권력, 사교, 위락 등에 목을 매고 산다.

흔히 돈만 있으면 행복할 것으로 여기지만 그렇지 않고 금전욕이 어느 정도 충족되면 바로 애욕을 탐하고 이어서 명예나 권력에 눈을 돌린다. 그러나 대부분 인간은 먹고사는 생애의 기본적 문제에만 허덕이기에 십상이고 권력 혹은 명예 등에는 근처에도 가지 못하고 생을 마치는 경우가 태반이다.

그런데 행복의 요소는 그것이 내포한 허구성에 비추어 볼 때, 허망하기가 짝이 없는 목표라는 사실을 인생 만년에는 인정하게 될지도 모른다. 행복의 수단에 불과한 것들을 추구하는 과정에서 거짓, 위선, 불안, 공포, 양심, 갈등, 증오, 저주, 분노, 좌절, 고난, 역경, 수모, 다툼, 불명예, 시기, 질투, 중상모략 등은 피할 수 없기 때문이다.

행복의 한 요소에 이르는 길조차 험난하지만, 설령 그것에 도달해도 행복은 한순간일 뿐, 충족된 '의지'는 이내 다른 행복의 요소를 찾아 헤매는 것이 인생 여정이다. 그러므로 행복은 순간의 쾌락에 지나지 않는 것으로 여겨도 큰 무리가 없을지도 모른다. 왜냐하면, 행복한 상태는 순간이며 이내 권태 혹은 싫증을 불러오기에 진정한 행복은 순간의 문제일 뿐 영원성 혹은 지속성이 그다지 유효하지 않은 속성을 띠기 때문이다.

행복이 인생의 목적이라면 그것을 달성하는 수단으로서 전능한 목표는 무엇이 되어야 할까? 목표로서 행복에 다다르는 수단이 무엇인가를 자문하고 있다.

자주와 자립이다. 그것은 독립적 삶을 사는 것이다. 의존적 인간이 되지 않는 것이다. 금전에 노예가 되어 집착하거나 최대한 의존하지 않는, 금전 독립적 삶을 목표로 하는 것이다. 욕정에 눈이 멀어 사랑으로 미화하는 애욕 의존적 삶을 집어치우는 것이다. 권력을 얻기 위해 혹은 진급 같은 현실적 목표를 위해, 노심초사하고 수단 방법을 가리지 않는 암중모색의 날을 보내지 않는 것이다. 명예를 얻고자 자신을 과대 포장하며 가식과 위선을 떨며 병적 자기애에 이르지 않는 것이다.

그러니까 행복한 인생, 다시 말해 불행하지 않은 인생, 고통이 없는 인생을 살고자 한다면 흔히 행복이라고 여기는 요소에 대한 독립적 혹은 비의존적 삶을 추구해야 한다는 주장이다.

이것은 마치 욕망을 최대한 말살하는, 쉬운 말로는 '마음을 비우는' 붓다의 해탈과 같은 지경이라 볼 수 있다. 혹자는 그것이 가능한가 질타할 수도 있으나, 그러니까 안 되는 것이 목표가 되는 것 아닌가!

초월하는 것, 초연한 것, 연연하지 않는 것, 의존하지 않는 것, 독립적인 존재가 되는 것이 인생의 목표가 되어야 한다는 것이다. 금전의 유혹을 떨치고 혹은 금전상 고통을 이겨낼 수단을 개발하고 애욕의 허망함 혹은 부당성을 알아차리고 권력의 뒤끝을 생각하며 무망중 명예의 허욕을 알아차리며….

금전적 성취, 사회적 성취 없이도 비의존적 삶을 살면 자존의 승리이고 적어도 불행한 인생은 되지 않는다. 비의존적, 독립적 인생은 남을 의식하지 않고, 남을 부러워하지도 않고, 시기 질투하지도 않고, 이문을 취하려고 암중모색하거나 호시탐탐 노리지도 않고, 도움을 줄 사람을 찾아 두리번거리지도 않고, 우중에 우산 없이도 꿋꿋이 제 갈 길을 가며, 혼자 있어도 외롭지 않고, 자연을 벗 삼아 사는 사람이다.

여기에는 자각이 필요하다. 자각은 곧 집착에서 벗어나는 첫걸음이다. 무엇에든 자주의 비의존적인 삶, 자립의 독립적인 삶을 사는 게 행복에 이르는 길이며, 더욱 정확히는 불행하거나 고통 속에 빠지지 않는 길이다. 자주와 자립은 자족과 자강에 이르는 길이다. 남과 비교하지 않고 스스로 만족하고, 홀로 서면 자강을 달성할 수 있고 이는 궁극적으로 자기만의 자유에 이르는 길이다.

그렇지만 나이 든 사람은 고치려는 노력도 변화도 기대하기 어려워, 마지막 쾌락을 추구하며 살다 불행에 빠지는 인생을 맞이할 수도 있다. 그러므로 행복에 관한 담론은 노인에게는 무용지물이기 쉽고 오히려, 살날이 창창한 청장년 사람에게 주는 언명이 아닐까 싶다.

의존적 삶을 살면 인생은 '갈애(渴愛)'의 미충족에 따른 안타까움이요 불편함이요 노여움이요 분노요 갈등이요 증오이며 슬픔일 수 있다.

오늘날 젊은이들의 삶이 팍팍하고 행복하지 않은 이유는 타인 의식적 삶을 살기 때문이다. 예컨대 더 좋다고 여기는 직장, 배우자, 자식, 주택, 자동차 등을 얻어 뽐내길 원하거나 꿀리지 않을 생각이 우선하기 때문이다. 여기에는 이런 분위기를 조성한 사회의 책임도 있으나 언제까지 외부의 탓만 하기에는 인생은 그다지 길지가 않다. 나에게 관심 있는 사람은 거의 없고 나를 주시하는 사람도 하나도 없으니 착각하면 안 된다.

곰곰이 생각해 보면 행복의 반대인 고통은 모두 부질없는 욕망이거나 그것이 원인이 되어 발생한 불행한 일 때문임을 인정할 필요가 있다. 행복해지고자 몸부림치면 무리수가 따른다. 불가피하게 찾아오는 고통은 어쩔 수가 없으나 과도한 욕망이 자초하는 자업자득의 고통은 없어야 한다.

마음을 비우는 일은 불가능할지도 모른다. 그러나 욕망과 행복의 곱은 일정하여, 반비례 관계에 있다는 공식을 반드시 알고 있어야 한다. 사람의 일생은 욕망과 다툼이다. 그렇지만 알고 있어도 욕망의 조절은 쉽지는 않은 일이다. 하지만 욕망에 잘 못 휘둘리면 고통이 따라오므로 행복은 먼 이야기가 된다.

결론적으로, 행복의 목적을 달성하는 수단으로서 목표는 자주, 자립이고 여기에는 자강, 자족, 자위, 자유도 포함된다고 볼 수 있다.

자주는 자신이 주인이 되는 삶이다. 남을 의식하지 않는다.

자립은 홀로 자신만의 삶을 구축하는 일이다. 남에게 의존하지 않는다.

자강은 외부 의존성 없이 삶을 꾸려가는 것이다. 스스로 강해져야 한다.

자족은 현 상태에 대한 고마움이다. 그러면 더 좋은 일도 생긴다고 믿어야 한다.

자위는 미성취에 대한 자기 위로 수단으로 평정심을 잃지 않는 것이다.
마지막으로 이런 수단을 통해 도달하는 총체적 마음의 상태는 무엇에도 속박당하지 않는 자유에 도달하는 것이다.

V 행복과 불행에 대하여

항구적 행복의 목표로서 자주, 자립, 자강, 자족, 자위 등의 자유를 달성하는 수단은 자신을 아는 자각이면서, 사고라 불러도 좋고, 사색이라 칭해도 되고, 묵상도 맞으며, 관조 혹은 명상이라 거창하게 불러도 된다.

이러한 생각의 자료는 스스로 생각하고 깨달음에서 얻을 수도 있는 붓다와 같은 성자(聖者)의 경우가 아니라면 그 재료를 외부에서 수입할 수 있는 자료가 서책이나 경전 같은 것이 될 수 있다.

쉽게 말해, 경험과 사유에서 스스로 깨우치거나 독서를 통해 자각에 도달할 수 있다는 뜻이다. 아마 타자의 도움 즉, 외부 정신의 수입이 있으면 명상을 통한 평안과 행복의 길에 도달하는 일이 쉬울지도 모른다.

이 수많은 행복의 수조 속에 단 한 방울의 먹물을 뿌리면 어찌 될 것인가? 다 필요 없다. 행복의 시야를 가리는 저 먹물만 없었다면 하고 바랄 것이다. 행복을 추구하지 말고 고통 없음을 바라야 한다는 현자의 말은 진리다. 행복을 더하려다 불행을 맞아들이는 일이 너무 흔하기 때문이다.

인생이란 열차는 한번 승차하면 죽는 날에야 하차할 수 있다. "나 좀 잠시 내리자꾸나!" 외쳐도 소용없다. 뛰어내리려다가는 다치거나 죽는다. 인생의 질곡에서 벗어나 자유인이 되고 싶지만, 자유의 획득은 욕망이 있는 한 어렵다. 그러므로 욕망을 줄여 고통 거리를 만들지 않는 평안한 상태가 행복이라 여겨야 한다.

상실과 미충족에서 오는 좌절, 원망, 분노, 미움 등으로 불행해지지 않을 수 있는 수단을 가지지 못한다면 인생은 너무나 힘들고 긴 여정이 아닐 수 없다.

껍데기는 행복 알맹이는 불행

겉은 행복 속은 불행, 반대로 겉은 불행 속은 행복도 있다.

겉은 타자의 시선에 따른 외관이다. 껍데기만으로 실체를 파악할 수 없다. 그러니까 겉만 보고 행불행을 판단할 수 없다는 뜻이다. 보이는 것이 실상(實狀)이 아니요 보이지 않는 것이 실상이라는 종교적 언사와도 같은 말이다. 겉은 행복인데 속은 불행, 아니면 겉은 불행이지만 속은 행복, 이 중에 어느 편이 자신의 실상인지는 본인만이 안다.

외관상의 행복은 주로 부(富), 지위, 인기, 외모, 가문, 학벌 등과 같은 객관적 자료가 판단의 기준이 될 것이다. 하지만 사람은 그러한 요소의 충족만으로 살 수 없고 그 밖에 수도 없이 많은 요소에 마음을 쓰며 사는 존재이기 때문이다.

겉보기엔 멀쩡해도 단 한 가지 불행의 요소 없이 살아가는 사람은 매우 드물다. '불행의 모습은 제각각'이어서 이루다 열거할 수 없고 설령 그것이 제거되거나 완화된 후에는 또 다른 불행 요소가 기다리는 때도 있다.

기어코 불행한 요소를 찾아 집착하기는 쉬워도 행복을 행복으로 여기는 모습은 찾아보기 어렵다. 아홉 가지 좋은 일에 사람은 단 한 가지 나쁜 일만 있어도 웃음을 띠기 어려운 존재다. 본질에서 이런 현상은 완벽을 추구하려는 욕구 혹은 욕심의 발현이지만 '감사와 축복'이란 마

Ⅴ 행복과 불행에 대하여

치 종교적 구호를 실천하는 사람은 많지 않다.

불행 아니면 행복으로 알고, 불행이면 승화시켜 행복으로까지는 아니더라도 '무(無)'로 돌리면 그것이 곧 행복이 아닐까 싶다. 불행의 승화(昇華)야말로 거쳐야 할 수양의 단계가 아닌가 싶다. 그러면 껍데기는 불행이요 알맹이는 행복일 수도 있다.

행불행은 시간 의존성을 띠는 일도 있으나 고착화하는 요소도 있어 이것을 우리는 운명이라 말하기도 한다.

우리는 자신 이외의 타자로부터 행복과 위안을 찾으려 하지만 그것은 허망하고 불가능한 일이다. 배우자, 연인, 친구 사이에도 불일치와 부조화가 발생하기 때문이다. 더구나 한순간 대중의 관심과 사랑에 의존하는 삶은 공허함 속에 비참한 최후를 맞이하게 될 거다.

물질이나 지위, 명예에서 행복을 찾으려는 노력 또한 종국에 무위로 그치게 되어 있다. 사람들은 현재에 만족하지 않고 재물을 더 늘리고 보다 높은 위치로 나아가려 하지만 결국에는 여러 가지 제약으로 좌절을 맛보는 것이 인간의 운명이다. 따라서 자신 이외에 외부로부터 행복을 찾으려는 노력은 결국 실패하고 만다. 그런데도 우리는 줄기차게 죽는 날까지 행복을 찾고자 자신의 밖에서 서성이고 기웃거린다. 우리가 외부 세계와 접점을 많이 가질수록 기쁨과 즐거움이 있을 수는 있으나 여기에는 필연적으로 더 많은 고통과 갈등과 번뇌가 뒤따를 수 있다.

쇼펜하우어는 건물의 기초가 큰 것이 좋으나 자기 인생의 행복을 넓은 기초위에 세우는 것은 더욱더 많은 재난을 부르는 기회가 되기에 행복이 무너지기 쉽다고 말한다.[23] 우리가 사교의 장으로 나서는 이유는 '자기 자신을 견디기보다 타인을 견디는 편이 더 편하기 때문'이라는 쇼펜하우어의 언명에 전적으로 동의할 수 있다.

그러니까 우리는 자아의 모습을 망각하고 살고 있다. 온갖 비난을 무릅쓰고, 얼굴에 철판 깔고, 도덕심이 완전히 마비된 상태로도 어떤 지위를 탐하는 정치인이나 대중의 관심으로 먹고사는 이들은 외부로부터 관심이 없어져 혼자되는 것을 극도로 불안해하고, 두려워하는 부류의 인간들이다. 이들은 끊임없이 떠들어 댄다. 그 말이 맞든 틀리든 앞뒤를 가리지 않고 나중에 그 말이 내게 돌아온다는 생각보다는 우선 대중의 관심을 받는 일을 더 중요하게 여긴다.

선거 때마다 이름을 올리는 사람을 잘 관찰해 보면 이들은 혼자서는 아무것도 하지 못하고 멍청이들을 몇 명씩 들러리를 세우며 돌아다니면서 자신이 지도자가 되어야 한다고 착각한다. 이들은 성취하지 못하면 심하게 좌절하여 고통 속에 빠져 불행을 자초한다.

대중과 접점이 없는 사람, 다시 말해 고독과 침잠 속에 살면서 정신이 충만한 사람이 대중을 대표할 수 없는 현실은 언제나 안타까운 일이다. 철학자가 정치해야 한다고 주장한 플라톤의 말은 일고의 가치가 있다.

◇◇◇◇◇◇◇◇◇◇◇

23) 쇼펜하우어, 《쇼펜하우어 인생론》, 박현석 옮김, 나래북, 2013, p.234 참조

진정한 재산은 우리 속에 있다고 봐야 한다. 그것은 정신적인 재산으로서 그 양은 사람마다 사뭇 다르다. 마음속에 양식이 없는 사람, 즉 머릿속이 비어 있는 사람은 언제나 남 앞에 나서는 일이나 교제를 통해 행복을 추구하려는 경향이 있다고 보면 아주 틀리지 않는다.

자신의 내부에 정신적 자산이 많으면 사람들과의 교류에 목을 맬 필요가 없다. 왜냐하면, 사교로부터 얻는 것이 별로 없는 반면에 인간관계에서 오는 실망과 부조화는 항상 마련되어 있기 때문이다.

'공허와 권태' 견디지 못하고 사교계로 나가 잠시라도 상황을 무마하려 하지만 끝내 그 속에서 행복과 위안을 찾을 수는 없다. 책을 읽는 이유도, 사색하는 이유도 혹은 신앙을 돈독히 하는 이유도 모두 내면의 재산을 쌓고자 함이다.

물질 재산이 행복은 준다고 생각한다면 죽는 날까지 돈벌이에 열중해야 한다. 물질의 효능에 한계가 있다는 지적은 생활고에 신음하는 사람에겐 '헛소리'로 들릴 수는 있으나 그런데도 정신 소양은 물질 결핍에서 오는 고통을 완화할 수 있음을 상기할 필요가 있다.

정신상의 재산이야말로 마르지 않는 샘물과 같아 우리의 목이 마르지 않도록 하는 생명수가 아닐까 싶다.

고통의 치유

   불교에서 흔히 말하는 '마음공부'의 핵심은 이 마음이 과연 '무엇인
가?' 따져보는 데서 출발하는 모양이다. 내게 왜 이런 마음이 일어나는
가, 그 마음의 지향점이 무엇인가? 혹은 내가 왜 이러고 있나, 왜 이 말
을 하는가, 따져보면 마음의 밑바닥을 알게도 된다.

   어리석은 사람은 어리석게 말하고 행동한다. 그것은 상대방의 마음
에 투사되어 다시 자신에게 반사되어 돌아온다는 점을 알지 못하니 어
리석은 것이다.

   전념하는 마음이 중요하다. 마음의 뿌리를 찾는 일은 전념하고 집중
하지 않고는 들여다볼 수 없는 심연(深淵) 같은 곳이다. 왜 마음의 뿌리
를 찾아야 하는가? 고통의 연원(淵源)이 그곳에 있기 때문이다.

   욕망 좌절의 고통을 필두로, 건강 상실의 고통, 재산 상실의 고통,
명예 상실의 고통, 사랑 상실의 고통, 미움의 고통, 시기심의 고통, 핍
박의 고통, 원망의 고통, 불이익의 고통, 차별의 고통, 소외의 고통, 가
난의 고통, 멸시의 고통, 심지어 오관 만족을 위한 감각 좌절의 고통
등, 수많은 고통이 마음의 밑바닥에 도사리고 있음을 발견한다.

   고통의 핵심은 무지막지한 욕망의 '자기애' 그리고 '알지 못함'의 '무
지'이다.

   그토록 그 여자가 갖고 싶은가?

Ⅴ 행복과 불행에 대하여

그토록 그 집이 갖고 싶은가?

그토록 그 차를 사고 싶은가?

그토록 대통령이 되고 싶은가?

그 맘의 끝에는 끝없는 갈애(渴愛)의 절망이 도사리고 있다.

그 여자를 얻으면 이내 또 다른 여자를 원할 것이며, 그 집을 사면 금세 더 좋은 집을 가진 사람이 미워질 것이며, 원하던 차를 구하면 다른 차가 더욱 멋져 보여 불만에 빠지고, 대통령이 된 다음에는 영원히 자리를 보존하려 정적을 죽이고 그것으로도 만족 못 해 다른 나라를 빼앗으려 침범할 것이다. 그러나 욕망의 추종 끝에는 죽음이 기다리고 있다.

한 세상이나마 고통을 줄이고 살려면 그 마음을 내려놓아야 한다. 이 대목에서 혹자는 말하기를, 사람은 결코, 그런 존재가 아니어서 마음 내려놓기를 거부하는 게 당연하다고 말한다.

그 말도 맞다. 여자도 더 많이, 집도 더 크게, 자동차도 더 많이, 나라도 더 크게 대제국을 만들고… 욕망이 아니라면 어찌 개인이 발전하며 부강한 나라가 되겠는가. 그 말도 맞다. 그러나 그 마음의 대가는 순전히 자신에게 돌아가니 누가 뭐라 할 일도 말릴 일도 아니다.

하지만 욕망과 고통의 원리를 설하는 교의(敎義)는 한 번이라도 들여다볼 필요가 있다. 불교의 교설은 상당히 다양하고 복잡하여 일종의 학문의 성격을 띠기에 평생 공부해도 다 익히기 어려운 점이 있다. 그에 반하여 기독교는 단선적인 구조의 교리를 가지고 있어 신앙인으로서 불교만큼은 공부가 필요 없는 점이 장점이라면 장점이다.

하지만 인생고의 해결에는 불교가 주효한 종교가 아닌가 싶어 흔히 인생 말년에 당도하여 마음 쓰이는 종교가 되기도 한다. 마음에 고통이 있다면, 그 무게를 줄이고자 종교가 아닌 학문으로라도 불교 공부가 좋아 보인다.

붓다는 고통의 제거를 중시했고, 아리스토텔레스는 행복이 사는 목적이라고 그런다. 행복의 조건은 고통 완화, 고통 극복, 고통 제거 등의 상태가 선결문제라고 볼 때, 행복은 고통의 문제 해결이 전제 조건임을 알 수 있다.

그런데 행복은 쾌락을 통해 얻어지기도 한다. 고통 제거와 쾌락이 모두 행복과 관련이 있다는 관점에서 두 사이에 관련성이 있다고 볼 수 있다. 즉, 쾌락은 고통을 잊기 위한 수단일 수 있어서 성적 쾌감의 성희(性戱)는 고통을 잊는 망각의 수단 이외에 아무것도 아니다.

쾌락과 고통의 제거가 지향하는 곳은 모두 행복이다. 세계 최고 부자로 등극한 사람이 일을 저질렀다는 소식은 그 대상이 친구의 부인이라는 점만 제외하면 그다지 놀랄만한 일은 아니다. 세계적 부호가 된 후에 그에게도 좌절의 고통이 없다고 볼 수 없어 쾌락 추구인지 망아(忘我) 차원에서 저지른 일인지 제삼자는 알 수 없다.

사회적 불평등으로 세상은 온통 갈등과 고통 속에 있지만 실상 더 중요한 점은 '내적 불평등'의 문제에 있다. 예컨대 사람들은 빈부 차에 따른 객관적인 외면상 불평등 문제는 알고 있어도 주관적 내적 불평등에 관한 의식이 없는 듯하다. 부자라도 스스로 불행하다거나 거지라도 스스로 행복하다고 느끼는 능력 사이의 차이를 '내적 불평등'이라 부를 만하다. 다른 말로 하면, 거지보다 부자가 더 불행할 수도 있다는 뜻이

V 행복과 불행에 대하여

다. 이것은 스스로 고통을 잘 다스려 적어도 불행하지 않은 상태로 돌아가는 자기 내적 자정 능력이 같지 않다는 뜻이다.

행불행, 그건 각자의 몫이다. 무엇이든 내 마음대로 되지 않을 때, 우리가 겪는 좌절은 일상적이다. 욕구의 좌절, 손상의 좌절은 기본이고 부득이 상대해야 하는 직면의 고통이 더해진다. 사회적으로 성공한 외관일지라도 내면에 좌절이나 상실의 고통이 없는 사람은 없다.

자기의 고통을 어떻게 볼 것인가? 자기의 불행을 어찌 볼 것인가? 쾌락은 타당한 것인가. 쾌락에 불행의 씨앗이 잉태되어 있지는 않은가. 나쁜 줄 알고도 계속하는 일상적 행위. 자기만의 말 못 할 악행도 있다. 악덕과 악행을 조금이라도 줄이는 방법은 '관조와 명상(사색)'이다. 독서는 거기에 이르는 한 가지 수단이 된다. 덜 불행하려고. 불행해지지 않고자 함이다. 하루 단 10분이라도 책을 읽으면 덜 불행해진다.

나이가 들어가며 신체의 부위가 하나둘씩 고장이 난다. 아무 데도 아픈 곳이 없는 시기는 고작 30대가 끝이고 40대부터는 어느 부위에서든 크고 작은 증상이 나타나고 50대부터는 서서히 지병이라 할 수 있는 질환이 찾아온다. 그리고 60대가 되면 이미 몸의 여러 부분에서 심각한 고장이 나타나고 건강수명을 다한 70대부터는 병원 출입이 일상이 된다.

그렇게 세월 따라 신체에 질병이 생긴다면 마음은 어떠한가? 마찬가지다. 어쩌면 마음의 병은 신체보다 먼저 생기기 시작하는 예도 많다. 소아기, 성장기, 사춘기 때의 나만의 상처나 마음의 고통이 사회생활을 시작한 어른이 된 후에는 미성년 시기와는 상대가 안 될 정도 크기의 정신 고통으로 다가온다.

고통이라 자각하며 거기서 벗어나려 몸부림치는 게 사람의 일생이라 봐도 무방하다. '낙천주의가 이루 말할 수 없는 인간의 고뇌에 대한 쓰라린 조롱'[24]이라고 보는 시각도 있다.

고통은 사회생활뿐만 아니라 가정적으로 처한 고통도 커다란 하나의 축을 형성한다. 자신은 물론, 배우자, 여기에 자식의 몫까지 보태진다.

지속하는 고통은 끝내 상처를 만들어낸다. 그 상처에는 무엇이 닿기만 해도 소스라치게 놀라 몸을 움찔거리며 고통스럽다.

마음의 상처도 신체의 상처와 마찬가지로 소스라치는 아픔이다. 신체의 상처나 아픔은 의학의 도움으로 치유할 수 있는 경우가 많지만, 마음의 상처는 질병 상태가 아니라면 약물 등의 수단으로 치유할 수도 없어 가슴속에 묻어놓고 산다.

나이 든 사람은 이미 굳어진 고통스러운 개인적 상황에 부딪혀 있다고 봐야 한다. 이미 상황의 개선 여지가 없는, 생존의 고난, 경제상의 무력감, 사회적 미성취에 대한 자괴감, 학력 상실감, 질병 상태에서 오는 소외감, 케케묵은 열패감, 혼인상의 상흔과 고통, 후손이 주는 고통 등, 마음의 상처와 고통은 죽는 날까지 따라 다닌다.

누군가 본인 마음의 상처가 되는 부분에 무심코라도 접근하거나 만지면 아파하며 보는 앞에서 안색이 변하면서 상대방을 다른 이유를 들어 비난하거나 공격하고 아니면 뒷말을 쏟아 내기도 한다.

우리는 만나는 상대방에게서 마음의 고통과 상처가 무엇인지 잘 알지 못한다. 어쩌면 이는 함께 사는 가족도 속속들이 알지 못하는 때도

◇◇◇◇◇◇◇◇◇◇◇

24) 쇼펜하우어, 《의지와 표상으로서의 세계》, 홍성광 옮김, 을유문화사, 2009, p.540

V 행복과 불행에 대하여

있다. 나이 들어가며 사람을 상대하거나 만나는 일이 어렵게 느껴지는 이유는 상대방에 따라서는 피해줄 대목이 있기 때문이다.

우리는 남의 의견에 일부러 반대할 준비가 되어 있지 않은 경우가 대부분이지만 그런 상태에서는 무슨 말을 해도 동조하거나 공감하기는 커녕 반대 혹은 적대적 의견을 표출한다. 자기의 상처를 건드리거나 존중받지 못한다고 판단하면 정서 배반이 생겨 인신공격은 물론이고, 혹시 사업상 만남이라면 되는 일은 아무것도 없을 거다. 혹여 잘 모르고 말했다가는 원한을 사거나 미움을 사는 일도 있다.

노년에는 가까운 친구 사이라도 말을 조심해야 하고, 가족 사이는 물론이고 며느리, 사위를 새 식구로 맞이한 경우라면 더욱 그렇다.

타자의 아픈 부분을 건드리지 않는 게 핵심이다. 그것이 어느 부위인지 알 수 없어 관계에서 개인의 자유를 훼손하는 요소 조건이 된다. 대화도 그렇지만 글도 그렇다. 상대방에게 조심성 없이 아무 말이나 할 수 없듯이 글쓰기도 책 발간도 쉽지 않은 행위로 여겨진다. 그러니 알맹이 없이 두리뭉실한 위로와 아부의 글이 인기도서가 되는 듯하다.

이토록 사람의 마음 상태에 관해 장광설을 펼치는 이유는 나이 들어 사람 만나는 일이 어렵고 두려운 일이 될 수 있다는 것을 설명하고자 함이다. 그렇다 보니 자기 안에 혼자만의 정신 소양이 있는 사람은, 안 보고 혼자 사는 게 편하다고 생각할 수도 있다. '나이 들어서는 혼자가 좋다'는 말이 나오는 배경이다. 때에 따라, 남이 주는 고통을 견디기보다 외로움을 견디는 편이 더 낫다고 생각하는 것이다.

종교로서, 죄의 문제를 다루는 기독교는 내세의 신앙이요 고통의 문제를 다루는 불교는 이승에서의 철학이라 볼 수 있다. 죄의 문제를 해결하면 영생의 천국이 보장되는 기독교, 이에 반해 불교에서는 고통을 초극하면 해탈하여 극락의 상태가 된다.

여기서 인간관계의 문제를 떠나 종교의 문제를 언급하는 이유는 바로 마음 고통의 치유가 의학의 도움이 아닌 오로지 본인의 몫으로서 마음의 상처를 치유하고 고통 없는 평안한 삶을 사는 데 기독교든, 불교든, 종교가 좋아 보이기 때문이다.

모두 자기 고통과 상처의 멍에를 짊어지고 올라가는 삶의 언덕, 언제나 무거운 짐을 내려놓을 수 있을까!

　　　　　　　　　　　V 행복과 불행에 대하여

불행도 행복도 없어

행복한 가정의 모습은 모두 다 비슷하지만, 불행한 집의 모습은 다 제각각이란 화두로 시작하는 소설이 있다. 남에게 보이는 불행한 모습도 있으나 자신만이 아는 불행도 있어, 불행은 개별적이고 주관적인 상태라고 볼 수 있다. 즉, 남의 눈에는 불행해 보여도 정작 본인은 그렇게 느끼고 생각하지 않을 수도 있고 반대로 타자에게 행복해 보이는 사람도 당사자는 불행하다고 여길 수도 있다.

"아내가 죽고 8년 후에 아들이 또 죽었어요. 나의 운명은 왜 이렇게 기구한가요?"

"남편이 말기 암이라 3개월밖에 못 산다니 이를 어찌 받아들여야 하나요?"

"40대에 실직했습니다. 앞으로 어찌 살아야 하나요?"

"홀로된 어머니가 싫다는 애인에게 병적으로 집착하는데 이를 어찌 해야 하나요?"

"우리 결혼식에 아버지를 초대하고 싶지 않아요."

"사업에 실패한 아버지는 마지막 희망으로 제가 변호사가 되어 집안을 일으켜야 한다고 믿으셨으나 제가 법대에 갈 실력이 없는 걸 아시고 낙담하여 술만 마시다 돌아가셨어요. 이 죄책감을 어찌해야 하나요?"

"스케이트를 사주지 않는다고 아이가 유서를 써놓았어요!"

"남편과 함께 잠자리에 드는 게 싫어요."

"딸 셋 중에 둘이 이혼했는데 나머지 하나도 이혼하려 해요."

"교통사고로 사람을 죽였어요. 이 죄책감을 어찌 해소할 수 있나요?"

"마음씨 착한 30세 여동생이 애가 둘이나 있는 이혼남과 결혼을 한대요."

"주식투자에 실패한 아버지가 집을 담보 잡히고 대출을 받아오라고 해요."

"10년 연하 남자 친구가 좋기는 한데 돈을 못 벌어요. 그래도 결혼을 해야 할까요?"

"바람기가 많아 여러 번 들킨 남자 친구와 결혼을 해야 하나요?"

V 행복과 불행에 대하여

"우리가 죽은 다음에는 어찌 되나요?"

매체에 등장하는 인생 상담 목록이다. 상담을 해주는 사람은 대개 성직자나 소통 전문가 같은 사람들이고 돈을 내고 입장하는 곳도 있는 모양이다. 그들에게 닥친 불행한 사연을 듣고 함께 걱정해 주고 조언해 주는 상담자에게서 해결책을 찾고 위안을 받고자 하지만 몇 마디 주고 받는 상담이 과연 도움이 되는 걸까?

상담을 원하는 사람들은, 자신이 겪고 있는 불행, 고통, 갈등을 대중 앞에 털어놓으며 압박감을 조금이나마 해소하며 위안을 받고 싶어 하는 것 같다. 그런데, 조언을 듣는다고 해도 그대로 실천을 할까? 자기의 문제는 자기가 가장 잘 알아 풀어내야 한다. 자신이 스스로 깨우쳐야 한다. 상담을 원하는 내용을 들어보면 그 속에서 뜻밖에 어리석음이 보인다. 하나를 얻으며 다른 하나는 포기하고 체념해야 하는 세상사의 원리를 모르는 듯하다. 두 개를 다 가지려니 갈등과 고민이 생긴다.

돈을 많이 벌거나 지위가 높아지는 것보다 중요한 것은 마음의 평안이다. 돈 많이 버는 방법을 알고 있다 해도 그렇게 하지 않고, 지위가 높아지는 방법을 알고 있어도 실행에 옮기지 않는 편이 더 좋을 수 있다.

얻으면 반드시 잃는 것이 있기 때문이다. 그것은 진리다. 세상의 이치다. 그러니 필요한 만큼만 취하는 게 자연스럽고 마음의 여유와 평안을 잃지 않는 길이라 믿는다. 하지만 언젠가 불행은 자신에게도 닥칠지도 모른다. 그 불행의 모습은 정말로 상상조차 할 수 없을 정도로 따로 따로 제각각이다.

지혜의 근본은 시시각각 다가오는 죽음을 자각하는 일이다. 이 세상의 흉악무도한 일들은 생존투쟁 일부이기도 하지만 탐욕은 죽음을 망각하는 가운데 발생하는 것임이 틀림없다.

불행은 대개 '부분 상실'의 일종이지만 죽음은 '완전 상실'이며 소멸이다. 불행을 이기는 것은 죽음이다. 죽음 향해 달려가는, 다만 그 시기가 문제일 뿐인 인생의 완전한 상실 앞에 불행할 것도 없다. 인생은 모두 무로 돌아가는 길이 아니던가. 슬픔이나 고통도 잠시 스쳐 가는 것이지만 사는 날까지는 살아내야 하니 힘들고 고통스럽다.

사색하고 수양하고 수련하고 묵상하고 마음공부를 하는 이유도 불행을 무마하고 마음의 평안을 얻고자 함이다. 평안함이 없으면 행복도 없다. 여기에는 종교의 경전이 그 도구가 될 수 있다.

의복은 껍데기이고 알맹이는 나신이다. 나신은 외형상 우리의 실체이다. 옷은 일종의 치장물로서 소유에 속하고 이는 실체를 가리는 위장막 같은 거다. 만일 우리에게서 인적, 물적 소유가 제거된다면, 옷을 벗었을 때 외형상의 실체가 드러나듯이, 우리의 내면적 실체가 그 모습을 드러낼 것이다.

불행은 대개 상실과 관련이 있으나 상실은 소유로부터 온 것이고 소유는 본래 '무(無)'였기에 우리는 얻은 것도 잃은 것도 없는 원초적 '무(無)'가 우리의 실체이다. 모든 소유가 달아나도 놀라지 않아야 하는 이유는 그것이 자연 상태이기 때문이다. 현대인이 무소유 상태로 살 수는 없는 일이지만 근본적으로 무소유는 자연 상태이므로 원론적으로 참을 수 있어야 한다고 믿는 것이 맞다.

우리의 불행은 본질에서는 근거의 정당성이 없는 상당히 인위적이고 상대적일지도 모른다. 사회 속에, 인간들 속에 사는 우리는 상대적

V 행복과 불행에 대하여

일 수밖에 없는 상태에 놓여 비교하고, 눈치를 보고, 남을 의식하고, 체면을 차리고, 위장하고, 치장하고, 위선을 떨며, 가식으로 무장하고 산다. 그 속에 불행이 있다. 위장은 불편함이며 부자연이므로 행복한 상태라 보기 어렵다. 위장의 껍데기 속에 여전히 불행은 자리 잡고 있다.

하지만 우리가 흔히 말하는 불행 속에서도 유익함을 발견할 수 없는 철저하고 처절한 불행은 없으며 마찬가지로 우리의 행복 속에도 위태로움을 발견할 수 없는 완벽한 행복도 없다는 각자(覺者)의 말에 동의하지 않을 수 없다.

어쩌면 불행하다는 느낌은 오만에 속한다. 본인이 외형적이나마 누구만큼 행복해야 한다는 설정은 터무니없는 것이기 때문이다. 그런 자기애적 생각은 평생 불행을 동반한다. 행복도, 불행도 비교할 것이 못되는 본원적으로 어처구니없는 어리석음의 소산이다. 그것이 불교에서 말하는 '무명(無明)'이다.

소유를 통한 세상 즐거움이 없다고 말할 수 없고, 있으면 누리며 살아야 할 터이지만 그렇지 못하더라도 실망하고 좌절하고 낙심하여 한강 다리로 달려가야만 할까. 어차피 우리는 때가 되면 자연으로 돌아간다. 잘 되면 좋고 안 되어도 그만이란 자연사상이야말로 구원(救援)이다. 안 되는 일은 죽어도 안 된다. 될 일은 결국 된다. 세상사 그렇고 그렇게 돌아간다. 감나무 밑에서 입 벌리고 감 떨어지길 기다리지 않아도 떨어져 깨진 감이나마 주워 담아도 된다. 살길은 있다….

행복의 공식에서 분자는 소유이며 분모는 욕심(욕망)이니 소유가 일정해도 분모인 욕망만 줄이면 행복은 증가한다는 계산이 나온다. 여기서 소유가 늘어도 그와 비례하여 욕망이 늘면 행복은 조금도 증가하지 않는다는 걸 쉽게 알 수 있다. 아주 쉬운 행복의 공식이다. 그러니 절대 불행도 절대 행복도 없다고 볼 수 있다. 인간적 측면에서의 불행은 행복이 되고 행복은 불행이 되는 것이다.

V 행복과 불행에 대하여

불행해도 될까요?

자연인의 행복은 사실일까? 서울의 경복궁 구경을 한 번도 해보지 않은 사람이 "경복궁 별로야!" 하고 말한다면 이것은 무슨 경우인가.

사진으로 이미 보았더니 그렇다거나, 다른 사람의 말을 듣고 하는 말이거나, 실제로는 가보고 싶었으나 그러지 못한 자신의 처지를 달래려는 심사에서 하는 말일 거다. 아마 마지막의 경우가 가장 많을 거로 추정되는바, 사람들은 자기기만이나 시기심 어린 말을 즐기는 경향이 있기 때문이다.

'자연인'의 행복은 자기기만이라고 깎아내리는 스님의 설법을 들은 적이 있다. 행복론의 핵심은 행복의 불변 가치이지 가변성이 있는 가치가 아니라는 거다. 그 근거로 만일 자연인에게 100억의 돈을 준다면 거기서 그러고 살 사람은 한 사람도 없을 것이기에 그의 행복은 진짜 행복이 아닌 일종의 자기기만의 가짜 행복이라고 주장한다.

이런 주제로 잠시 토론을 벌이자, 한 친구는 "100억 아니라 10억만 줘도 산에서 다 내려올 거 같지 않아?" 하고 내 말을 받는다. 아무튼, 큰 맥락에서는 그럴 것 같다.

대부분 '자연인'이 되는 과정은 현실 사회에서 실패와 좌절을 겪고 도피 이외에 방법이 없는 경우에 최후 수단으로 입산한 것이라고 볼 수 있고 실제로 그들의 고백도 그와 아주 다르지 않다. 기술적으로 볼 때, 현실에 발을 담그고 살기 어려운 상황은 부채 때문에 빚어진다. 빚만 없다면 무슨 짓을 해도 먹고 사는 데는 지장이 없고 사회보장제도도 작동하고 있다.

말하자면, 10억을 준다 해도 신용을 회복하고 빚을 청산하기에 부족하다면 역시 속세로 복귀가 힘들 모양이다. 그렇지만 큰 틀에서 볼 때, 부채가 해결되면 자연인 생활을 청산할 가능성은 거의 100%에 가깝다.

자연인의 삶을 관찰해 보면 하루의 대부분 시간을 식생활을 위해 보내고 있다. 김치를 담으려고 배추, 파, 마늘을 심고 기르며, 달걀을 먹고자 닭을 기르고 또한 개울가에서 고기를 잡는다. 겨울나기를 위해 산에서 나무를 해다 쌓아놓는 일도 중요한 일과이다. 그러니까 자연인 상태에서 무엇을 연구하거나 창작활동을 하거나 책을 읽는 사람은 거의 보지 못했고 오로지 생존을 위한 기본적인 일만을 하는 모습이다. 그런 일이라면 '돈이면 다 되는 일이다'. 그러니까 돈이 생기면 모두 '자연인의 행복'을 버리고 환속하는 절차는 당연한 결과라고 볼 수 있다.

없어도 되는 것에 목매는 사람의 경우와 달리 생존의 위협에서 탈피한 자연인의 행복이 자기기만이란 판단은 너무 비정한 인생관이라 볼여지도 있다. '자연인'인들 그런 상상을 해보지 않았겠는가. 내가 왜 이렇게 수고하여 하루 세끼를 해결한단 말인가…. 달리 해결방안이 없기 때문이리라. 우선 빚 독촉을 피해야 하는 처지에서 도피와 은거는 최선 선택이요 최적화의 '솔루션'이라 여겨진다. 재물을 잔뜩 싸 들고 산속을 들어갔다는 말은 들어보지 못했기 때문이다.

그렇지만 누군가, "나는 지금 행복하다." 말하는 사람을 두고 제삼자가, "아니요! 당신은 행복하지 않습니다.", 이렇게 말할 수는 없다. 행복은 타자가 판단할 마음의 상태가 아니기 때문이다.

Ⅴ 행복과 불행에 대하여

자연인의 행복이 자기기만이란 관점은 그로서는 추격해 오는 삶에서 도피하여 안전지대에 정착한 안도감에서 나온 행복일지도 모른다. 그리하여 더 나은 환경이 주워졌을 때 이전의 삶의 형태를 변경할 가변성을 내포하여 행복은 절대적이 아닌 상황 의존적 가치가 아닌가 싶다.

하지만 행복의 원천을 여러 갈래로 생각할 때, 불변의 행복은 정신가치를 추종하는 삶에서 성립하고 여타 외부적 요인에서 찾는 행복은 가변성이 있다.

사람에게 의지하는 삶은 사람 떠나면 죽을 만큼 외롭고, 권력 좋아하는 사람은 권력 떨어지면 자살하고프도록 불행하고, 돈 좋아하는 사람은 돈 없으면 죽은 목숨이라 여겨 숨어버리고, 교미를 좋아하는 사람은 그거 못하면 인생 막장이라 여긴다.

실상 은둔한 사람의 도시로의 복귀 가정 자체도 현실성이 거의 없는 공론 수준이다. 갑자기 큰돈이 어떻게 생기나? 아마 10만 원 주는 사람도 없을 거다. 혹시 복권이나 당첨되면 모를까.

만일 내게 100억이 생긴다면, 좋은 차를 사고, 젊은 애인을 두고 집 사주고, 한 끼에 30만 원짜리 밥을 먹고, 300만 원짜리 포도주를 마시지는 않을 것이다. 그거 별로 재미없기 때문이다. 대신에 일명 '백수제일주식회사' 같은 것을 차리는 거다. 바보, 머저리, 쩌리, 칠푼이, 왕따에게 일자리를 제공하는 회사를 차리고 능력에 맞는 일을 시킨다. 내가 투자한 자본금일지라도 사장이 판공비 조로 돈을 떼먹지 않고 수익은 모두 되돌린다. 그런데 내게 100억이 생겨야 말이지! 웃자고 하는 말이다.

다시 본론으로 돌아가,

"나는 행복합니다."

하고 말한다면 그렇게 믿으면 된다. "그거 가짜 행복 아닌가?"라고
제삼자는 말할 권리도 없고 이치에 닿지도 않는 말이다.

실제로 현실 도피는 스스로 단절을 자초하는 예도 있지만, 대부분은
어쩔 수 없는 상황이 만들어 낸 결과다. 왕자 신분을 버리고 속세를 떠
난 석가모니와 현실에 애착이 있음에도 어쩔 수 없이 그렇게 된 경우는
하늘땅 차이만큼이나 크다.

부처님에게는 1,000억이 생겨도 다시 환속하지 않을 거라는 예단에
서 출발한 스님의 법문은 행복론의 본질을 설파한 것이니 자연인 신분
을 비판할 일은 아닌듯하다. 그러므로 '자연인의 행복'을 응원한다.

'나는 불행하다'고 말하는 사람은 혹시 탐욕, 우둔, 나태하기 때문이
아닌지 살펴볼 필요가 있지나 않을까. 그는 필시 물질적 고통 속에 있
거나, 사랑을 상실했거나, 명예를 잃었거나. 자기 의지의 좌절을 경험
했거나, 불가피하게 질병이 찾아왔음을 말할 것 같다. 본인이 불행하다
는데, 설령 "당신은 불행하지 않아요." 그렇게 말한들 소용없을 터이니
그 불행은 계속될지도 모르겠다.

"그래요, 많이 불행하세요!"

그에게 그렇게 말하면 어떨까.

불행을 정반대인 행복의 상태로 이끌기에 세상은 잔인하고 우리는 무력하다. 어떤 상태에서 살든지 나는 불행하지 않다고 말하는 사람은 성공한 인생이다. 불행하지만 않으면 행복하다고 말할 수도 있기 때문이다.

누구나 조금씩 혹은 많은 불행의 요소를 안고 살아간다. 하지만 행복은 외적 조건이나 환경이 아닌 내 마음속에 있다는 것을 인정하기만 하면 적어도 불행에서 벗어나는 일은 어렵지 않다.

행복하게 산다는 것은 가능한 한 괴롭지 않게, 간신히 견디면서 산다는 뜻이다. "현명한 사람은 쾌락보다 고통이 없는 상태를 원한다." 니코마코스 윤리학에 나오는 아리스토텔레스 말이나, '행복은 정신 능력의 크기에 따라 달라진다'는 쇼펜하우어의 말은 참으로 맞다.

잠. 시. 라. 도. 불행을 느끼지 않도록 만드는 시간과 소재는 사방에 지천으로 널려 있다. 이 대목에서 '잠시라도'에 방점을 찍은 이유는 행복도 어차피 '잠시'의 순간이기 때문이다.

조용한 새벽에 일어나 혼자 마시는 커피 한 잔, 아침의 힘찬 출근길의 사람들, 거리를 청소하는 사람의 분주함, 수목들이 새봄을 준비하는 눈망울, 가방을 메고 등교하는 꼬마 녀석, 거리의 한 모퉁이를 점령하며 손님을 기다리는 택시, 어린이집에 아이를 맡기고 출근하는 엄마의 바쁜 모습, 아침 산책에 나선 지팡이 짚은 노인의 느린 발걸음 그리고 차갑지만 싱그럽게 느껴지는 아침 공기….

"그게 뭐야?"

"아무것도 아니잖아!"

이렇게 말하거나 속마음이 그렇다면, 그 불행은 면할 수가 없다. 내면이 공허할수록 밖에서 기웃거리며 저급한 위락이나 쾌락을 찾아 헤매지만 거기서 소외되는 날에는 좌절하며 심한 불행을 느낀다. 홀로 설 수 없는 사람은 끊임없이 '나를 내주려고' 사방을 두리번거린다. 홀로 간다는 마음이 없으면 반드시 죽을 만큼 외롭고 고통스러운 인생의 날들이 되어 심하면 스스로 목숨을 끊는 일도 발생한다.

쾌락은 순간의 속임수이고, 돈이면 될 것 같으나, 아니다. 권력이면 될 것 같지만, 아니다. 돌아오는 건 조롱이거나 보복 위험이다. 명예는 히망하여 한순간 온데간데없고 비난과 멸시가 뒤따를 수도 있다. '공원 벤치의 거지 노인이 자기 자신의 모습이라는 사실을 잊지 말라'는 쇼펜하우어의 말은 우리에겐 해당이 없을까.

자기 내면에 쌓아놓은 것이 많을수록 남에게 기댈 필요가 없다. 내면의 확충에는 타고난 소양이 있어야 하지만, 위대한 사상가들에게조차도 저술에 나타난 서책과 명상(사색) 이외에 별다른 방법이 없다고 추론할 수밖에 없다.

니코마코스 윤리학의 행복에 관한 토의에는 이런 말이 나온다. 사람들이 살아가는 모습을 세 가지로 나누었는데, 첫째는 향략적 생활로 쾌락을 행복으로 여기는 동물적 삶으로서 대부분 사람이 선택하는 삶이고, 둘째는 정치적 생활로 명예로운 삶을 행복으로 여기는 삶으로 활동적인 삶을 추구하는 삶이고, 셋째는 관조적 생활로서 명상하고 깊이 생각하는 삶이다.

동물적 삶은 돈벌이를 전제로 한다는 측면에서 행복이라 보기 어렵고 명예를 중시하는 삶은 이를 지키기 위해 언제나 사방을 두리번거리

     V 행복과 불행에 대하여

며 살아야 하는 스스로 만든 속박의 번거로움이 없다고 말할 수 없다. 관조하는 삶은 자연과 자신을 내려다보는 명상을 수반한다. 명상은 자각이며 동시에, 자주, 자립, 자강, 자위의 수단이다. 명상은 최고의 선으로서 행복에 이르는 길이며 불행을 떨쳐버리는 수단이다.

인생은 오로지 남 탓, 세상 탓할 것 없는 자기 탓이요, 자기의 눈으로 보는 세계다. 불행하지만 않으면 행복이라 여겨야 한다. 어떤 처지에 있더라도 행복하지 않아 불행한 것은 결코 아니다.

"불행하면 안 돼요."

몸이 아파도 희망의 끈을 놓지 말고, 마음이 아프더라도 세월의 힘을 믿어야 하고, 쪽방에서 살더라도 내 맘의 궁전이라 여기며, 살아도 좋고 죽어서도 좋은 곳이 있다고 믿는 편이 행복이다.

그래도 불행하다면, 죽음의 체념을 생각해 보라. 불행이 좌절과 상실에서 온다고 볼 때, 죽음은 모두 잃어버리는 상실의 왕이요 좌절의 끝판이기에 죽음에 비하면 그 무엇도 아무것도 아니다. 그러니 삶은 덤이라 여기며 사는 동안,

"불행하면 안 돼요! 그럴 필요 없어요."

그리고 불행의 바위틈새에서도 희망의 싹이 자라나고 있는지도 모른다!

오늘은 감사, 내일은 희망

불행의 반대가 행복일까?

불행은 지속적이며 행복은 한순간의 일이라고 볼 때 불행과 행복은 대칭적 관계에 있다고 보기에는 균형이 맞지 않는다는 느낌을 받을 수 있다.

불행의 반대는 감사일지도 모른다고 생각할 수 있다. 왜냐하면, 불행을 느끼는 사람에게는 감사가 없기 때문이다. 감사하는 마음이 있다면 감히 불행하다고 느끼고 생각하기는 쉽지 않을 거다. 실상 행복은 너무 짧은 순간의 느낌이라 금방 권태로 치환되고 마는 잠시 피었다 지는 꽃과 같은 것이다.

장 자크 루소의 《참회록》 어딘가에는 이런 말이 나온다.

자신은 평생 행복한 사람을 만나보지 못했다.

행복이 거기에 있을 거라고 상상했던 곳에 없었다.

루소는 생후 9일 만에 어머니를 잃고 아버지와 10세까지 살다 이후

방랑 생활을 했다. 그는 정규교육을 거의 받지 못했으며, 하인 생활, 가짜 음악 교사, 측량기사 보조, 오페라 작곡, 개인비서, 악보 복사 등으로 여러 직업을 전전한 그로서는 행복과는 먼 삶을 살았을 거로 짐작은 가지만 적어도 그의 뛰어난 인식 능력을 인정한다면 그의 말을 새겨들을 필요는 있어 보인다.

우리의 이기심은 끝없이 행복을 추구하지만, 결코 행복해진 사람은 만나보기 어려울 수 있다. 그 이유는 행복은 자신이 원하는 것을 가지는 것에서 오는 것이지 타자가 원하는 것을 소유하는 것에서 찾을 수는 없기 때문이다.

하지만 우리는 한없이 헛다리를 짚고 있다. 남을 따라 하기 때문이다. 더구나 타자도 미망(迷妄) 중에 헤매는 사람일 수 있어 우리는 두 번 속는 중일 수도 있다. 예컨대 단순한 불편을 면하는 정도의 기능을 가진, 금전에서 행복을 찾으려는 사람들의 노력은 헛수고가 되기 쉽다. 그런데도 거기에 행복이 있을 거라고 기를 쓰고 부나비처럼 달려들지만, 때때로 성공할 수는 있으나 대체로 위험하기 짝이 없고 발견하는 것이라고는 좌절이나 심한 고통일 수 있다.

행복한 느낌은 개별적이라 무엇이라 단정할 수는 없다. 아마 그것은 자신이 진실로 가지고 싶어 하는 '무엇'일 수 있으나 아마 그(그녀)는 결코 그것을 가지지 못할 것이다. 왜냐하면, 우리는 불가능한 것을 원하는 성향이 있기 때문이다. 그러므로 행복한 사람은 만나보기 어려울 전망이다.

"나는 행복합니다!"를 외친들 행복해질 수 있을까,

다시 처음 얘기로 돌아와, 불행의 반대가 행복이 아닌 감사라는 견해에 대해, 차라리 감사한 마음을 수시로 품는다면 적어도 불행은 면하지 않을까 싶다.

감사에는 조건이 없다. 시기(時機)도 없다. 무조건 감사다. 그건 마치 특정 종교에서 강요하다시피 하는 주문이기도 하지만 감사는 인간적인 관점에서도 필요한 덕목이다. 감사는 긍정의 마음이며 행복을 불러내는 전령이기 때문이다.

세상은 겉과 속이 다른 거대한 가식과 위선의 세계다. 가식은 내용물에 어울리지 않는 화려한 겉 포장을 말하고 위선은 악을 숨기며 선한 척하는 일이다. 그렇지만 여기서 살펴볼 부분은 속마음과 달리 표출하는 부분이 다르다는 말은 적어도 그것을 숨기려는 의도이므로 그가 중요시하는 부분은 표출한 것의 가치를 인정하는 셈이라는 점이다.

그러니까 가식과 위선이 추구하는 가치는 역시 진실(眞實)과 선(善)이 아니라고 말할 수 없다. 그것은 인간의 양심 때문이다. 양심의 소행이다. 오늘날 인류사회가 악의 구렁텅이에서도 조금씩이나마 발전하게 만든 동력은 사람들의 양심 때문이라고 생각할 수 있다.

V 행복과 불행에 대하여

갑자기 양심의 얘기를 꺼내 든 이유는 양심과 감사는 상관관계에 있기 때문이다. 불행을 불러오는, 감사하지 않는 마음의 밑바탕에는 양심과 반대되는 조건 없는 터무니 없는 욕망, 탐욕, 욕정, 명예욕, 권력욕(지배욕)의 미성취에서 오는 불만족이 존재하기 때문이다.

양심의 소리를 듣고 감사하는 마음을 가진다면 불행은 면할 수 있을지도 모른다. 그것이 행복을 불러오지는 못하더라도 적어도 불행하지는 않을 수 있을지도 모른다.

"나는 감사할 일이 없어!"

아주 오래전, 아마 80년대쯤, 대화 중에 대놓고 그렇게 말해 나를 놀라게 했던 한 사람을 만나본 적이 있다. 아니, 감사할 일이 없다니 당신은 정말로 불행을 부르고 있지 않나 안타까운 생각이 들었고 역시 그녀는 외관상으로는 '가족 해체'라는 평이하지 않은 삶을 사는 모습이 관찰되었다….

대개 행복은 욕망 추구와 관련이 있기에 행복의 추구에는 항상 위험이 따른다. 예컨대 진한 행복을 쾌락에서 찾으려다 망한 인생이 어디 한둘일까. 성적(性的) 행복, 물질적 행복, 권력의 추구….

행복도 불행도 없이, 그저 감사하는 마음뿐이면 적어도 불행은 면하지 싶다. 그리고 감사하는 마음과 더불어 양심의 소리에 귀를 기울이면 꺼림칙한 마음이 안 생기는 평안(平安)의 세계라!

남이 가진 것을 나도 가져야 한다는 강박은 인생을 허비하는 일일지
도 모른다고 생각해 볼 필요가 있다. 더구나 그대가 그토록 염원하는
것을 얻는다고 해도 행복을 발견하기는 쉽지 않을 것이다.

삶은 본시 고달프고 힘든 것이니 이래도 저래도 감사하는 마음이 불
행의 방지책이며 불행의 해독제라고 믿는 편이 좋지 않을까….

'그때가 좋았지!'

사람들이 흔히 하는 말이다. 그때는 몰랐으나 지나고 보니 그때가
좋았다는 회상이다. 간혹 기억하고 싶지 않은 과거도 있을 수 있지만,
설령 역경과 고난의 시기였다 하더라도 현재가 아닌 과거는 지금 닥친
일이 아닌 오래전의 일이므로 미화되는 경향이 있다.

'과거는 흘러갔다!'

언제나 과거는 흘러갔고 남은 것은 현재. 현재, 과거의 건강한 눈으
로 사물을 볼 수 있으면 얼마나 좋을까.

"모든 인간은 태어나면서부터 앎을 원한다. 그 증거로 감관(感
官)을 좋아한다는 사실을 알 수 있다. … 그중에서도 가장 사랑

Ⅴ 행복과 불행에 대하여

받는 감각은 눈으로 보는 감각, 즉 시각이다."[25]

시력이 좋아 잘 볼 수 있었던 그 시절, 감사하는 마음이 있었던가? 그 시절을 흠모하고 그리워하건만 이미 과거는 흘러갔고 다시는 돌이킬 수 없는 일이 되었도다.

언제나 눈은 잘 보이는 게 당연하다고 여기며 시력의 변형이 오고서야 감사할 때가 지났음을 안다. '그때는 좋았다.', 사물을 또렷이 볼 수 있어 운전하고 여행도 하고, 다른 나라 구경도 하고, 산책하며 주변도 돌아보며, 운동 경기도 보며, 신문이나 책도 마음껏 읽을 수 있었다.

그러나 감사하는 마음은 없었다. 언제나 잘 보일 거로 믿었던 눈(眼)이었다. 시력은 좋아지지 않는다는 사실 앞에 해야 할 일은 지금이라도 이 상태에 감사해야 한다는 결론이 나온다. 왜냐하면, 더 나쁜 상태로 갈 수도 있기 때문이다.

상실의 문제는 언제나 일어나는 일이다. 일이 닥치기 전에 감사하며 행복감을 느끼지 않는다면 훗날 후회해도 소용없다. 속된 말로, "있을 때, 잘해!"도 비슷한 뜻이다. 떠난 후에는 그리움과 후회가 남는다. 함께 있을 때, 감사가 없는 삶의 때늦은 후회가 만들어 낸 말이 '있을 때 잘해'가 아닌가 싶다. 부모님 살아 계신다면 감사하고 '있을 때 잘해'야 한다. 배우자에게도 언제나 감사하고 잘해야 한다.

◇◇◇◇◇◇◇◇◇◇◇◇

25) 아리스토델레스, 《형이상학》, 이종훈 옮김, 동서문화사, 2016, p.29

기독교에서 강조하는 '감사'는 신의 의지에 무조건적 순종을 의미하지만, 비종교적 의미의 감사는 인간적 조건에서 필요한 일이다. 상실 후에 지나 보면 알 수 있는 '그때가 좋았다'는 때늦은 후회는 그때가 감사할 시기였다는 점을 알려주는 대목이기 때문이다. 지나 보고 세월이 흐른 후에 알 수 있다면 종교적 의미가 아니더라도 감사하는 삶이 필요하다.

감사해야 할 때는 언제인가?

불행한 일이 발생하고 나면 그 일이 일어나기 전을 그리워하며 아쉬워하고 후회하기도 한다. 질병이 생기면 건강할 때를, 재물의 손상이 발생하면 그전의 상태를, 퇴직 후에는 재직 당시를, 헤어진 후에는 함께 있을 때를, 부모님 돌아가신 후에는 생전을, 명예가 훼손된 후에는 그 이전의 상태를 그리워한다.

건강의 상실, 재물의 상실, 관계의 상실, 사랑의 상실, 인기의 상실, 신분의 상실, 명예와 존경의 상실은 언제 누구에게나 준비된 일이건만 당시에는 모르고 잃어버린 후에는 언제나 후회와 아쉬움이 남는다. 내일이 오늘보다 나을 거로 믿고 싶지만, 그럴 수도, 아닐 수도 있다. 무엇보다 상실은 일상적으로 발생하는 일이 아니라고 말하기 어렵다.

그러므로 감사해야 할 때는 언제나 바로 지금이다. 내일이면 늦을지도 모른다. 그러나 내일이 오늘보다 더 좋아진다면 더욱 감사할 일이 될 것이다. 하찮은 일상에 자족하고, 감사하는 사람은 현명하고 지혜로운 사람이다.

V 행복과 불행에 대하여

무엇이든지 집착할수록 결핍감이 커지나, 감사하는 정신은 거짓말처럼 행복감을 가져다준다고 믿을 수 있다. 행복의 조건은 어떤 처지에 있더라도 감사이며, 감사할 그때는 바로 지금이다.

그렇다고, 감사하는 마음이 결코 현실 안주에 머물러야 한다는 뜻은 아니다. 우리는 오늘에 감사하는 마음과 함께 미래를 도모해야 한다. 현재의 감사와 미래의 희망은 대립 관계에 있지 않으므로 오늘 감사하는 마음과 함께 내일을 위해 진력하여 소망을 달성한다면 최선의 삶이라고 볼 수 있다.

오늘은 감사, 내일은 희망이 맞다.

VI

고독과 외로움에
대하여

사람에게 기대면 외로움이니

미움, 노여움, 실망, 분노, 좌절, 슬픔, 외로움은 어디서 오는가. 기대 때문이다. 그렇다면 기대에는 필연성이 있는 것인가? 기대는 막연할 때도, 필연적일 때도 있다. 막연한 기대는 소망이며 필연적인 기대는 반대급부의 성질을 띤다.

막연한 기대는 재물을 투자해 놓고 이문이 생기기를 바라는 마음 같은 것이고, 필연적 기대는 부양의 의무를 다한 부모가 자식에게 바라는 이익이나 도움 같은 것, 아내가 남편에게서 바라는 보살핌이나 사랑, 또는 열심히 공부한 학생이 좋은 성과를 기대하는 심리 같은 것이다.

하지만 기대에는 항상 어긋남이 따를 수 있다. 여기서 분노하고 좌절하고 절망하면 미움과 노여움 끝에 슬픔과 외로움이 찾아와 고통 속에 빠지게 된다. 기대를 버리면 미움도 없다. 실망도 없다. 노여움도 없다. 좌절도 없다. 슬픔도 없고 외로움 따위도 없다.

사랑해 줄 거로 기대한 사람이 돌아서면 나는 본래 혼자였다고 생각하면 그만이다. 사업이 잘 안 되면 그것이 기본 상태라고 여기며 기대를 저버리고 이겨내야 한다. 동무가 함께 놀아줄 거로 기대했으나 거절하면 이미 그럴 수 있다고 여기면 실망은 적다.

본래 희망은 달성하기 쉽지 않은 것이어서 기대의 충족은 과분한 행운에 속하는 일이다. 기대는 대개 근거가 희박한 희망일 때가 많고 필연적 기대라도 충족되지 않는 경우가 더 많다. 베푼 은혜에 대해 상대방이 보답할 거로 기대하면 확실히 실망하고 좌절할지도 모른다.

은행에 맡겨놓은 돈이 아니라면 내 수중을 떠난 돈은 이미 내 돈이 아니다. 집 나간 아이는 돌아와도 내 주머니에서 나간 돈은 돌아온다는 보장이 없다. 그러므로 현명한 사람은 결코 돈을 빌려주지도 않고 꾸지도 않는다. 인격에 의존하는 돈거래는 기대와 좌절을 통해 관계를 박살내는 고성능 무기와 같다. 돈 안 빌려주면 수십 년 친구고 뭐고 소용없이 다 원수가 된다. 다만, 자존심 때문에 내색하지 않고 다른 이유로 돌아서는 형태를 취할 뿐이다.

재정 보증 문제로 부모와 자식 간에 원수가 되어 결혼식에도 불참하는 사례도 있다. 기대는 그만큼 무서운 결과를 초래한다. 기대를 버리면 미워할 일도 원망할 일도 분노할 일도 불쾌한 일도 없다.

처신의 고수들은, 아니면 말고 식으로, 기대 없이 한번 '찔러보는' 경우도 있을 수 있다. 그들은 성사를 기대하지도 않으면서 부탁하여 상대방의 자존심을 세워주며 점수를 따는 방법으로 교묘한 처신을 한다. 부탁은 상대방에 대한 자기의 의존성 기대를 내보이는 일이며 상대방의 힘이나 영향력을 인정한 것이므로 처세의 한 방편일 수 있으나 교활한 처신으로 권할 만한 일은 아니다.

타자의 호의에 대한 기대는 될 수 있는 대로 삼가야 한다. 하지만 일에 진력하고 기대하는 삶은 계속돼야 한다. 언제나 나의, 나에 대한, 나를 위한 자존에 기대어 살아야 한다고 믿는 편이 현명하다.

행복을 자기의 내부에서 찾지 않고 외부에서 찾으려 하면 인생이 초라하고 비참하여 불행해지기 쉽다. 따라서 사람에게 기대면 안 된다. 도움받기를 원하면 원망이 생기고 위로받기 원하면 외로움이 쌓인다. 도움이나 위안을 주는 사람이 있으면 감사할 일이지만 아니더라도 묵묵히 혼자서 가야 한다. 대인 의존적 인생에는 즐거움보다 외로움과 쓰라림뿐이다. 결국, 인생은 혼자가 아니던가! 사람에게 기대면 외로움이라!

아랫글은 《철학하는 공학자의 인생론》에서 가져온 글이다.

"외로우니까 사람이다. 살아간다는 것은 외로움을 견디는 일이다." 정호승의 시, 〈수선화에게〉에 나오는 한 구절이다.

무엇에 열중할 때 이외에 나는 늘 외로웠다. 사람이 많이 모인 곳에서는 더 큰 고독감을 느낀다. 일도 외로움을 잊기 위해 한다. 10대에 서울로 유학을 와 혼자 있었던 시간이 길었기 때문인지, 나의 외로움은 사춘기를 지나서 나이 50대가 될 때까지 계속되었다. 나는 외로움을 즐기기도 하지만 외로움을 잘 타는 성격이었다.

그러나 외로움의 근원이 무엇인지 생각하기보다, 사람들과 어울려지내며, 무엇을 함께 함으로써 외로움을 달래는 쪽으로 나의 삶을 조정해 오며 살아온 지난날이다. 그런데도 뿌리가 깊은 외로움은 사라지지 않아 얼마 전까지만 해도 일종의 병이고 고통이었다. 그런데 지금은 외롭지 않다. 그사이 나를 둘러싼 외적 환경에 변화가 있었던 것은 결코 아니다. 원리는 간단했다. 먼저 외로움의 근원을 찾고자 하면서 실마리가 풀리기 시작했다.

사람에게서 외로움을 느낄 때는 내 생각이나 감정에 동조가 없는

VI 고독과 외로움에 대하여

때, 인정받지 못하고 관심밖에 있다는 생각이 들 때, 사랑받을 수 없을 때, 필요한 물질이나 도움을 얻을 수 없을 때일 수 있다.

그러므로 외로움은 외부로부터 원하는 무언가를 얻으려는 욕구의 좌절에서 온다는 것을 알게 된다. 충족되지 못한 욕구가 외로움을 불러내는 것이다. 외로움은 대인 의존성이나 물질 의존성에서 오는 것으로 생각할 수 있다.

신기하게도, 타인에 대한 기대를 접으면서 나의 외로움은 사라졌다. 여기서 타인은 나 이외에는 모두 타인이다. 부부싸움의 원인도 대부분은 '나'를 외롭게 했다는 게 주원인이다. 가까운 사이일수록 상대방에 대한 요구가 많으며 이것이 충족되지 않으면 외로움을 더 진하게 느끼게 된다. 부부나 연인 사이에서 다툼이 더 많은 이유다.

타자에 대한 기대의 포기를 서운하게 생각할 수 있으나 그럴 필요는 없다. 사람의 기대를 완전히 충족시키는 것은 누구에게나 불가능한 일이기 때문이다.

정호승 시인의 말처럼, 외로우니까 사람이고, 그걸 견디는 게 우리의 삶이 될 것은 분명하지만, 여기에 나의 말을 덧붙이면, 세상이나 사람에 대한 기대를 제거하면 외로움도 사라지는 것이라고! 다시 말해 외로움을 견디기보다는, 오히려 외로움의 원인을 제거하는 편이 낫다는 생각이다. 정 시인(詩人)은 다음 행(行)에서 "공연히 오지 않는 전화를 기다리지 마라."라고 적으며, 그도 타자에 대한 충족되지 않은 기대가 있었기에 '외로움'을 말하고 있는 것이 아니겠는가.

기대를 버린 나의 공간에는 다른 것들이 서서히 자리 잡기 시작했다. 외부의 것이 아닌 내부에 있던 지성과 초보적 영성이 들어차 오르면서 외로움은 사라졌다.

영성은 지성보다 도달하기 어렵고 또 종교적 요소가 있어 여기서는 언급하지 않겠으나, 지성도 하루아침에 얻을 수 있는 성질이 아니기에 일부 인간에게만 유효한 원리라고 생각하며 낙담할 수도 있다. 그러나 지성은 지식인의 전유물이 아니고 알고자 하는 욕구를 실행하면 모두 지성에 다가갈 수 있다. 여기에 필요한 것은 글만 읽을 줄 알면 되고 쉬운 책은 얼마든지 있다. 즉, 문맹만 아니면 되는 거니까 누구든 실망은 금물이다.

지성이나 영성으로 외로움을 해결할 의지가 대중은 상당한 헌신이 필요하다. 외로움을 잊기 위해 여성은 쇼핑하거나, 폭식, 수다를 떨고, 남성은 카드놀이, 당구, 바둑, 골프, 등산, 관람 등으로 시간을 죽이고 올 것이다. 그래도 해소가 안 돼, 외로움이 깊어지면 끝내 무엇엔가 탐닉하게 되는데 알코올, 마약, 도박이 그것이다. 여기서도 외로움의 해소가 안 되면 자살이라는 극단적 선택을 하는 예도 있다.

청년들이 제 짝을 찾아 외로움을 해소하는 것은 당연한 청춘의 권리이다. 다만, 외로움에 지친 상황에서 찾아온 사랑은 반드시 집착을 불러오고, 집착은 언제나 증오로 귀정이 날 수 있다. 왜냐하면, 집착을 받아 줄 사랑은 없기 때문이다.

우리가 사람들과 함께하는 일상적 위락은 물리적 고독감을 해소하고 망각하는 데 필요 없는 것은 아니지만, 행위의 공허함과 거기에 따르는 대가, 희생 그리고 위험을 지적하지 않을 수가 없다.

영성이나 지성이 선천적으로 맞지 않는다고 생각하는 분에게 외로움을 제거할 수 있는 바람직한 해결책은 식물을 기르는 일이 있다. 이 대목에서 용렬한 위화감을 들먹이며, 너는 고상한 지성이고 나는 몸으

VI 고독과 외로움에 대하여

로 때우는 나무 기르기냐고 화를 내시는 분도 있겠다. 지금은 외로움을 다스리는 방법을 말하고 있으니 그 방법이 지성이면 어떻고 육성(育性)이면 어떤가!

식물은 심은 대로 나고, 옮겨 심지 않는 한 언제나 제자리를 지키며 무럭무럭 자라 우리에게 보람과 기쁨을 가져다준다. 동물도 인정해 줄 만한 요소가 없는 건 아니어서 동물의 단순 추종성은 선(善)이 깃든 몸짓으로 사람들에게 기쁨을 안겨 줄 것이다.

인간에 대한 불확실성의 근거는 대부분 사람은 매우 상황 의존적 존재이기 때문이다. 거기에 기대어 나의 외로움을 해소하려는 노력에는 배반이 뒤따르기 쉽다. 인간이 아닌 상황이 초래한 배반인 탓에 인간의 부덕을 비난만 할 수도 없다. 사람이 있는 곳에 사랑이 있고 인정도 있지만, 순전히 거기에 기대어 살면 고통이 따를 수 있음을 일러두고 싶다. 사람을 좋아하되 기대지는 말아야 한다. 인간 의존적, 외부 의존적 삶을 버리면 실망도 외로움도 없는 날이 될 것이다.

새벽 3시가 좀 넘으면 잠이 안 온다. 머릿속에 오늘은 또 무엇을 새로 배우고 깨달을 수 있을지 마음이 설레기 때문이다. 젊어서부터 조금이나마 쌓아온 지성을 통해 인간의 근원적 외로움을 해소하고 있는 까닭에, 나는 고독을 사랑하고 즐기게 되었다.

"여기에 영성이 부과되면 일반인에게는 평안, 불교 신자는 열반, 기독교인은 천국(天國)을 얻는 것이리다."[26]

◇◇◇◇◇◇◇◇◇◇◇

26) 송영우, 《철학하는 공학자의 인생론》, 신광문화사, 2015, p.76, 〈사라진 외로움〉 전재

'사람보다 개가 더 좋다'

'나는 사람보다 개가 더 좋다'고 말한 것으로 알려진 쇼펜하우어 문헌상의 근거를 제시하는 사람은 찾을 수가 없다. 하지만 이 말의 출처가 그리 중요하지 않음은 지금 세상에서 그렇게 여겨지는 모습이 관찰되기 때문이다.

애완견이 하도 많아 등록제를 시행한다는 밀도 들린다. 산책길에 개를 동반하고 심지어 유모차에 태우거나 품에 안고 나오는 사람도 지천이니 '사람보다 개가 더 좋다'는 말을 연상하지 않을 수 없다.

사람들이 개를 기르는 이유는 무엇일까? 개에게 사랑을 주고자 개를 사육한다고 봐야 한다. 그런데 사람은 왜 개를 사랑하려고 하는가? 아마 사랑할 대상이 마땅하지 않기 때문이 아닐까. 자녀가 없거나 독신인 사람들이 애완견을 선호하는 모습도 그 방증일 수도 있으나 그런 환경이 아니어도 개를 키우는 사람이 많다. 자칫 사랑을 줬다가 돌려받지 못하거나 배신의 두려움에 아예 그런 꼴 안 보려고 개에게 사랑을 주는지도 알 수 없다.

그러면 개(Dog)도 사람을 사랑하는가? 개에게 사랑을 주고 사람이 개로부터 기대하는 면은 무엇인가? 주인에 대한 추종성이다. 주인이 집에 오면 꼬리 치며 반가이 맞아주는 애완견이다. 만일 애완견에게서 이런 면이 없고 동물성만이 보인다면 개를 기를 사람은 거의 없다.

아무튼, 개에게 주인을 알아보는 인식 능력이 없다면 애완견을 기를 이유가 없음은 마치 인간관계에서도 상호성이 부족한 관계는 유지할 필요성이 없다는 생각과 유사하다.

아마 애완견 사육은 고독한 일상이 주를 이루는 서양에서 넘어온 것이고 우리나라에서는 애완의 개념이 아닌 먹다 남은 밥이나 먹이고 마당에서 도둑 지키는 역할을 개에게 맡겼던 것 같다.

개에게는 약간의 지능이 있다. 사람보다 개가 더 좋다는 말은, 누구나 한번 곱씹어보는 말인즉, 개만도 못한 사람이 있다는 의미의 직설적 표현이 아니고 무엇일까.

'사람은 미성숙에 비례하여 혼자 있기를 힘들어한다'는 말은 쇼펜하우어의 인생론[27]에 나오는 말이다. 개는 사람이 아니므로 개를 기르는 사람이 미성숙하다고 볼 수는 없지만, 사람이 원하는 면은 앞서 말했듯이 상호성이다. 사람이 개를 사랑하면 개는 사람을 따르고 좋아해야 하는 게 사람과 개 사이 상호성의 본질이다.

자기에게 은혜를 베푼 사람을 미워하는가 하면 뒤통수에 대고 비난하고 은혜를 잊고 원수로 갚는 사람, 돈 떼먹고 오히려 욕하며 활보하는 사람, 밥은커녕 커피도 한잔 안 사며 큰소리만 치는 동창생, 권리 주장만 있고 의무를 소홀히 하는 사람, 남의 것을 빼앗고자 속이는 동업자, 술밥 먹을 때만 친구인 사람, 돈이 안 되는 것이라면, '이런 거 왜, 주지?' 하며 당황하고 거북해하는 사람, 못난 짓인 줄 알며 멈추지 않는 사람, 일절 주지는 않으면서 받기만 하는 사람….

개를 기르는 사람에게는 사람을 사랑하기보다 차라리 주인을 따르

27) 쇼펜하우어, 《쇼펜하우어 인생론》, 박현석 옮김, 나래북, 2010

는 개를 사랑하는 편이 낫다는 의식이 잠재한다고 여겨진다. 그 현상의 의미는, 사람은 누군가에게 정성을 들여 사랑하고픈 마음이 있으며 동시에 주어도 돌아오지 않는 사랑을 두려워하고 있다는 것이다. 이 대목에서, '준 것은 잊고 받은 것만 기억하라'는 성인(聖人)이나 되는 양, 가식적인 말은 하지 않는 게 좋다.

세상에는 모두 내게서 뭣을 얻어내려는 사람뿐이고 목적 없이 순수하게 주는 사람은 아주 드물었다. 수십 년 알고 지내는 사람도 역시 마찬가지, 삶의 동반자보다 놀 때만 친구이고 함께 놀 거리가 없으면 안 보는 모양새다. 밥 안 사주면 못 만나는 사람도 친구로 여기고 지낸 기간이 얼마던가?

개가 더 좋다는 말이 생각 나는 인생의 말미라면 누구든 잘못 살아온 인생인지도 모르지만 그게 대개 우리네 삶의 모습이다. 부모와 자식 간의 일방적 사랑 이외에 기댈 것이 없는 세상이기에 애완견이 대세인 세상이 되었다. 하지만 개를 기르면 이별하면서 크게 상처받는 일이 생길 터이니 마음의 준비는 해야 한다. 사람에게 기대면 외로움이니, '그래 잘 생각했어요', '애완견이 좋아요'. 애완견의 시대는 더욱 번성할 기세다.

누군가가 나를 좋아하고 존경하기를 바란다면 그렇게 태동한 외로움은 틀림없이 내 안에 찾아오고야 만다. 세상 사람들은 내게 아무런 관심이 없음을 알지 못하면 하지 않아도 될 자기치장에 시간과 열정을 내고도 끝내 외로움의 나락 속에 떨어지고 말 것이다.

또한, 남에게 잘해주면 상대방도 그럴 거라는 생각은 하지 않은 편이 현명하다. 오히려 잘해주다 멈추면 비난이 돌아오고 심하면 공격을 당하는 수도 있다. 준 만큼 돌아올 것을 기대하다가 혹여 그렇지 않으면 내 맘속에 원망과 미움이 쌓일 수도 있으니 주지 않는 편이 좋다.

'잘해주고 상처받지 말라'는 말도 있지만 뿌린 대로 거둔다는 말도 있기는 하다. "자신이 아무도 좋아하지 않는 경우는 나를 좋아하는 사람이 하나도 없는 경우보다 훨씬 더 불행하다."[28]의 언명도 있고 "사랑하라, 한 번도 상처받지 않은 것처럼." 어느 시인의 말도 있다. 출전이 원전이 밝혀지지 않은, '사랑은 없다'는 말도 있으나 이 말 역시 곱씹어본다.

세상은 언제나 상반되는 말이 대립한다. 아무래도 '개사랑'보다 '사람사랑'이 우선이니 무한히 '주고받는' 사랑을 추구하고자 종교에 귀의하여 '이웃 사랑'을 실천하는 자에게 복이 있다고 여겨야 하나 보다.

노년은 상실의 시대이다. 건강도 재물도 사람도 상실의 길로 치닫는다. 외로움이 인간의 숙명인 이유는 왕이라 할지라도 홀로 죽어야 하기 때문이다. 고양하고 늘릴 수 있는 분야는 정신(영혼)밖에 없다. '인생의 정점[29]'은 임종 직전이라고 주장하는 근거는 그런 의미에서다.

인생의 성공도 그런 관점에서 따져 볼 일이 아닌가 싶다. 상실의 시대에도 높아지는 정신이야말로 유일한 '득(得(Gain))'이라 보며 인생의 정점을 향하여 끝없이 나아간다….

◇◇◇◇◇◇◇◇◇◇◇

28) 라 로슈푸코, 《잠언과 성찰》, 이동진 옮김, 해누리, 2010
29) 송영우, 《철학하는 공학자의 인생론》, 신광문화사, 2015, p.305

만든 고독, 닥치는 외로움

고독(Solitude)과 외로움(Loneliness)의 차이를 굳이 구분하면, 외견상으로는 모두 '혼자'임을 상정하여 비슷한 상태로 여기지만 고독은 스스로 선택한 (즐거운) 단절 상태이며 외로움은 초래된 단절로서의 고립상태라고 볼 수 있다. 고독은 자신이 의도적으로 조성한 정신 상태의 일종이며 외로움은 고립상태를 의미하는 쓸쓸함과 비슷한 상태를 말한다.

그는 나만 보면 "그러지 말고 재미나게 살아!" 하고 말한다. "그래! 어떻게 하면 재미나게 사는 거야?" 하고 물으면 답은 없다. 하지만 그의 삶을 엿보면 그의 재미가 무엇인지 짐작이 간다. 외로움(Loneliness)은 마치 고아처럼 느끼는 상태로 견디기 어렵고 고통스럽기까지 하다. 이걸 탈피하려면 사람 속으로 들어가야만 한다. 그 친구는 모임만 일곱 개라던가! 그것도 많이 줄인 거란다. 그러니 주중에도 주말에도 여러 번 모임에 나가는 것 같았다.

외로워 참석하는 모임이건만 끝나고 돌아서서 다시 혼자가 되면 더욱 참을 수 없는 외로움이 찾아든다. 사람들 속에 들어가 어울리지 않으면 자신의 외로움을 잊고 달래 줄 수단이 별로 없는 상황이다. 그러니 또 이런저런 사교 모임을 찾아 나서는 일은 당연한 순서다. 물리적 외로움을 달래는 수단에는 사람 이외에 약이 없기 때문이다. 그러기에 혼자서 하는 '일'은 하지 않으려 하여, 술도 혼자는 안 마시고, 등산도 혼자는 안 가고, 산책도 동반해야 하고, 밥도 혼자는 안 먹고….

그러한 그치지 않는 외로움은 죽음이 닥치면서 끝내 종결이 되고 만다. 그러니 죽는 연습도 필요하지나 않을까? 동반하지 못하고 혼자서 죽어야 하는 비참한 인간의 운명을 그는 어찌 받아들일 것인가.

고독, 즉, 스스로 선택한 외로움인 고독에는 대개 목적이 있다. 혼자가 아니면 할 수 없는 창작이나 창조 같은 일은 먼저 사색이 필요하고 이는 혼자 상태가 아니면 안 되는 스스로 조성한 고독의 시간에서만 가능하다. 사람은 미성숙에 비례하여 외로움을 참지 못한다는 쇼펜하우어의 언명은 언제나 곱씹어 볼 필요가 있다. 가까운 예로 아이들은 잠시도 혼자 있지 못하고 엄마를 찾거나 동무를 찾는 모습을 볼 수 있다. 아니면 TV 화면이라도 쳐다보고 있어야 한다.

정신적 고독, 물리적 외로움 둘 사이의 외견상 구분 짓기는 어렵다. 목적이 있는 고독, 혹은 혼자임을 즐기는 고독을 타자가 볼 때는 쓸쓸함이요 처량함이요 외로움처럼 보일 수 있기 때문이다.

사람 속에 있기를 좋아하는 사람은 접근도 쉽고 친숙해 보여 인적 풍요 상태로 보이지만 당사자의 마음속에는 공허함이 가득할 것이다. 속된 말로 실속이 없다는 뜻이다. 외형상으로나마 사람이 절대적으로 필요한 직업이 아니라면 사람은 거추장스러운 존재일 수도 있다.

사람은 이른바 '관리(돌봄)'를 안 하면 모르는 사람이 차라리 나을 수도 있기 때문이다. 사교 혹은 외교의 힘도 무시할 수 없고 사람은 본질에서 사회적 성향을 띠므로 적절한 친교와 만남도 필요함은 물론이다. 하지만 물리적 외로움을 참지 못하면 생각은 모자라고 감각과 느낌에만 의존해 살게 된다. 그 결과로 생각이 얕아 부화뇌동하여 피해를 보고 불필요하게 타인을 의식하여 물적 시간적 낭비가 발생한다.

사람은 필시 혼자 있을 때는 무엇인가 생각하게 된다. 이것이 고독의 힘이다. '깊은 사고'는 생산성뿐만 아니라 세상을 헤쳐나갈 내적 힘을 키워준다. 적어도 주말의 시간만큼은 고독 속에서 사색하는 시간을 가질 필요가 있다. 재충전이란 단지 육체적 휴식뿐 아니라 정신을 가다듬어 중요한 결심을 하는 계기가 될 수 있다.

50대 후반쯤은 잡기와 사교가 젊어서처럼 그다지 재미있지 않다는 걸 깨달아 그만하면 됐다는 생각이 드는 시점이다. 물리적 외로움을 못 참고 밖으로 박차고 나가는 시간을 줄이면 내실이 있는 삶이 찾아온다.

갑자기 무슨 책을 봐야 할지 모른다면 신자가 아니더라도 성경이나 불경도 좋다. 특히 성경은 아무 데나 펴놓고 읽어도 영혼의 성장에 도움이 된다.

고독은 내가 만든 환경이며 외로움은 내게 닥치는 환경이다. 둘 중에 무엇을 택해야 할까?

'노인은 섬이다'

평생 많은 사람이 우리 곁을 스쳐 간다. 그중에 단 몇 명이라도 좋은 기억을 주고받은 사람이 있다면 '관계'에 있어서만은 성공한 인생이다. 얼마 전 죽기 직전의 어떤 문인 겸 학자는 이렇게 말했다.

"나는 실패한 사람입니다."

사회적으로, 학문적으로 제법 성공한 인생이었건만, 죽음에 당도하여 아니 그 이전에 이미 곁에 남은 사람이 없다는 의미로 하는 말이었다. 주변에 들끓던 사람들은 오간 데 없고 홀로 남았다는 생각을 했을 듯하다.

"That's a Life!" (그것이 인생이다!)

문인이 그걸 몰랐단 말인가? 아닐 것이다. 한탄이다. 역시 어리석지 않으면 인간이 아니다.

> "노인들은 우정에 대해서 무감각해진다. 그 이유는 진정한 친구들을 발견한 적이 없었기 때문만이 아니라, 나쁜 친구로 변할 시간이나 기회가 아직 없었던 친구들의 죽음을 보았기에

살아 있는 친구들보다 이미 죽은 친구들이 더 충직했다고 쉽
게 확신하기 때문이기도 하다."[30]

오래 사귀면 치명적 약점이 드러나고, 실수도 발생하고, 맘 상하는
일도 생기지 않는 관계는 없다. 어쩌면 우정은 무(無)로 돌아가는 게임
같은 거다.

"사람들이 우정이라 부르는 것은 교제에 불과하고, 이해관계
의 상호조절에 불과하며, 호의를 주고받는 것에 불과하다. 이
것은 이기심이 뭔가 이득을 얻으려고 항상 기대하는 관계에
불과하다."[31]

친구에게 기대고 집착하는 어리석음을 깨달을 때면 인생은 이미 저
물어 간 후의 일이다. 젊은이들아! 함께 재미있게 노는 것만으로 만족
하고 그 이상은 서로 기대하지 말아야 한다. 한때의 친구일 뿐 평생 가
는 영원한 친구도 거의 없으니 착각하면 안 된다.

돈 부탁을 들어주지 않으면 지나간 세월을 모두 '0'으로 돌리며 등지
는 마치 스쳐 가는 행인과 같은 존재가 친구에 불과하다. 모든 친구를
품고 갈 생각도 하지 말아야 한다. 되지도 않고 헛심만 든다. 또 의미도
효과도 없는 부질없는 일이라는 것을 깨닫게 될 것이다.

◇◇◇◇◇◇◇◇◇◇◇

30) 라 로슈푸코, 《잠언과 성찰》, 이동진 옮김, 해누리, 2010, p.266
31) 같은 책, p.38

간혹 친구의 도움으로 한평생 사는 듯한 사람도 있으나 그것은 상호 이해관계가 맞아떨어진 사건에 지나지 않는 일이다. 사람은 그토록 이기적이고 영악하다. 노인에 관해서는, 언젠가 사회복지사가 한 말이다.

"노인은 섬이다."

노년이란 동질감에서 서로 잘 소통할 것으로 생각하지만,

"노인정에 앉아 있는 노인들이 서로 친한 것처럼 보여도, 모두 각자인 걸요.", "노인은 모두 섬이에요." 노인들은 서로 친한 듯하지만, 실상은 모두 따로따로라는 점을 지적하는 얘기다. 노인들은 서로 자기 말을 하고 있을 뿐 남의 얘기를 들을 생각은 안 하고 그럴 여유도 없다⋯.

할 말이 없는 노년이다.

생의 여정(歷程)이 길지 않는 젊은 사람들은 아무렇게나 말하고 행동하고 그리고도 별 탈이 없이 지내기 쉽지만 인생 역정이 길어진 노년에 접어들면 대화 소재 자체가 서로가 꺼려지는 부분이 많아진다.
섬은 서로 연결되지 않는 땅! 섬은 독자적이고 고립적이다. 살아온 길이 다르고 현재의 처지가 다른 노인들이 같은 공간에 넋 놓고 앉아 있을 뿐 서로 소통하기는 어렵다는 해석이다.
노인은 과거를 돌이킬 수가 없는 존재가 되었다. 젊어서는 잘난 이도 못난이도 함께 어울려 지내며 시간이 흐르면 처지가 뒤바뀌기도 했

으나 노인은 '기성품(Ready made)' 인생이다. 이제 모든 게 기정사실화된 변할 것도 좋아질 것도 없는, 인생이 노년이다.

그러니 꺼리는 부분이 많다.

학식이 많은 노인, '책가방 끈이 짧은' 노인, 재산이 있는 노인, 무일 푼의 노인, 배우자가 있는 노인, 혼자 사는 노인, 자식이 그럭저럭 잘 된 노인, 자식이 어려운 노인, 재주가 많은 노인, 할 줄 아는 게 음주밖 에 없는 노인, 말을 질하는 노인, 밑주변이 없는 노인, 아는 세 많아 화 제가 풍부한 노인, 정치 얘기밖에 모르는 노인, 군대 갔다 온 노인, 면 제받거나 방위로 제대한 노인, 골프 치는 노인, 골프 안 쳐본 노인, 해 외여행은 중국 정도만 갔다 온 노인, 예절이 밝은 노인, 무례하고 무식 한 노인, 건강한 노인, 지병이 있는 노인, 고위직에 있던 노인, 말단으 로 있던 노인, 잘생긴 노인, 꾀죄죄한 노인, 풍채가 좋은 노인, 신체가 빈약한 노인 등, 매일 만나도 어디서나 만나도 같은 말만 할 뿐 누가 누 구인지 정체를 알 수가 없다.

왕년에 잘나간 얘기를 하면 싫어하고, 건강자랑은 아픈 사람 앞에서 하면 안 되고, 자식 자랑하면 큰일 나고, 손자 얘기하면 미혼 자녀 둔 사람은 싫어하고, 학력 얘기가 나오면 소외감을 느끼고, 해외여행 경험 담도 금물이고, 미국 얘기하면 거부감 느끼고, 부동산 얘기에 상실감을 유발하고, 연금액 얘기도 금물이고, 좋은 음식점 소개하면 그런데 갈 처 지가 아닌 노인은 거부감을 보이고, 금융투자 얘기하면 외면하고 질투

Ⅵ 고독과 외로움에 대하여

심을 유발하고, 독후감이나 책 이야기하면 딴전 피우거나 째려보고….

나이 들어갈수록 사람이 더 어렵게 느껴질 수 있음은 틀림없는 사실이다. 말을 하다가도 혹시 내가 못 할 말을 하는 게 아닌지 꺼려지고 어떨 때는 괜히 말했나 싶기도 하여 대화가 쉬워질 턱이 없다. 오래된 친구도 그렇다. 계속 봐 오지 않는 친구는 그사이 살아온 이력이 달라 함부로 말도 못 한다. 친척도 오래 안 본 친척은 그사이의 일을 모르기 때문에 함부로 말도 못 꺼낸다. 각자의 고통 요소가 다르고 상처 부위도 다르기 때문이다.

이런 현상은 자주 안 본 동창생도 마찬가지다. 옛 친구였다 해도 노년에 만나 그의 인생 역정을 알지 못하는 사이라면 무슨 말을 해야 할지를 알 수 없어 막막하다. 더구나 현재의 처지가 어떠한지도 대화 소재를 제한하는 요인이 된다. 과거의 이력과 현재의 사회적, 가정적, 경제적 상황이 사뭇 다르기 때문이다. 그러므로 동창회에서 대화 소재는 주로 과거 수십 년 전에 대한 공유한 기억이 단골 '레퍼토리'로서 반복될 수밖에 없다.

차 떼고 포 떼고 도무지 할 수 있는 말이 별로 없다. 그러니 술이나 퍼마시며 고작 정치 얘기, 몸 아픈 얘기, 사업 실패담, 젊어서 고생한 얘기, 군대 얘기, 그중에도 불행했던 개인사는 듣는이에게 우월감을 느끼게 해주므로 언제나 환영이며 음담패설도 인기 메뉴인 것이 모임에서 대화의 대개(大槪)이다. 따라서 모임 참석 후에 공허감은 더욱 심해진다.

노인에게 무슨 얘기인들 통하겠나?

고작 날씨 타령이나 하는 정도의 사이다. 그러니 노인은 외부에서 볼 때는 친해 보여도 서로 연결되는 않는 '섬'이란 말이 나오는 거다. 따라서 노년에는 혼자 있는 게 편하다는 결론이 나온다. 혼자 밥 먹고, 혼자 산책하고, 혼자 책 보고, 혼자 음악 듣고, 혼자 차 마시고, 혼자 술 마시고…. 늙은이라면 혼자가 좋다고 생각해야 하나 보다. 봉사단체도 실제로는 조직에 속하지 못한 사람들의 소외감을 달래려는 부차적 목적도 있어 보인다.

문명이 인간을 소외시키기보다 어쩌면 인간이 인간을 소외시키는 면이 더 힘들지도 모른다. 한순간 살다가는 인생길이 왜 그리 복잡한지 모르겠다. 무슨 말을 해도 곡해하는 사람은 꼭 있다. 요즘에는 이념도 문제가 되어 생각이 다른 사람과는 사사건건 충돌하기 쉽고 심지어 다투며 증오심을 보이기도 한다.

도무지 할 말이 없는 노년이다.

아무래도 노년의 모임은 공통분모로서 취미나 종교가 같은 사람끼리 모이는 게 더 바람직한 모습이다. 그런 의미에서 특별한 설명이 필요 없는 옛 직장동료나 이웃은 편한 인적 자산일 수도 있다. 현재 자주 소통하는 사람이 형제이고, 친척이고, 사촌이고, 친구일 뿐이다.

노년!

그런데도 고독감이 심화하는 시기임이 틀림없다. 실제로 인생의 동반자라고 생각되는 사람이 점차 줄어들기 때문이다. 동업하다 싸우고 헤어지고, 도와주지 않는다고 원수가 되고, 돈 안 빌려준다고 연락을 끊고, 자신을 무시한다고 원한을 사고, 애경사에 참석하지 않았다고 꽁하고, 그리하여 역설적으로 젊어서부터의 인간관계가 계속 유지되는 경우는 사실상 아무것도 함께 도모한 적이 없는 사이일지도 모른다.

젊어서는 아무나 연락해 만나고 했지만 나이 들고 보니 만나자는 제의도 쉽지 않다. 상대방의 상황을 모르고 혹여 만날 시간과 장소를 정하는 것이 서로의 자유를 제한하는 때도 있기 때문이다. 결국, 용건이 있는 만남만이 당당하게 실현이 될 것이다. 받을 돈이 있으면 반드시 나타난다. 그러므로 빚을 여러 곳에 지면 받아내려고 찾는 사람이 많아 역설적으로 외롭지는 않다. 절대로!

노년에는 무엇이든 혼자 할 수 있는 취미를 개발하는 것이 좋다. 궁극적으로 혼자만이 남을 터이니까 말이다. 산행도 혼자가 좋다. 등산길 초입부터 시작한 잡담이 하산길까지 이어지는 동반 산행은 무모하다. 산길의 식물에 눈길을 주며 때로 대화하며 하늘을 우러러보면 너무나 행복하지 않을까?

'강한 사람은 혼자 있을 때 더 강하다.'

결국, 우리는 같이 있어도 홀로 된다. 우리는 혼자다. 그건 분명한 사실이다. 강해져야 한다. 사람에게 기대면 기어코 실망하고 고통스러울지도 모른다.

"가장 현명한 노인들은 남은 시간을 자신의 구원에 사용할 줄 안다. 이승에서 남은 시간이 짧으므로 더 나은 내세에 적합한 사람이 되는 거다."[32]

책이 좋은 친구가 되어주고, 음악이 좋은 친구가 된다. 나 하나 구원하기도 벅찬 나날이다.

◇◇◇◇◇◇◇◇◇◇◇◇

32) 같은 책, p.267

노세 노세 젊어서 노세

　금전상의 압박은 먼저 떨쳐내야 할 대상이지만 실상 그런 압박에서 완전히 자유로운 사람은 거의 없다. 설령 그것을 극복하였다 하더라도 금전의 소비 측면에서 생각해 볼 필요가 있다.

　금전의 효용성과 그 한계를 의식해야 한다. 금전의 효용성은 어디에서 발생하는가? 한마디로 욕구(욕망)의 충족이다. 금전의 효용성은 욕망의 크기에 비례하므로 욕망이 없으면 금전의 효용성은 대폭 감소한다. 여기서 욕망은 포괄적 의미로서 금전상 고통의 탈피도 포함하는 개념이다.

　욕망이 많은 시절에는 금전의 효용성이 극대화되지만 그렇지 않은 나이에 들면 효용성은 반감 정도를 넘어 거의 장부상 가치에 불과하게 된다. 분명한 사실은 노년에는 금전의 효용성에 한계가 온다. 즉, 허영에 들떠 허세 부릴 그럴만한 처지에 있는 사람도 드물지만, 소유하고 싶은 물건, 여행하고 싶은 곳, 뽐내고 싶은 마음이 없고, 명예를 살 생각도 없다.

　욕구가 없다면 금전은 효용성을 잃고 '죽은 숫자'로만 존재하는 것이다. 죽음의 병상에서 나는 지금 세상에서 제일 비싼 침대에 누워 있다고 자탄하며 죽어간 '스티브 잡스'의 마지막 유언은 금전의 효용성 한계성을 넘어 무용성을 일깨우는 대목이다.

　하지만 재물의 헌납은 쉽지 않아 보인다. 재산 안 남기기를 주창하여 존경을 받던 어떤 인사는 뒷구멍으로 자식에게 **빼돌린** 다음 그런 말을 한 것으로 밝혀져 웃음거리가 된 적도 있다.

언젠가 대학원 제자 모임에서 한 학생이 한 말이 걸작이다.

"교수님! 자식 도와주는 것도 사회공헌입니다."

부모가 도와주지 않아도 독립이 가능한 자식이 얼마나 될까? 재물은 소유자의 것이 아니라 쓰는 사람 것이라는 말도 있다.

항간에 떠도는 민요든가 만담이든가, 이런 말도 있다.

"노세 노세 젊어서 노세!"

이거야말로 진리에 가깝다. 늙어지면 못 논다. 놀지도 못하는 노인들은 하는 일이라고는 자나 깨나 후손들 걱정에다 나라 걱정이다. 살날이 많이 남지 않았기 때문이다.

욕망의 소실은 그것이 자유를 가져다줄지라도 반쪽의 자유가 아닌가 싶어 무섭다. 욕망! 그거 언제까지 그대 품 안에 있는 것이 아니다. 하고픈 일이 있으면 참지 말고 하는 편이 현명하다. 후회 없이. 그러니 책의 제목처럼《후회할 짓도 하며 살아야》아니던가. 욕망이 없으면 후회할 일도 없다.

자기 부정은 육적 상태의 자아를 정신적 상태로 전이하는 과정이라고 본다. 그래도 욕구가 있으면 형편대로 실행하고 사는 편이 맞다. 조금 있으면 무념무상의 인생 시기가 닥쳐올 것이기 때문이다.

승강기로 10층의 연구실까지 올라가는 시간은 함께 탄 동료 교수들과 아주 짧은 대화는 할 수 있는 정도다. 10년 연상인 그분이 무심코 말했다.

"요즘은 재. 수. 없. 으. 면. 100살까지 산다며."

장수를 기정사실로 여기며 그에 대한 자신감 비슷한 심사를 내비치는 말로 들렸다. 하지만 그분은 은퇴 후 곧 사망하였으니 60대 후반을 넘기지 못했다. 평소에 건강해 보였지만 어쨌든 그의 말대로라면 '재수 없지 않은' 경우로서 100세는커녕 70세도 넘기지 못했다. 수명은 아무도 장담할 수 없다.

상업적 저의를 가지고 혹은 욕심이 많아 '100세 시대'를 말하고 기대하지만 실제로 남자의 건강수명은 72세 정도이고 그 후 9년쯤 아프다가 80대 초반에 죽는 게 평균적 남자의 수명이라는 통계가 있다. 아무튼, 통계는 개연성 높은 확률이지만 개별적인 수명은 아무도 알 수 없다.

대개 늙어서까지 정신노동을 하는 사람은 의식의 강도가 감쇄하는 경향으로부터 자신의 임박한 죽음을 아는 것 같다. 개인적인 척도로서, 글을 쓸 수 없는 날이 가까워져 오면 의식이 소진되어가는 것이므로 죽을 날이 임박했다고 감지할 수 있을 것 같다.

이제 죽을 날이 가까웠다고 삼 형제를 불러놓고 '이제 내 생명이 끝났다'고 유언 비슷한 말을 했다는 사람의 말을 들은 적이 있다. 그 아버지로서는 '발기=생명' 정도로 인식하지 않았나 싶다. '발기'가 됐든, '글쓰기'가 됐든 아무튼 죽음의 지표로 삼는 소재는 각자 있을 법하다.

재산이 없는 부모가 홀로되면 자식들이 재혼을 희망하고 그렇지 않은 경우는 재혼을 반대한다는 말은 모두 다 아는 사실이다. 70세가 넘으면 여생의 삶을 설계해 놓아야 하지 않을까 싶다.

플라톤의 《국가론》에는 이런 대화가 오간다.

"소포클레스, 요즘도 여자를 즐기시나?"

"그런 말 말게. 애욕의 구렁텅이에서 빠져나온 지 오래되었네."

"마치 광폭하고 사나운 폭군의 손아귀를 벗어난 느낌이네."

"소크라테스 선생, 나이 든다는 것은 어떤 면에서 좋은 것이
요. 욕망의 번거로움에서 벗어나 평안을 얻을 수 있으니까 말
이요."

노년에 욕망의 소실을 한탄하는 사람도 있고 이제 사슬에서 해방되었다고 생각하는 이도 있다. 어찌 사는 게 맞는다고 말할 수 없고 각자 원하는 대로 사는 거다.

치매에 걸리거나 의식이 완전히 소실되는 상태가 아니면 집에서 죽

는 편이 좋다고 생각할 수 있다. 그러면서 여생의 마지막 과제는 정신이 달아나지 않도록 혹독하게 연마하여 존엄한 상태로 사망에 이르는 게 아닌가 싶다. '바보 멍청이'가 안 되려면 공부하는 수밖에 없다.

60대의 9할이 등산을 한다는 통계가 있다. 육체 운동도 되고 정신 수양에도 좋고 돈 안 들어 더욱 좋은 등산이다. 그렇다고 매일 등산해도 시간은 넘쳐난다. 그밖에 무슨 짓을 해도 흘러넘치는 시간은 잘만 활용하면 인생을 늘리는 수단이 될 것이다.

죽음까지의 시간을 예측하는 수단은 '발기'가 아니라 정신 상태이다. 눈동자가 '개의 눈'처럼 탁해지면 정신 나간 상태가 아닌지 모르겠다.

한평생 잘 놀았으니 지난 세월 사진이나 꺼내 보고 맘을 달래며, 노년에는 정신을 돌볼 때가 아닌가 싶다. 후손에게 남기는 재산은 훗날 소진되어 보이지 않아도, 책은 시대를 넘어 남길 수 있으니 누구나 저술에 과감히 도전해 보는 시간을 가지면 어떨까?

먼저 남의 글을 잘 읽고 나서, 일기처럼 쓰다 보면 책이 될 수 있으니 겁먹을 필요는 없다. 글재주는 문제가 안 된다. 정신이 글을 쓰는 거고 잔재주가 글을 쓰는 것은 아니다. 남자 노년은 '발기'보다 '정신'이다.

VII

앎과 깨달음에
대하여

앎과 깨달음

살아가며 가장 힘든 일은 역시 사람을 상대하는 일이다. 더구나 이 해관계로 만나는 사이는 온기라곤 전혀 없는 인간관계다.

도와주겠다는 약속이 지켜지지 않으면 큰 빚이 되어, 마치 맡겨놓은 것을 내놓으라는 태세이고 도와주다가도 도움을 멈추면 고마움은커녕 원수로 여기고 뒤에서 비난하고 욕하고 다니는 사람도 흔하다.

준 것만 기억하고 받은 건 기억하지 않는 게 인간이라지만 고마움을 아는 제대로 된 인간이 드물다. 받기만 하는 염치없는 인간, 금전적 가치가 없는 것은 거들떠보지도 않는 사람, 적은 손해에도 게거품을 물며 달려드는 사람, 자다가도 이문 보러 삼만 리 가는 속물도 없지 않으니 경천애인의 실천이 어렵다.

자칫 선함은 죄인 되는 길이런가. 그러니 남을 도와주지 말자. 도와 줄 생각조차 버리자. 돌아오는 건 보복뿐이다. 외면하자. 힘든 사람을 봐도 외면하자며 독해질 수도 있다….

어려운 처지에 놓인 사람을 도와줘도 어처구니없는 불만뿐이고, 오히려 뒷말하고 다니는 예도 있다. 일정한 부분 도움을 받았음에도 오히려 불완전 혹은 미실현 호의가 원한이 되거나 신세를 진 사람에게 느끼는 굴욕감과 수치심 때문에 소원하거나 때로는 적이 되는 사례도 있다.

그렇다면 사람들은 왜 호의를 베풀고자 할까? 어려운 사정에 내미는 손을 차마 뿌리치지 못한 마음 약한 부분도 있고 한편으로는 도움

주고 존경심을 사려는 명예심이나 허영심이 없지는 않았을까. 그러면 무엇을 위한 명예이고 허영심인가? 남들이 하지 않는 미덕을 베풀며 자기만족을 통한 행복감을 가지려 했는지도 모른다.

대오(大悟)라는 말은 불교 용어로 큰 깨달음을 말한다. 우리는 누군가와도 행복에 대해 토의한 적이 거의 없다. 그 이유는 우선 행복이 너무 포괄적인 개념인 데다 행복의 요소 또한 개별적이고 개인적이어서 토의해도 일치된 의견이 나오기 어렵기 때문일 듯하다.

더구나 행복의 요소로는 자신만이 아는 은밀하고 내밀한 면도 있을 터이니 행복에 관한 솔직한 토의가 원천적으로 어렵기도 하다. 행복해지려고 여기저기 기웃거리고 이런저런 취미에 살아온 평생이라도 여전히 행복을 찾기는 쉽지 않다.

그런데 살아가며 행복을 찾지 않고 언제나 '감사'하는 마음으로 산다고 주장하는 사람을 만나는 때도 있다. 아! 아! 행복을 추구하지 않고 감사하며 살아가는 사람도 있었구나, 깨달음이 오는 순간이다.

행복의 정체에 대한 여러 현인의 메시지를 접하면서 그것은 오직 앎(To know), 즉 지식의 수준에 머물렀다. 지식은 깨달음이 수준에 도달해야 나의 것이 된다. 깨달음은 영어로 'To recognize' 혹은 'To realize'가 어의에 잘 맞는데, 이는 앎의 현실화(To realize)이며 현실 속에서의 체화(體化) 즉 내 것으로 하는 것이다. 그러니까 '앎(To know)'과 '깨달음(To realize, or to recognize)'은 차원이 다른 것이다.

아는 것은 모르는 것보다는 나으나 깨달음보다는 훨씬 못 미친다는 사실을 깨닫는다면, 행복하려고 노력하지 않는 편이 낫다는 것을 알게 된다. 예컨대 행복해지고자 시도하는 공개적이거나 은밀한 행동에 기뿜보다 자책감이 크다면, 총체적 행복은 얻어질 수 없다.

예컨대 음주도 행복 하고자 하는 것이지만, 부작용이 생긴 후에야 비로소 불행을 깨닫는다. 행복의 9할은 건강에서 온다는 말을 알고(To know) 있으나 건강을 잃기 전에 그 사실을 깨닫는(To realize) 사람은 거의 없다. 마치 쌀이 '앎'이라면 밥이 '깨달음'이다. 쌀은 재료일 뿐 밥이 되기 전에는 용처가 미흡하다.

행복해지려 하지 말고 감사하며 살라고! 불행하지 않으면 행복이라 믿는 오늘, 행복이 '앎'이라면 '감사'는 깨달음이다.

아울러 일시적 기분으로 남에게 호의를 베풀지 말아야 한다고 깨닫는다. 남에게 섣불리 베푼 호의가 그들의 양에 차지 않으면 되레 빚쟁이 취급하는 사례도 있다. 그리하여 나, 자신의 마음에 설혹 적의가 생겨나는 불미한 일도 발생할 수 있음을 아는 것도 깨달음이다. 앎, 깨달음 다음에 와야 하는 것은 실천이다. 이것이 깨달음의 완성 단계라고 볼 수 있다. 노인의 얼굴에 표정이 없는 이유는 아마 평생 살아오며 받는 인간에 대한 실망과 배신 때문일 거다.

그러나 받기보단 주는 사람이 낫고, 인사 한마디, 안부 한마디 먼저 전하고, 어려울 때는 마음으로나마 위로를 전하고, 기쁜 일에 함께 즐거워하며, 외로울 때 마음을 보듬어 주는 사람이 아름답다.

아무리 인간이 인간을 힘들게 하더라도, 역시 사는 동안에는 사람을 떠나 살 수는 없으니 마음 깊은 곳에 인애(仁愛)를 간직하고 실천하며 살 수밖에 다른 도리가 없다.

우리는 지금 허위, 과장, 편향된 정보 속에서 살고 있다. 유무선 인터넷 서비스에 기반한 SNS을 통한 정보의 대량 유통 시대가 도래하면서 정보 혹은 뉴스 제공자의 자격 제한이 없어지면서 생긴 사회의 모습이다.

객관적 사실이 아닌 날조한 정보를 마구 흘리며 대중의 판단을 흐리게 하고 있다. 전통적 논조가 없을 수는 없으나 언론은 판단하는 기관이 아니고 우선 전달하는 기능이 우선임을 알고는 있는지 교묘하게 정보를 선별하여 내보내는 편향성을 보이기도 한다.

무엇이 사실인지보다 무엇이 내게 이익이 되는지 악한 의도를 가지고 사실과 정보를 날조하는 세상이다. 자신과 가정을 지키는 일이 예전보다 쉽다고 말할 수 없다는 생각이 든다. 정보를 잘 못 분석하고 판단하면 돌이킬 수 없는 피해가 돌아오기도 하니 믿을 만한 정보도 믿을 만한 사람도 없고 오직 나만의 현명한 판단으로 살아야 하는 냉혹한 이 시대가 아닐 수 없다.

어쩌면 인간의 본연의 모습인 가식적인 가면마저 팽개치고 아예 발가벗은 자신을 내보이며 적나라하게 자기의 이익을 추구하는 야욕의 시대가 된 기분이다.

왼뺨을 때리는 사람에게 오른뺨을 내민다면 오른뺨은 하도 두들겨 맞아 뼈가 보일지도 모른다. 원수를 사랑한다면 원수는 저항하지 않는 대상을 보고 쾌재를 부르며 아예 노예보다 못한 짐승처럼 부려먹을 것이다.

이에 대해 종교는 답을 내놓아야 한다. 이 시대 아니 그 이전의 세상에서도 종교의 한계는 그렇게 이미 설정된, 실천할 수 없는 신적(神的)

인격을 주문하고 있다. 여기서 더는 종교에 대한 담론을 계속할 생각은 없고 다만 최후의 정신인 종교적 신념마저도 세상을 사는 동안에 무력할 수 있음을 한탄하는 것이며 물론 누구도 그렇게 살지 못한다.

그렇다면 나라와 사회를 지키기에 앞서 어찌 살아 우선 자신을 지키고 가족을 지킬 것인가? 결론은 자각, 자조, 자강이다. 자각은 깨달음이다. 깨달음 이전에는 앎이 있어야 한다. 앎이 우선이고 그것이 체화되면 깨달음이 되는 것이다. 즉, 체화된 앎이 깨달음이다.

앎은 거저 생기는 것이 아니다. 공부해야 한다. 지식이든 마음이든 공부해야 앎을 얻는다. 공부는 남의 정신을 수입하는 일이다. 책이 그 역할을 한다. 그러면서 생각해야 한다. 이런 행위가 자조에 해당한다. 스스로 도와야 한다.

자각과 자조를 통해 얻어지는 것이 자강이다. 흔들리지 않는 자강이다. 어떤 일에도 일시적으로 드는 불쾌하고 분한 기분은 있을지언정 불행해지지 않는 자강이다.

아무리 강조해도 부족함이 없는 엄연한 사실은 '혼자 죽는다'라는 사실이다. 몸부림쳐도 아무도 나의 죽음을 막아 줄 수 없다. 위락에 향락에 탐닉하는 무의식 아래에는 죽음에 대한 공포가 자리를 잡고 있음을 깨닫는다. 아무리 눈을 감아도 빛은 내 눈동자에 들어온다. 죽음이나 고통에는 신앙이 약이 된다고 주장하지만 실제로 그렇게 사는 것처럼 보이는 인간조차 발견하기 어렵다.

신앙(심)이야말로 함부로 입 밖에 내면 안 되는 금기어라고 여겨지는 이유는 삶과 신앙의 일치는 불가능한 일이어서 신앙심을 강조하면 되

VII 앎과 깨달음에 대하여

레 불신과 조소 그리고 비판의 대상으로 굴러떨어지기에 십상이기 때문이다.

동창회에 나가지 말라는 철학자의 조언도 있다. 어떤 이는 얼마나 출세하고 돈을 벌고 사회적으로 성취했는지 과시하거나 다른 이는 자연스럽게 유력 인사에게 면식을 알려 훗날을 도모하기도 한다. 모두 인간적인 모습이다. 하지만 질식할 듯한 분위기는 작년에 했던 말을 또 들어야 하는 고역이다. 학교 때 있었던 어떤 일을 매년 단골 소재로 삼는 퇴행적 행태도 보인다. 그간 살아온 날이 다르고 현재의 처지도 다르기에 할 말은 옛날의 일밖에 없기 때문이다. 만일, 외로움을 달래고자 동창회에 나간다면 순수하고 선량한 사람이다.

아무튼, 혼자 살다 혼자 죽는다. 그렇다고 사람을 미워하거나 싫어하면 안 되지만 원론적으로 그렇다. 자각, 자조, 자강을 살아 있는 동안에 삶의 신조로 삼는다고 해도, 종교적 신념을 가지기까지 갈 길은 조금 멀게 느껴질 수 있다….

살며, 깨달음이다.

영성지능=0

숫자가 주는 압박감은 의식에도 변화를 가져온다. 12월 31일과 1월 1일은 하루 상관이지만 해가 바뀌면 전혀 다른 느낌이 들고 마찬가지로 2월 28일과 3월 1일도 계절이 바뀌었다는 점에서 새로운 느낌이 든다.

우리 나이로 50세에 진입하던 해, 50이란 숫자가 생소하고 거북하여, 만으로 50세기 되기 전끼지 근 2년간을 49세라고 우기면서 살았다.

이제 영락없이 만 70세를 넘어버린 시간이 흘러가면서 마찬가지로 69세 때와는 다른 생각과 느낌이 든다. 신체의 부위에 하나둘씩 고장이 나면서 살얼음을 밟고 강을 건너는 기분이고 어느 발자국에서 얼음이 깨져 발이 물속으로 빠질 것 같은 불안함을 느낀다.

"시간은 마치 교도소의 간수처럼 몽둥이를 들고 우리의 등 뒤에 서 있다."라는 쇼펜하우어의 말처럼 무자비하게 우리를 떠밀어 가는 시간은 그나마 끝내 멈추고 만다.

그 시간이 끝나고 난 후에 우리는 어찌 된단 말인가? 삶의 중심을 잡아주는 철학이 있는 사람에게도 그 역할은 사는 동안에만 유효할 뿐, 시간이 멈추면 철학은 무용지물이 된다. 하지만 그마저도 없이 시간의 몽둥이에 쫓겨 먹잇감을 구하고자 혹은 정욕에 홀려 정신없이 뛰어다니다 어느덧 죽음의 시간을 맞이한다.

"소크라테스 선생, 사람이 죽을 때가 되면 말이요, 전에 없던

VII 앎과 깨달음에 대하여

걱정과 두려움이 생기는 법이요. 사후세계에 관한 관심으로
온갖 상상의 나래를 편다오… 살아오는 동안 잘못한 것은 없
는지…".[33]

마음속에 자리 잡은 그 불안은 그때를 알 수 없으나 반드시 찾아올
죽음 때문이고 젊은이와 달리 노년에 사는 사람에게는 점차 죽음이 내
게 다가온다는 느낌이 든다.

참으로 가지기 어려운 영혼의 향방에 대한 신념을 가질 수 있는 자
질도 지능의 한 가지로 여겨 '영성지능(靈性知能)'이란 용어가 생겨난 것
같다. 지식이나 경험으로는 파악할 수 없는 사후세계에 대한 인식에 지
성은 소용이 없고 영성이 필요하다. 모든 분야의 지능이 그렇듯이 노력
으로 형성되는 부분은 적고 천부적이지만 (영성)지능이 낮은 사람은 몇
곱절의 노력을 해야 한다고 믿는다.

"사실 우리 노인들은 모였다 하면 젊었을 때의 쾌락을 잊지 못
해 과거를 회상하고 아쉬워하지요. 마치 아끼던 물건을 잃고
비탄에 잠기듯이 말이요."[34]

젊어서의 쾌락과 성공을 노래의 후렴처럼 부르며 되뇌어 이제 무엇하
랴. 돌아오는 죽음이나 잘 생각해 보게나, 이런 소리가 들리는 듯하다.

◇◇◇◇◇◇◇◇◇◇◇

33) 플라톤, 《국가론》, 이환 옮김, 돋을새김, 2011, p.23
34) 플라톤, 《국가론》, 이환 옮김, 돋을새김, 2011, p.21

"삶은 끝내 죽음을 통해 본래 상태로 돌아간다.", "우리는 본래 없었던 것인데 잠시 존재하다가 다시 없는 상태로 돌아가는 것이기에 사실상 잃은 것이 없다.", "죽음으로 우리가 무엇을 잃는단 말인가?", 역시 쇼펜하우어의 말로 알려진다.

그러나 이기적인 '나(我)'는 영원한 삶을 꿈꾼다. 누구도 도와줄 수 없는 영혼의 길, 자신이 아니면 찾아 나설 수가 없다. 그런데도 죽음의 최적화가 영생이란 인간적이고 이성적인 사고가 영성의 수련에 해를 끼치고 있다.

게다가 영생의 구원에 대한 확신이 있다 해도, 천국의 소망을 조기에 달성하고자 스스로 생명을 단축하려는 사람은 거의 없다는 망측한 생각도 한다. 영성은 이성과는 분야가 다름을 알지 못하는 어리석음이랄까!

영성지능이 0인 사람이 어찌하면 영혼의 존재를 믿거나 나아가 영생이나 내세의 희망을 품을 수 있을까 고개를 절레절레 내저으며 둔탁한 영성(Spirituality)을 일깨운다.

내려놓음

날로 새로워지고, 날로 맑고 밝아지고, 올바른 행위의 실천도 어느 정도 실천하여 마음의 평안함이 찾아와도 이따금 불현듯이 우리를 괴롭히는 분노, 증오, 불쾌감, 탐심, 정욕, 이기심, 시기, 질투, 번민, 갈등, 염려 등은 어디서 오는가? 엉뚱하게도 고통은 타인이 아닌 나 자신에게서 나오는 것을 조금만 생각하면 쉽사리 알 수 있다. 평안을 얻고 고통에서 벗어나려면 자기 마음을 다스리는 일에 방점이 찍힌다. 흔히 세간에서 우리끼리 하는 조언도 있다. "마음을 고쳐먹게나!"

'내려놓는다'

참 좋은 말이다. 무거운 짐을 들고 서 있지 않고 내려놓는다는 말이다. 무거운 짐은 무엇인가? 욕망의 짐, 염려의 짐, 불안의 짐, 분노의 짐, 질병의 짐, 사랑의 짐, 관계의 짐, 희망의 짐 같은 것이다.

내려놓는 일은 불가능하다며 말도 안 되는 소리라고 공박한다. 하지만 그것이 잘 안 되는 일이기에 조금이라도 내려놓기를 바라는 뜻에서 내려놓으라는 말이 생겨난 것이 아닌가!

욕망은 성취의 동기로서 작동하기도 하지만 갈수록 커지는 속성이 있어서 결국, 중도에 좌절하거나 멈춰야 할 미충족의 대상으로 남는다. 욕망은 어느 단계에서 멈추지 않으면 제동장치가 고장 난 자동차 같아

파멸의 낭떠러지로 가는 길목일 수도 있다. 욕망은 성취 혹은 파멸에 이르는 이중성을 지닌다.

욕망과 행복은 반비례 관계에 있어서, 욕망이 커질수록 행복은 점차 줄어들고 반대로 욕망이 작아질수록 행복의 크기가 커짐은 분명히 진리에 속하므로 '욕망의 짐'을 조금이나마 내려놓아야 한다.

인간이 맞이해야 하는 운명으로서 질병은 피해갈 수 없이 언젠가는 찾아오고야 마는 것이니 미리 마음속으로 준비하는 편이 현명하다. 아프지 않으면 어찌 사람이 죽음에 당도할 것인가. '질병의 염려'를 내려놓고 담담히 받아들일 수밖에 없다.

사랑! 그것은 한때의 실체가 없는 현상이니 속으면 안 된다. 맺어진 사랑은 사랑의 종결이며 일상으로 치환되는 생활 그 자체다. 사랑에 목을 매는 일은 무지개를 잡으려는 어리석음이므로 '사랑의 짐'을 내려놓아야 한다.

관계 아래 영향을 주는 1차 집단은 가족이다. 자식, 며느리, 사위, 손자가 해당한다. 이들에 대한 사랑은 베풀기는 하지만 받을 기대는 하지 않는 편이 좋다. 자식이 평생 부모의 후원자가 되던가? 형제가 그리되던가? 그리고 부부는 헤어지면 남만도 못하고 원수처럼 된다.

2차 집단은 직장 사람, 동업자, 동창, 친구, 지인 등이 해당하며 필요성에 따라 모여든 사회적 관계 아래 놓인 사람들이다. 이들은 제한적이고 한정적으로만 맺어지는 관계로서 대개 함께 있을 때뿐이지 큰 의미를 두기 어려운 관계라고 말할 수밖에 없다.

특히 이 중에 친구는, 평생 가는 일이 결코 없다고 믿는 편이 현명하다. 같이 있을 때만 친구다. 함께 놀 때만 친구다. 이해관계가 일치할 때만 친구다. 처지가 비슷할 때만 친구다. 지리적으로 가까울 때만 친구다. 친구에게 심하게 의존하는 인생은 실망하고 비참하게 된다. 특히 사회적 용도가 폐기된 노년에 사회적 관계에 의존하면 심한 고립감과 낭패감을 경험하게 될 거다.

3차 집단은 국가, 자치단체, 사회와의 관계다. 주로 국민과 사회의 의무로서 납세와 관련되는 경우가 대부분이고 때로는 정치적 표현 등이 관련이 있다. 여기서 개인의 역할은 대개 의무 수행이나 복종에 그치고 만다.

염려는 삶과 동반하는, 달갑지 않은 손님 같은 것이다. 차라리 염려의 고통을 해결하려면 맘껏 염려해 봐도 해결이 되는 것이 없다는 것을 확인하며 체념하는 방법도 있다. 차라리 염려 대상에 대한 안전장치를 만드는 일에 열중하는 일이 중요하다.

물리적으로도 언제까지나 짊어질 수도 없는 것에 집착하고 연연하기보다 '욕망의 짐', '사랑의 짐', '염려의 짐', '관계의 짐'을 조금이라도 내려놓고 홀로 서야 한다. 욕망을 조절하고, 사랑의 속성을 알고, 관계에 대한 기대를 버리고, 염려하는 마음의 짐을 '내려놓으면' 하늘을 날 수도 있을지도 모른다….

오직 '그 신(神)'을 통해서만 갈 수 있는 천국의 기독교, 본인이 마음먹기만 하면 갈 수 있는 열반의 불교다. '나(神)' 이외에는 그곳에 도달할 자가 없다는 종교, '나(我)'도 '붓다'와 맞먹을 수 있다는 종교, 그것은 각각 기독교와 불교의 세계다.

"항복기심(降伏其心)"(그 마음에 항복을 받아라!) 금강경에 나오는 말인즉, 더는 높은 곳이 없는 지혜를 얻는 자는 자신의 마음에 항복을 받은 자라는 것이다. 불교는 신이나 초월적 존재를 신봉하는 종교도 아니고 마음공부의 원리를 제시하는 사상이며 철학의 일종이라 볼 수 있다.

오늘날 문명 세계, 특히 일찍이 시민혁명을 통해 개인의 자유를 만끽하게 된, 산업이 발달한 서방 세계는 먹고사는 원초적 문제를 오래전에 초월하였다고 볼 수 있다. 하지만 그러한 선진국에 사는 개인에게 있어서도 어찌 된 일인지 삶의 고뇌는 조금도 줄어들지 않았고 이것은 충분히 예견되는 일이었다.

감각의 역지(閾値)가 불러오는 욕망의 확장성 때문에 우리는 '욕망'의 바퀴가 수렁에 빠지는 것도 잊은 채 미망(迷妄)에서 헤매다가 인생이 다 흘러간 것을 뒤늦게야 깨닫게 될 것이다.

의식주의 문제가 아닌 한 차원 높은 수준의 삶을 추구하는, 서방 세계의 지식층에 있는 사람들이 불교에 관심을 가지는 현상이 퍼지고 있다고 그런다. 그것은 불교로의 귀의라기보다 차라리 지식인들이 스스로 깨달은 사유(思惟)의 결말이 아닐까.

개인적, 가정적, 사회적 욕구의 좌절에서 오는 소외감, 상실감, 열패감, 좌절감 등은 자신을 쥐어뜯는 가책이다. 자신이 '그 마음에 항복' 즉, 완전히 마음을 내려놓지 못함을 입증하는 대목이다.

그러나 '그 마음'을 내려놓는 날은 절대 오지 않을지도 모른다. 부처님 이외에, 누구나 될 수 있다고 일컬어지는 살아 있는 '붓다'를 본 적도 들은 적도 없되, '그 마음에 항복'을 받지는 못하더라도 '그 마음'의 존재를 스스로 내려다보는 것만으로 '그 마음'을 어느 정도는 제어할 수 있다는 경험을 할 수 있다.

VII 앎과 깨달음에 대하여

'그 마음'은 고뇌의 원천이기에 '그 마음'이 줄면 번민도 줄어든다. 구하면 얻을 수 있고 두드리면 열린다는 종교와는 다른 불교는 바로 내마음속의 깨달음에서 스스로 찾는 평안의 세계로서 굳이 '불교'라고 거창하게 불러 떠벌릴 일도 없이 그것은 지독히 '개인적' 사유의 결말뿐일수도 있다.

　혼내주고 싶지만, 힘이 없어 '분(憤)'을 내기도 하고, 마음을 비웠다지만 그건 다 거짓이다. 그래도 생각의 싹이 자라는 대로 그 마음에 항복을 받으려 노력이 필요할지도 모른다.

　'우리'는 깨닫기를 원하는 영원할지도 모를 깨닫지 못하는 사람이다. 그나마 노력하는 자신만은 부정할 수 없으니 '그 마음에 항복'을 받는 것 이외에 평안하고 행복해지는 방법은 없다고 믿고 '내려놓고' 정진할지어라. 마음이여!

신체의 여행, 정신의 여행

  권태로운 일상을 소개하는 이상의 수필 《권태》의 압권은 "이 동네 개는 짖지도 않는다."라는 구절이다. 되새김질하는 '소'를 지상 최대의 권태자로 명명한 대목도 있다. 권태는 무엇에 열중함이나 노곤함이 없는 지속적 지루한 상태를 말한다. 그렇지만 권태로운 상태가 그다지 나쁜 상황이 아님은 짐깐만 생각해도 알 수 있다.

  우선 사고나 사건이 발생하면 처리하는 데 열중하여 권태로울 겨를이 없고 질병이 생겨도 고통스럽게 병마와 싸울 뿐, 권태와는 거리가 멀다. 'Hand to mouth' 상황 즉, 하루 벌어 하루 먹는 밥벌이에 열중하지 않으면 안 되는 삶도 권태롭기는커녕 고단한 삶에 가깝다.

  암중모색하며 무슨 일을 음모하거나 기획하는 때도 권태로운 상태는 아니고, 권태를 참지 못해 도박하는 시간도 그 자체로는 권태로운 것은 아니다. 또한, 어떤 사실을 은닉하고자 시도할 때도 권태와는 거리가 멀다. 따라서 권태로운 상태가 반드시 따분하고 억울한 삶의 시간은 아니라고 볼 수 있다.

  권태를 이기는 흔한 방법으로 각종 취미나 위락이 있으나 시간 죽이기 정도의 위락은 별반 가치가 없고 가장 건전하고 유익한 방법은 여행이라 볼 수 있다. 여행은 권태로운 지루한 일상에서 벗어나는 보편적인 수단이다. '신체의 여행'은 분명히 권태로운 삶을 사는 사람에게 적합한 탈출수단이다.

VII 앎과 깨달음에 대하여

하지만 여행은 자기를 내주는 일에 속한다. 여행은 새로운 경험을 사는 일이기도 하지만 자기 내면보다 현지의 대상을 바라보는 일이기 때문이다. 그러다 보니 철학자나 사상가 중에는 여행을 별로 좋아하지 않는 사람도 보이는 데 임마누엘 칸트는 평생 150km 이상 여행한 적이 없었고, 데카르트는 20년간 덴마크에서 은둔생활을 했고, 쇼펜하우어도 여행을 좋아하지 않았던 것 같다.

아마 그들은 사는 곳에서 '정신의 여행'에 열중하고 있었으므로 신체가 이동해야 하는 여행에는 별 관심이 없었던 모양이다. 여행이 주는 환경의 변화는 기분 전환이나 의식 전환의 효과를 주기도 하지만 일상을 떠난 불편함이 깊은 사고에 장애가 될 수 있다고 생각할 수도 있다.

앞서 말했듯이 권태로운 삶은 진력하는 면이 없을 뿐, 고단하고 고통스러운 삶은 아니다. 고통 속에서 권태가 찾아오는 일은 없기 때문이다. 만일 권태로운 일상이 지속한다면 '정신의 여행'으로서 독서나 '신체의 여행'이 필요하다고 할 수 있다.

《잃어버린 시간을 찾아서》

  누군가가 '성공한 인생'이라고 말한다면 시기 질투심에서 혹은 박탈감에서, 당신이 무엇에 성공했느냐고 불쾌한 기분에 내심 따지고 싶어 한다. 의아해하며 형이하학적, 세속적 관점에서 무슨 성취와 업적이 있으며, 지위는 어디까지 올랐으며, 심지어 부와 사회적 지명도와 명예의 증거를 내놓으라고 윽박지를 수도 있겠다.

  하지만 성공했거나 성공에 근접하고 있다고 느낀다면 그것은 거저, 아니 단시간에 이루어진 게 아니라 아주 긴 세월을 경험과 관찰과 사색과 독서를 통해 이뤄낸 '조그만 성공'이라 감히 말할 수 있다.

  Marcel Proust의 소설 《잃어버린 시간을 찾아서》의 원제는 《Remembrance of Things Past》, 직역하면 '지나간 일들에 대한 회상'이다. 반자전적 그 소설의 내용이 주로 '허비된 시간'에 관한 것이기에 번역서의 제호는 제법 책의 내용을 요약하고 있다고 인정할 수 있다.

  사실 위 책은 7권으로 나뉘어 발간된 방대한 분량으로 완독하기가 쉽지 않을 것이다. 그런 의미에서 그의 저작에 대한 총체적 언급은 다소 쉽지 않아 보이나, 그의 생각의 편린(片鱗)을 알아차릴 수 있는 부분에 대한 언급은 가능하지 싶다.

  그에게 '잃어버린 시간'은 낭비된 시간을 의미한다. 무엇에 시간을 낭비했는가? 그 대상은 '사랑'이다. 그리고 '우정'이다. 사랑의 친밀감은 환영이며 조작된 상상력일 뿐 '많은 시간을 투자해도 우리는 상대방을

VII 앎과 깨달음에 대하여

모르고 앞으로도 영원히 모를 것이라고,

이 소설에 대해 논평한, 미하엘 하우스켈러 교수의 해제[35]를 인용하자면, 우리가 결국에 확인하는 것은 상대가 가면을 쓰고 있다는 사실이며 우리는 타인을 영원히 꿰뚫어 볼 수가 없다는 지적이다.

그런 의미에서 사람에게 쏟는 시간은 낭비이며 이는 우정에서도 성립한다고 유추할 수 있다. 우리는 관계와 유대 속에서 살아간다고 착각하지만 실제로는 '돌이킬 수 없는 혼자'이다. 그러므로 함께한 시간은 낭비요 잃어버린 시간이며 자기 자신을 위한 창조적 시간만이 소중한 시간이라 해석할 수 있다.

성공에 육박하거나 이미 성공했다는 근거가 무엇인지를 이제 알아챘을 거다. 여기서도 마찬가지로 누가 성공을 하든 말든 무슨 상관이냐고 거만한 눈빛으로 혹은 냉소적인 시선으로 지나칠 수 있다. 하지만 누구든지 자신이 성공한 인생이라 말하면 그의 성공을 인정하고 믿어야 한다. 타인의 기준으로 성공을 재단할 수는 없기 때문이다. 성공은 좋은 거다. 그것이 정신적 과실(果實)인 경우에 영속적으로 영향을 주고 효과를 발휘하기에 특히 그렇다.

우리는 끊임없이 관계 속에서 행복을 찾으려고 정신적인 사랑과 우정을 찾고, 성적(Sexual) 교섭대상을 찾고, 누군가와 함께 위락에 열중하며, 홀로됨을 두려워하며, 독존(獨存)을 부정하며 그 속에서 자신을 확인하며 위안을 받고 순간의 쾌락을 추구하려 한다.

하지만 자의식이 깨어 있는 사람이라면 끝내 낭비한 시간의 좌절을

◇◇◇◇◇◇◇◇◇◇◇◇

35) 미하엘 하우스켈러, 《왜 살아야 하는가》, 김재경 옮김, 청림출판, 2021

맛보게 된다. 그것은 아무것도 남지 않은 '흔적'이기 때문이다. 사랑이나 우정의 함께 한 시간의 무의미성을 깨닫는 순간 그것이 '잃어버린 시간'이었다는 자각이 들 수 있다. 왜냐하면, 우리는 아무리 노력해도 영원히 타자를 알 수 없고 그에 따른 외로움은 본질에서 뛰어넘을 수 없기 때문이다.

'우리는 타인의 무궁한 속내가 감춰진 봉인한 편지 봉투'만을 어루만질 뿐이라는 프루스트의 말을 곱씹어 보는 나이가 되면 이미 인생의 끝자락에 도달할 때쯤이 아닌가 싶다. 그는 관계와 유대에 기대기보다 홀로 예술적 창작에 무게를 둔다. 그것이 철인들이 흔히 말하는 '고독의 생산성' 같은 거다.

비인간적이지도 않고 사람을 싫어하지도 않아 계층 불구 여러 사람과 관계를 맺고, 때론 냉정할 때도 있으나 본질에서 인애(仁愛) 혹은 인애(人愛)를 무시하며 살지 않고, 인정을 베풀고, 배려의 순간도 제법 있었더라도 세상엔 영원한 동지도 친구도 애인도 없고 존재하는 것은 오직 짧은 현상일 뿐이다.

노년에는 관계에 큰 비중을 둘 수 없다는 사실을 깨닫는다. 아마 프루스트는 영원한 것은 창작이요 예술이라 보는 것 같다. 그 무엇이든 사랑이 승화하면 예술이 된다.

누군가 인생에서 성공에 근접했다고 판단하는 근거는 세속적 성취가 아닌, 이제야 비로소 '관계'에 연연하지 않고 홀로 살아갈 수 있는 자립의 토대를 구축하였을 때이다.

그야말로 자립(自立)이다. 그것을 가능하게 만드는 현실적 삶의 조건

Ⅶ 앎과 깨달음에 대하여

이 중요한 요소는 아니다. 현세적 성취를 위해 진력하다 지치거나 좌절하는 게 흔한 우리의 모습이고 설령 성취한 부분이 있더라도 또 다른 욕구에 휘둘리며 기웃거리며 함께 할 사람을 찾아 나서기 때문이다.

어쩌면 거지는 홀로서기에 성공한 사람이다. 남에게 구걸하지만, 일회성이니 집착하는 관계는 성립할 여지가 없기 때문이다. 관계 의존적 삶이란 지속성에 관한 문제다.

불자(佛子)들의 평생 수련의 목적도 속세와 관계 맺음 없이 '홀로 섬'이며 수도원의 수도자들도 보이지 않는 신과의 관계일 뿐, 보이는 사람과의 관계가 아닌 세상에서 '홀로 섬'이 아닐까.

하지만 목숨이 붙어 있는 날까지는 일용할 양식을 걱정하고 관계를 염려하고 건강을 걱정하는 삶은 누구에게나 마찬가지이다. 그렇지만 한정적이나마 그에서 벗어나는 일이 우리에게 자유를 가져다주고 창조적 일에 전념할 기회를 가져다줄 것이라고 믿는다. 그렇다면 '도도한' 성공이다.

사랑과 우정에 목매는 시간을 낭비한 '잃어버린 시간'이라는 프루스트의 견해에 동조하며 관계의 집착에서 어느 정도껏 벗어날 수 있으면 성공한 인생이라 볼 수 있다. 만일 기간을 단축하여 40대에 아니 50대라도 그걸 깨우친다면 ―사회생활을 영위하면서도― 조기에 성공한 인생이라고 예찬할 만하다. 자기 내적 자산이 있다면 '잃어버린 시간'을 만들어 내기보다 혼자서 꿋꿋이 가는 편이 좋아 보인다.

잃어버린 시간이란 흔적 없이 사라진 시간이다. 시간은 본시 흔적이 없이 지나가지만, 시간은 우리에게 무엇인가의 결과를 남긴다. 그러므로 잃어버린 시간이란 결과가 없이 사라진 시간을 의미한다. 그 시간은 결과가 없으니 안 해도 되는 일에 바친 시간이다.

잃어버린 시간의 표상은 단연 유흥, 위락, 주색잡기로 보낸 시간이다. 잡기에 열중한 시간은 대체로 잃어버린 시간에 속한다. 예컨대 직업이 아니라면, 공놀이를 백 번 하거나 천 번 하거나 무슨 차이가 있나. 때로는 휴식도 필요하지만, 위락장에서 죽이는 시간은 잃어버린 시간의 표상이다.

흔적 없이 사라지는 시간, 하지만. 그렇게라도 보내며 위로와 기쁨을 얻는다면 그 시간도 당사자에게 의미 없다고 말할 수는 없다. 그러나 무엇보다 억울하게 흘러간 잃어버린 시간은 단연 '사랑과 우정'이라는 Marcel Proust의 '잃어버린 시간'에 동감하지 않을 수 없다.

시간 낭비는 잃어버린 시간의 표상이다. 배울 점이 없는 사람, 음흉한 사람, 대의 파악 못 하는 우둔한 사람, 머릿속이 빈 사람, 짐승 같은 추동적 인간, 극단적 이기주의자, 우열의식이 강한 사람, 열등감이 지나친 사람, 대인 자존심이 지나치게 강한 사람(이런 사람은 내적 자존심은 없어), 경쟁주의자, 상호성을 무시하는 사람, 양심이 없어 염통에 털 난 사람, 빌린 돈 떼먹고 달아난 사람, 이중인격자, 왼뺨을 때려 오른뺨을 내미니 좌우를 번갈아 때리는 사람, 국물만 빼먹고 버리는 사람, 속아주는 줄도 모르고 속이는 바보, 암중모색 중인 사람, 공짜 좋아하는 바보, 피아를 구분하지 못하는 머저리 등은 잃어버린 시간 속으로 가버린 인간 목록이다.

태도가 불량한 사람은 초기에 단절해야 '잃어버린 시간'을 줄일 수 있다. 더구나 열정과 경비를 동반하는 잃어버린 시간은 이중 삼중으로 잃는 시간이다. 태도는 마음의 거울이기에 아무리 속여도 태도는 결국에 밖으로 드러나 그 마음을 알 수 있게 한다.

본인 역시 이 중의 어느 한 인간의 유형으로서 누군가의 뇌리에서 '잃어버린 시간 속'에 사라진 인간일 수도 있다. 특히 상호성을 존중할 필요가 있다. 상호성의 표상적 징표로서 반향의 메아리가 없다면 잃어버린 시간을 보내고 있는 셈이다. 잃어버린 시간이 안 되도록 시간을 의식하며 살아야 한다면 외계와 불필요하게 접하는 일은 줄이고 제자리를 찾아야 한다고 믿는다.

인생의 목적은 이기적인 '고감(苦減)'과 구원의 '죄감(罪減)'이 아닐까 싶다. 그러나 타인을 정죄(定罪)하고 싶은 마음은 실제로는 자신을 면책하려는 술수임을 자각하는 시기는 아무래도 인생 만년쯤이다. 죽음의 시간을 가늠해야 하는 처지가 되었을 때, 그렇게 살지 않았어야 했다는 후회가 밀려올 수 있다.

속되고 고약한 것들에 관심을 끊고 명상 후에 책상에 앞에 앉아 독서를 하거나 작문하는 시간은 생명의 시간이므로 불행하다고 말할 수 없는 순간이다.

창작이나 예술 작업은 고통스럽지만, 거기에 자기를 의탁하는 일이다. 거창하게 말하면 자기를 위로하고 구원하는 일, 자기 구원이다. 많은 양을 토설하는 대하 장편소설은 작자의 인생 전부를 투영하는 거대한 거울이며 세상을 향한 소리 없는 외침이지만 대부분은 잃어버린 시간에 관한 이야기일 수도 있어 시도해 볼 만한 가치 있는 일이다.

읽어버린 시간의 자각은, 시간의 소중함과 남은 시간을 어찌 살아야 하는가에 관한 지침을 줄 것으로 믿는다.

여가가 중요하다

"여가는 인간이 소유하고 있는 것 중에 가장 소중한 것."
"행복은 여가에 있다."

각각 소크라테스, 아리스토텔레스의 말이라고 전한다. 대개 철학서의 장황하고 방대함은 아마 반론이나 이론(異論)에 대비하거나 차단하고자 그 사실을 알고 있음을 적시하는 논리의 '방어(Defence)' 때문이 아닐까.

아무튼, 주제로 돌아가, '여가'는 일부러 낸 시간일 수도 있으나 분명히 남은 시간을 의미한다. 살아가며 저 사람은 왜 그리 바쁠까에 대해 의문이 드는 때가 많은 이유는 그렇게 바쁘게 살면서도 별반 성취한 면이 보이지 않는 경우도 흔하기 때문이다.

그 이유를 알 수도 있다. 모두 각자 자신의 경우를 살펴보면 되기 때문이다. 대개 안 해도 되는 쓸데없는 일에 몰두하다가 정작 해야 하는 일을 소홀히 하다 뒤늦게 일을 처리하려니 항상 바쁜 모습을 보이는 것은 아닌지 생각해 볼 필요가 있다. 그러므로 백수가 더 바쁘다는 말도 있다.

기획상 문제로 시행착오가 발생하여 바쁠 때도 있고 불필요한 일에 정신이 팔려 있어 여가가 안 난다고 생각할 수 있다. 물론 절대적으로 시간의 여유가 없는 불가피한 물리적 환경 속에서 일하는 육체노동이나 단순 업무 종사자의 바쁨은 바쁘다기보다 고단한 삶에 속한다.

VII 앎과 깨달음에 대하여

그러나 여러 가지 유익하고 건설적인 일을 할 때 시간이 오히려 더 많아 여가가 생기는 경험을 우리는 가지고 있다. 오늘 할 일은 이미 사전에 기획해 놓고 항상, 지금 무슨 일이 잘 못 돌아가고 있는지 인생 항해의 좌표를 확인해도 매일 시간은 남는다.

남는 시간에는 산책해도 되고, 책을 읽어도 되고, 음악을 들어도 되고, 잠깐 낮잠을 자도 되고, 이따금 사람을 만나도 되고, 누군가와 전화로 방담해도 된다. 잡기 끊으면 시간은 더욱 남는다.

가족 구성원의 신상에 관한 문제, 직업을 바꾸는 문제, 재산의 관리 등의 중요한 문제는 아무래도 오래 생각한 후에 신중히 판단해야 하므로 시간이 많이 소요된다. 하지만 '노는 일'은 그다지 중요하지도 않고 많은 시간 쓸 일도 아니다. 예컨대 매주 하는 놀이와 가끔 하는 것 사이에 어떤 차이가 있나? 카드놀이를 1시간 한 사람과 10시간 한 사람의 차이는 없으나 책을 1권 읽은 사람과 10권 읽은 사람은, 차이가 없는 듯이, 차이가 있다.

아무튼, 여가가 없다면 쓸데없는 일에 열중하고 있을 개연성이 크니 잘 못 살고 있지나 않은지 살펴볼 일이다.

누워서 일한다. 누워서 명상한다. 아주 편한 자세일 때 피곤하지 않아 머리가 잘 돌아가는 법이다. 일의 기획은 누워서 하다가 알아볼 정보는 그 자세에서 통신 장치로 알아봐도 된다.

중장년에는 이미 '노는 일'은 실컷 다 해보지 않았나? 의미 있는 일을 찾아야 한다…. 그건 각자의 몫이고 분야도 다 다르다. 물리적 작업 조건상 시간이 없으면 할 수 없으나 그렇지 않은 상황에서 바쁘다면 어떤 문제가 있는지 살펴볼 필요가 있다.

여가는 인생의 꽃이다. 여가만이 자신의 인생의 시간이라 봐도 과언이 아니다. 나머지는 직업의 시간, 밥벌이하는 시간이니 그렇다. 여가를 어찌 보낼 것인가, 그것이 문제다. 가치 없는 위락에 날려버리기엔 인생이 아깝지만 각인의 가치관이 다르니 뭐라 시비할 거리는 못 된다.

성철 스님의 말대로 "내 말을 믿지 마라!"는 뜻은 중생은 틀림없이 내 말을 듣고 그대로 실천하기 어려울 것을 알고 있다는 뜻인지도 모른다. 하지만 알고는 있어야 한다. 아는 사람은 언젠가 실천할 수도 있으나 모르면 아예 그것으로 끝이기 때문이다.

여가는 자신의 삶에서의 좌표를 확인하는 시간과도 같다. 여가를 통해 삶을 되돌아보고 재충전하며 깨달음을 얻고 새 삶을 기획하는 시간으로 삼을 수 있다. 여가의 중요성을 되새긴다.

2008 07 25 20 14

VII 앎과 깨달음에 대하여

하루에 3시간만 산다

하루에 3시간만 산다. 나머지 시간은 그냥 흘러가는 시간일 뿐이다.

환갑을 넘길 무렵 눈에 들어온 책은 로마 시대 철학자 Seneca의 《인생은 왜 짧은가》였다. 읽어볼 책의 선정은 대개 당시 마음 상태의 작용으로 어느새 환갑이 되었다는, 참으로 인생이 길지 않다는 자탄의 심정으로 그 책을 뽑아 든 것이다.

그 책의 요지는 인생은 짧지 않다는 거다. 사람들은 돈은 내는 데는 인색하면서도 자기 자신을 내주는 일에는 후하다고 그런다. 그러니까 자신을 내준다는 말은, 쓸데없는 가치 없는 일에 시간을 보내는 걸 빗대서 하는 말이다.

'인생은 왜, 짧은가?', 그 이유는 무변화, 무가치, 무생산, 무창조와 관련이 있는 듯하다. 인생이 짧다는 느낌은 무변화의 시간이 흘러 압축된 무위도식의 시간 때문이 아닐까 싶다. 오랜 시간 의미 없는 무위도식은 하룻밤의 꿈 같으며, 단 1년이라도 의미 있는 일로 시간을 보낸다면 10년보다 길게 느껴질 수도 있다. 시간의 상대성은 그토록 물리적 절대성을 뛰어넘는 속성이 있다.

주어진 인생의 시간을 가치 있고 의미 있게 만들고자 무엇을 할 것인가? 책을 읽는 이유는 가치 있는 삶, 의미 있는 삶, 보람 있는 삶, 성장하는 삶, 자신과 인생을 알아가는 삶을 추구하여 불행보다는 행복 쪽으로 내 마음을 돌려놓으려는 시도에 속한다.

글쓰기나 예술의 창작은, 타자의 평가와 상관없는, 가치 창조의 길이며 의미 창조의 수단이다. 입이 딱 벌어질 정도의 분량을 자랑하는 천 쪽이 넘는 방대한 저술을 어찌해냈을까! 곰곰이 따져보면 별거 아니다. 3년이면 1천일이 조금 넘으니 하루에 한 페이지만 쓰면 대작은 완성된다. 글재주 아닌 충분한 정신 자산이 있으면 그 정도 분량의 원고를 쓰는 일은 어려운 일이 아니다. 이렇게 3년에 한 번씩 저작이 나오면 평생 적어도 대여섯 권의 책을 펴낼 수 있다.

무변화의 일상적 1년과 여행하는 10일은 시간의 흐름에 대한 인식에서 기의 맞먹는다. 여행도 인생을 길게 사는 길이다. 변화는 가치 창조의 수단이다.

생애가 중하니 생계를 위해 일터로 나가는 일은 누가 봐도 신성하고 거룩하다. 그 밖에 아침부터 산책에 나서는 사람, 어떤 이는 떼를 지어 등반길에 오르고, TV 앞에 누워 있다 잠드는 사람, 또 어떤 이는 여기저기 돈 되는 일을 찾아 기웃거린다. 발길이 닿는 곳이 그의 가치가 숨어 있는 곳이라 보면 틀림없다. 가치는 자신이 판단하고 생각해 볼 문제다. 삶의 의미와 가치를 찾아 인생이 짧다고 느끼지 않도록 삶을 추스를 필요가 있다.

의미 있는 삶의 최대의 적은 정욕이다. 성난 파도와 같은 욕정의 물결이 지난 노후의 평안함은 생의 끝자락에 오는 신의 마지막 선물이 아닐까. 플라톤도 노년에 같은 말을 했다.

톨스토이의 마지막 대작으로서 일기 형식으로 된 《인생이란 무엇인가》는, 하루라도 가치 있게 사는 데 도움이 될 수 있는 책으로 좋아 보

VII 앎과 깨달음에 대하여

인다. 이와 유사한 제목의 《인간이란 무엇인가》 데이비드 흄의 인간 정념에 관한 책도 있으니 헷갈리면 안 된다.

스스로 인생을 가꾸고 가치 있게 만드는 일에 관심이 없는 사람은 그렇지 않은 사람을 비웃는 일도 있으나, 인생이 짧지 않도록 의미 있게 살 것을 강조한 세네카는 "너를 따르는 사람의 수에 관심을 두지 말고 질에 관심을 가져라. 어리석은 사람들이 너를 따르지 않는 것은 인간으로서 칭찬받을 일이다."라고 말했다.

생각하고 글을 쓰는 새벽의 3시간이 지나면 나머지 시간은 그냥 흘러가는 시간일 뿐이다. 그러므로 나는 하루에 3시간만 산다. 하루는 3시간이다.

우연이 필연을 만들고

평생을 돌아보며 우연과 필연을 생각한다. 인생의 시작은 우연이었으나 그다음은 우연이 필연을 만들어 내고 필연은 다시 우연으로 귀결되는 것은 아닌지 모르겠다. 존재의 시작은 그날이 아니고 다른 날의 성교였다면 또 다른 나로 태어났을지도 모르는 '부모의 우연한 성교'에서 출발한다.

'우연'에게 그 이유를 물어도 대답이 없는, 대답이 있을 수 없는, '우연'이다. 그러나 '우연'이 쥐여준 운명 아래 출발하는 인생은 본인의 감각, 생각, 의지 등으로 필연적 결과를 만들어낸다.

어떻게 생겨 먹었나, 어떤 재능이 있는가, 어떤 성품을 타고났나, 어떤 체질인가, 체격이 어떤가 등의 태생적 우연이 필연으로 작동하며 개인의 역사를 만들어가고 사회 · 국가적 우연 역시 결과적으로 역사가 된다.

우연은 의지와 상관없이 발생하는 일로서 우리는 그것을 운(運)이라 부르기도 한다. 그러니까 '우연=운'이라 여기는 것이다. 우연! 이거 무시 못 한다. 그러니까 운을 무시할 수는 없다는 말과 같다.

그날 술판을 벌이지 않았더라면, 주머니 속에 권총만 있었다면 역사는 다른 방향으로 흘러갔을지도 모른다. 내동 있다가 마침 그날 그 자리에 없어서 화를 면했다든지 그곳에 아파트가 당첨되는 바람에 이익을 보았다든지 아니면 반대로 망했다든지, 그녀(그이)를 만나 신세를 망쳤다든지, 아주 멀리는, 일본강점기 때 징집대열 속에서 걸어가다가 잠시 화장실 갔다 오는 동안 대열이 출발하여 본의 아니게 징집을 면했다는 아버지의 이야기도 있다. (그럼 나도 태어나지 않았을 수도···.) '우연'이라 받아들이기 거부하고 싶어도 우연으로부터 만들어진 필연은 받아들일 수밖에 없는 질서의 일종이다.

그러나 우연을 그다지 중요하게 생각하지 말아야 하는 이유는 대체로 우연보다는 필연에 따라 세상이 돌아가는 면이 훨씬 많다고 생각하기 때문이다. 우연은 우연이고 운은 운일 뿐 본인이 어찌 이를 조종하고 만들어 낼 수가 있을까. 결국, 우연은 우연으로 돌리고 운은 운으로 돌리고 나머지는 필연의 세계라 믿어야 할지도 모른다.

그러니까 잘 안될지라도, 결과가 바람직하지 않더라도, 고뇌하고 공들이고 진력하고 인정하고 수용하고 긍정하며 사는 수밖에 다른 도리가 없다.

'소요유'와 자유의 제한

클린턴이 사는 백악관 앞을 지나가는 여성들에게 만일 클린턴이 동침하자고 그러면 어찌하겠느냐고 물었다. 절대로 응하지 않겠다가 20%, 30%는 대통령이니 한번 고려해 보겠다고 말했고, 나머지 50%는 두 번 다시 하지 않겠다고 답했다고 그런다. 이는 오래전에 고인이 된 희극인의 작품이다.

그 녀석과 점심을 먹으러 식당에 들어가 오늘은 '더치페이'로 하자고 제안했다. 녀석은 웨이터가 다가오자 "여기 더치페이 두 개 주세요!" 하고 음식을 주문했다.

그 얘기를 또 다른 무감각한 친구에게 말하자, "그것 봐! 그놈은 공짜로 얻어먹는 주제에 언제나 비싼 걸 시킨다니까!" 이것도 그의 돈벌이 코미디 작품이다.

몽유는, 꿈속을 거닌다는 뜻이다. 자다 말고 일어나 밖으로 나가 거닌다는 몽유병은 정신병에 속한다. 하지만 몽유병이야말로 황홀한 세계다. 몽유는 망아(忘我)요 무아(無我)이며 실아(失我)이기 때문이다. 그러나 어찌 자신을 놓아주고 현실 속에서 살 수 있단 말인가. 몽유야말로 절대 자유 상태라고 볼 수 있다.

간혹 자신의 집을 짓기도 하지만 대부분 동물은 자연 상태를 이용해 살아가고 온종일 하는 일이라곤 먹이 찾아다니다가 배를 채운 후에는 잠을 자고 번식기에만 짝짓기하여 종족을 보존할 뿐이다. 먹고 잠자는 것

이외에는 아무것도 하지 않는 동물의 삶을 우리는 동물적이라 부른다.

먹고 자는 동물적 상태에 만족하지 않는 존재인 사람에게 만일 그와 같은 단순한 삶이 강요된다면 삶의 의미를 찾지 못해 스스로 목숨을 포기하는 사람도 삶을 포기하는 사람도 생길 수 있다.

앞서 코미디언의 말을 들으면서 웃는 이유는 몽유적 요소가 있기 때문이다. 클린턴이 어찌 지나가는 여자에게 그런 제안을 할 것이며, '더치페이' 뜻을 모르는 무식한 사람을 조롱하는 일도 금지된 몽환적(夢幻的) 현실이기 때문이다.

사람들이 그토록 성교를 한 번이라도 더 하고자 용을 쓰는 이유는 무아, 망아, 실아의 몽환적 'Sex fantasy'를 원하기 때문이다. 그러니까 몽유는 흔한 일상이 아닌 꿈속에서 노니는 정상적이 아닌 상태의 궤도를 벗어난 일상에서만 얻을 수가 있는 것이다.

몽유야말로 살만한 가치를 느끼게 해주는 절대 자유의 세계다. 이른바 《장자(莊子)》의 '소요유(逍遙遊)'도 자유롭게 노닌다는 뜻이다. 몽유는 자유다. 규격화된 일상에는 몽유적 자유가 없다.

일상적 실존의 탈피는 자유의 본질로서 여기에는 변화와 다양성이 생명이다. 조직에 몸담기 시작하면, 수단과 방법을 가리지 않고 위계 사다리를 여러 번 올라가야 하는 이른바 '승급'만이 지선인 사회와 맞닥뜨리며 이때 느끼는 숨 막히는 속박은 차라리 죽음과도 같은 질곡이다. 조직에 속하지 않아도 경쟁이 있는 곳에서는 승패가 갈린다.

사람들은 말은 안 해도 실존에서 탈피하여 엉뚱한 경험을 하고자 한다. 그것이 이 시대에는 기술이 되어 가상현실, 증강현실을 만들어낸다. 현실은 고정이요 가상은 환상이다. 가상현실(Virtual reality)에는 '내'

가 존재하지 않으니 허전하기 이를 데 없어 나온 게 증강현실(Augmented reality)이다. 증강현실에는 나의 의지가 반영된다. 코미디도 일종의 가상 현실을 넘은 증강현실의 세계다.

만일, 클린턴이 지나가는 여자에게 동침을 제한했다면 거기에 '나'를 대입하면 어찌 될 것인가! 이것이 증강현실이다. 사람의 두뇌는 아마 0.01초 사이에도 천국과 지옥을 오가며 엄청나게 빠른 마치 광속도로 위상 변화가 가능하다.

정신에는 문화, 물질에는 문명이란 말을 사용하지만, 크게 보면 문명은 문화에 귀속되고 종속되는 개념이라 문화라 통칭하여도 무방하다는 견해도 있다.

아름다운 음악을 들으며 꿈속을 거닐고, 미술품을 보며 몽환적 상상을 하며, 저자와 함께 책 속을 거닌다. 이것은 동물들이 하지 못하는 것으로 그러므로 문화 친화도는 인간다운 삶의 척도라 할만하다.

만일 먹고 자는 삶만을 지속한다면 진정 인간의 삶이라 보기 어렵다. 하루에 100만 원 버는 데 여념이 없고 심지어 그 삶을 자랑스럽게 여긴다면 다시 생각해 볼 여지도 있다.

그러나 변화와 다양성 속에서 정중동 혹은 변혁의 삶을 사는 사람은 주변에 드물지 싶다. 지난밤이다. 꿈속에서 내 곁에 어떤 여자가 등을 맞대고 누워 있었다. 그러다 화장실에 가려고 잠에서 깨어보니 한옥 마루 한 곁에서 마누라가 자고 있었다. 이거야 무슨 상황인가! 수습해야 하는데…. 자는 마누라를 깨워, 이 여자가 내가 말하던 '그 여자'라고 말하니 아내는 알겠다는 듯이 "아, 그 여자!" 하고는 별다른 말이 없었다. 악몽은 깨어나고 싶고, 길몽(吉夢), 환몽(幻夢)은 지속하기를 바란다.

사실 예술을 창작하는 사람들은 본질에서 몽환가이거나 몽유병자가 아니면 안 된다. 그렇지 않다면 모범생의 일기를 누가 읽고 누가 음악을 듣고 미술을 봐주겠는가?

아랫말은 《장자(莊子)》에 나오는 말이다.[36]

열자(列子)는 바람을 타고 올라가 마음대로 15일간 노닐다가 열닷새가 지나서 돌아왔다. 열자는 바람이 잦아지면 땅으로 내려왔다가 15일 후에 다시 이는 바람을 타고 올라가야 하는 조건에 처해 있다. 열자는 세상에 연연하지 않고 초연히 노닐었으나 아무것도 의지하지 않을 만큼 초연하지는 못했다.

《장자(莊子)》는 몽환적 열자(列子)의 삶을 예로 들어 '절대 자유' 상태에도 제한이 있음을 교시한다. 세상에서 자유의 제한은 법률이나 사회 관습 혹은 독재체제의 강압을 연상한다. 토요일마다 생활총화에 나와 자아비판을 해야 하고 아침마다 집 앞의 눈을 치워야 하며, 여자는 바지를 입을 수 없고, 하루가 멀다고 집단 노동에 응해야 하는 자유의 속박은 죽음과도 같은 세계다.

그러므로 자유를 지키거나 획득하고자 죽음을 무릅쓰고 투쟁을 하거나 전쟁도 불사한다. 하지만 자유의 제한은 외적 강압이 아닌 스스로 조성한 상태에서도 얼마든지 발생할 수 있다. 불가항력적 외적 조건이 그것이다. 바람을 타고 한없이 구름 속을 거닐고자 하였으나 바람이 그

◇◇◇◇◇◇◇◇◇◇◇◇

36) 《장자(莊子)》 제1편 7장 참고

치면 지상으로 내려와야 하는 열자의 처지가 그렇다. 그것이 인적 의지가 작동한 강요된 부자유가 아니고 자연 상태의 조건이기에 수용할밖에 다른 도리가 없는 것이다.

그러나 따지고 보면 강요된 속박이 아닌 스스로 조성한 자유의 제한이나 속박도 수도 없이 많다. 물질적, 성적 욕망을 제한 없이 구현하는 자유는 결국 자유의 속박을 가져오는 주범이다.

잠자고 싶은 욕망을 그때마다 충족시키면 결국, 목표 성취가 어려워 더 큰 자유의 속박상태가 조성된다. 젊어서 자유로이 노닐다가 준비가 소홀하면 노년에 실제적 자유가 없는 삶이 기다리고 있음도 자명하다. 거주 이전의 자유가 법으로 보장된다지만 재원이 소요되나 직장 형편 혹은 기타 이유로 그 자유를 만끽하는 사람은 거의 없다.

사람을 구분하고 분별하다 보면 스스로 자유를 상실하는 때도 많다. 타자를 비난하고 분별하는 말을 쏟아내다가 자신이 같은 처지에 처할 때면 자신의 자유를 제한할 수밖에 없다. 그러니 '침묵이 금'이란 말은 때로는 명언이 된다.

외적 요소에 의한, 즉 나의 의지와 무관하게 조성된 부자유 상태에 크게 분노하는 사람이건만 저 스스로 불러온 자유의 제한이나 속박에 대해서는 아무런 말도 못 한다.

혼인은 사실상 최대의 속박을 가져온다. 그렇다고 불혼을 장려할 수는 없지만, 온갖 의무와 부자유가 그로부터 유래함은 부인할 수 없다. 좋아하는 사람과 한세상 산다는 결혼의 환상은 현실 앞에 아주 간단히 부서진다는 걸 경험하지 않은 사람은 드물다. 사람이 어찌 세상에 나와 단 한 명의 이성만 사랑하며 살아야 한단 말인가. 논리적 사회적 인륜적 윤리적 합당한 이유가 있더라도 인간의 본성에 비추어 볼 때 혼인은 자유에는 속박에 가까운 제도라고 볼 여지가 있다.

자유, 자유, 자유를 외치지만 다만 타자가 조성한 강압과 속박의 부자유를 거부할 뿐, 우리는 숱한 부자유 속에 살아갈 운명이다. 무엇보다 슬프고도 불안한 존재인 생명체는 시간의 흐름에 따라 신체적, 정신적, 부자유에 처하고 만다.

자유의 본질을 생각한다. 자유의 속성을 생각한다. 자유가 부자유를 낳고 부자유가 자유 상태를 가져온다. 아무런 제한이나 조건이 없는 '절대 자유'는 영혼의 상태에서만 가능하다. 그러므로 생명이나 물질 아닌 진리가 영원히 우리를 자유롭게 한다고 볼 수 있다. 자유의 획득으로 또 다른 부자유가 기다릴지라도!

은퇴를 서러워 말아야 한다. 그놈의 먹고사는 문제 때문에 한국인은 평균 73세까지 일한다고 그런다. 그러다 병들면 종 치는 인생인데 언제 '소요유(逍遙遊)[37]'를 한단 말인가. 직위 없이 노는 걸 부끄럽게 생각하는 사회 풍토는 물질을 숭상하고 헛된 공명심에 자신을 남에게 내주는 일을 숭상한다는 뜻이다.

《장자(莊子)》의 '소요유'야 말로, 추구할 만한 인생의 가치가 아닌가 싶다. 몽유, 몽환, 가상, 증강, 코미디, 웃음 이거 살맛 나는 인생이 아닐까.

실상 술주정뱅이는 몽환의 대가라 볼 수 있다. 마시자마자 몽환의 세계로 돌입하여 몽유를 일삼으니 어찌 신세계요 동물과는 다른 높은

◇◇◇◇◇◇◇◇◇◇

37) 《장자(莊子)》, 제1편에 나오는 말로서 자유롭게 노닌다는 뜻.

차원의 삶이라 아니, 볼 수가 없는 것이라.

지독히 권위적 인상임에도 지휘봉을 잡은 Riccardo Muti, 지난밤에 Chicago Symphony Orchestra의 〈베토벤 9번 교향곡〉을 들으며 2022년 또 한 해가 세밑을 향해 가고 있음을 느낀다. 음악 속에서 오늘도 '소요유' 하고자 한다. 그러다 어느 날 '나'는 죽는다.

VIII

대화와 글쓰기에 대하여

대화에 대하여

네 사람이 모이면 세 사람이 한 사람의 말에 집중하기보다 인내심을 잃고 대화는 대개 두 편으로 갈라져 서로 다른 대화가 양쪽에서 진행된다. 만일 제삼자가 그 모습을 목격한다면 우스꽝스러운 장면일 수도 있지만 정작 당사자들은 별다른 생각이 없다.

네 사람 이상 다중이 모이는 자리에서의 대화는 더 이상하게 진행된다. 모두 자기 말을 하고 있다. 건성으로 듣다가 자기 말을 쏟아 내는 독백의 경연장이 동창회 같은 모임의 모습이다. 모임 참석 후에는 자신을 비롯한 다중이 섞인 중구난방의 대화에 허탈감이 들었던 경험은 누구나 가지고 있을 수 있다.

그런데 문제는 두 사람이 대화할 때도 발생한다.

듣는 척하지만, 건성으로 듣고, 실상은 자신이 할 말을 생각해두면서 자기 차례를 호시탐탐 엿보다가 급기야 기다리지 못하고 중도에 상대방의 말을 차단하고 끼어들어 자기의 말을 하고 만다.

이번에는 상대방이 마찬가지로 말을 자르고 들어와 자기의 말을 한다. 자신의 말이 끝나기도 전에 치고 들어온 상대에 대해 의도적이 아니더라도 갚음 심리가 작용하고 이런 과정은 대화 내내 지속한다. 이것은 대화가 아닌 독백이요, 광란이요, 일종의 주사 부리는 모습이다.

"대부분 인간은 극히 주관적이기 때문에 자신 이외에 무엇 하나 흥미의 대상이 되는 것이 없다."

어떤 심리학자의 말에 따르면, 글쓰기를 가르쳐주는 곳은 있어도 말하는 법을 알려주는 곳이 없다는 거다. 그 이유는 누구나 상식적으로 판단할 수 있고, 느낌상으로도 알 수 있으므로 대화의 기본예절은 그다지 교육이 필요한 부면이 아니라고 여길 수 있기 때문인듯하다.

그러나 대화 속에서 상대방에 대한 정서적 선호를 넘어 급기야 인격적 판단까지 내리는 경향도 발생한다. 대화해 보고 우리는 그 사람의 이기적인 면, 지나친 자기주장, 비타협성, 배려심 없음, 이상 성격, 무례나 비례를 발견할 수도 있기 때문이다.

대놓고 말은 안 해도 상대방은 이미 다 파악하고 있다고 봐야 한다. 인생이 꼬이거나 잘 안 풀린다면 어쩌면 대화의 기본예절이나 원칙이 존재한다는 걸 알지 못하기 때문인지도 모른다. 대화 기술을 잘 알고 있어 몸에 배어 있는 사람에게는 정서적 거부감이 발생하지 않아 호감을 살 수도 있다.

학술적으로 대화의 성격은 둘로 나눌 수 있다고 그런다. '심정대화'와 '사리대화'가 그것이다. 여기서 심정대화는 감정이나 감성 기반의 대화이고 사리대화는 사실, 논리 등의 이성적 대화를 뜻하는 것으로 생각된다.

"엄마, 이 문제는 너무 어려워요!"
"그거 뭐가 그리 어려워, 아주 쉬운 문제인데!"

"엄마 배가 고파요!"

"아까 먹었는데 벌써 또 먹겠다는 거야? 안 돼!"

문제가 어렵고 쉽고는 당사자의 판단이지 제삼자가 논할 거리가 못 되고 배가 고픈 아이의 느낌은 엄마가 부인할 수 없는 영역이다. 아이는 느낌을 말하고 있는데 엄마는 객관적 기준을 들이댄 거다. 여기서 발생한 심리적 배리는 두 사람 사이가 멀어지는 요인이 된다. 부부나 애인 사이도 그런 일이 반복되면 지쳐, 나가떨어지는 결과를 가져올 거다.

'심정대화'는 심정으로 이해하고 받아들여야 한다. 어렵다면 그런가 보다 배가 고프면 그런가 보다, 하고 이해하고 돌보면 된다. 그러면 일방의 심정적 단절이나 절망은 발생하지 않는다.

'사리대화'는 일종의 토론 성격을 띠며 서로의 생각을 말하는 경우다. 이 대화는 사실적 토의나 논리로 대응해야 맞다. 무슨 말을 해도 간단히 부정해버리면 대화는 거기서 끝이 나고 여기서도 정서적 배반이 나타나 말이 안 통하는 사람으로 여겨 경시하거나 증오하여 서로 등지는 사이가 되기도 한다. 이러한 사리의 부정과 정서적 배반은 사회적으로도 갈등과 반목의 요인이 되고 있다.

주변에서 '말을 잘하는' 사람을 만나보기 쉽지 않다. 대화법을 모르기 때문이다. 대화법을 평소에 생각해 본 적이 없고 배운 적도 없기 때문이다.

'말을 잘한다.', 대화법을 안다는 의미이어야 한다.

대개 '심정대화'는 장황하게 흘러가는 경우가 많다. 자신이 처한 심정을 토로하는 과정이니 말이 많을 수밖에 없다. 더구나 이런 유의 대화는 요약할 수도 없는 성격을 띤다. '부부 문제'를 상담하러 온 사람에게 요지만을 말하라고 하면 할 말이 얼마나 될까.

"아버지가 끝내 돌아가셨어!" 말한다면, 그의 부친의 사망 사실로만 파악하는 데 그치는 사람도 있고, 언제, 어떻게, 몇 세에 돌아가셨는지 물으며 여유와 관심을 두고 되묻고 수인사로도 위로의 말을 건네는 사람도 있을 수 있다. 여기서 보이지 않는 인격적 판단을 내리는 사례도 있다.

누군가와 대화하며 훈훈한 마음이 드는 때도 있으나 뭔가 공허하고 심지어 불쾌한 느낌이 든다면 대화에서 심정과 사리를 분별하지 못하는 불일치가 발생하였기 때문이라고 봐도 무방하다.

사람들은 세상에서 대접받고 이문을 챙기는 일을 무엇보다 중요하게 생각한다. 그리고 자존심을 내세운다. 스스로 자신을 높이는 일은 남에게 강요하여서 되는 일도 아니다. 그런데도 화가 나는 순간에는 대화법이고 뭐고 따질 겨를이 없이 '험한 말'이 나오는 게 사람이니, 평소에 아주 깊게 다짐해 놓아도 튀어나오는 못된 자아를 관찰할 필요가 있다.

대화 자세도 중요한 처세의 한 가지로 여겨지고 이 대목에서 인심을 잃거나 인격을 의심받는 예도 있다. 갑자기 급한 상황을 맞아 대처하고 있을 무렵 알고 지내는 사람에게 드물게 온 전화라면 '나 지금 바쁘니 나중에 연락하라'고 말하기보다 그의 말을 듣고 다음에 나중에 차나 한잔하자고 말하며 자연스럽게 전화를 끊을 수도 있다.

배려는 훈련이다. 판단이다. 난리가 쳐들어와도 예를 지키고 부끄러움을 알고 인내심을 가지는 일은 평소의 다짐이며 수양이 아닌가 싶다.

대화의 원칙과 기술을 익히는 일은 사회생활에서도 가정생활에서도 중요한 과제가 아닐 수 없다. 그러기 위해서는 우선 대화의 성격을 파악하고 있어야 한다. 사리(논리)로 대응할 것인가 감성(감정)으로 대응할 것인가 즉각 판단해야 할 거다.

VIII 대화와 글쓰기에 대하여

글쓰기에 대하여

소통수단으로서 대화는 양방향 소통 장치이지만 만일 자기의 말을 독점적으로 하고 싶은 독백 거리가 있다면 글을 쓰는 편이 좋다. 소통수단으로 글월은 동시성이 없는 일방향 소통형태로 이루어지기 때문에 실컷, 맘껏 말해도 비난의 대상이 아니다. 대문호들의 작품이 엄청난 분량인 이유도 여기에 있는지도 모른다. 마음 놓고 시간에 구애됨이 없이 할 말을 다 하는 것이다.

여기에는 작자의 심경을 표하는 대화도 나타내고 논리성을 띠는 성격의 글도 있다. 심정을 피력하는 글은 마땅히 주어가 '나'가 될 수 있고 사리를 따지는 글에서는 객체가 주어가 된다. 전자가 주동태 문장이라면 후자는 피동태 문장 형식을 띤다.

논문의 문장이 목적어가 주어가 되는 피동태(수동태) 형식을 취하는 이유는 발견한 사실, 관찰한 사실, 분석한 결과 등의 대상이 중요하지 그 주체인 저자는 누구이든 상관이 없기 때문이다. 더구나 저자의 이름은 이미 논문의 제목 아래 적혀 있으니 구절마다 '나(I)', 혹은 우리라는 주어를 쓸 필요가 없다.

그러나 문학의 분야에서는 누가 그렇게 느끼고, 생각하고, 경험했는지 주체를 명기할 필요가 있다. 그러다 보니 '나'라는 단어가 자주 튀어나올 수도 있다. 그렇더라도 소설이 아닌 수필형식의 글에서 '나'를 주어 삼아 노출하는 일은 다소 천박하고 이기적으로 보이며 때로는 독자에게 불필요한 상상을 유발하기도 한다.

　글이나 대화에서의 장황함은 자기의 주장을 보다 근본부터 순차적으로 설명하려는 도입부라고 봐야 한다. 사리를 따지는 글이나 대화에서는 사전에 방어망을 구축하고자 사설이 길어지는 수도 있다. 글을 읽을 때도 앞서 언급한 타인의 말을 들을 때와 마찬가지로 자신과 관련이 없는 부분은 대강 넘어가고 조금이라도 자신과 관련이 있으면 경청하거나 정독하게 된다. 사실 이런 경향은 화자나 작자가 말하고자 하는 요체를 파악하는 데 지장을 초래할 수도 있다.

　한편으로 자신의 이해와 상충하거나 허영심에 상처를 받거나 알지 못하고 경험하지 못한 것에는 침묵하기보다 기어이 자신을 위무하고자 엉뚱한 반응을 보이는 것이 요즘 세상에는 댓글로 나타나 조롱과 질투로 표출되어 좋은 댓글이 주는 교훈 혹은 격려와 대비된다.

　아무래도 '나'를 주어로 하면 말이 많아지며, 소설은 수많은 '나'에게 이름을 부여하여 만들어낸 이야기에 불과하다. 알고 싶지도 않은 '나'에 대한 장황한 설명은 독자에게 지루함을 주고 그렇지 않아도 책 읽기 싫어하는 사람들을 실망시킨다.

　공적인 자리에서 장황한 주장은 지루한 인상을 주고 때로는 화자가 욕심이 많아 타자의 발언 기회를 잠식한다거나 심하면 머릿속이 정리가 안 된 머리 나쁜 사람으로 비치기도 한다. 공적 대화는 짧게 해야 하고 사적 대화는 대개 잡담이므로 크게 구애받을 일은 아니되, 장황한 말투는 상대를 독점하려는 무리하고 무례한 염원이므로 될 수 있는 대로 하지 않는 편이 더 좋다.

　그러나 서책은 길어도 문제 될 것은 없다. 서양의 철학자가 쓴 책은 보통 8백 쪽이 넘는 책도 아주 흔하다. 도대체 무슨 말을 하려고 이렇게 장황하게 말을 늘어놓는지 따분하고 싫증 나 참지 못하고 중간에 읽다 마는 일도 흔하다. 하지만 서책은 쌍방대화가 아닌 일방 대화이므로 장황하여 읽지 않는 독자에게는 문제가 될 일이 아니다.

대화와 마찬가지로 글을 크게 나누면 세 부류다. 심정을 토로하는 글, 사리를 따지는 글, 사리와 심정이 뒤엉켜있는 글이 그것이다. 심정은 생각과 감정이므로 그 흐름을 따라 쓴 글은 자신을 속이지 않는 한, 수정할 것이 많지 않으나 사리를 따지는 글은 경우가 다르다.

사리는 온전한 이성이다. 이치에 맞지 않는 말, 비논리적 문장 구조, 고증이 안 된 사실, 보편성 없는 주장, 편견, 불합리한 사고, 논증의 불합리성, 불명확한 원전 등은 모두 수정의 대상이 된다. 또한, 사리는 단순 명료해야 하므로, 산만하거나 군더더기가 없어야 한다. 논지가 불명해 주제 파악을 어렵게 만들어 독자를 괴롭히고 혼선을 주면 안 된다.

사리를 따지는 글로써, 논문이나 중수필은 앞서 말한 이유로 저작이 간단치 않다고 생각할 수 있다. 그런 글은 쓰는 시간보다 수정하는 데 더 많은 시간이 소모될 수 있다는 사실을 알게 된다. 또한, 짧은 글이라도 무거운 주제를 가볍게 다루면 아귀가 맞지 않아 어색하고 궁색해 보인다.

심정의 글이라 볼 수 있는, 시 혹은 경수필 등은 어찌 표현하든 옳고 그름이 있을 수 없다. 개인의 감성이 드러나거나 경험을 기록한 글은 작자가 풀어 제치는 대로 독자는 받아들일 수밖에 없기에 미학적 관점에서의 문제만 남는다.

누군가 추워죽겠다면, 이 정도 날씨가 뭐가 추운가 따질 일이 아니고 그에게는 추위를 느끼는 온도거니 여기면 되고, 누군가 마음이 아프다고 말하면 그런 일로 마음이 상하면 안 된다고 따져 무엇하랴.

감성적인 글은 타고난 자질이 없으면 쓸 수 없는 한계가 있다. 순수한 감정을 표하는 시와 달리 산문에는 사리와 심정이 혼재된 경우도 많다. 사실, 신문의 사설도 그런 성격을 띤다고 볼 수 있다. 사리를 따진 후에 감정을 표하고 그 반대 경우도 있다.

논단 성격의 글을 감정적으로 대하고 감성적인 글에 논리의 잣대를 들이대면 정서적 배반이 발생함을 알고 있어야 한다. 그리고 소통수단으로서 말과 글의 차이를 생각해 보는 것도 유익함이 없다고 볼 수 없다.

출판사 사장님은 사업하는 분이다. 책은 무조건 팔려야 하기에 가장 중시하는 부분은 책을 구매하는 계층을 의식하는 일인 듯했다. 생각하기 싫어하는 독자들은 직관적인 것, 혹은 실익을 안겨주는 책이 아닌, 관념적인 글은 모두 외면한다. 더구나 이 시대는 공짜읽을거리도 넘쳐난다.

멋모르고 내질러 쓴 글을 발간물로써 만들려니 뜻밖에 망설임이 다가온다. '뜻밖에'란 말은 이미 두 번의 발간 경험이 있음에도 이번에는 예상 밖에 망설임이 있다는 뜻이다. '무식하면 용감하다', '알면 알수록 어렵다', 여기에 해당했다. 오랫동안 한 분야에서 일한 사람들에게서 흔히 들을 수 있는 말은, "하면 할수록 어렵다.", "알면 알수록 어렵다."이다. 직업도 아니면서 겁 없이 달려든 글쓰기가 10년쯤 되어가니 이제 어려운 줄을 알겠다. 그 이유는 초기의 자기 속을 벗어나 점차 자신의 글을 대상의 처지에서 바라보는 객관화 과정에 들어갔기 때문인 것 같다.

원고를 정리하며 화법을 '나' 위주의 능동태에서 사실 위주의 수동태로 바꾸는 일이 가장 큰 일이다. 본래 소설이 아닌 한, 글에서 '나'라는 단어가 많이 보일수록 글의 가치는 추락하고 본시 고상한 독자는 작자보다 그 내용을 주목할 뿐이다.

세계적인 작가로 인정받는 '무라카미 하루키', 43년 전 쓴 소설을 개작하여 다시 출간했다는 소식이 들린다. 그 이유를 알게 하는 대목은,

"그 무렵에는 아직 소설을 쓰는 법을 잘 몰랐다."

무라카미 하루키의 개작 시도를 이해할 수 있다. 그런데 의문이 생긴다. 개작으로 완전해지는 걸까? 아마 끝없이 완전성을 추구하는 속성이 있는 작자는 그래도 고치고 싶을 거다. 책이 인쇄에 들어가기 전에 저자에게 마지막 교정용으로 보낸 PDF 파일을 받아보고도 또 고치고 싶어지는 것이 작자의 심경이다.

망설임 속에 6년의 세월이 흐르고 원고는 수천 쪽이 넘었다. 원고 정리를 하면서 이것이야말로 여러 성분이 섞인 토사물 같다는 생각을 한다. 분리작업을 한다. 고칠 곳이 아주 많이 발견되었다. 대중이 읽지 않는 책이라면 이것을 누구에게 줄 것인가? 답을 찾았다. 헌정 대상을 찾은 거다. 고맙고, 미안한 사람들이 그 대상이다. 세상에서 의미 있는 사람은커녕 개인에게도 '의미 있는' 사람이 되는 일조차 쉽지 않다.

나는 누구에게 미안하고, 누구에게 고마움을 표해야 하나? 고마움이나 미안함의 대상이 되는 일과성의 일은 있어도 생애에 지속적 고마움이나 미안함의 주역은 누구일까?

암시적 표현, 명시적 표현

"자기 속마음을 전부 말하는 사람은 바보다."

간혹 강의시간에 학생들에게 던지는 짧은, 인간 교육 메시지다. 인간의 내면에는 선악, 미추, 무지, 무의식, 무정견, 무관심, 동물성, 간교함, 시기심, 우월감 등이 뒤섞여 공존하기에 있는 내로 속마음을 털어놓으면 여기저기서 공박이 생기고 비난이 일고 의문이 꼬리를 물어 부정적 견해가 난무할 것이다. 그야말로 수습하기도 이해하기도 어려운 상황이 닥친다. 표현의 '명시성(Explicit)'이 가져오는 결과이다.

영악한 사람은 타자가 어떤 경우에도 살짝 마음 일부만을 내비칠 뿐, 자신을 잘 알아볼 수 없도록 완곡하게, 모호하게, 현란하게, 모순되게, 난해하게, 헷갈리게 하는 수법을 구사하기도 한다. 표현의 '내재성(Implicit)'을 구가하는 모습이다. 대개 말을 어렵게 하는 의도는 여기에 있다고 봐야 할 것이지만 현명하게도 자신을 전부 노출하지 않는 수법은 무리 없이 그럭저럭 사회생활을 영위할 수 있게 하는지 모른다. 만일 속마음을 다 드러내면 유지가 가능한 '관계'는 하나도 없기 때문이다.

그러므로 말로서 속마음 즉, 인간을 파악할 수는 없고 행동이나 태도 그리고 주변의 정황을 살핌으로써 어느 정도 그 사람의 실체를 추리해 볼 수 있다. 하지만 그런 일이 필요할까? 말하는 대로 믿고, 써 보인 대로 믿으면 그만이 아닐까? 이 또한 애매한 표현일지라도 일부는 맞고 한편으로는 틀린다고 말할 수 있다.

평상시에는 있는 대로 믿어주면 되지만 중대한 일을 도모할 때는 상대방의 정체를 알고 있을 필요가 있다. 배신의 씨앗은 그 내면 깊은 곳에 자리 잡고 있기 때문이다. 비밀스러운 일을 도모할 때, 관여한 인물이 2인을 초과하면 비밀은 담보할 수 없는 경우가 많고 때로는 2인이 아는 비밀도 이해관계가 얽히면 발설하는 예도 있다. 그렇지만 선악, 미추 관점에서도 속마음을 다 털어놓기보다 내면에 존재하는 부정적인 면의 노출을 삼가는 편이 더 좋아 보인다.

노벨문학상을 받은 작가는 글을 잘 쓰려 하지 말고, 정직하게 쓰라고 주문한다. 정직하게 쓴 글인지 아닌지는 본인만이 아는 사실이지만 독자도 어느 정도는 알아차릴 수 있는 정황이 있다. 실제로, 인용부호로 처리하는 등장인물의 대사는 대개 작자의 말을 대신하고 있다고 여겨지기 때문이다.

사사건건 시비하는 사람이 미련해 보이지만, 실상 어떤 면에서는 정직한 사람이라 생각되기도 한다. 실제로 사람들은 속마음을 일부만 드러내고 살아가고 있다. 다 드러내면 관계는 모두 파탄이 나고 말기 때문이다.

때론 너무나 영악해서 혹은 머릿속이 텅 빈 무(無)정견이어서 일절 속이 드러나지 않는 사람도 있다. 그것도 처신의 한 방편일 수는 있으나 그래서는 동지를 얻기는 어렵다.

서책에서 논란의 여지가 있거나 실상을 까발리는 중요한 말은 발견할 수 없어 나름대로 문간을 읽고 이해해야 하는 때도 있다. 선악과 미추가 공존하는 인간 내면을 100% 드러내는 말은 미학의 관점에서도 바람직하지 않다.

욕설하는 사람을 흉을 보고 인격을 의심하기도 하지만 실상 욕은 필요하여 만들어진 말이다. 욕설은 때로는 감정표현의 함축적 수단으로 의도적으로 발설하는 때도 있다.

컵 속에 물이 꽉 차면 흘러내리듯이 생각이나 느낌이 흘러넘쳐 글이 되고, 음악이나 미술을 만들어 내기도 한다. 음악과 미술은 구체성에 따른 문제 제기가 없는 예술 분야라는 측면에서 창작의 자유도가 높다고 볼 여지도 있다. 왜 그렇게 작곡하고 왜 그렇게 그림을 그렸는지 따지는 사람은 없기 때문이다.

문학은 언어라는 공인된 부호를 사용하는 명징한 의사 표현이라는 관점에서 사진과 유사하고, 그렇지 않은 음악, 미술상의 표현과는 구분된다. 문학이 명시적 표현이라면 음악과 미술은 내재적 표현의 결과물이라는 측면에서 자유도가 높다고 볼 수 있다.

사진에 관심을 두는 계기가 그림의 대리 수단으로 여기기 때문일 수도 있다. 그렇지만 사진은 있는 그대로를 찍는다는 면에서 예술성을 띠기 어려운 측면이 있어 사진에서는 주제가 중요하여 무엇을 말하려는 사진인가 명시적으로 설명할 수 있어야 한다. 무조건 사진기를 들이댄다고 사진이 되는 것은 아니고 그것은 쓰레기 같은 거다.

주제로 말하면 그림도 마찬가지다. 고흐 같은 화가는 그림의 저작 배경을 설명하는 것 같았다. 주제가 있는 그림을 그린 것이다. '명시적'이 아닌 '암묵적' 예술인 까닭에 음계의 제한에도 불구하고 자유도가 높은 예술은 음악이 아닌가 싶다.

다시 처음으로 돌아가 속마음을 모두 털어놓는 일은 하지 않는 편이 좋다. 앞서 말했듯이 마음속에는 잡초도 자라고 있기 때문이다. 그렇다고 완전히 무정견, 불통, 무반응은 사람을 질리게 만들어 아무도 나의 편으로 여기지 않을 수도 있으니, 'Implicit', 'Explicit', 세계의 적절한 조화가 세상살이에 필요한 지혜가 아닌가 싶다. 계량적으로 말하면 절반 조금 못되게 속마음을 말하고 사는 편이 좋지 않을까 주관적으로 생각한다.

문학과 사진은 명시적 성격의 예술이고, 음악과 미술은 암시적이고 다중적 해석이 가능한 예술의 세계다.

표절의 문제

대세는 훔친 글이런가!

언젠가 50대 후반 가게 손님과 대화 중에, 이제 술을 단주하거나 금주해야겠다고 말하니, "그 연세에 술을 끊어서 무얼 해요." 그런다. 나이가 좀 들었으니 술이나 마시다 죽으면 되지, 끊고 말고 할 것도 없다는 뜻으로 한 말일 거다.

객관적 시각이므로 불쾌할 이유는 없고 그런 생각도 할 수 있다고여겨 수긍했었다. 술을 끊을 필요 없다고 내게 말한 '그 사람'의 얘기를 글쓰기에도 적용하면 이런 비슷한 얘기를 할 수도 있겠다.

"직업작가가 되려는 의도도 없이 그 나이에 글을 써서 무엇해요, 돈이 생길 하나 알아주길 하나…." 글쓰기는 흘러넘친 의식의 소산일뿐, 의무감이나 강박감 아래서라면 고역이며 불가능할 수도 있다.

과학 분야 연구 주제를 정할 때, 제일 먼저 하는 일은 지금 하려는연구가 이미 누가 발표한 것이 아닌지 검색하여 알아보는 일이다. 그것이 불가능한 인문 분야에서 시대상으로 훨씬 뒤에 나온 글이 앞서 나온글귀와 비슷하다면 누가 봐도 표절 의심을 받을 만하다.

오래된 고전을 읽으며 자신이 쓴 글과 비슷한 구절을 발견할 때 가끔 놀라는 일도 있다. 그 이유는 표절 시비 때문이다. 그러니 자신의 말이라도 타자가 먼저 말한 것이 확인되면 하는 수없이 차라리 인용부로 처리하는 편이 마음이 편하다.

책을 읽지 않고 온통 남의 블로그 글을 편집한 것으로 책을 펴낸 경우도 상당히 많아 요즘 이 나라에는 표절의 개념도 별로 없는 듯하다. 아예 어떤 이는 문헌도 아닌 블로그 주소를 참고문헌의 목록에 넣는 경우도 보인다. 표절보다는 낫지만, 블로그의 글은 무책임하고 부정확하고 훔쳐온 글이 많다는 점이다. 근본적으로 블로그의 글을 참고문헌으로 인정할 수 있는지 의문이 든다.

소설에는 참고문헌의 표시가 없는 경우가 대부분이지만, 아주 오래전에 나온 중세 이전의 소설에도 주석이나 참고문헌 목록이 보인다. 수필 중에 신변잡기 형태의 경수필이든, 논문과 유사한 논단 형식의 중수필에서는 인용부의 출처를 밝혀야 한다.

그런데 이 나라의 산문은 그렇게 쓰인 책이 거의 없다. 그러다 보니 표절이 난무하여 어떤 책은 전거 표시 없이 마구 표절한 구절만을 모아 책으로 만들고, 제호도 원전과는 사뭇 다르게 변조하거나 아예 다른 이름을 붙여 출간해도 아무도 문제 삼지 않고 판매도 잘 된다. 시중에 떠도는 명언은 거의 출전을 모르는 표절의 행렬이라고 봐도 무방하다.

도무지 이 시대를 어찌 받아들여야 하는지 하루에도 몇 번씩이나 고개를 설레설레 흔들게 된다. 그러기에 눈 감고 귀 막고 살아야 마음에 파문이 일지 않고 수긋하게 살 수 있을 것이지만 지금 시대는 눈·귀를 가리고 생존할 수 없는 시대라 여겨진다.

시대는 바야흐로 인공지능 시대를 맞아 표절이 대세가 되어 인공지능으로 좋은 글귀만 인용해 책 만들어 파는 출판사가 난무할 모양이다.

한국 수필은 문헌상 근거를 표기하지 않아도 아무도 문제 삼지 않지만, 개선해야 할 풍토가 아닌가 싶고 스스로 용납할 수 없는 처사이다. 원전에서 찾아 인용부를 표시하는 일은 엄청난 시간과 노력을 요구한다. 그리고 읽어 보지 않고 남의 말을 재인용 하기도 꺼림칙하다.

한편, 번역자도 믿을 만한가, 이런 의문도 있다. 알면 알수록 책을 발간하는 일은 두렵다. 무식하면 용감하다고, 겁 없을 때 저질러야 하지만 시간은 자꾸 흐른다.

독자에게는 아무 상관도 없는 일로 여겨질 수 있으나 또 어떤 이에게는 못마땅하고 어찌 대처해야 하는지에 망설임과 찝찝함으로 다가온다. 계속 글을 써야 한다는 강박감 아류의 감정은 있을 수 없고 또 그런다고 글이 써지지도 않는다. 글은 컵에서 흘러넘치는 물을 담아놓은 것과 같다.

인공지능과 더불어 예술 세상은 더욱 거짓과 거대한 사기 앞에 내몰린 모양이다. 그림도 위작, 글도 표절, 디자인도 표절, 노래도 표절, 광고도 표절, 상품도 표절, 전문가 영역도 표절!

세상에 지치고 염려하는 나에게도 지치고… 이제 인공지능을 따돌리는 작법만이 살아남을 듯하다.

이제 개인의 역량이 아닌 기계의 도움을 받아 소재를 개발하여 글을 쓸 수 있는 시대가 도래하였다. 물론, 기계 냄새는 난다.

정치인이나 말솜씨 좋은 사람의 얘기는 듣고 보면 무슨 말을 들었는지 머릿속에 남는 것이 없다. 이제 번드레한 알맹이 없는 특징 없는 글은 틀림없이 '기계 귀신'의 작품으로 여겨질 태세다. 본래 말 잘하는 사람의 얘기가 알맹이가 없듯이 글이 번드레하면 속임수의 글로 여길 것이다.

그렇지 않아도 표절의 문제가 심각한 작문 분야에서 이제 짜깁기 실력이 더욱 중요하게 될 전망이다. 하지만 읽어 보면 알 수 있다. 냄새가 난다. 그러나 대중은 속을 것이다.

그렇더라도 창작 본연의 세계에 큰 영향을 줄 것 같지는 않다. 정보수집을 기본 바탕으로는 하는 글쓰기는 창작의 성격을 띨 수는 없다. 왜냐하면, 정보는 이미 존재하는 것이라는 비창작적 한계성을 지니기 때문이다.

그리고 지식정보 기반 인공지능은 사실에만 충실할 뿐, 예술성의 본질인 아름다움 같은 감정의 표현에는 전적으로 무능하고 이야기의 배경설명도 어렵기 때문이다. '기계 귀신'의 작문은 마치 기계가 읽어주는 이야기 같다. 지금의 챗지피티는 한 가지 도구이고 그 이외에도 여러 인공지능이 출현하고 있으니 포괄적으로 인공지능의 글쓰기를 '기계작문'이라고 불러도 될 것 같다.

인터넷 시대가 도래한 새천년, 누가 검색을 잘하는지 시합도 있었다. 즉, 검색 키워드를 잘 선택해 단박에 정보를 알아내는 경기였다. 이제는 인공지능을 잘 이용하려면 '논리 구조'를 먼저 세우고 그에 따라 질문하여 짜깁기하면 기계작문이 완성되어 사이비 창작이 가능한 시대가 되었다.

이전에도 그랬지만 이제는 정말로 블로그의 글을 믿으면 안 된다. 위작일 가능성이 크다. '기계작문'을 자신의 글로 사기 치는 시대가 되어, 진정한 개인의 정신 가치를 확인할 수 없는 시대가 도래하였다.

논평, 논단, 사설, 논설, 수필 심지어 연애편지까지 혹시 기계가 쓴 것이 아닌지 의심하는 시대가 되었다. 이것은 위작의 혁명이며, 대량 표절의 혁명이며, 제도권 문화 절도이며, 사이비 창작의 완성이며, 문화 평등의 혁명이라 할만하다.

본래, 말보다 글이 그 사람의 생각을 심층적으로 알아볼 수 있는 도구인데 이제는 '기계작문'으로 그런 시대가 가고 오히려 말을 통해 진실과 내면의 깊이를 알아봐야 하는 시대로 가고 있다.

기계가 인간을 대신하면서 인간 정신은 주체를 상실하고 인간의 정체성은 흐려지고 피상적 개성은 더욱 괴멸되고 모두 기계형 인간이 되어간다. 로봇이 되어간다. 누가 누구인지 구분할 수가 없다. 누구의 생각인지 알 수가 없다. 누구의 말인지 알 수가 없다. 모두 같은 말을 하고 같은 생각을 한다. 기계가 시키는 대로 한다.

아마 성경에서 말하는 종말이며 말세는 그렇게 기계 인간으로 다가오는지도 모른다. 진실인지 허위인지 구분할 수 없는 시대, 한 사람의 정체가 무엇인지 알기 어려운 시대가 오고 있다.

작용에는 언제나 반작용이 따른다. 오히려 문화계는 정직한 풍토를 조성하는 계기가 될 전망도 가능하다. 표절로 오해받지 않으려면 단단한 준비가 필요하다.

문헌상의 근거를 모두 제시하지 않은 글을 모두 '기계 귀신'이 쓴 글로 간주하면 된다. 개성이 드러나지 않고 번드레하게 매끈하게 쓴 글은 인공지능의 표절성 작문일 개연성이 크다.

인공지능을 활용하지 않았다는 걸 입증하는 일이 글쓰기에서 중요한 과정 요소가 되었다. 논문처럼 문헌상의 구체적 근거 제시(인용부위 명시)가 우선 중요하고, 기존에 없던 새로운 창작이어야 하고 (본래 창작이 그런 것이지만), 기계가 못하는 스토리텔링을 구성하고, 지극히 개별적이고 개인적 경험과 소회로 차별적으로 글을 써야 하고, 대화형 문장을 구사하고, 기계가 못하는 작품도 구축해야 할 거다.

인제 한 사람의 생각을 알려면 편지로는 안 되고 방법은 한 가지,

"만나보자!"

"만나서 대화해 보자!"

"너를 설명해 봐!"

그리하여 '너'의 속을 까볼 수 있도록!

이거야 원, 간편한, 간접소통의 시대를 맞이한 줄 알았는데 이제는 글로는 너를 못 믿는 시대여서 만나야 한다면 시간과 경비가 많이 드는 시대로 가는 것은 아닌지 모르겠다.

하지만 대중은 어리석으니 이걸 깨달으려면 또 반세기가 지나가야 할지도 모르지! 너나없이 책을 안 사고 안 읽는 시대이니 그리 문제 될 것도 없네, 하고 말하는 소리가 들린다.

정신이 뭘 그리 중해? 먹고, 마시고, 놀면 그만이지!

왜 쓰는가?

왜 쓰는가?

자기 구원의 글이다.

책의 제목이 《전쟁 같은 맛(Tastes Like War)》이다. 이미 소설의 내용은 알려진 것처럼, 양공주였던 어머니의 삶과 시대상을 그린, 미국 뉴욕 시립대학에서 사회학 교수인 '그레이스 M 조'의 작품이다.

자랑스럽기는커녕 정말로 숨기고 싶은 가족사를 책으로 발간한 그녀의 심경은 앞서 주장한 '자기 구원' 아니고서는 설명할 방법이 없다.

한국에서도 추방당하고 미국에서도 발붙일 곳 없는 '엄마의 삶은 추방의 연속이었다'. 그녀는 사회학자로서의 당대의 분석보다 엄마의 삶을 회고하면서 이 글로써 한이 맺힌 어머니의 인생을 되살리고자(구원하고자) 하였고 이는 곧 자신을 구원하는 일이 되었다.

제목도 참 이상하다고 여겼으나 전쟁 같은 맛이란 분유를 두고 지칭한 것이다. 아마 기지촌에서 미군이 주는 분유에 진절머리가 난 엄마는 양공주 생활을 청산하고 미국으로 건너간 후에도 분유를 먹지 않았다. 엄마는 분유가 '전쟁 같은 맛'이라고 말했고 이것이 소설의 제목이 된 것이다.[38]

◇◇◇◇◇◇◇◇◇◇◇◇

38) 그레이스 M. 조, 《전쟁 같은 맛》, 주혜연 옮김, 글항아리, 2023, p.39 참조

1950년대 중후반, 내가 자라던 대전의 중심부인 대흥동에도 미군 부대 콘센트 막사가 있었고 그 둘레는 철조망이 쳐 있었다고 기억한다.

　　"김미 껌.", "초코렛 기부미." 하고 외치던 예나 지금이나 낯 두꺼운 애들도 있었다. 그러면서 지나가는 젊은 여자를 보고 사람들이 저 여자 '양공주'라고 놀려댔다. 어린 나의 눈에는 그 여자가 공주 같지가 않았다.

　　동화책에서 보는 공주는 아주 좋은 옷에 화려한 장식과 이쁜 얼굴이어야 하지만 아마 그 '양공주'는 껌을 쩍쩍 씹어 대며 슬리퍼를 끌고 거리를 활보하지 않았나 상상한다. '양공주'의 뜻은 한참 후에 어른이 되어서 알았지 싶다.

　　글을 통해서라도 엄마의 일생을 위로하고 같은 운명으로 살아간 동시대의 인물과 그 사회를 조망하는 이 소설에서 '양공주'의 삶보다 절반만 한국인인 작자가 양공주 어머니에게서 들은 당대의 시대상을 알아볼 수도 있다. 그 책에 관심을 두게 된 이유는 배경이 1950년대 전후(戰後) 미군이 거리를 활보하던 시대로의 시간 여행처럼 느껴졌기 때문이었다.

　　'자기 구원'이 무엇이냐고 묻는다면, '양공주' 엄마의 일생을 소설로 쓴 작가의 마음을 헤아려보면 된다고 말하고 싶다. 문학, 미술, 음악 등에 종사하는 예술가가 바라는 바는 바로 그 '자기 구원'의 세계 이외에 아무것도 아니라는 것이다.

　　하지만 실상 자기 구원을 하지 않는 사람은 하나도 없다. 위로받고, 고통이나 권태를 잊는 행위 또한 모두 자기 구원의 대상이기 때문이다.

위락이나 잡담, 거룩하게는 신앙생활 등이 보통사람들의 자기 위로 혹은 자기 구원인 셈이다. 예술은 특별히 '자기 구원'이 소모적이 아닌 창조적 흔적으로 남은 경우다.

잠결에 잠시 스치듯 하며 지나가는 의식의 흐름을 쫓는다. 본래 의식은 생각과는 달리 연속성이 없는 단편적이고 뜬금없는 것이지만 생각을 만들어 내는 원류에 해당한다. 의식의 아래층에 놓인 무의식의 작동인 경우도 있다.

쇼펜하우어는 하루를 인생에 빗대 아침은 청년기, 밤은 노년기이고, 밤잠은 작은 죽음이라 지칭했다. 새벽녘에 밀려오는 생각의 물줄기를 그냥 버리듯이 흘려보낼 수가 없으니 일단 써보자는 마음이 일기장 같은 글이다.

생전 단 2권의 저작만을 발표한 것으로 한때 잘못 알려진, 괴팍하고 기이한 인생을 살아간 연구 대상 인간, '비트겐슈타인'의 저술은 사후, 제자들이 일기 형태의 유고를 정리하면서 20권이 되었다고 그런다. 제자들이 일기 형태에서 개인적인 일상사를 제거하고 철학적 사유만을 고르는 작업에 상당한 시간과 노력이 소모되었을 거로 추정된다.

유고가 남는 이유는 완벽성을 추구하며 뭔가 맘에 들지 않아 꺼림칙하고 때로는 시세에 부적합한 내용이라는 생각에 작자가 출간을 미루다 죽음을 맞이했기 때문으로 추정한다.

무슨 대단한 학문적, 문학적 가치가 있는 글도 아니지만 일기처럼 써놓은 글은, 원고 정리해 줄 '제자'도 없는 사람이 죽으면 어찌 될까, 하는 염려에서 생전에 정리하는 편이 좋겠다는 생각이 든다.

새벽이 아니면 새로운 생각은 잘 들지 않으니 이때를 이용하여 글을 쓰고 오후에는 오래전부터 써놓은 글을 정리한다. 학술적 내용은 아니어서 체계적 분류나 논리체계를 갖추지는 않더라도 서지에 적합하지 않은 내용을 삭제하는 과정이 편집의 주된 일정이다.

'탑골 공원에 앉아 있는 별 볼 일 없는 노인네' 같은 대목은 노인 비하로 비치니 삭제하는 편이 좋다든지, 특정 계층뿐 아니라 지역이나 장소도 비하하면 안 된다니 아무래도 당대의 글은 시류의 영향을 받는다. 더구나 사회과학 서지가 아닌 한, 시비의 대상이 되는 이념적인 내용을 피하고, 세월이 흐르면 퇴색할 시사적인 것, 대중의 관심이 적은 지극히 개인사적인 것도, 모두 제외해야 출판에 들어갈 수 있다고 본다.

이 과정이 싫으면 소설을 써야 한다. 학교 때 붓 가는 대로 쓴 글이라 배운 경수필은 누구나 쓰기 쉬운 글이라 여기지만, 글쓴이가 직접 드러나는 수필류에서는 명문화된 조건은 없어도 보이지 않는 금기사항이 있는 셈이다.

더구나 수필이 무언의 제약이 많은 글인 또 다른 이유에는 작자를 아는 이들의 진위를 따져보려는 은근한 호기심과 관심도 한몫한다. 수필이 소설로 넘어가는 배경에는 그런 제약을 뛰어넘으려는 측면이 있어 보인다.

일부 가능한 부분도 있으나 탈고는 물론이고 고증, 교열, 교정 등은 원칙적으로 글쓴이 아니면 할 수 없다는 사실을 경험을 통해 알 수 있다. 원고를 정리해야 하는데 너무 많아져 운신이 어렵지만 도와주는 사람은 없고 그럴 능력 있는 사람을 찾기도 어렵다. 글은 쓰는 시간보다 정리하는 시간이 더 드는 모양이다. 돈이 되는 원고라면 서로 달라고 줄을 설 터이지만 어림도 없다. 오히려 터무니없는 편집비 챙기려는 사람만 나타나는 현실이다.

왜 쓰는가?

회상하는 노년의 시간이다. 아직 생존한 사람들에 둘러싸여 고백이나 참회할 시간은 아닌듯하다. 그러나 맘속으로 그런 시간이 와야 한다고 믿고 있다.

'욕구에 응답하시 않고 침묵하는 세계의 부조리'[39]에 절망하고 마음 아파하기 전에 '해탈'하려면 나의 진정한 의도가 무엇인지 속뜻을 살펴봐야 한다.

무엇을 하며 살았는가, 자유의 장애물을 피해 도주하며 살지는 않았는가, 잠시도 빈 머릿속을 내버려 두지 않고 무엇엔가 몰두하며 살았는가. 광적인 독서는, 책 속의 참고문헌을 쫓다가 또 다른 독서를 불러오기도 한다.

철학적 사고를 동반한 신변잡기 성격의 방대한 글이 일기 형식으로 쏟아져 나오기 시작하여 이제 감당할 수 없을 만큼의 분량이 되었으므로 정리하는 일이 더 중함에도 여전히 멈추지 않고 새벽마다 쓰는 글쓰기를 당분간 멈춰야 하지 않을까 싶다. 그래도 '의미 있는 일'을 찾아가는 인생길이라 자위한다.

알 수 없고 알지 못하면, "입 닥치고." 맞는 말이다. 하지만, '말 많

◇◇◇◇◇◇◇◇◇◇◇

39) 장 폴 사르트르, 《구토》, 방곤 옮김, 문예출판사, 1999, p.243

음'은 이 세상에 대해 품고 있는 생각과 느낌이 넘쳐난다는 뜻이며 아직 답을 찾지 못했다는 현상으로 볼 수 있다.

쇼펜하우어의 고독, 키르케고르의 불안, 톨스토이의 음울, 피트 제럴드와 헤밍웨이의 음주를 닮아가는 삶이다. 게다가 삶의 의미를 찾으려 의도적으로 기괴한 삶을 살다 불행하게 죽은 비트겐슈타인의 발자취를 발견한다.

글을 쓰기가 어렵다. 비난이나 시기심 때문일 수도 있다. 너 정도가, 감히 그러한 세계적 명인들과 견주며 스스로 'Up'을 시키는 거야, 하며 비웃는 사람들이 있음을 댓글로 확인하기 때문이다. 어떤 이에게는 자랑으로 들리고 어떤 이는 지식정보로 여긴다. 글을 대하는 태도는 그렇게 다르다. 열등감이나 상실감에 젖은 사람들이 전자에 속한다.

하지만 오늘의 주제는 그와는 상관없는 이야기다. 노년이 되면서 죽음의 문제를 실질적으로 어찌 받아들일 것인가 문득문득 생각한다. 막연한 관념 속의 죽음에서 현존하는 '위험'으로서 죽음을 생각한다. 그 이유는 신체의 어느 부위든 조금씩 망가지는 현상을 발견하고 이제 소멸의 길에 들어섰다는 생각 때문이다.

영혼(정신)이 최고조에 달하는 죽기 직전이 '인생의 정점'이란 이론을 수차례 언급하고 발표하고 되뇌고 있지만, 과연 그대로 될 것인가 의문이 조금씩 생긴다. 신체가 망가지면 그 안에 온전한 정신이 거(居)할 수가 없다는 생각을 하지 않은 것은 아니지만 '인생의 정점'이론은 정신이 신체를 이길 수 있다는 오만한 생각에 기립한 게 아닌가 가늠해 본다.

육신의 쇠락은 마치 망해가는 회사 같은 거다. 어떤 분은 어여쁜 여인을 한번 만나는 게 어떤가 하고 농담 반 진담 반 조언하지만 그럴 생각은 아주 오래전부터 전혀 없다.

동시에 세상을 조롱한다. 아니 조롱하고 싶다. 간혹 존중할 만한 사람이 없지는 않지만, 인간에 대한 사랑은 위선이고 가식이라고 느낀다.

아주 오랜 기간, 도를 닦듯이 마음을 다잡고 다스려도 내면의 불안과 번민이 쉽사리 사라지기 어렵다. 평안을 얻는 일이 어렵더라도 결국, 종교 이외에 달리 방법이 없어 보인다. 그런데 잘 안되니 문제는 그것이다.

만년에는 세상의 잡인들 사이에 들볶이기보다 온전한 마음을 유지하는 편이 낫지 싶다. 어떤 90대 명사는 연단에서 강연 끝나고 나오면서 갑자기 쓰러져 죽고 싶단다. 그렇게 죽는 날까지 대중의 사랑을 느끼며 박수를 받고 강단에 서고 싶을까? 자유의지는 각자 선택이므로 언급이 부적합한 대상이지만 말이다.

불안의 문제, 공허의 문제, 무의미의 문제, 풀어야 할 과제로 남았다. 한 해의 마지막 날, 여러 생각이 교차한다. 갑자기 죽으면 어찌 될까, 망념과 기우로 가득 찬 요즘이다. 이제 완전히 한 해가 가고 있다. 돌아오는 새해는 2023년, 이거 아주 생소한 숫자다.

느낌은 감정과 감성이고 생각은 이성과 논리다. 태생적으로 느끼는 삶에 치중하는 사람은 생각하는 삶으로 한 발짝씩 이동하고, 반대로 이성적으로만 사는 사람은 타인의 감정을 공감하려고 노력하는 마음가짐이 우리 모두에게 필요한 삶의 자세가 아닌가 싶다.

루소는 참회록에서 자신은 무슨 일이 일어나면 일단 먼저 느껴보고 후에 생각했다고 말했지만, 루소의 경우만 그런 게 아니고 인간의 보편적 의식 흐름이 대개 그렇다. 일단 맞으면 아프다. 하지만 그다음에 생각한다. '저놈이 왜 나를 때리지?', 제압할 만하면 공격해 두 배로 갚아주고 흉기를 들었거나 중과부적이면 일단 피한다. 이것이 판단이다….

'유용한 것은 참이고 참인 것은 유용하다'는 실용주의적 철학이 지도자에게 중요한 덕목이지만 개인적 삶에서는 이익만 추구하고 허점이 없는 살벌하고 냉기 흐르는, '재수 없는' 삶이라 볼 수 있다. 그들은 손해 안 보고 공짜만 바라는 지질한 계층을 말한다.

하지만 손해를 안 보면 이익도 볼 수 없다는 사실을 모른다. 또한, 두 개를 동시에 가지려다 다 놓치고 만다는 진리를 모르거나 외면한다. 하나를 얻으면 하나는 반드시 잃게 된다는 간단한 원리를!

깨어난 의식의 흐름을 쫓아 붓 가는 대로 쓰고 있다. 새벽이 지나간다. 오늘도 삶에 '의미'를 부여하고자 마음 쓰는 날이다. 생명이 다하는 날까지, 그렇게, 그렇게. 그냥 마구 살아도 되는데….

IX

독서와 인생

불행의 해독제로서 독서

　원론적으로 책은 독자에게 지식과 정보를 전달해 주지만 그보다 중요한 점은 인간과 세상의 본질에 관해 생각하게 만든다는 것이다. 따라서 책을 읽으면 인생에 대한 이해의 폭이 넓어짐으로 자신의 처지를 재조명함으로써 혹여 불행을 감할 수도 있다고 생각할 수 있다.

　특히 소설에 등장하는 인물은 대개 기구한 운명의 소유자들이다. 고통받는 인간상, 고뇌하는 인간상, 배반하는 인간상, 잔인한 인간상, 교활한 인간상, 위선적 인간상, 저열한 인간상, 편협한 인간상 이외에도 간혹 숭고한 인간상, 위대한 인간상이 소설이 그려 내는 인간의 모습이다.

　책 속에 등장하는 무수한 인물들이 만들어 내는 인생의 얘기는 현재처해 있는 자신의 처지를 규정하고 객관화할 수 있는 자료가 된다. 여기서 불행에 처해 있는 자신의 좌표를 확인하며 위안을 얻고 새로운 마음가짐으로 미래를 살아갈 희망을 품을 수 있는 근거를 발견할 수 있다. 아무래도 독서는 처세나 돈벌이 정보를 주는 책보다는 문학이나 역사책을 보는 편이 본질에서 인생에 도움을 줄 수 있다.

　혹여 자신은 항상 노는 일에 바빠 시간이 없고, 혹자는 교접할 사람 찾기에도 바쁘고, 간혹 흥청망청 '돈 쓸 시간'도 부족하고, 때로는 읽어도 무슨 뜻인지 해득이 안 되어 독서 따위는 본인과 상관이 없는 일이라고 생각할 수 있다.

하지만 고통이나 불행은 인생의 필수품이므로 따라오지 않는 법이 없다. 질병, 가족 간 불화, 경제적 문제, 자식 문제, 직장 문제, 진로 문제, 다툼 문제, 노년 문제, 불안과 공포, 두려움 그리고 끝내 죽음의 문제까지 고통과 불행의 문제에 직면하지 않을 사람은 아무도 없다.

한편 영상물에서도 인간과 세상의 면목을 볼 수 있고 또한 보통사람들의 소소한 일상의 행복을 관찰할 수도 있다. 그렇다면 독서 대신 그런 것으로 봐도 되지 않을까 생각할 수 있지만 그렇지 않을 거다.

그 이유는 특별한 노력 없이도 눈에 들어오는 영상 매체와 달리 독서는 능동적으로 읽고 해득해야 과제가 내 앞에 주어지는 다소 고통스러운 일이기 때문에 그 성과가 다르기 때문이다. 아마 그런 이유로 TV를 바보상자라고 부르던가! 휘발성이 강해 보고 나면 남는 게 아무것도 없는 'killing time'의 의미밖에 없는 오락이다.

매일 성경책만 보는 사람에게 폭넓게 책을 읽으라고 조언하지만 요지부동인데, 그의 말은 성경에 모든 얘기가 다 나오는데 다른 책을 읽어 무얼 하느냐고 항변한다. 일리가 있는 말이다.

'모든 것이 헛되고 무가치하며 아무것도 소중한 것이 없다'고 한탄하는 구절로 시작하는, 구약성서의 전도서는 솔로몬의 인생론에 해당한다. 쇼펜하우어는 사람들이 70세가 되어서야 이 구절을 이해하게 된다고 말한다.

'사람들'이란 용어를 통해 자신의 경험 시점을 말하고 있으리라 추정한다. 인생이 헛되다고 생각하는 시점은 아마 세상에서 '볼일'을 다 본 후, 속되게 말하면 '쓴맛 단맛' 다 본 후에나 하는 말이 아닐까 싶다. 권세의 왕, 부귀의 왕, 지혜의 왕, 환락의 왕으로서 살아본 솔로몬의 인생이었기에 그러했지만, 보통사람의 생각도 크게 다르지 않을 것 같다.

'지혜와 지식과 기술을 총동원하여 아무리 수고한 일이라도 그 모든 것을 수고하지 않은 자에게 넘겨줄 수밖에 없으니 이 또한 헛되고 불행한 일'이라고 솔로몬은 말한다. 특별히 부양의 의무가 없다면 누구를 위해 그토록 열심히 일하는지 생각해 볼 일이다.

지혜로운 솔로몬이 서두부터 인생이 헛되고 헛되다고 회한의 말을 꺼낸 이유는 인생에서 '헛되지 않은' 것을 찾으라는 말을 하려는 거다.

《구약성서》39권, 《신약성서》27권 다 보면, 책 39+27=66권을 읽는 것과 다르지 않다. 오히려 밀도나 내용으로 보아 그 정도의 책 낱권을 능가할 수도 있다. 교과서나 참고서 아니면 돈 버는 책 이외에, 단 한 권의 책도 읽지 않는 마당에 성경 1독 하면 책 100권 읽는 것과 비슷할지도 모르니까 성경만 읽는 이에게 더는 타이르지는 않는다.

인생의 여러 문제를 이해하고 해결하고 마음을 달래는 데는, 성경처럼 간결한 체계를 갖추고 있지 않고 원문이 한자여서 접근성 측면에서 불편한 요소가 다소 있으나 불경도 참 좋다. 진리는 서로 통하니 달라이 라마(Dalai Lama)가 성경을 읽었다는 사실은 알려져 있고 또 어떤 불교 수도자가 성경을 읽고 불경을 더 잘 알게 되었다고 말하기도 한다.

온종일 돈벌이에 나서더라도, 골프를 치더라도, 아침부터 당구를 치거나 바둑·장기를 두더라도, 카드나 화투놀이를 하더라도, 컴퓨터 오락을 하더라도, 노름하더라도, TV를 보더라도, 음악을 듣더라도, 악기를 연주하거나 노래하더라도, 술을 마시고 잡담하더라도, 무도장에서 춤을 추더라도, 체력단련 운동하더라도, 모임에 참석하더라도, 그림을 그리더라도, 조형물을 만들더라도, 공장이나 공사장에서 노동하더라도, 연애하는 중이거나 실연당했더라도, 실패하거나 좌절할 때라도, 기쁜 일이 있을 때라도, 슬플 때라도, 분노하거나 흥분했을 때라도, 따분하고 심심할 때라도, 욕정이 들끓을 때라도, 고민이 있을 때라도, 걱정이나 두려움이 있을 때라도, 여행 중이라도, 돈벌이가 막막할 때라도, 빚을 져야 할 때라도, 마음만 먹으면 시간은 넘쳐흘러 흐른다. 단 5분의 짧은 시간에도 책을 읽을 수 있기 때문이다.

인간이 무엇인지, 죽음이 무엇인지, 종교가 무엇인지, 고뇌가 무엇인지, 절망이란 무엇인지, 허무가 무엇인지, 성욕이 무엇인지, 정신이 무엇인지, 선악이 무엇인지, 역사란 무엇인지, 구원이란 무엇인지, 권태가 무엇인지, 행복이란 무엇인지, 재물이란 무엇인지, 명예가 무엇인지, 증오가 무엇인지, 허영심이 무엇인지, 자만심이 무엇인지, 재능이 무엇인지, 인생이란 무엇인지, 혹은 돈이 왜 이리 안 벌리는지, 나는 왜 이렇게 고생을 하는지….

문제를 풀 수 있는 모든 열쇠가 책에 담겨 있기 때문이다. 책은 온 세상 인간이다. 책을 읽으면 불행을 면할 수도, 행복을 살 수가 있다. 책으로부터 구하지 못할 것이 없다고 믿어야 한다.

불행의 고통을 감하려는 과정에서 만나는 스승이 책이다. 성경이든 불경이든 독서가 불행을 감해준다는 주장의 근거다. 불행은 체념으로 치환하면 무념(無念)이 되고 행복은 한순간에 지나가는 허깨비 같아 행복도 불행도 없다고 여기며 담담히 살아가는 지혜를 독서를 통해 얻을 수 있을지도 모른다.

판단의 자료로서 독서

우리는 죽는 날까지도 판단해야 할 운명이다. 그릇된 판단은 불행을 불러온다는 사실을 모르는 사람은 없다.

판단에는 많은 생각 요소가 있어야 한다. 생각의 요소는 크게 인간성에 대한 것으로 인간의 본성, 인간 심리, 상상력, 세계사와 민족의 역사, 과학에 관한 것, 예술에 대한 이해, 사회현상, 종교적 사고, 등 사고의 범주가 넓어야 판단에 도움이 된다.

이런 사고의 범위를 확장하는 데는 경험이 중요하지만 한정된 경험을 확장하는 수단으로 독서와 사유가 필수적으로 필요하다. 독서와 사색은 이 단계에서 간접경험으로 도움이 될 모양이다.

"나와는 상관없지?" 흔히 듣는 얘기다.

정신적인 욕망을 갖지 않는 인간을 지칭하는 독일어에만 있다는 '필리스텔'은 속물(俗物)을 지칭한다.[40] 그러나 정신적으로 저열한 인간이

◇◇◇◇◇◇◇◇◇◇◇

40) 쇼펜하우어, 《쇼펜하우어 인생론》, 박현석 옮김, 나래북, 2013, p.81

IX 독서와 인생

가장 행복하다는 사실도 인정되는 말이고 실제로도 그렇게 보인다. 무지가 행복일 수 있기 때문이다. 그러나 무지는 불행을 불러오기도 한다. 속된 말로 하자면, 머리가 비어야 행복할 수도 있지만, 반대로 불행을 맞이할 수도 있다.

현상을 관찰할 때 사람들은 이것이 나와 상관이 있는 것인지 아닌지를 먼저 생각하여 관련이 없다고 생각하면 즉각 무시하거나 외면한다. 이것은 보통사람의 흔한 모습이다. 그러나 조금만 생각해 보면 실제로 이 세상에서 벌어지고 보이는 현상은 나와 상관없는 것은 하나도 없다고 볼 수 있다. 왜냐하면, 남에게 일어나는 일은 내게도 일어날 수 있는 일이기 때문이다.

수많은 철학자의 공통된 의견은 탁월한 사고력을 지닌 천재는 거의 다 우울했다고 전한다. 보이는 것마다 생각이 많기 때문이다. 구약 전도서 1장 18절에는 지혜가 많으면 번뇌도 많다는 말도 있고 《노자(老子)》 20장에는 학문을 끊으면 근심이 없어진다는 말도 있다.

지혜나 학문은 누구에게나 닥치는 일에 관한 것이 아니라고 말할 수 없다. 현실적, 일상적으로 볼 때, 신문 보는 일이 두렵다면 남의 일이 내게도 발생할 수 있다는 생각 때문이고 나와 상관없는 일에서 지혜를 습득해야 한다는 부담 때문이다.

나와 상관이 있는지 여부로서 이분법적 사고는 사고의 외연 확장을 방해한다. 이는 곧 무지한 '돼지의 행복'으로 연결되기도 하지만 이는 무지의 불행으로 연결되는 일도 많다. 내장된 생각이나 지식이 많으면 번뇌가 많을 수는 있으나 세상살이에 도움이 되는 수도 있다. 이건 나와 상관없는 일이라고 넘어갔건만 그것으로 불행을 당하는 일은 흔히 발생하는 일이고, 남의 일을 유심히 관찰하여 그 지혜를 이용하여 행운을 잡는 일도 있다.

인생은 판단의 연속이라고 볼 때, 판단에는 자료가 있어야 한다. 이때 평소에 나와 관련이 없던 것까지 관심을 가지고 관찰한 사람은 자료가 많아 보다 나은 판단을 할 수 있을지도 모른다.

경험이 부족하여 간접경험으로 지식을 습득하려면 독서나 강연을 듣는 일이 그 수단이 된다. 서책은 주로 현재나 과거의 일에 관한 저자의 경험이나 회상으로서 과거지향적인 면이 없지 않으나 과거는 미래를 내다보는 창이고, 과거의 일은 미래에도 반복해서 일어나고 역사는 반복될 수 있다. 간혹 미래를 예측하는 저술을 읽고 지혜를 얻어 사업으로 연결하여 큰 부자가 된 사례도 없지 않다. 그러므로 독서는 돈을 버는 데도 큰 역할을 한다고 볼 수 있다.

감각기관을 만족시키는 일에만 열중하면 대개 불행한 일이 찾아오기 쉬우므로 머리는 조금 피곤할지라도 나와 상관없는 일은 이 세상에 없다는 생각으로 독서와 세상에 대한 관조가 필요할지도 모른다. 왜냐하면, 그것이 내게 큰 행운을 가져다줄 수도, 큰 해악을 끼칠 수도 있는 일이기 때문이다.

만일, 나와 상관없는 일에는 관심이 없으면 생각의 그릇은 점점 작아지기 마련이고 생각의 그릇이 자신의 그릇이라고 볼 때 그릇이 작으면 열심히 담아도 그 양은 적을 수밖에 없다.

생각의 그릇을 넓히면 정신의 풍성함이 불행을 막아줄 것이며, 물질 결핍의 불편함을 줄여줄지도 모른다.

문학이라는 자기 포르노

연하의 유부남과 구체적이고 적나라한 불륜의 사랑 얘기를 적은 자전적 소설이 노벨문학상 작품 배경이 됐다. 사회의 집단적 위선 앞에 가려진 인간 내면의 진솔하고 순수한 욕망의 발현을 자신의 체험을 통해 고백하며 당당하게 써낸 것이다.

프랑스 할머니 작가 '아니 에르노'는 자신은 직접 체험한 것만 썼고 앞으로도 그럴 거라고 말했다. 그녀는 남에게 들은 이야기, 관찰한 일에 관해 쓰지 않고 자기의 경험만을 썼다는 거다.

그렇지만 이 대목에서 마치 소설이 그래야만 한다는 그릇된 암시를 받을 필요는 없다. 세상에서 일어나는 일은 무엇이든 이전에도 있었고 현재도 미래에도 다시 발생할 일이기에 놀랄 일은 아무것도 없다는 측면에서 그녀의 말에 주목할 이유도 별로 없으나, 작가가 실제 경험을 쓴 거라고 직접 나서서 해명하였기에 그녀라는 실체와 이야기를 중첩시켜 생각하려는 이면에 깔린 사회 관음증적 심사가 작품에 관심을 폭증시킨 측면이 있음을 확인한다.

그녀의 실물 사진이 게재되고 관심을 두는 일은 그 반증일 수 있고, 책의 사실적 내용이 자신이 죽은 후에나 널리 퍼질 수 있다고 예측하는 대목에서 스스로 생전에 자신에게 있었던 일을 글로 남기는 수치심을 인식하는 작가의 용기를 아마 심사자들이 높은 평가를 했는지도 모른다.

하지만, 소설은 작가의 경험일 수도, 남에게서 들은 이야기일 수도,

관찰한 일일 수도, 상상한 일일 수도, 지어낸 말일 수도 있는 가공의 세계이며 허구의 세계이지 일정한 제한이나 규칙이 있을 수 없다.

그녀는 왜, 결코 자랑할 수 없고, 떳떳하지 않고, 비난과 실망이 난무할 불륜의 사랑 얘기를 노년에 글로써 남기고 떠나려 했는가?

그건 독백이다. 자랑도 아니고 아쉬움도 아닌, 자기 역사의 기록으로서 그때를 되돌아보면서 좋았던 기억을 반추하며 재생하고 싶었는지도 모른다. 노년이 되어 다시는 꿈꿀 수 없는 사랑을 회상하며 생을 마감하고 싶다는 의미로 해석된다. 이것은 특정한 그녀의 작품에 대한 논평이 아닌 문학 작품이 가지는 일반적 속성이라고 볼 수도 있다.

앞서 말했듯이 말 못 할 사랑 얘기나 원초적 욕정의 향연은 그녀의 얘기에 국한되지 않음은 물론이고, 그밖에 세상에서 일어나는 어떤 일도 앞서 언급했듯이 놀랄 일이 없어, 과거에도 있었고 현재도 있고 미래에도 있을 수 있는 일이다.

소설 《카라마조프가의 형제들》에 나오는 하인 겸 요리사인 스메르자코프는 길거리 여자 행려자를 범해 낳은 표도르 파블로비치의 사생아다. 혹시 이 얘기가 도스토옙스키의 자전적인 얘기인지 궁금해하는 독자도 있을 수 있으나 넌센스(무의미)다. 물론, 작가는 그런 질문에 대답할 필요도 의무도 전혀 없다.

소설은 어디까지나 소설로 받아들여야 한다. 특히 문학이나 예술의 본질을 모르고 호기심만 가득한 문외한의 모습은 예술과 문학의 본령을 이해하지 못하는 무지가 드러난 경우다. 독서량이 부족하거나 아예 없는 사람들은 문학의 세계와 그 안의 문학적 수사(修辭)를 이해하지 못하는 경우가 많다.

큰상을 받은 문학 작품이 '왜 이래!', '완전히 외설이잖아!'라며, 문학의 본질을 이해하지 못하는 젊은이의 독백을 들은 적이 있고 이와 유사한 경우로서 중세기에는 여자의 나체 그림을 신성모독이라 여기는 잣대도 있었다. 그리고 우리나라에서는 제법 재미있는 영화는 여차하면 외설로 치부하는 시대도 있었다.

문학의 정수인 소설을 쓰려는 대목에서 멈칫하는 데는 문학적 역량의 부족 이외에도 다른 이유가 있을 수 있다. 소설이 허구의 세계이건만 경험하고 쓴 얘기와 들은 얘기나 관찰하고 쓴 글 사이에는 배경 묘사, 심리 묘사, 상황 묘사 등 어디선가 차이가 난다. 앞서 들은 얘기는 충분히 소설의 소재로 충분한 가치가 있다고 여겨져 아껴놓았지만, 줄거리만 듣고 소설을 쓰기에 너무 많은 문학적 상상이 필요하여 역량 밖이라고 여겨질 수 있다.

인간의 내면에는 선악과 미추가 공존하고 동물성과 인간성이 함께 거한다. 그것을 감추는 게, 도덕이고 윤리이고 규범이고 관습이고 예절이고, 그것을 깨트리는 게 예술의 영역 중에서도 문자라는 주관적이 아닌 공인된 기호를 사용하는 문학 분야다. 문학의 본령과 속성을 이해하지 못하는 사람은, 물론 읽지도 않을 것이지만 책을 읽을 자격이 없다. 문학은 남의 음부를 훔쳐보는 '포르노'가 아닌 자기 내면을 들여다보는 거울로서의 '포르노'이다.

몽테뉴는, "흥미의 대상을 인간 탐구에 두었다. 그것도 객관적인 인간 관찰이 아니라 가장 가까운 자기 자신을 도마 위에 올려놓고 흥이

나는 대로 자아를 찢어발겨 나가며, 도대체 인간은 무엇이며 나는 무엇인가 물어보는 것이다."[41]라고 하였다.

그것은 지금까지 없었으나 앞으로 볼 수 있는 자신의 모습을 내다보는 일일 수도 있다. 마음에 담아놓은 것을 털어놓는 글쓰기일 뿐, 그 이상의 어떤 의도도 의미도 없는데, 누가 누굴 알아주길 바라면서 글을 쓴단 말인가? 돈벌이 직업작가도 고통스럽고 거추장스러운 일의 기록으로서 글 쓰는 걸 자랑으로 여기는 사람은 아무도 없다.

문학은 자기 포르노라고 지칭한 이유는, 남에게 들은 말이 든, 꾸며낸 말이 든, 작가 의식의 투영 없이 글이 써지지는 않는다는 측면에서 문학 작품은 자기의 벗은 모습이기 때문이다.

경험하지 못한 것이라도 묘사는 결국 그 기반을 현재 혹은 과거에 두게 된다. 인간은 인식한 세계 속에서만 기억하고 사고하기 때문이다. 한 번도 보지 못한 상상 속의 동물을 그려 내는 예도 있으나 그 속의 요소들조차 이미 있었던 것들의 변형에 불과하다.

우리의 인식은 철저히 과거와 현재를 바탕으로 형성된 것에 지나지 않는다. '잃어버린 시간을 되찾는 유일한 방법'이 예술이란 프루스트의 주장은 옳다. 음악, 그림, 글 따위는 모두 과거 어느 때의 인식을 바탕으로 지어진 것이 분명하다.

오솔길, 솔바람, 푸른 하늘, 구름, 바다, 파도 소리, 폭풍우, 드넓은

41) 미셸 드 몽테뉴, 《몽테뉴 수상록》, 손우성 옮김, 문예출판사, 2014, p.259

광야, 사랑, 고통, 그리움, 운명, 두려움, 단조로움, 고독, 꿈, 기쁨, 쾌락, 슬픔 등의 기억이 창작의 동력이며 바탕이 된다.

여기에 미래는 없다. 살아보지 않은 미래에 대한 인식은 현재나 과거를 바탕으로 하는 미정형의 불확정성이다. '잃어버린 시간' 자체가 이미 과거의 일을 의미하며 대상을 그림이나 음악, 글로 묘사하는 예술은 아무래도 현상태(현재)에 대한 위로이며 미래에도 펼쳐지길 원하는 꿈의 세계의 모형이라 여긴다. 현재는 과거의 거울이면서 현재는 끊임없이 과거를 만들어 낸다. 그러므로 대상이 과거라고 단정해도 좋은 이유는 현재는 이 순간에도 과거가 되어버리는 시간의 속성 때문이다.

예술은 재현하길 꿈꾸는 미래의 희망일 수도 있으나 아픔을 잊고 승화시키려는 대상으로서의 과거 그리고 고단하고 애처롭고 안타까움으로 가득 찬 아쉬운 현재가 주종을 이룬다. 글이든 그림이든 작곡이든 끝내 손을 놓기 어려운 이유는 '잃어버린 지나간 시간'을 달래려는 안타까움이거나 세상과의 부조화 혹은 세상과의 불화에 떠는 몸부림이 아닐까 싶다.

아마 연하의 유부남과의 불륜을 책으로 써낸 그녀의 심정도 잃어버린 시간에 대한 아쉬움 때문일 거다. 그녀에게 도덕적 비난 따위가 별다른 위력을 발휘하지 못한 배경에는 감수할 비판보다 더 중히 여길 가치가 기억 속에 존재한다고 믿었기 때문이라고 판단한다.

그림 속에, 음악 속에 감출 수 있는 기억보다 글이 주는 사실성과 객관성은 작가가 감수해야 할, 음악가나 화가에는 해당이 없는 불공평한 책임이라 볼 수도 있다.

하지만 되뇌고 싶은 자신의 비밀을 차마 발설하지 못하는 같은 처지의 사람들에게 주는 공감은 인정받는 작품의 공통점이라고 볼 수 있다. 또한, 《잃어버린 시간을 찾아서》는 미련과 아쉬움도 대상이지만, 내 안에서 '그것'을 퍼냄으로써 가벼워지려는 고백성사 같은 회한과 회개이기도 하다.

노년에는 그 대상이 무엇이든 '잃어버린 시간'을 찾는 마음의 여행이 필요하고 묘사하여 정리할 수 있으면 좋다고 여겨진다. 기리고 싶은 아름다운 시간을 기리는 작업이 필요하다.

한편, 다시 태어나도 남는 게 아무것도 없고 시간 죽이기에 그치는 잡동사니 오락성 잡기는 아까운 시간, 가치 없는 잃어버린 시간이기에 가능하면 하지 않는 편이 현명한 생애라고 생각할 수 있다. 끝내 붓을 놓기 어려운 심사를 자각하면서, '잃어버린 시간'을 찾아 나선다.

경전의 주석에 불과한 글

유럽 철학의 전통상 특성은 플라톤 각주의 연장이라는 영국의 수학
자 겸 철학자의 말은 한 번쯤 들어봤을 거다.

"Characterization of the European philosophical tradition is
that it consists of a series of footnotes to Plato."

유럽의 철학이 플라톤을 설명하는 데 그치는 것이란 의미로도 과장
되게 해석할 수 있는 말이다.

아마 작가들이 책을 발간하기 전까지, 상당한 열정과 시간이 필요하
지만, 무엇보다 발간을 망설이는 이유는 쓰레기 더미 같은 책 속에 또
하나를 보태는 기분이 들기 때문일 거다.

읽히고자 쓰는 글의 난점은 어려운 책은 독자가 잃지 않으려 하는
점이다. 때로는 문장 속에 친숙한 일화 혹은 비속어를 사용하여 관심과
접근성을 높이려는 무리한 시도도 발생한다.

어려우면 안 읽고, 그렇다고 비속하면 비웃고, 자신이 속한 계층을
비하하거나 비판하면 분노하고, 실증적이 아닌 관념적인 글은 외면하
고. 고증이 안 된 사실은 함부로 말하면 조롱거리가 되고, 시속(時俗) 얘
기는 시간이 흐르면 무의미하여, 혹여 이념이 다르면 아예 읽지 않고
쓰레기통에 던져버리니 글쓰기가 어렵다.

빌어먹을 글쟁이다. 실제로 빌어먹는 작가가 태반 이상인 모양이다. 그러니 돈벌이 생각 없이 내지르는 글은 그래도 행운에 속한다….

글쓰기에 입문하면서, 어떤 문학도는 페이스북에 글을 연재하는 편이 좋지 않은가 제안했다. 하지만 그럴 수 없다고 답한 이유는 미발간 원고를 사전에 공표하는 일은 부적합하다는 이유에서다. 마치 발표(Publish)하지 논문을 사전에 유출하듯이 가소롭게도 대수롭지 않은 글에 대한 보안을 의식했던 모양새다. 웃기는 얘기다. 하지만 더 실질적인 이유는 이렇게 설명할 수 있다. 성경에는 이런 구절도 있다.

> "어리석은 질문에 답하지 말아라. 그렇지 않으면 너도 그것을
> 묻는 사람처럼 어리석은 자가 되고 말 것이다."
>
> —잠언 26:4

> "어리석은 질문에는 어리석은 대답을 해라. 그렇지 않으면 그
> 가 자기를 지혜롭게 여길 것이다."
>
> —잠언 26:5

페이스북 올린 글에는 인사치레 성격의 가벼운 칭송이나 공감의 댓글을 다는 사람도 있으나 아무 생각도 지식도 없이 무책임하게 던지는 비판이나 조롱 섞인 언사를 들을 필요가 없다고 생각할 수 있고 더구나 이에 무대응 하면 다음 차례는 공격이 들어올 것이 분명하기 때문이다.

이런 구절도 있다.

"Don't argue with idiots because they will drag you down to their level and then beat you with experience."

—Greg King.

"바보들과 논쟁하지 마라, 그 이유는 그들이 당신을 그들의 수준으로 끌어내린 다음 경험을 가지고 당신을 공격할 것이기 때문이다."

"Never argue with a fool; onlookers may not be able to tell the difference."

—Mark Twain

"바보들과 논쟁하지 마라: 방관자들은 차이를 구분할 수 있는 능력이 없다."

하지만 둘 다 구약성서 잠언에 나오는 말을 윤색한 것에 불과하다는 생각이 든다. 그러하니 잠언을 참고하여 쓴 글은 아닐지라도 나의 글도 결국에 잠언의 구절과 유사한 개념에 그칠 수도 있다고 보는 것이다.

여기서 본질적인 의문이 생긴다. 이제껏 쓴, 이제 5천 쪽에 육박하는 글이 —서양철학이 플라톤의 주석이란 말처럼— 모두 경전의 주석에 불과한 것이란 심각한 물음에 직면하게 된다.

책 발간을 망설이는 이유도 결국 나의 견해나 정신도 성경이나 여기서는 예를 들지 않았어도 불경의 주석에 그친다고 여기기 때문이다. 성경에 없는 지혜는 세상 어디에도, 누구에게서도 들을 수가 없다는 공허감을 외면하면서까지 책을 발간할 이유가 있는가, 진한 무의미와 마주친다.

성경에는 없는 것이 없으니 모든 지혜의 서책은 성경의 주석서에 불과하다. 그렇지만 유럽 철학이 플라톤의 주석이라 인정해도 수많은 사상의 서적이 나왔다. 마찬가지로 성경이 있어도 셀 수없이 많은 서적이 발간되었다. 그것들은 사례를 들어, 이야기를 통해, 지식과 정보를 통해, 역사를 통해 그 정신을 일깨우려는 해제 같은 것이다.

누가 인생의 길을 묻거든, "성경을 참고하시오!"

누가 진리를 묻거든, "성경을 참고하시오!"

누가 지혜를 구하거든, "성경을 참고하시오!"

누가 고민이 있거든, "성경을 참고하시오!"

누가 고통이 있거든, "성경을 참고하시오!"

맘속에 분노가 있거든, "성경을 참고하시오!"

맘속에 불쾌감이 있거든, "성경을 참고하시오!"

맘속에 두려움이 있거든, "성경을 참고하시오!"

맞는 말이다. 하지만 "불경을 참고하시오, 탈무드를 참고하시오, 코란을 참고하시오, 공자를 참고하시오, 노장자(老莊子)를 참고하시오."라고 답할지도 모르는 사람도 함께 사는 이 세계임을 잊지 말아야 한다.

성경이 맞지만, 저쪽에선 불경이 맞고 코란이 맞는다는 생각도 있으니 너도 한마디 나도 한마디 하며 펼쳐지는 세상을 어찌 탓하랴.

위에서 언급하는 근원적 이유 말고 책 발간을 주저하는 현실적 이유는 잘 읽히시 않는 책은 허공의 메아리라는 공허감 때문이다. 그러나, 안 해도 되는 일에 진을 빼지 않았다는 다행스러운 만년의 기록이며 정신 발전의 자전적 기록이라 여기며 그래도 갈 길을 간다. 마치 책의 발간사 혹은 머리말 같은 독백이다.

X

문화 산책

대중문화와 고급문화

고대에도 그와 유사한 모임이 있었다고 알려진 유럽의 살롱문화는 전쟁에서 돌아온 귀족들의 황폐해진 정서를 순화하려는 목적에서 생긴 모임이라고 한다.

귀족의 사교 공간으로 대화와 토론의 장이었던 17세기경 프랑스 살롱 문화로서 특히 문학 분야에서 어떤 화두로 얘기가 오갔는시 알 수 있는 문헌을 살펴보면, 결점, 기질, 미덕, 악덕, 행복, 불행, 사랑, 속임수, 열정, 운명, 어리석음, 이기심, 재능, 정신, 질투, 칭찬, 친구, 허영 등이 주된 관심사였고, 그중에 '사랑'이 압도적 관심을 받았으며 그다음은 인간의 '정신'이었다.

1960년대 라디오 방송에는 사회자가 묻고 사회 명사로 구성된 연사들이 답하는 형식의 낱말 풀이 시간으로 '재치문답'이라는 프로가 있었다. 사회자가 "'사랑'이란 무엇이라고 답하시겠습니까." 하고 물으면 연사는 "사랑은 눈물의 씨앗이라 부르겠습니다." 아마 이런 수준의 문답이 오갔던 것으로 기억한다.

앞서 프랑스 살롱에서의 화두로서 1위를 차지한 말이 '사랑'으로 밝혀진 '라 로슈푸코'의 《잠언과 성찰》[42]의 대화를 빌려 여기에 기록한다면, 참된 사랑은 유령과 같아 모두 말들 하지만 실제로 본 사람은 아무

---

42) 라 로슈푸코, 《잠언과 성찰》, 이동진 옮김, 해누리, 2012

도 없다. 참된 사랑이 아무리 드문 것이라 해도 참된 우정보다는 흔하고, 감사는 더 많은 것을 얻어내려는 은밀한 욕망이라든가, 겸손은 상대방을 굴복시키려는 술수라는, 대중문화와는 차원이 다른 본질을 꿰뚫는 속 깊은 대답이 오간 것 같다.

대중문화는 고급문화와는 차이가 있다. 대중의 수준과 고급문화를 생산하고 이해하는 계층 사이의 수준 차이다. 음악에 관한 한, 대중음악에도 음악성과 서정성이 있는 곡이 있으나 대부분 대중음악은 한동안의 유행하는 성격이 짙다. 대중의 심금을 울리고 슬픔을 달래주고 위안을 주는 대중음악의 존재는 무시할 수 없으나 연거푸 몇 번만 들으면 더는 듣기 어렵다. 길이도 짧고 단순한 음조로 여러 번 들을만한 음악성이 부족하기 때문이다.

반면에 고급문화라 할 수 있는 고전음악은 시공을 초월하여 깊은 감명과 사색을 유도한다. 고전음악은 우선 방대하여 한 자리에서 두 번 듣기도 벅찰 정도이고 음악성이 다양하여 깊게 빠져들지 않으면 이해하기 어렵다. 그리하여 무슨 음악을 즐겨 듣는가는 그 사람의 정신세계와 관련이 없다고 말할 수 없다.

문학 분야도 마찬가지여서 대중소설이나 인기 서적은 재미있을지라도 시간 죽이기일 뿐 남는 것이 없으나 그마저도 이 시대에 책을 읽는 사람은 거의 없다.

독서에 관한 한, 악서는 조금만 읽어도 많이 읽은 것이요 양서는 아무리 많이 읽어도 적게 읽은 것이라는, 쇼펜하우어의 말은 맞지만 요즘 세상에 양서를 많이 읽는 사람은 독서광이나 문인이 아니라면 드물다. 양서는 몇 권만을 읽어도 다른 책 100권 읽는 것보다 유익한 정신과 깨달음을 얻을 수 있을지도 모른다. 특정한 저술에 한정 지을 수는 없으나 대문호 혹은 대 철학자가 쓴 글이면 몇 권만 읽어도 정신이 잠에서 깨어날 수도 있다.

하찮은 위락이나 '욕망 풀이'로 시간을 보내는 편이 더 좋다고 여기면 실천이 어려운 일이나 명저에서 큰 교훈을 얻고, 인생을 기획할 수 있는 지혜와 명찰을 발견할지도 모른다.

'내 인생' 이렇게 살다 죽는 것인가 회의가 든다면 한번 시도해 볼 일이고 더욱이나 장년이라면 인생을 어찌 마무리할지 가늠할 지표를 독서에서 발견할 수 있다. 고급문화를 접할 수 있었던 특권층 귀족이 아니더라도 지금은 보통사람도 고급문화를 접하는 데는 장애가 전혀 없는 시대가 되었다.

타고난 기질, 닦아진 교양대로 사는 인생이니 발길 닿는 대로 살다 갈 것이므로 어떤 언명도 어쩌면 부질없다 여길 수 있다. 그러나 문화적인 욕구는 허영심이라 할지라도 가질수록 유익하다는 점은 분명한 사실이다.

고전음악, 고전서적, 그림도 좋고, 때때로 영화도 좋다. 예술 문화가 아니라면 어찌 이 삭막한 세상을 살아낼까? 예술예찬이다.

울안의 닭은 온종일 종종걸음으로 먹이를 찾아다니고, 꿀꿀거리며 게걸스럽게 먹는 돼지는 먹고 남는 시간에 사육장 안을 배회한다. 닭이나 돼지의 일상은 그게 전부다. 동물을 사랑하는 사람도 있지만 실상 동물은 사람의 먹잇감이 될지언정 존중의 대상이 아니다.

동물은 태어나 고작 인간의 먹이가 된다는 점은 서글프지만, 무엇보다 동물에 대한 인간들의 경외감이 없는 이유는 위에서처럼 동물적 행위에만 국한되는 그들의 생태 때문이다.

인간은 근본적으로 육신을 가진 동물적 존재이므로 육적 욕망이 없을 수 없다. 인간의 육적 욕망은 동물의 그것보다 미묘하여, 예컨대 땅에 떨어진 음식은 먹지 않고 아무나 하고 정교를 하지도 않는다. 육적 욕망은 생명을 보존하고 전파하는 데 필수적인 인간의 본능에 속한다는 면에서 인간은 근본적으로 동물과 다름이 없다. 하지만 인간에게는 동물에게는 없는 정신적 욕망이 있다. 정신적 욕망의 소산이 바로 문화 혹은 문명 같은 것이다.

따라서 우리 인간의 삶의 대역은 동물보다 넓어 한 차원 다른 삶을 살고 있어야 한다고 볼 수 있다. 인간을 굳이 구별하자면 육적 행위에만 맴도는 사람과 여기에 정신적 욕망을 보태 사는 사람으로 크게 나눌 수 있을 터이다. 누가 더 광폭의 삶을 경험하고 있는지는 설명이 필요 없다.

정신적 욕망은 인간의 두뇌와 상관이 있다. 이른바 두뇌가 발달한 사람일수록 문화 창조력 혹은 문화 친화적 성향이 있다고 볼 수 있다.

작곡하거나 듣고, 그림을 그리거나 감상하고, 글을 쓰거나 남의 글을 읽고 이해하고, 구축물을 설계하거나 짓고, 단순한 작업을 기계화하고, 이것저것 섞어 새로운 물질을 개발하고…. 등등 모두 두뇌의 활동이 없을 법한 동물들은 할 수 없는 것들이다.

두뇌가 다른 인간들의 삶도 모두 다르다. 문화 창조력이나 친화력은 각자 타고난 두뇌와 상관이 있음은 분명하다. 그렇다면 두뇌가 좋은 사람이 행복한가, 아니면 보통사람이 행복한가에 대해서는 대립적 견해가 존재한다. 머리 좋은 사람만이 행복할 수 있다는 주장과 오히려 그런 사람은 번민이 많아 행복할 수 없고 보통사람이 더 행복하다는 주장은 인간의 개별성을 놓고 볼 때 단정하기 어려운 문제에 속한다.

어느 노학자는 300만 원 하는 포도주를 마시는 재벌들보다 좋은 글을 쓴 후에 자신이 느끼는 행복감이 훨씬 크다고 주장했다. 하지만 포도주를 마신 이와 글을 쓴 사람은 주체가 다르다. 포도주는 재벌이 마신 거고, 글을 쓴 이는 학자이다. 고가의 포도주를 마시는 재벌은 필부들이 감히 못 하는 것을 마신다는 자만심에서 행복감을 느꼈을 터이고, 학자는 보통 사람들이 할 수 없는 자신만의 일을 했다고 행복감을 가진다면 누가 더 행복했는지는 행위의 주체가 다르니 함부로 말할 수 없는 것이리라.

다만 포도주를 소비하는 것은 단순한 행위이고 글월은 타자의 삶에 영향을 줄 수 있다는 측면에서 그 가치가 동등하다고 볼 수는 없음은 모두가 인정할 수밖에 없는 것이다. 하지만 행복은 삶의 주체가 독자적으로 체감할 일이므로 우리는 타자의 행복에 대해 함부로 깎아내릴 수 없다는 생각이 든다.

오늘날 투표권이 '유식한 사람'이나 '무식한 사람' 상관없이 성인이면 누구나 한 표의 주권을 행사하도록 만들어진 것도 인간 평등의 개념을 반영하는 것이 아니던가. 동물은 온종일 모이를 찾아다니고, 어떤 이는 종일 밥벌이를 위해 진력한다.

사람마다 행복을 느끼는 곳은 서로 다를 수가 있다. 하지만 육적 욕망을 넘어 정신적 욕망을 추가로 가져본다면 행복의 지평이 넓어질 수 있는 점은 누구도 부인할 수 없다.

힘들고 어려워도 서민들은 유행가라도 들으며 위안을 얻고, 고독한 이는 시(詩) 한 줄 읽고 외로움을 달래보는 것도 좋으리라. 그것이 문화가 존재하는 이유이고 문화를 예찬하는 까닭이다.

사진과 예술에 관한 소고

피사체는 말이 없다. 그러므로 사진가도 말이 없다. 사진은 선택한 피사체와 사진가 사이의 말이 없는 대화다.

비바람에 흔들리는 들판의 나무, 쏟아지는 태양 아래 대지의 웅장함, 지평선의 소실점으로 사라지는 사람의 모습, 말없이 흐르는 강물의 도도함, 그 위에 인간의 욕망이 지어낸 장대한 교량, 끝없이 펼쳐지는 도시의 건물 풍경, 고단한 삶에 지친 인간의 주름진 얼굴, 담배를 피워 문 노동자의 손, 이별을 아쉬워하는 남녀의 포옹, 벤치에 앉아 졸고 있는 노인의 무료함, 직업을 구하거나 배급을 받으려 줄을 선 사람들의 행렬, 낡은 옷차림에 어디론가 가고 있는 행인의 뒷모습, 버려진 하수관 속에 들락거리며 노는 밝은 표정의 아이들, 거울이나 전시장에 비친 자화상 혹은 그림자….

무엇이 보이는가가 아닌 무엇을 보는가는 오롯이 사진가의 몫이다. 사진은 설명이 필요 없다. 보면 알 수 있고 느낄 수 있기 때문이다. 그런 관점에서 사진은 백 마디의 말보다 직관적이며 의미 전달 수단으로 최고의 효용성을 지닌다. 앞서 말했듯이 사진은 피사체와의 대화이며 교감이다. 사진가는 말이 없고 화상으로 말을 할 뿐이다.

사진에도 주제가 있다. 사진을 통해 말하고자 하는 그것이 주제다. 그냥 눈에 보이는 것을 찍으면 진정한 사진이라고 볼 수 없고 스토리텔링(Storytelling)은 사진이 추구하는 바이다.

사진 교육을 받은 적이 없는, 뉴욕 출신으로 평생 독신으로 산 가난한 여성 사진가 Vivian Maier(1926~2009)의 유작 사진전이 '30만 명의 유럽인들이 열광한' 프랑스와 이탈리아에 이어 2022년 한국에서도 열렸다.

함축적 의미가 있는 사진 한 장을 얻고자 수천, 수만 장의 사진을 찍어야 할지도 모른다. 그러므로 사진가의 수고가 책상에 앉아 장황하게 배경이나 심리 묘사를 글로 써야 하는 소설가의 그것보다 덜 하지 않음을 알 수 있다.

의미 전달 측면에서 단 몇 줄로도 자기의 서정을 전달할 수 있는 시인이 가장 효율적으로 일을 수행하고 있지만, 시인은 아무나 하는 게 아니다. 모든 예술이 그렇지만 재능을 타고나야 하고 노력만으로는 한계가 있다.

사진은 본원적으로 미술과 달리 없는 것을 본 것처럼 작품사진 속에 집어넣을 수는 없다. 사진예술은 보이는 것을 가감 없이 그대로 보여주는 사실성이 기본이지만 무엇을 '어떻게 보는' 관점이 중요하다. 그냥 되는대로 사진기를 들이대지 않고 무엇에 중점을 두고 순간에 초점을 맞추느냐에 따라 예술품이 되기도 하고 의미 없는 초상이 되기도 한다. 처음에는 마구 사진을 찍어대다가 나중에는 어찌 찍어야 하는가를 알게 된다.

사진이 추구하는 본질이 사실성이라고 볼 때, 정통적 사진에서 예컨대 포토샵 등의 기법으로 실재하지 않을 것을 담거나 변조하면 위작이라고 볼 수 있다. 현대의 예술 사진은 여러 장면의 사진을 한 장면으로 모아 합성하기도 하지만 이것이 사진 본연의 기능이라 생각할 수는 없다고 여겨진다.

그에 반해 아무런 제한이 없이 보고 싶은 것만 볼 수 있어 보이는 것을 보지 않은 것처럼 지워버리기도 하고 반대로 존재하지 않는 상상을 화상에 추가할 수 있는 화가에게는 무한한 자유가 허용된다고 볼 수 있다. 그림은 상상일 수 있으나 사진은 실제이므로 사진가의 권리는 제한되고 화가의 권한은 무제한이다.

예술인지 아닌지의 구분은 그다지 중요하지 않은 관점이나 예술은 가공품, 즉 인간의 손을 거친 한정적 의미를 지닌다. 예술은 미(美)를 빼고 따질 수 없는 분야이고 여기에 진선미의 개념이 자리 잡고 있고 '예술론'은 철학에서 다루는 분야이기도 하다.

똑같이 보고, 똑같이 들리지만 보이는 대로 그리고 들리는 대로 지어낸다면 모사일 뿐 독창성이 생명인 창작일 수는 없다. 보이는 것이 아닌 '보는 것'이, 들리는 것이 아닌 '듣는 것'이 예술적 창작의 시작이다.

보이는 것 중에서 무엇을 보느냐 혹은 보고 싶은 대로의 결과물이 미술이 되고 들리는 것 중에 무엇을 듣느냐가 듣는 주체로서의 음악이 된다. 눈에 보이는 대로 그린 그림은 초상이고 들리는 대로의 소리는 미의 창조일 수는 없으니 미술은 실물의 예술이지만 음악은 보이지 않는 상상의 세계요 형상화할 수 없는 무형의 예술이다. 음악이나 미술은 인간의 생각보다 주로 느낌을 표현하는 분야이다. 예컨대 한 손에 칼을 들고 한 손에 곡괭이를 들고 화나는 표정의 그림은 노동자 봉기를 선동하는 의지적 사고를 나타낸 것이므로 예술품이라 볼 수 없고 맹렬한 전투를 부추기는 군가도 예술이라고 여기기 어려울 듯하다.

한편, 인간의 생각과 느낌을 담은 예술의 형태로서 문학이 있다. 문학은 여타 예술과 달리 지향점이 뚜렷한 분야라고 볼 수 있다. 문학은 작가가 의도하는 바를 문자라는 기호를 통해 느낌뿐만 아니라, 생각까지도 구체적이고 사실적으로 묘사하는 분야로서 주제를 구현하는 과정이 짧아 몇 줄의 시가 될 수도, 아주 길어 두꺼운 책이 될 수도 있고 때로는 연작 형태의 여러 권이 될 수도 있다.

함축적 의미를 내포하여 해석이 자유로운 음악, 미술과 달리 문학은 약속한 방법 즉, 해석이 제한되는 공인된 언어를 사용함으로써 의미가 구체화 되어 논란의 대상이 되기 쉽다.

글을 쓰는 사람, 그림을 그리는 사람, 사진 찍는 사람, 노래하는 사람, 작곡하는 사람, 연주하는 사람은 자기를 드러냄으로써 스스로 위로하려 한다. 예술이 추구하는 목표는 자기의 꿈을 그리고 미실현 욕구를 발산하는 궁극적 자기 위안이라 볼 수 있다.

노자(老子)의 《도덕경(道德經)》은 도경과 덕경을 합쳐 이름하여진 것이다. '도덕(道德)'이란 말의 연원은 《도덕경》이 그 배경이 아닌가 생각된다.

그렇다면 '도(道)'는 무엇이고 '덕(德)'은 무엇인가? '도'는 도이고 '덕'은 '도'가 드러나는 현상 혹은 '도'의 실천결과로 볼 수 있으니, 덕의 배경 사상인 도에 대해, 노자는 도는 말로 표현할 수 없는 것이라 설하고 있다.

그러면서 노자는 이런저런 논변을 통해 '도'에 대해 말하고 있으나 한마디로 정의하지는 않았고 오히려 그러지 못했다고 보는 편이 맞다.

많은 학자가 '도'에 대해 주석을 달았으나 국외자인 본인 또한 주석하지 못할 이유가 없는 이유는, 우선 노자가 도를 한마디로 정의하지 못하였기 때문이고, 도가 말하여질 수 없다는 뜻은 다중의 포괄적 개념이라고 믿고 각론을 펼칠 수 있다고 믿기 때문이다.

하지만 노자의 세계관, 인생관이라 할 수 있는 '도'는 자연관찰사상, 자연숭배사상, 자연친화사상, 자연순응사상, 여기에는 자연 속의 주체로서 인생관찰사상 같은 것이라 봐도 무방하다고 본다. 그러기에 그의 사상을 무위자연이라 요약함은 제법 타당한 정의라고 볼 수 있다. 한편, 무위도 자연에 포함되는 개념일 수 있다.

'도'가 말로 표현할 수 없다고 선언할 수밖에 없는 사정은 마치 자연현상을 한마디로 형상화할 수 있는 언어가 없기 때문이기도 하지만 실상 그가 말하는 '도'는 누구도 이것이라고 말할 수 없는, 때마다 다르므로, 의미에 제한을 두는 일이 쉽지 않았다는 사유의 결말일 수도 있다.

생멸 일시가 불명확한 노자는 기원전 6세기 사람인 것은 확실하여 그의 사상의 시대적 배경이 기원전임은 알고 있어야 한다.

기원전 당시에도 성행한 전쟁을 예로 들어 '도'에 대해 살펴보자. 자연 속의 인간을 무위로써 해(害)하지 아니함이 도일 터이니, 살생은 도가 아닌 비도덕이지만 살생이 덕인 때도 있다. 전쟁에서는 사람을 많이 죽인 사람이 영웅으로서 존경받지만, 그것은 내 편의 생명을 지키고자 저편의 생명을 죽이는 '도'의 모순과 혼란을 초래하는 한 가지 사례일 수밖에 없다.

흉년이 들어 곡식이 부족하면 공존의 '도'를 실천하고자 소식의 '덕'을 발휘해야 하지만 대풍이 들어 농민이 어려울 때 인애(仁愛)의 '도'를 실천하려면 밥도 많이 먹고 떡도 만들어 소비를 많이 하는 '덕'을 실천함이 옳다. 말하자면 소식도 덕이 아니요, 과식도 덕이 아닐 수도 있다. 전쟁으로 많은 과부가 생기는 시절에는 구휼(救恤)이 '도(道)'이므로 다처제의 실천이 '덕(德)'이 되며, 반대로 평시에는 음란하지 않음이 '도(道)'이므로 여러 여자를 거느림은 부도덕이라 말할 수 있다.

그러니 '도'를 어찌 정의할 수 있었겠는가? 이처럼 '도'의 무결정성은 이에 따른 '덕'도 고정된 개념이 아닌 상황을 만들어 낸다. 그런데도 무위로서 자연에 순응하는 정신이 '도'이며 그 실현이 '덕'이라 여기는 사상은 지금도 상당히 좋은 교훈을 주고 있다.

가장 높은 선비는 도를 들으면 즉시 실천하고, 가장 낮은 선비는 도를 들으면 비웃으니 그가 비웃지 않으면 도가 아니다….

—《도덕경》 41장[43]

천하의 가장 부드러운 것이 가장 단단한 것을 부순다, 형체가 없는 것이 틈새로 들어가니 무위가 이로운 것이다….

—《도덕경》 43장

니무 아끼면 반드시 크게 손해 보고, 많이 쌓아두면 반드시 크게 잃는다. 만족할 줄 알면 욕되지 않고, 그칠 줄 알면 위태롭지 않아 오래갈 수 있다….

—《도덕경》 44장

좋은 교훈이다. 하지만 앞서 말했듯이 노자의 자연 사상은 기원전 시대 배경이고. 우리는 지금 노자의 사상대로라면 있을 수 없는 자연도전, 자연극복 사상의 시대에 살고 있다.

비가 오면 맞을 것이 아니라 천정이 있는 집을 짓고, 말이나 수레를 타다가 자동차를 만들고, 많은 사람을 한꺼번에 실어나르는 기차를 발명하고 끝내 하늘을 나는 비행기를 만들었다. 물길이 열릴 때를 기다리는 인내의 '무위(無爲)'보다 섬과 육지를 다리로 연결하여 거침없이 다가간다. 아주 먼 나라로 간 사람을 대책 없이 그리워만 하는 '무위'보다 통

◇◇◇◇◇◇◇◇◇◇◇◇

43) 노자, 《노자 도덕경》, 김원중 옮김, 휴머니스트출판그룹, 2018

X 문화 산책

화는 물론 심지어 얼굴을 보며 얘기할 수도 있게 되었다.

《장자(莊子)》에 나오는 '포정해우(庖丁解牛)'[44]는, 보통 요리사는 달마다 칼을 바꾸지만 훌륭한 요리사는 해마다 바꾼다면서 그 이유로 소를 잡을 때 하늘이 낸 결에 따라 뼈 사이 공간에 칼을 밀어 넣을 뿐 뼈를 가르지 않기 때문이라는 요리사 '포정(庖丁)'의 말을 지칭하는 것이다.

요리사의 자연순응사상을 엿볼 수 있는 얘기지만, 요즘은 그럴 필요가 없이 소갈비를 톱니 칼로 마구 잘라내는 세상이 되었다. 사람이 병이 들면 자연에 순응하여 죽어주는 게 아니라, 개복하여 고장 난 부위를 처치하여 자연 상태를 거부하며 수명을 연장하여 살기도 한다.

노자뿐 아니라 장자의 사상과 철학은 오늘날에도 유효한 진리가 많아 여전히 동서양을 막론하고 회자하고 있음이 분명하지만, 사상에는 반드시 그 한계가 있다는 점도 간과해서는 안 된다. 동양의 철학이든 서양의 철학이든 우주와 사람을 단적으로 규정할 수 없고 여러 관점이나 사고를 파악하는 정도로 여기면 좋지 않은가 싶다.

그리하여 다양한 독서와 사유가 없이 살면 사상의 독단에 빠지는 위험을 범하기 쉽다. 책 몇 권 달랑 읽고 감히 '아무개'를 존경한다는 말은 있을 수 없다. 오늘날 정치인들이 알아야 할 대목이다.

소망이 명예도, 권력도, 돈도, 여자도 아닌 오직 독서와 사유를 통해 알고 싶은 욕구의 충족이면 신선 같은 삶이지만 누구든지 현실적 제한과 한계 속에 살아갈 수밖에 없는 인생임을 실감하는 것도 '자연사상'이

◇◇◇◇◇◇◇◇◇◇

44) 오강남, 《장자》, 현암사, 1999, p.146~147 참조

아닌가 싶다.

　성경도 좋고 불경도 좋고 도덕경도 좋다. 칸트처럼 동네 주변을 산
책하며 기운을 얻는 일상도 좋다. 도를 닦는다.

고흐의 편지와 문학

문학은 '개별적' 인간의 삶에 관한 이야기라고 볼 수 있다. 여기서 '개별적'이란 이유는 큰 부류의 일반적이고 포괄적 인간이 아닌 특정 개인의 얘기라는 점을 강조하려는 것이다.

한편 '학문'으로서의 철학은 인간의 보편적 인식의 수단이나 관점에 관한 이야기로 볼 수 있다. 여기서도 '학문'이란 용어를 사용한 이유는 지극히 개인적인 소신으로서의 철학도 있을 수 있기 때문이다.

문학이 사용하는 소통 도구로서 문자는 상당히 비효율적인 측면이 강해 현상을 묘사하여 전달하는 데는 큰 노력과 시간을 요구한다. 예컨대 한 사람이 책상 앞에 앉아 골똘히 생각하는 장면을 묘사하려면 방의 크기, 방안의 밝기, 창문의 위치, 벽에 걸린 사진, 책상의 모양, 그 위에 놓은 물건의 배치까지 배경설명이 필요할 수도 있다.

철학 역시 소통 도구인 문자로 생각을 전달하면서 문자가 가지는 관념성, 모호함 등을 보충하려고 부연하며 설명하고자 시도하지만, 그 의도가 달성되는지는 확신하기 어렵다. 이처럼 문학의 개별성, 철학의 둔중함은 대중의 접근을 어렵게 하는 이유다. 문학책을 읽어도 한 인간의 얘기일 뿐이며, 철학책은 한 가지 관점이나 수단의 이야기이면서 장황하기는 이를 데가 없다.

그러므로 대중이 책을 읽지 않으려는 이유는 인정해 줄 만하다. 혹시 책을 읽어야 돈이 생긴다면 억지로라도 볼 것이니 전공도서 같은 것이 그에 해당한다.

"저 사람, 미련곰탱이, 바보 아니야!"

책을 읽거나 쓰는 사람을 그렇게 조롱할지도 모른다. 거기서 돈이
생겨? 누가 알아주길 해? 책 한 권 읽는 데 한 달 걸리는 것도 많으니
그 시간에 하다못해 부업이라도 하면 얼마 정도 수입이 생길지도 모르
니까 말이다.

문학과 철학에 대한 비판적 단상을 쏟아내는 이유는 소통수단으로
서 문학의 비능률성, 철학의 둔중함을 지적하고자 함이다. 미술품은 문
학 작품과 비교하면 직관적이고 함축적이어서 보자마자 금방 느낌이
오고 이내 그 의미를 알 것 같아 문학책을 몇 날 며칠을 읽는 것에 반해
직설적이고 능률적이다.

그것은 작자에게도 그대로 해당한다. 다빈치 같은 사람은 그림 하나
를 오래 그렸다지만 다른 화가들은 대개 며칠 사이에도 그림을 완성할
수 있는 모양이다. 그림은 그리는 사람에게도, 보는 사람에게도 시간
소모가 적어 능률적이고 직관적이어서 훌륭한 예술이라는 생각이 들게
한다.

하지만, 이 대목에서 화가의 그림에도 생각할 요소가 내포되어 있
다. 고흐가 동생에게 보낸 편지(668통)에서는 그의 생애에 대한 깊은 성
찰, 종교적 영성과 현실 사이의 극심한 갈등이 관찰된다.

고흐가 화상으로 활동하던 시절, 예술품 거래는 짜고 치는 사기라고

말하며 자기 일을 경멸하다 해고당하고 만다. 여기에는 종교적 이유가 있어 보인다. 돈을 남겨야 하는 장사는 예나 지금이나 동서양 막론하고 다소 불합리하고 엉뚱한 면이 있기 때문이다. 그리고 그는 많은 독서를 통한 내면의 성숙을 경험한 것을 알게 된다.

> "음식을 먹어야 살 수 있는 것처럼 책에 대해 열정을 갖고 끊임없이 정신을 고양하고 탐구할 필요가 있다."[45]

성경, 프랑스 혁명사, 셰익스피어, 빅토르 위고, 디킨스, 아이스킬로스 등을 진지하게 읽고 있다고 29세 때의 고흐는 동생 테오에게 쓴 편지에서 밝히고 있다.[46]고흐의 편지를 엮은 책이 《반 고흐, 영혼의 편지》로 명명하여 출간되었으나 번역자만큼 작자를 잘 이해하기 어렵다는 측면에서 그 제호는 존중해야 할 대목이 아닌가 싶다.

고흐는 팔리지 않는 그림(879점 중 단 한 점 팔려)을 그리는 화가로서 스스로 '실패자'로 여기며 고통과 가난 속에서의 '영혼의 절규'를 편지와 그림으로 형상화한다. 고흐의 편지에서는 그의 문학적 소양이 드러나기도 한다. 짝사랑하는 여인에 대해, "그녀가 사라질수록 그녀는 더 자주 나타난다."[47]라고 묘사하고 있다.

우리나라 미술품 중에 최고가로 팔린 열 개 그림 중에 아홉 개가 김환기의 작품이고 이 중 두 그림이 제목이 없는 '무제'인 것 같다. '무제(無

◇◇◇◇◇◇◇◇◇◇◇

45) 빈센트 반 고흐, 《반 고흐, 영혼의 편지》, 신성림 옮기고 역음, 위즈덤하우스, 2017, p.18
46) 같은 책, p.19
47) 빈센트 반 고흐, 《반 고흐, 영혼의 편지》, 신성림 옮기고 역음, 위즈덤하우스, 2017, P.34

題)', 어찌 보면 감상자 상상의 영역을 넓혀주는 제목 같기도 하지만 작자가 도무지 무슨 생각과 느낌으로 그림을 그린 것인지는 알 수가 없다….

고흐는 모래 섞인 바닥 위로 나무뿌리들이 드러나 보이는 광경을 그린 〈뿌리〉라는 그림에 대해, 대지에 달라붙어 있지만, 폭풍으로 반쯤 뽑혀 나온 옹이투성이의 뿌리 속에 살아가려는 발버둥을 담아내고 싶었다고 동생에게 쓴 편지에서 밝히고 있다.[48]

고흐의 그림은 그야말로 스토리텔링 작품으로 그림으로 쓴 그의 자서전이라고 봐도 무방하다. 그림은 안 팔리고 겨우 동생이 보내는 생활비에 의존해 그림을 그리던 고흐가 동생이 결혼한다는 편지에 이제 생활비가 끊겨 더는 그림을 그릴 수 없음에 절망했을 거다. 그러다 같은 집에서 기거하며 그림을 그리던 화풍이 다른 고갱과 심한 말다툼 끝에, 위해 하려던 고갱이 도주하자 그 칼로 자신의 귀를 잘랐고, 상처가 아문 이후 얼마 지나지 않아 권총 자살했다고 보는 유추는 틀린 것일까.

누가 봐주고(미술), 누가 들어주고(음악), 누가 읽어주지(글) 않아 돈이 안 되면 예술이 아니라고 단정하는 예술가의 말도 있다. 고흐의 그림 '닥터 가셰'는 그의 사후 약 1백 년 지난 1990년 우리 돈으로 1천억에 팔렸다고 그런다.

고흐의 편지를 정밀하게 읽는 이유는 문인이 아닌 화가에게 글쓰기를 배울 수도 있다는 생각이 들 수도 있기 때문이다.

◇◇◇◇◇◇◇◇◇◇◇

48) 같은 책, p.56

고. 흐. 에. 게. 글. 쓰. 기를 배우다.

고흐의 동거인이며 마지막 친구였던 '야만인' 고갱에게도 '글쓰기는 그림과 조각 이외에 자기표현 수단'[49]이었기에 제법 많은 책을 남겼다는 사실은 예술로서의 그림과 문학의 유사성을 알게 하는 대목으로 여길 수 있다. 아무튼, 고흐는 가식이 없고, 거짓이 없고, 진솔하고, 솔직하고, 담담하고 절절하게 글을 써 간다. 기교를 뽐내는 문인이나 현학적인 철학자의 글보다 더 호소력이 있고 깊이가 있다.

남자에게 버림받아 한겨울에 거리를 헤매는 병들고 임신한 데다 배고픈 여자를 집에 데려다 보살펴 주고 병원까지 동행하며 해산을 도운 그는, 형편이 나아지면 그 여자와 결혼할 수 있을 거로 생각하며 그것이 그녀를 계속 도울 수 있는 길이라고 믿었다.[50]

그러면서 한 여자를 버리는 일과 버림받은 여자를 돌보는 일 중에 어느 쪽이 더 남자다운 자세인가를 동생에게 보내는 편지에서 고흐는 묻고 있다.[51]

비 오는 날 아침 그 앞을 지나다가 많은 사람이 복권을 사려고 기다리는 모습의 그림을 그린 배경에 대해 '복권에 대한 환상은 우리에게는 유치해 보일 수도 있지만', '복권을 통해 구원을 얻으려는 불쌍하고 가

◇◇◇◇◇◇◇◇◇◇◇
49) 피오렐라 니코시아, 《고갱—원시를 갈망한 파리의 부르주아》, 유치정 옮김, 마로니에북스, 2007 참조
50) 빈센트 반 고흐, 《반 고흐, 영혼의 편지》, 신성림 옮기고 엮음, 위즈덤하우스, 2017, pp.55~56
51) 같은 책, p.53

런한 사람의 고통과 쓸쓸한 노력'에 대해서도 연민을 표했다.[52]

그의 건강에 '주된 치료법은 그림' 그리기, '그림의 가격보다 자연을 탐구하는 일에 더 흥미를' 느낀다, "풍경이 나에게 말을 걸었고 그것을 빠른 속도로 받아 적었다.", "그것은 '인습적 언어가 아니라 자연 그 자체에서 나온 언어'."라는 구절도 눈에 뜨인다.[53]

인간적으로 그리고 예술가로서 창작의 자세에 대해 배울 점이 아주 많은 고흐의 편지를 읽으며 이제까지 누구의 글을 이렇게 촘촘하게 읽은 적이 있던가, 자문하고 있다. 고흐의 작품에 녹아든 인간적 면모나 예술을 하는 자세가 훗날 대화가로서 인정받게 된 배경임에 틀림이 없다. 고흐(1853~1890)는 행려자를 돌봐주며 결혼까지 생각했으니 그 인간성에 대해 칭송할 만하다.

그림이든 문학이든 음악이든 정신(영혼)의 고통이나 연마 없이 작품이 나올 수가 없다고 여겨진다. 그림도 음악도 손과 귀로가 아닌 영혼의 짓인 것을 알게 한다. 글도 마찬가지, 글재주만으로 쓴 '책에 대해 침을 뱉어야 한다'.

'미술사'는 하나의 학문 분야여서 화가의 전기나 작품에 관한 연구가 있으나 음악가의 전기는 많지 않고 음악사는 전문분야이어서 전문가 이외에는 읽어도 잘 알기 어렵다.

일반적으로 하고 싶은 말, 부각하고 싶은 면, 자신에게 불리한 기술은 하지 않는 선택적이고 제한적인 측면이 있다고 인식되는 자서전은

◇◇◇◇◇◇◇◇◇◇◇◇

52) 같은 책, p.88
53) 같은 책, pp.85~86

부정직한 면이 있어 당사자의 전모를 파악하기에 부족할 수도 있으나 고흐의 편지는 혈육 간의 서신이라는 점에서 주목할 만하다.

편지 이외에 제삼자의 증언이나 관찰을 기록한 전기 작가의 글도 당사자를 파악하는 데 중요한 단서가 될 수 있다. 이 대목에서, "여보시오, 고흐를 알아 뭐하려고 그래! 골프나 치러가, 아니면 카드놀이나 하지." 이런 말이 들리는 듯하다.

미술이든 문학이든 창작의 결과물이라는 측면에서 생성을 주관하는 작업자의 심사는 비슷할지도 모른다. 희망을 품고 나아가지만 판매되지 않는 작업을 계속하는 그의 심사를 좀 알아볼 필요도 있다.

자의식이란 자기의식의 준말로, 자기가 자기를 의식하는 것을 말한다. 이것은 주체로서의 자기를 또 다른 자기가 관찰하여 얻은 의식이다. 무엇을 관찰하는가? 자기의 행동, 자기의 생각, 자기의 능력, 자기의 감정, 자기의 성향이나 성격 등이다. 스스로 자기를 관찰하는 사람은 대개 반성적이고 반추적이 될 수밖에 없는 이유는 지나가고 있는 현시점 혹은 지난 것에 대한 의식이기 때문이다.

여기서 고흐의 말을 인용하면,

"돈에 쫓겨서 사람들이 흥미를 끄는 작품을 만들면 항상 불쾌했다. 처음에는 찢는 일이 힘들었으나 결국 다 찢어버렸다."

고흐에게 창작에 임하는 근본 자세를 배운다.

그림 작업은 물리적, 정신적으로 아주 힘든 작업이고, 엄청난 노력이, 매일 같이 필요하다.[54] 창작자가 겪는 고통을 잘 말해 주는 대목이다. 시대의 탓이런가, 그림에 입문한 지 약 8년이 지나도록 그림을 단한 점밖에 팔지 못하여, 지독한 가난과 고독 속에 절망하여 그는 37세에 자살로 생을 마감했다.

그나마 동생의 지원 아래 버틴 세월이었다. 언제인가 동생의 지원으로부터 독립할 수 있고 결혼도 할 수 있으리라는 희망은 그림이 팔리지 않는 현실과 괴리 속에서 자의식의 고통이 인내의 한계를 넘었으리라.

사회 부적응 성격의 소유자로서 그림 이외에 할 수 있는 일이 없다는 자의식은 자신을 옥죄고 좌절하면서 그의 선택은 자살밖에 없었을 것이다. 그의 죽음은 안타깝지만, 그의 삶은 '자신'을 아는 바람직한 인간 탄생의 조건이기도 하다.

인생에서의 다툼은 남이 아닌 결국 자신과의 투쟁으로서 자의식의 문제다. 자의식이 없는 사람은 '자기를 참기'보다 '남을 참는 것'이 더 쉬운 사람이다. 정치는 이런 사람이 하는 게 아닐까 싶다. 어리석은 바보, 터무니없는 인간들이 여기에 속한다.

그러나 강한 자의식은 반드시 좋은 현상은 아니어서 자의식 과잉은 행동을 위축시키고 너무 조심스러워 무위 혹은 자학에 이를 수도 있다. 반면에 자의식이 약하면 자기가 자기를 돌아보고 의식하려 하지 않아 꼴불견 저질 인간이나 악인이 되기 쉽다. 이 시대 정치인의 모습이다.

◇◇◇◇◇◇◇◇◇◇◇

54) 빈센트 반 고흐, 《반 고흐, 영혼의 편지》, 위즈덤하우스, 신성림 옮기고 역음, 2017, p.51

죽음은 누구에게나 비선택적, 비자발적, 비의지적으로 발생한다. 그러므로 바로 앞에 다가온 죽음일지라도 당사자는 삶에 대한 희망의 끈을 놓지 않으며 마지막까지 의지적 생명이 지속하기를 바란다.

한편, 자살은 선택적이며, 자발적이고, 의지적으로 발생하는 일이다. 자살로 생을 마감한 사람이 그 이전에 어떤 심적 경로를 겪으며 자살에 도달하는지를 알게 해주는 재료는 소중한 것이라 여길만하다.

그렇지만 자살한 사람이 한둘이 아닐진대 그 가운데 자신의 심경을 자술한 자료가 얼마나 되는지 알 수 없고, 또 있다 하더라도 해독할 수 있는 —다시 말해 타자와 소통을 할 수 있는— 언어로 쓰여 있지 않을 수 있다. 그런 관점에서 자살로 귀결된 인생, 고흐의 편지는 한 인간의 선택적 의지적 죽음에 도달하는 과정을 소통이 가능한 문장으로 알려주고 있어 매우 소중한 자료가 아닐 수 없다.

자기 그림 실력이 늘어가는 과정, 작업에 임하는 자세, 비현실적인 마음 한편에 도사린 현실적 욕구, 마지막으로 좌절하는 심경까지…. 자살이라는 선택적 죽음에 도달하는 한 인간의 생애의 전모를 파악할 수 있다는 측면에서 고흐의 편지는 그가 훗날 천재적 화가로 인정받지 않았다 하더라도 자신을 기술하는 문학적 역량 측면에서도 가치를 인정할 만하다.

자살한 사람의 일기장이 무언의 독백이라면, 편지는 상대방이 있는 이야기이므로 일종의 사회적 상호 접촉이란 면에서도 특기할 만하다. 그림을 그리는 사람 중에 고흐의 편지를 읽어 본 사람이 얼마나 될까, 부질없는 의문이 든다.

그와 함께 셋방을 같이 쓰던 초등교사는 20대 초반의 고흐에 대해 이렇게 말했다. 그의 얼굴은 "대개 어둡고, 사색적이며, 대단히 진지하고, 우수에 찬 표정이었고 웃을 때만은 진심에서 우러나는 진솔한 웃음이어서 얼굴 전체가 환하게 밝아졌다."[55]

고흐는 그림을 그리기 전부터 자발적 독서를 열심히 하고 종교적 성향의 소신이 있었기에 그의 영혼은 '빈 깡통'이 아니었다. 어쩌면 깨어 있는 영혼의 자각이 그를 죽음으로 몰고 갔는지도 살펴볼 일이다.

팔리지 않는 그림에 대한 절망감, 인간에 대한 연민, 청년으로서의 애욕, 그림을 더는 그릴 수 없게 점점 다가오는 금전적 현실 등, 괴팍한 성격의 소유자임에도 내면에는 진한 사랑과 연민이 있고, 그림에 대한 죽을힘을 다해 바친 열정, 동생에 대한 고마움과 미안함이 교차하는 성숙한 인간의 면모도 보인다.

문학 작품은 가공물인 데 반해, 고흐의 동생에게 쓴 편지는 내밀한 글로서 거짓이 없고 진솔한 내용으로 여겨도 무방하다.

37세에 죽은 빈센트 반 고흐는 말년에 프랑스 남부 도시에서 1년 동안 200점의 그림을 그린 기간도 있었다고 전하니 거의 2일에 하나씩 그림을 완성한 셈이다. 그는 아버지처럼 목회자가 되려다 괴팍한 성격과 부적합한 적성으로 좌절하고(23세) 미술대학을 다닌 적이 없이 29세에 늦깎이로 화가가 되기로 하고 재능만으로 그림을 그린 것 같다.

고흐가 그처럼 막다른 골목에 처한 배경에는 또 다른 현실적 절박한 이유가 있었을 수도 있다. 동생이 보내주는 생활비로 프랑스에서 생활

---

55) 프레데릭 파작, 《나는 빈센트를 잊고 있었다》, 김병욱 옮김, 2017, 미래인, p.45

하던 고흐에게 결혼하게 되어 이제 생활비를 보내줄 수 없으니 형이 알아서 살라는 동생의 마지막 편지에 절망했을지도 모른다. 동생은 고흐가 자살하고 몇 개월 후에 병사했다.

젊어서도 관심이 없지는 않아 박물관을 찾아 관람하는 정도에 그쳤던 미술(美)은 인생의 만년에 접어들면서 보다 많은 관심과 주의를 끄는 분야가 될 수 있다. 이유는 글을 쓰면서 줄곧 생각하게 된 인간의 본원적 능력에 관한 추상 때문이다.

창작물 중에 가장 비능률적이고 '미련한' 것은 글을 도구로 사용하는 문학류의 서책이 아닌가 싶다. 한순간에 쓸 수도 있는 서정시, 그리고 몇 주 만에 완성되는 단편소설 같은 것도 있기는 하지만 저작을 완성하는 데 평생을 바친 파우스트 같은 대작도 있거니와 짧아도 최소한 반년 정도는 잡아야 저작물이 나온다.

베토벤의 〈9번 교향곡〉 같은 것은 상당한 시간에 걸쳐 완성되었지만, 음악은 무엇보다 이론을 알지 못하면 작곡이 어렵다. 음악 이론은 따로 공부해야 알 수 있는 분야다.

하지만 미술은 다르다. 천부적 재질만 있으면 특별히 공부하지 않고도 단박에 그림을 그려 낼 수 있으나 쉽사리 도전하기는 쉬워도 아무나 인정받기 어려운 분야이기도 하다.

여기서, 그의 인생을 조망하려는 의도보다 그를 통해 미술의 속성에 관한 단면을 살펴보려고 한다. 예술 중에서 천재에게 가장 적합한 분야는 단연 미술이라 여겨진다.

단 하루 이틀 만에도 훗날 대작으로 인정받는 작품을 생산하는 데는 천재의 재능이 필요하다. 이거야말로 갈고닦아 노력으로 이뤄낸 능력이 아닌 천부적 재능으로 단시간에 '뚝딱' 만들어 낸 것이다. 미술이야말로 천재에게 적합한 분야인 이유는 학교에 다니지 않고 공부를 따로 하지 않아도 재능만 있으면 가능한 예술이기 때문이다.

그도 처음에는 밀레 같은 사람의 작품을 모방하는 것으로 그림을 시작하였으나 끝내 자기만의 미술 세계를 구축하여 모양과 색채를 변형한, 시선이 아닌 감각으로 본 그림을 그리는, 훗날 인상파로 분류되는 화가 중의 선구자가 된 모양이다.

미술이 천부적 재능에 지배받는 예술이라면, 문학은 '미련곰탱이'들이나 하는 막무가내 시간 소모형 지루한 창작에 가까운 고단한 예술 분야이다.

문학 수업을 받든지 안 받든지, 경험, 지식, 상식, 감정, 추리력, 상상력, 분석력, 관찰력을 바탕으로 말하고자 하는 내용을 글로 옮길 수 있는 문장력이 있어야 하고 그밖에도 단박에 길러지지 않는 어휘력이 기본이고, 인간 심리도 알아야 한다.

저작에 시간이 많이 소모되는 문학에서는, 타고난 감성과 언어 능력이 필요한 시작(詩作) 이외에는 그야말로 천부적 재능보다 오히려 후천적인 노력이나 경험이 필요할 수도 있다. 문학에서도 시(詩)는 타고난 감성과 언어 구사력만 있으면 가능하기에 천부적 능력이 작동하지만, 산문과 비교하면 이성적 소양은 그다지 요구되지 않는다.

1천 쪽에 가까운 소설은 수년간 집필하여 완성된, 자신을 산화시켜 생산된 결과물이다. 작자뿐만 아니라 산문은 독자에게도 고통스럽기는 마찬가지다. 보는 순간 느낌이 오는 그림이지만 책은 읽으려면 몇 날 며칠, 심하면 한 달 이상이 걸리기도 하니 누가 그런 고통을 감내하려 할까.

우스갯소리로 돈도 안 되는 예술이면서 힘들기로 말하면, 젖 먹은 힘 다해야 나오는 글이다. 어떤 작가는 소설 10권 내고, 암 걸려 죽은 예도 있다. 작문은 어쩌면 회고적, 반성적, 반추적 거동으로서 자기를 학대하며 잊거나 구원하고 위무하는 수단이다.

"짐승은 인간보다 훨씬 단순한 삶에 만족하며 살지만, 인간 중에는 지적 수준이 낮을수록 삶에 대한 만족도가 크다."라는 말도 있다. 먹고 마시고 질탕하게 성애를 즐기는 삶에 만족한다면 글을 쓸 이유도 시간도 없다.

천재 화가는 부러운 존재다. 고흐는 아무도 알아주지 않아 400프랑에 달랑 그림 하나 팔고 죽었고 그림을 소장한 그의 제수씨가 그림을 파는 과정에서 비로소 이름을 얻어 오늘날 대가로 인정받게 되었단다.

생전에 유명해져 고가에 그림을 팔 수 있었다면, 고흐는 고생을 덜하며 오랫동안 살았을 거로 상상하지만, 그것도 모르는 일이다. 타락한 인생을 살았을 수도 있기 때문이다.

고흐는 화상인 동생이 주는 생활비에 의존해 그림을 그리고 대신에 작품을 동생에게 보내주며 그림을 설명하는 668여 통의 서신을 남겼다….[56]

그의 그림은 박물관에 소장되었으나 개인이 소장한 작품은 1점에 수

<hr />

56) 빈센트 반 고흐, 《반 고흐, 영혼의 편지》, 신성림 옮기고 엮음, 위즈덤하우스, 2017, 참고

백억 원 하는 모양이니 죽은 고흐만 불쌍하게 되었다.

"글 쓴다고, 누가 알아줍니까!"

돈은커녕, 웃음거리가 되기도 하는 글은 본래 자기 산화형(散華形) '자기 위안'이며 '자기 구원'인 것을 아는지 모르는지, 문학의 본령을 모르는 아마 시기심과 열등감에서 발원한 가장 저열한 가치관이 드러난 참으로 '안타까운' 말이다.

문학이 언어의 예술임을 알게 히는 최명희 《혼불》은 구매 날짜가 2001년 설 연휴라고 쓰여 있어 나로서는 독서를 재개하는 계기가 된 신호탄이 된 책인듯하다. 그 책은 아무 쪽이나 펴도 생소한 단어가 여럿이 튀어나온다.

볕발, 소소하다, 사운거리다, 고샅, 허성하다, 차일, 장명등, 매화잠, 잠두, 사모, 자색, 단령, 의혼(議婚), 찰지다, 댓돌, 적(炙), 홍소(哄笑), 길상(吉祥)….

우리나라 3대 여류 문학가를 들라면 아마 박경리, 최명희, 박완서가 아닌가 싶다. 생애가 행복했으면 글을 쓰지 않았을 거라는 박경리의 박력 있는 문체, 17년간 《혼불》 10권을 쓰며 과로하여 암으로 죽은 국문과 출신 작가 최명희의 '조탁(彫琢)'한 언어 잔치, 40세 넘어 쓰기 시작한 주부 작가로서 그야말로 술술 읽히는 문장을 구사하는 박완서는 머리가 좋은 여자로 보인다.

X 문화 산책

사람다운 사람, 존경할 만한 사람, 호감이 가는 사람, 보편적 정서를 가진 사람, 배울 면이 있는 사람이 드문 이 세상, 책에서 '사람'을 만나고 배운다. 나이 들어가며 세상과 인간을 더 잘 볼 수 있게 되었지만, 한편으로 점점 더 낯설어 보인다.

끝날 때까지는 끝이 아닌 인생이지만 어느 날 문득 다가올 죽음 앞에서 있다는 자각은 삶에의 경외 그 자체다. 그래, 완성도 없고 완전도 없이 머물다 가는 이곳임에야! 그런데도 좋은 책을 읽는다는 것은 훌륭한 스승을 곁에 모시고 사는 모양과 같다.

태양 아래 새것이 없다는 경전의 말도 있듯이 세상에는 이미 수많은 생각과 느낌에 상응하는 셀 수도 없는 저작들이 난무한다. 거기에 또 하나의 서책을 보태려는 어리석음은 어찌 여겨야 할까. 밭을 갈고 씨를 뿌리고 수확을 하지 않는 농부가 없듯이 작물을 거둬들이는 농부의 마음 같은 한 시절 써놓은 글월로 책을 만들어 낸다.

고흐 같은 천재는 그림을 그려야 하지만, '미련곰탱이'는 오늘도 글을 쓴다는 믿음에 변함이 없다.

XI

자기 구원에
대하여

나 하나 위로하기도 힘겹다

술에 취한 사람을 상대하는 일은 아주 괴롭고 노곤하다. 중언부언, 횡설수설, 목소리는 크고, 상대방의 말은 듣지 않고 혼자만 말하려 하고 때로는 무엇인가를 따지며 달려드는 게 취객의 특징이다. 하지만 주정뱅이에게도 인격이 있어 마구 대할 수는 없는 노릇이라 그 모습을 얼마간은 참고 들어주고 봐주어야 할 거다. 하지만 비교적 괜찮은 방법이 있다. 같이 취해버리는 거다. 그러면 상대방도 똑같이 황당함을 느껴 취태를 그만두는 일도 있다.

아무래도 세상이 취하고 미친 것 같다. 세상이란 인간이 살아가고 있는 사회를 포괄하는 말이지만 주로 인간의 특정한 거동이 나타나는 곳으로서의 세계를 국한한다고 봐도 좋을 듯하다.

사람들이 뭔가에 홀리고(迷惑) 미쳐 있는 것 같다. 인간의 그런 모습은 어제오늘의 일이 아닌 태고부터 그랬을 터이지만, 나이가 들어가며 세상이 더 잘 보이면서 그에 따라 마음에는 근심과 염려가 끊이질 않는다. 밤새, 특히 새벽녘에 내 머릿속에 들어온 생각의 물풍선을 바늘로 찔러 터트리는 게 아침에 쓰는 글에 해당한다. 그 물주머니를 터트려버리지 않으면 안 되는 것이라 여기기 때문이다.

사람들이 미쳤다. 아니, 그렇게 보인다. 용처를 알기 어렵고 모호한

XI 자기 구원에 대하여

명예, 욕정, 금(金)욕, 자존, 권세, 질투, 과시 등의 수없이 많은 욕망에 사람들이 미쳤다. 나도 미쳤다. 같이 미쳤다. 앞서 술주정뱅이를 상대하는 가장 효과적인 방법을 구사하는 모양이다.

사방에는 속임수가 넘쳐난다. 나이가 들어가면서 안 보이던 속임수도 더 잘 보인다. 순수함이 잘 안 보이는 세상이다. 우리는 순수한 사람을 끔찍이 사랑하지만 그러한 삶을 살아가는 사람은 만나보기는 쉽지 않다. 순수함을 중요시한다고 해서 곧 순수한 사람을 의미하지는 않는다. 다른 사람에겐 순수함을 구하지만 '나만은 예외'라고 생각할 수도 있기 때문이다. 그러더라도 삶의 가치만큼은 그곳에 두고 살면서 노력해야 할 거다.

왜 그리, 사람들은 미쳐 날뛰는 걸까?

"지금 식사 중이니 끝나고 알려드릴게요."

그러나 그는 영영 무소식이다. 돈이 안 되는 일에는 응대하지 않는다.

"알아보고 전화드리겠어요."

역시 부도수표다. 소득이 없는 일은 시간 낭비이니 깔아뭉갠다.

이거 다 뭐 하는 인간들이야. 이문이 없는 일에는 순간만을 모면하고 일절 반응하지 않고, 움직이지 않는다.

그렇게 얄팍하게 살면 고생스럽게 사는 거야, 바보들아! 세상이 그리 만만한 줄 알아? 만나는 사람마다 성의껏 최선을 다해도 될까 말까 한데, 그렇게 쉽게 순간만 모면하고 살면 일이 잘 풀릴까….

물은 위에서 아래로 흐르고, 낮이 지나면 밤이 오고, 겨울이 가면 봄이 된다는 사실을 생각한다. 아무리 쫓겨도 마음에 여유가 있는 사람이 아름답다. 설령 남을 속일지라도 자신을 속이지 않는 사람은 아름답다.

각박하고 삭막한 세상!

어디에 아름다운 사람이 없을까? 하지만 어려울 거다. 내 맘속에서 위안을 찾는다. 위로보다는 '내 마음'을 바꿔먹는 편이 낫다고 생각할 수 있으나 위로받기를 원하는 마음은 보편적 정서가 아닐 수 없다.

그러나 몽테뉴의 말처럼, "남을 위로해 주기는커녕 나 자신을 위로하기도 힘겹다."[57]

"매일 글 쓰는 거 피곤하지 않아요?"

"전날 써놓은 것을 아침에 보내는 거 아닌가요?"

첫 번째 질문에 대한 답은 절반만 맞고 두 번째 질문에 대한 답변은

◇◇◇◇◇◇◇◇◇◇

57) 미셸 드 몽테뉴, 《몽테뉴 수상록, 손우성 옮김, 문예출판사, 2014, p.253

'아니다'.

첫 번째 질문은 글쓰기가 주업인 인문계 교수가 내게 던진 질문이다. 그들은 글쓰기로 직을 유지하며 한평생 살지만 글쓰기가 어렵다는 걸 아는 존재들이다. 말과 글은 보존성, 소통성에 있어 사뭇 다른 면이 있다. 특히 동시성 쌍방 소통인 대화와 달리 글은 동시성이 없는 한 방향 소통에 속한다. 그렇다고 글에서 부연 설명이 많아지면 글의 생명인 간결성이 훼손되어 말과 별로 다를 바가 없어 지루함을 느끼는 독자도 생긴다.

아무튼, 글쓰기는 피곤한 작업이다. 말은 아무 말이나 생각 없이도 할 수 있으나 글에는 주제와 논리가 있어야 하고 보존성이나 확산성을 의식하여 사실관계 고증도 필요하기 때문이다. 읽는 데 3분이 소요되는 글이라도 쓰는 데는 50배인 150분이 소모될 수도 있다. 그러므로 글을 쓰고 난 직후에는 진이 빠져 머리가 진공상태가 되어 아무것도 할 수 없는 시간이 흐른다.

글쓰기는 영적(靈的) 지출이다. 지출 후에는 허탈감이 찾아온다. 그것은 통장에서 돈이 빠져나간 후의 허탈감과도 비슷하다. 다시 빈 곳간을 채우려면 영적 수입이 있어야 한다. 그래야 수지가 맞는다. 영적 수입은 독서와 사색 같은 것으로부터 얻을 수 있다.

피곤한 글쓰기를 왜 하는가? 안 하면 더 피곤하기 때문이다. 안 하면 더 힘들기 때문이다. 글쓰기는 마치 내 안에 부식된 산화물 같은 것을 방출하는 일이다.

현대 한국문학을 대표할 만한 소설 50여 권에 대한 독후감을 모은 책이 있다. 어찌 그 책들을 성실하게 읽고 서평을 했을까 궁금했으나 그 의문은 곧 풀렸다. 어딘가에 책 소개를 연재한 모양이다. 당연히 사례를 받고 하는 일이다. 그렇지 않고 맹목적 독서는 쉽지 않다.

이익이 생기는 일이라면 모두 자다가도 번뜩 일어나지만 그렇지 않은 일에는 아무 관심이 없는 게 세태이다. 자기 계발 혹은 직설적으로 돈 버는 기술에 관한 책은 그런대로 한두 권씩 읽는 모양도 그리 쉽게 볼 수 있는 광경이 아니다.

'데카르트'의 말대로 내가 조금이라도 알고 있는 것을 세상에 알리어 나보다 유능한 사람을 더 유능하게 만들려는 이타적 목표 따위가 절실한 사람이 얼마나 될까. 오직 작문을 통해 자신을 구원할 뿐이 아닐까. 그러니 글쓰기가 힘들어도 안 쓰면 더 힘들기에 글을 쓴다고 볼 수 있다.

아마 다른 예술인도 이 말에 공감할지도 모르겠다. 혹여 글이나 작품이 돈이 되어 생계에 도움이 되면 아마추어가 프로가 되는 거다. 그러므로 아마추어와 프로의 구분이 따로 있는 게 아니라 어쩌다 그 일로 수입이 생기면 직업이 되는 거고. 프로가 되는 거다.

자기 구원은 자기 위로다. 누가 나를 위로해 줄 것인가? 종이 위에 적어보시라. 위락이나 신앙이 나를 위로해 줄지도 모른다. 한잔 술에 분한 마음을 달래고, 담배 한 모금에 쓰린 가슴을 다독이고, 돼지 멱 따는 소리로 노래하며 시름을 달래고, 바둑이나 장기 혹은 당구로 망아를 실천하고, 미친 듯이 산에 오르며 고뇌를 잊는 방법으로 모두 자기를 위로한다.

XI 자기 구원에 대하여

그러니 뭐가 좋고 나쁘고도 없고 옳고 그름도 없다. 하고 싶은 대로 하는 거다. 다만 거기서 수입이 발생하면 직업이 되는 것이지만 자기 위로가 직업이 되는 사람은 많지 않다.

자기 위로의 산물로서 작문이 제삼자에게도 위안이나 깨우침이 된다면 자기 위로를 넘어 타인 위로가 되어 좋은 일이 아닐까 싶다.

글은 읽지 않는 사람에겐 휴지나 공해에 속하는 것. 그들의 자기 구원이나 위로는 영혼이 아닌 다른 곳에 있어 보이기 때문이다. 금주해도 금연해도 도모할 일은 없다. 그것이 자기 구원이고 자기 위로라면 더욱 그렇다.

그렇지만 건전하고 성스럽게도 남을 위해 봉사하는 여생이 아름답다. 그러나 한두 번 감상적 봉사는 가능하지만, 지속해서 그러기는 어렵다. 더구나 남을 위할 형편이 아닐 수도 있어 대부분 사람은 가족을 위해 산다. 그리고 간혹 도와주면 은혜를 원수로 갚고 호구 되는 수도 있다는 걸 세월이 흐른 후에 아는 수도 있다. 삭막한 세상이다. 나는 오롯이 내가 위로할 수밖에 없다.

인기 도서는 대중의 사랑과 선택을 받았다는 측면에서 존중할 만한 요소가 없다고 볼 수는 없지만, 그 내용을 까보면 대개 유명인의 삶과 인생에 대한 대중의 관음증 충족 차원의 글이거나 얄팍한 처신을 조언하는 듯하다. 한 사람이 어찌 살았고 지금 어떤 처지에 있는지가 궁금하고 무엇보다 독자들은 그 안에서 작자의 불행요소를 발견하고 위안 거리로 삼고자 한다.

주목할 만한 대목이 없는 허섭스레기 글에서 고작 하는 일이라고는 저자의 삶과 자신을 비교하여 잠시 위안 요소를 발견하는 모양새다.

사람은 주식만 먹고 살지 않고 때로는 간식도 하지만, 간식은 안 먹어도 살 수 있다. 주식은 주된 생각이요 간식은 가벼운 느낌 같은 것이 아닐까. 유명인의 사생활 알아 무엇하나? 그러나 모름지기 책을 팔려면 그런 부류를 상대해야 할지도 모른다. 하지만 독서 친화도 측면에서는 그들도 알아줘야 할 대상이다.

평생 이런저런 책을 섭렵하면서 내린 결론은 이렇다. 많은 책이 필요 없다. 단 몇 권의 책만 있으면 그만이다. 마치 성경책처럼 자꾸 '그책'만 들춰보면 거기에 다 있다.

독서와 사색을 통해 흔들리지 않는 자신만의 신념과 철학을 세우는 일이 가장 우선할 일이다. 생각을 정립하는 일이다. 나약하게 위로받을 생각하지 말아야 한다. 위로는 도움이 안 되고 칭찬도 도움이 안 되고 폭풍우 몰아치는 광야에서도 혼자서 가라. 그런 마음이면 그럭저럭 일생을 마칠 수 있다. 나약하게도 위로받기 좋아하면 위로받을 일만 저지르고 다닐 수도 있다.

친구의 불행에 사람들은 고소해한다는 쇼펜하우어의 말도 있고 니체는 문상은 때때로 죽은 자에 대한 산자의 안도감을 확인하는 자리이며, 문병은 병든 자에 대한 건강한 자의 자만을 확인하는 모습으로 비칠 수도 있다는 것이다. 이 말은, 아마 니체의 어느 책에 나오는 말일 거다. 여간 가까운 사이가 아니면 문병은 간혹 오해의 소지가 있을 수 있다는 날카로운 철학자의 지적이 아닐 수 없다. 실제로 자기애가 강한 사람은 문병을 원하지 않는 경우도 주변에서 간혹 볼 수 있다….

　세상은 내가 필요할 때만 잠깐만 내 손을 잡아주는 것이고 거저 세상이 나를 도와줄 거로 생각하지 말아야 한다. 누구도 나를 사랑하지 않는다고 생각하는 편이 현명하다. 다만 세상에서 필요한 존재가 되도록 역량을 기르면 '사랑'은 찾아온다. 세상은 그렇게 비열하고 야박한 곳이다.

　누구에겐 세상은 사랑이라고 볼 수도 있지만, 아닌 경우도 많이 있으니 쉽사리 단정할 수 없다. 천사도 간혹 있지만, 인간의 인간에 의한 '사랑'은 아주 드물게 나타나는 말만 무성할 것이다. 본질에서 동물과 다름없이 다른 존재를 잡아먹어야 살 수 있는 인간 세상에서 사랑은 드물게 발생하는 사건일지도 모른다.

　죽이지 않으면 죽는 경쟁과 전쟁을 보면 더는 설명이 필요하지 않다. 어느 경우든 나에게 다가올 수 있는 일이므로 위로받을 생각 말고 본질을 꿰뚫고 강인하고 끈질긴 생명력을 길러야 한다. 위안은 남이 주는 게 아니라 스스로 만들어 내는 일이다.

　그렇다면 신의 인간에 대한 사랑을 믿어야 하나? 그건 당신 마음에 달려 있다. 이 대목에서 타락한 인간으로서 종교인을 보고 판단할 일은 아니다.

외로움 연습

대개 모임에 나가길 좋아하는 사람은 우선 지면을 넓히고 정보를 얻어 현실적 이득을 추구하거나, 단순히 혼자 있는 것을 참지 못하고 사교를 좋아하기 때문일 수도 있고 가끔은 거기서 성공한 자신의 위치를 확인하기도 한다.

우리의 자아에 대한 인식은, 본인이 자신을 바라보는 자기의 의식과 타자가 자신을 바라보는 타인의 의식으로 대별할 수 있다. 단순히 자기만을 생각하는 유년기가 지나면 차츰 우리는 타자의 의식을 인식하게 된다.

자기 생존 자체가 어려웠던 원시 상태의 인간은 이기적인 존재로서 특별한 관계 아래 있는 사람 외에는 타인을 배려하고 걱정하는 의식이 없었을 것이다.

그러나 원시 상태를 벗어나면서 인간의 욕구는 본능을 넘어서 차츰 발전하여 다양한 욕구를 충족시키기 위해서는 타인으로부터의 인정이 필요했을 터이다. 인간이 태초부터 남을 배려하는 존재가 아니었음은 먹잇감이 없으면 남의 살이라도 베어 먹었던 인류의 역사가 그 증거다. 문명사회가 되면서 인간의 요구는 다양해졌다.

실천적 이성이 명령하는 도덕심에서 나온, 어쩌면 순수하고 맹목적 이타심도 없지는 않다. 하지만 이타심은 본의든 아니든 타자에 대한 자기의 인식을 좋게 하면 사회적 이득이 돌아온다는 것을 알게 한다.

XI 자기 구원에 대하여

타자를 배려하고 염려하는 태도가 자신을 치장하려는 의도에서 나오는 경우, 그 욕구는 궁극적으로 명예욕으로 발전하게 된다. 인간에게 있어서 명예욕이 얼마나 강한지를 보여주는 대목은 Ⅳ장에서 언급했듯이 사형장으로 끌려가는 사람이 마지막 복장과 자세를 염려하며, 최후 변론을 어떻게 하면 멋있게 보일까 골똘히 생각하는 장면이다.

타자에 대한 배려는 내게 이득이 되면서도 인격의 척도로서 타자의 나에 대한 인식의 기반이 된다. 배려와 염려는 관계 사이에 존재하는 것이므로 존재끼리 부닥치는 사회에서는 상대방에 대한 부단한 배려가 타자의 인식 즉, 평판을 좋게 하는 지름길이다.

우리는 그것을 토대로 사회생활을 영위하면서 얼마간은 그 영향 아래 놓이게 된다. 하지만 배려와 염려는 본래 인간의 태생적 행태가 아님은 유아기에는 볼 수 없었던 것이라는 위에서 언급한 점을 상기할 필요가 있다.

어쩌면 배려와 염려는 가식, 겉치레, 허영심, 명예욕에서 나온 것일 수가 있다. 그런데도 그것의 가치는 타자에게 좋은 영향을 주므로 미덕임은 분명하다. 단 한 가지 문제는 그것이 의식화된 행위의 일종이라는 점이다.

모임에 나가는 걸 꺼리는 사람은 우선 사교에서 별다른 기쁨을 느끼지 않을뿐더러 그 자리에서는 가식적이나마 아낌없이 배려와 관심 그리고 염려의 말을 쏟아내야 한다는 거북한 강박증 때문일 수 있다.

타자의 평판을 인식하는 자아는 조금이라도 부정적 식견에도 좌절감과 자책감이 들 수도 있다. 타자의 평을 의식하며 '자아(非)'를 동원하여 끊임없이 자신을 관리해야 하는 일은 피곤함이지만 사회생활을 하는 사람들은 타자의 평판과 인식을 무시하며 살 수가 없다.

많은 사람 속에서 하는 행동과 단둘이 있을 때의 모습이 너무 다른 사람도 있다. 언제나 대중 속에서 웃음과 관심을 끌지만 단둘이 있을 때는 입도 뻥긋하지 않은 이중성에서 타인에 대한 의식 과잉의 단면을 관찰할 수 있다. 그에게 대중의 관심을 끄는 일이 그만큼 힘들었다는 간접증거다. 그렇게까지 두 개의 자아로 살 필요가 있을까?

쇼펜하우어는 은둔이야말로 본래 자기 자신으로 돌아가 마음의 안정을 가져오는 최상의 길이라고 말한다. 본래의 자신으로 돌아온 자연 상태에서는 인위적 노력이 필요 없다.

자아에 대한 타자의 인식을 서서히 거둬들이면 내 삶이 조금은 편해질 수도 있다. 고독 속에 홀로 사는 자연인들이 그런 부분에서 행복하다는 증언은 곳곳에서 발견할 수 있다.

나이가 들어서 현실적 필요성을 느끼지 않으면서도 사람들 속으로 들어가고 싶어 하는 건 일종의 '자아 상실'일 수도 있다. 왜냐하면, 우리는 언제나 혼자이고, 분명히 혼자 살다 혼자 죽기 때문이다.

외로움의 연습이 필요하다. 본인이 외로우면 안 된다는 터무니없는 가정은 자신을 견디기 어려운 고통 속에 밀어 넣을 것이다.

언젠가 우리는 혼자임을 깨닫는 날을 맞이할 모양이다. 미리 연습하지 않는다면 그 단계의 무한한 외로움과 소외를 어찌 견딘단 말인가!

나 하나 구원

절망은 구원의 통로이다. 나는 지금 절망을 통한 구원을 말하고자 한다.

인생살이는 고달프고 고통스럽다. 불교에선 '고해(苦海)'라 한다. 여기 바다 '해(海)' 자가 들어간 것으로 보아도 고통의 면적이 바다처럼 넓다는 뜻일 거다. 인생살이가 뜻대로 안 되고 고달픈 이유는 우리를 둘러싼 자연조건이나 인간조건 때문이다.

자연재해, 기상조건, 지리적 · 지형적 장애 같은 것은 인간의 의지를 무력화시키고 절망에 빠지게 한다. 하지만 자연이 주는 좌절을 인간들은 대개 잘 수용하는 경향이 있다. 자연은 너무나 비인간적인 무지막지한 물리적 현상이기 때문에 우린 그것을 자연으로 받아들일 뿐이다.

자연은 어쩔 수가 없더라도 우리에게 좌절과 고통을 안겨주는 으뜸은 인간이다. 그러므로 인간을 상대로 하지 않는 일은 오히려 쉽다고 생각할 수 있다. 말하자면 지식을 대상으로 벌이는 경쟁은 기본적인 지적 능력이 있고 열심히 하면 결실을 볼 수가 있다. 그런 의미에서 '공부가 가장 쉽다'는 말도 나온 거다.

하지만 상대가 있는 일, 즉 인간을 상대로 하는 일은 어느 것 하나 쉬운 일이 없다. 그 이유는 인간들 속에서 살아가야 하는 사회적 동물인 사람이 상대해야 하는 인간은 같은 사람은 하나도 없기 때문이다. 신체 조건부터 시작하여, 용모, 성격, 정서, 지적 능력, 인품, 사고방식, 교육 정도, 교양, 취향, 빈부 등이 모두 다르다.

사람이 다르면 그의 의지도 다르다. 세상은 그 의지가 대립하고 충돌하는 곳이다. 그러므로 다른 사람에게 나의 의지를 관철하려는 '희망'은 쉽사리 달성하기 어렵다. 남에게 나를 내주는 양보나 희생, 이익을 안겨주는 일은 쉬우나 그 반대의 일은 항상 난관에 부닥치게 되어 있다.

희망은 우리의 꿈이고 생각만 해도 가슴 벅찬 일이다. 그렇지만 '희망'에 지나치게 집착하면 '절망'은 항상 나의 것이다. 대개의 작문은 '절망'의 글이기 쉽다. '좌절'을 달래는 글일 수도 있다. '실패'의 글이 많다. '성공'과 '성취'가 있다면 그(그녀)는 글을 쓰기보다 밖으로 나가 덩실덩실 춤을 추거나 이 사람 저 사람에게 다가가 웃는 낯으로 성공담과 새 희망을 말할 것이며, 또 그에게도 찾아올 성공과 성취에 대해 전령이 되고자 할 것이다.

키르케고르(Kierkegaad)는 절망함으로써 자기 자신으로부터 탈피하고자 하는 것을 '절망의 공식'으로 보았다. 절망을 통해 자기 자신을 지키려는 자는 결국 자기 자신에게서 멀어지기를 원하지 않고 있다는 것이다.[58]

이룰 수 없는 희망은 고통스럽다. 그건 말하자면 운명 같은 것이다. 하지만 '희망'을 '절망'으로 대체하면 희망으로부터 도피할 수 있으므로, 일상화된 우리의 '절망'은 이미 절망이 아니다.

기대가 없으면 실망도 없듯이 희망이 없으면 절망도 없다. 그렇지만

◇◇◇◇◇◇◇◇◇◇◇◇

58) 키르케고르, 《죽음에 이르는 병》, 강서위 옮김, 동서문화사, 2016, p.193

XI 자기 구원에 대하여

살아 있는 인간에게 어찌 새로운 '소망'이 없을 수가 있을까. 따라서 사람들은 그것이 질곡의 노래일지라도 '절망'의 노래보다 '희망'의 노래를 좋아한다.

사실 '절망'은 좌절된 '희망'으로부터의 자기 구원이다. 실현되지 않는 희망을 일단 절망으로 치환해버리고 체념하면 고통은 반감된다. 또한, 절망은 '희망'과의 내통(內通)이며 나약한 '희망'의 은밀한 노출이기도 하다. 궁극적으로 인간의 '절망'은, '희망'하는 자신으로의 회귀를 꿈꾸는 나약한 의지의 반영이고 반전을 원하는 심사 같은 것이다.

이 대목에서 거룩하게도 종교나 신을 언급하며 인간적 노력에 찬물을 끼얹을 수도 있으나 그것도 구원의 일종이므로 틀린 말은 아니다….

'절망'의 넋두리는 흔히 예술이 된다. 그 '대상애'의 좌절이 '자기애'가 되고, '자기애'의 넋두리는 문학이 되고, 음악이 되고, 그림이 되고, 무용이 되고, 연극이 된다. 이것은 프로이트(Sigmunt Freud)가 본 예술의 본질이기도 하고, 내가 주창하는 '예술론'이기도 하다.

작가는 세상에 '절망'함으로써 글을 쓸 수밖에 없다. 글을 쓰는 일은 결코, 재미있는 일이 아니다. 글은 규격화되고 표준화된 언어다. 용어나 단어는 내 맘대로 조작하거나 지어낼 수 없는 약속이다. 더구나 진실을 말해야 하고, 사실을 왜곡하면 안 되고, 역사적 사실이 아닌 것 혹은 허위정보를 살포하면 안 되고, 개인의 신상을 모독하면 안 되고, 불온하고 불결한 생각을 적으면 안 되고, 글에는 넘지 말아야 할 금도가 한둘이 아니다. 게다가 어휘의 선정도 신중하고 적합해야 하고, 무엇보다 논리상의 모순이 없어야 그 뜻을 지어내어 소통한다.

누구의 글이라도 무류성(無謬性)이 요구되고 책임이 따른다. 그 이유는 노래, 그림, 무용, 공작물과 달리 글은 표준화되고 객관화된 제한된 범위에서만 해석하는 정신으로서의 공기(公器)이기 때문이다.

그리하여 몇 시간 글을 쓰고 나면 앞에서 언급했듯이 글이 갖춰야 할 조건에 머릿속은 공허 상태가 되어 지쳐 쓰러질 수도 있다. 글 쓰는 일은 누군가에게는 피할 수 없이 발생하는 현상이다. 글을 쓰는 고통보다 글을 쓰지 않는 고통이 더 크다면 글을 쓸 수밖에 없다.

그것은 미망(未忘)의 달램이며 상실의 어루만짐이며 고독의 위안이며 고통의 승화로서 환상 속의 '자기 구원'[59] '자기 위안' 혹은 '자아 실현' 이다.

구원이란 용어는 죄 속에서 벗어나 천국을 맞이한다는 종교적 메시지를 연상시키지만, 일반적으로 구원은 어려운 환경에서 벗어남, 혹은 위기 탈출하여 안전한 곳으로 도피 혹은 안식처에 도달함을 의미한다고 볼 수 있다.

글을 쓰고 있다면 그에게 고통스러운 날들이 지나가고 있다고 볼 수 있다. 그것으로부터의 도피, 즉 자기 구원을 추구하고 있는 셈이다. 하다못해 한여름의 '더위'도 그 대상이다. 하지만 한 계절에 국한하는 '더위'보다 잊고 내 던져버릴 것은 탐심의 '희망'이 아닌가. 고통과 좌절의 시간, 그때마다 '글'에서, 예술에서, 구원을 찾을 것이다. 모든 예술의 본질은 자기 구원이다. 그 이외에 다른 적합한 용어를 발견하지 못했다.

◇◇◇◇◇◇◇◇◇◇◇◇

59) '자기 구원'이란 용어는 아주 오래전에 소설가 박범신에게서 처음 나온 말이라고 기억한다. 그는 글을 쓰는 이유가 바로 '자기 구원'이라고 단정했다.

고통스러운 자, 글을 쓰고,

고통스러운 자, 뜻 모를 노래를 부르고,

고통스러운 자, 뭔가를 그려내고,

고통스러운 자, 알 수 없는 몸짓을 한다.

고통스러운 자, 자기가 아닌 자기로 언동을 한다.

그것이 끝나면 '절망'의 한 생애도 끝이 난다. 그래도 절망은 예술을 낳고, 예술은 구원을 낳는다. 그것이 차라리 일반화되고 정형화된 제도의 'Worship'이면 좋겠다. 그것이 종교다. 고통스러운 자, 소망하는 자, 교회나 사찰에 가듯이. '절망'은 '구원'의 대상이다.

글로 밥을 먹는 사람인 직업작가도 아닌 주제에 글을 쓰는 이유는 그림을 그리는 사람, 악기 연주를 하는 사람, 노래하는 사람의 이유와도 정확히 일치한다.

자기 안의, 미움, 원망, 분노, 반성, 회한, 절망감, 상실의 고통, 좌절의 고통, 질병의 고통, 미성취의 아쉬움, 알 수 없는 그리움, 외로움, 소외감, 심지어 울적한 마음은 자기 안에 도사리고 있는 달래줘야 할 나, 동행해야 할 나, 함께 슬퍼해야 할 나, 위로해야 할 나가 아니고 무엇일까.

이것을 거창한 말로 '자기 구원'이라고 칭하는 것이다. 이것은 자기 위안, 자기 포용, 자기 위무, 자기 해방, 자기 해탈, 자기 성취, 자기 회피를 아우르는 대명사라고 말할 수 있다.

자기만의 명예를 만들어 내는 삶

받는 인생보다 주는 인생이 낫다. 도움받는 인생보다 도움 주는 인생이 낫다. 그것이 아니면 주고받기도 훌륭한 인격적 상호성이 확보된 관계이다. 이것은 간단해 보여도 아주 쉽지 않은 일이다. 자기와 상관 없거나 이문이 없는 일에는 손가락 하나 까딱하는 것도 아까워하는 세상이기 때문이다.

칭찬은커녕 비난은 받지 말아야 하고, 받은 것만큼은 돌려주려는 상식적인 심사가 자존감이고 명예라고 볼 수 있다. 사람은 자기의 명예만큼 대접받는 세상이라고 생각할 수 있다.

자존심은 타인에게 받는 대접이 아닌 자신의 노력으로 자신을 스스로 드높이려는 명예심이어야 한다. 이런 자존심은 자기의, 자기에 의한, 자기만을 위한 명예가 된다. 자존심을 이기심과 대비하여 살펴볼 필요가 있다.

자존심은 주고 싶은 마음이나 이기심은 받고 싶은 마음이다.

자존심은 소망하지만 이기심은 시기한다.

자존심은 인사하지만 이기심은 먼저 인사받길 원한다.

자존심은 사랑을 실천하며 이기심은 사랑받기를 원한다.

자존심은 관용이며 이기심은 증오한다.

자존심은 손해를 감수하며 이기심은 이문을 취한다.

자존심은 스스로 위안을 받으며 이기심은 고통을 만든다.

자존심은 정직한 말을 하지만 이기심은 거짓말을 한다.

자존심은 겸양이지만 이기심은 오만불손이다.

자존심은 수치심을 느끼지만 이기심은 의기양양하다.

자존심은 반성하지만 이기심은 남 탓을 즐겨 한다.

자존심은 여유를 보이지만 이기심은 쫓기는 모습이다.

자존심은 내실을 원하지만 이기심은 과시를 원한다.

자존심은 노력을 원하지만 이기심은 운수를 바란다.

자존심은 베풀기를 좋아하고 이기심은 공짜를 원한다.

자존심은 빚지기를 원하지 않고 이기심은 갚기를 원하지 않는다.[60]

자존심은 성실하지만 이기심은 꼼수를 핀다.

자존심은 술을 사지만 이기심은 취기를 이용한다.

자존심은 명예를 원하지만 이기심은 수치를 부른다.

자존심은 자신을 소중히 여기고 스스로 대접하는 마음이며 남에게는 대접받기 원하지 않고 대접해 주는 일이다. 자존심은 스스로 만들어 낸 명예다.

암에 걸린 사실을 주위에 발설했다고 부부가 대판 싸움을 벌였다는 얘기를 들은 적이 있다. 사람들은 질병조차 자신의 불명예로 여길 정도로 명예에 집착하는 모양이다. 자기의 불행을 즐기는 타인의 모습을 상상했기 때문이 아닐까.

남에게 닥친 불행을 함께 염려할지언정 어찌 나의 즐거움일 수 있을까. 하지만 과연 그럴까? 우리는 남의 불행을 위로하는 척하지만 내심에서 그 모습을 즐기는 예도 있다는 사실을 알고 있다.

서로 갈등이 있어 배척하던 옛 친구가 영어의 몸이 되었다는 소식에 면회 가겠다며 멀리 가는 길을 동행하자고 내게 부탁하는 인사도 있었다. 사람의 처신이 어려운 이유는 해석이 구구하기 때문이다. 인간의

60) 라 로슈푸코, 《잠언과 성찰》, 이동진 옮김, 해누리, 2012, p.228

이중성은, 인과관계 혹은 전후 사정을 파악하지 않으면 그 진의를 알 수 없다.

진짜 명예는 욕망을 조절하고 부끄러운 짓을 하지 말아야 하지만, 욕망에 휘둘리고 생존을 위해 이런저런 요령을 부리는 고달프고 서글픈 우리의 인생이 아닌가 싶다.

오늘의 일상이 내일에도 계속된다는 보장이 없다는 생각은, 오래된 나의 생각이다. 그리하여 고안해낸 구호가 누구에게서도 들어본 적이 없을 듯한 '일일일사(一日一事)'다. 하루에 단 한 가지 일이라도 의미 있는 일 혹은 평소에 하지 않던 '짓'을 실천하는 것이 '일일일사'의 정신이다. 이것의 실행이 쉬운듯해도 전혀 그렇지 않은 이유는 의도적으로 실천 대상을 생각해 내는 일이 쉽지 않기 때문이다.

여행처럼 그렇게 거창한 '일사(一事)'가 아닌 일상 속에서 찾을 수 있는 평소에 하지 않던 의미 있는 일, 자주 안 보던 사람을 만나는 일, (형제자매, 친구, 지인에게) 안부를 묻는 일, 오래된 사진첩을 꺼내 보는 일, 걸인에게 선행을 베푸는 일, 푼돈이라도 기부하는 일도 '일사(一事)'에 속한다고 볼 수 있다. 매일 글 쓰는 일은 같은 '짓'이지만 다른 작문이 나오기에 '일사(一事)'로 간주하고, 독서도 정신의 여행으로서 당당하게 '일사(一事)'로 봐줄 수 있다.

'일일일사(一日一事)의 정신은 자존심과 관련이 있는 행위이다. 사실상 우리가 여차하면 내세우는 자존심은 타자에게 존귀 받으려는 이기심과 상통하지만 진짜 자존심은 그 정반대가 아닐까 싶다.

내 위에 또 다른 내가 나를 쳐다보고 있다고 믿으며, 그것이 '진짜 자존'에 바탕을 둔 명예라 여기면서 그나마 명예의 본질을 생각하며 '일사'의 실천을 모색한다.

하루에 한가지라도 의미 있는 일로서 '일일일사'의 정신은 자존을 증진하며 남이 모르는 자기만의 명예를 만들어 내는 삶이라고 믿는다. 남이 내게 해주기를 바라는 마음이 아닌 자존심은 자기의, 자기에 의한, 자기만을 위한 명예가 된다.

XI 자기 구원에 대하여

영혼의 수입과 지출

　문학 작품은 우리에게 뜬금없는 장광설을 늘어놓다가 그만 갑자기 끝을 맺는다는 느낌을 주는 허망한 이야기 같은 것이란 생각이 든다. 책을 읽지 않는 사람들이,

"그게 뭐야?"

"그래서 어쨌다는 건데."

혹은

"결론이 뭐야?"

　당돌하고 무자비한 속내를 드러내는 말이지만 어느 면에서는 맞는 말인즉슨 "그래서 어쨌다는 건데."는 글을 안 읽는 사람의 강변으로는 아주 합당하여 그따위 것을 보지 않아도 세상에 재미있고 중요한 일이 지천이고 그보다 중요한 이문이 생기는 일도 아니기 때문이다. 더구나 철학자조차 문학에 대한 인식의 일단을 다음과 같이 밝히고 있다.

　행복은 지속적 충족이 아닌 언제나 고통이나 부족으로부터 구

원된 것에 불과하므로 문학은 행복을 얻기 위한 몸부림, 투쟁, 노력만을 묘사할 뿐 결코 지속적이고 완전한 행복 그 자체를 묘사할 수는 없다.

문학은 수많은 난관과 위험을 거쳐 주인공을 목표까지 데리고 가서는 그곳에 도달하자마자 서둘러 막을 내려버린다. 주인공이 행복을 찾으리라 착각한 찬란한 목표는 그를 조롱한 것에 불과하고, 그가 목표를 성취한 후에 이전보다 더 나아지지 않았다는 것을 보여주는 것 말고는 이제 문학에 아무것도 남아 있는 것이 없기 때문이다.

쇼펜하우어의 《의지와 표상으로서의 세계》 제58장에 나오는 말이다.

문학은 주인공이 처한 한 시대에 어떤 일과 관련된 갈등, 고뇌, 비참함, 혼돈과 투쟁의 이야기일 뿐 설령 행복을 찾더라도 이야기는 어느 순간 마무리되고 만다.

영속적 행복은 존재하지도 않는 순간의 일이므로 이야깃거리가 될 수도 없어 더는 다룰 수 없는 것으로서 문학은 부질없고 하릴없는 이야기이며 말장난으로 비칠 수도 있으니 안 읽어도 된다는 주장은 아주 많이 틀린 말은 아니다.

현명한 사람의 일생이라면 아마 위인전기에 국한할지도 모르지만, 문학은 사람에 관한 이야기로서 한 시대 인생 종적의 한 단면이다.

배신하는 인간상, 믿을 수 없는 인간상, 희생하는 인간상, 헌신하는

XI 자기 구원에 대하여

인간상, 이기적인 인간상, 교활한 인간상, 짐승 같은 인간상, 고뇌하는 인간상, 질투하는 인간상, 무지에서 헤매는 인간상, 바보들의 이야기를 꾸며낸 것에 불과한 문학이다.

여러 인간상의 삶을 비추어 볼 때 문학에서 우리는 인생이 어떻게 흘러갈 것이라고 예단하는 수단을 찾아볼 수 있다. 그리고 그 속에서 인간이 얻고자 하는 '의지'의 속성을 알면 그토록 목을 맬 일이 별로 없다는 사실도 알 수 있다.

행복은 끝이다. 행복은 언제나 끝남 같은 거다. 그 행복이 찾아오면 우리의 눈은 다시 딴 곳을 쳐다보고 있다….

문학뿐만 아니라, 화음으로부터 불협화음을 거쳐 마지막에 화음으로 끝이 나고 더는 지속할 수 없는 음악도 지속적인 행복을 묘사할 수는 없다.

우리는 모두 금전 수지에 목을 매고 산다. 수입의 범위에서 지출한다. 지출을 늘리려면 수입이 많아야 하지만 만일 수입이 지출을 못 따라오면 채무가 발생한다.

그런데 우리의 정신 혹은 영혼에도 수입과 지출이 있다고 생각해 본 적이 있으신가? 영혼의 수입과 지출인 '영적 수지'라는 개념이 이 세상에 없어 생소하고 누구에게도 관심이 없을 테지만 영혼(정신)에도 수입과 지출이 있다.

영적 수입은 얻는 두 가지 방법은 사유, 깨달음, 독서 등이다. 경험에서 오는 깨달음이 영적 수입의 창구일 수도 있으나 직접경험에는 한계가 있어 사유와 간접경험이라 할 수 있는 독서는 영적 수입의 필수적 수단이다.

하루라도 책을 읽지 않으면 입안에서 가시가 돋는다는 말을 들어보지 않은 사람은 없다. 하지만 그 이유를 생각해 본 사람은 얼마나 될까. 혹여 있더라도 그 이유를 나름대로 알아차린 사람이 또 얼마나 될까. 오히려 책을 읽으면 입안에서 가시가 돋듯이 불편하고 머리가 아프다고 말할 사람이 얼마나 많을까.

우스갯소리로, 우리 국민의 독서율이 지구상에서 최고라고 여기는 근거는 지하철 안이든 어디에서도 모두 휴대전화를 들여다보고 있기 때문이다. 아마 그 속에서 의미 있는 글보다 잡동사니 뉴스 연예계의 뒤 소식을 읽거나 오락물을 보고 있음이 틀림없다. 그러나 뭔가 잠시도 쉬지 않고 읽고 있는 모습이지만 돌아서면 아무것도 남지 않으니 영혼이나 정신의 '수입'은 없다.

영혼의 수입 증가로 발생하는 지출 현상은 사람의 말이나 행동을 변화시킬 가능성이 크다. 설령 행동이 안 변하더라도 생각은 변할 수 있고 이것이 말이나 글로 표출될 수도 있다. 타자의 영적 수입이 얼마나 되었는지는 알 수 없지만, 지출을 보면 수입이 있었는지 알 수도 있다. 만일 항상 그 모양 그대로 행동하고 말한다면 영적 수입이 없었다고 봐야 할 거다.

금전상의 수입보다 지출이 많은 시간이 누적되면 결국 '빚쟁이 인생'이 되듯이, 영혼의 수입과 지출이 맞지 않을 때 즉, 영적 수지가 맞지 않을 때, 나타나는 현상은 무엇인가?

정신적 양식이 부족하면 '혼자 있을 때'를 참지 못하는 증상이 우선하여 나타난다. 정신 소양의 부족을 사람으로부터 채우려고, 찾아 나서며 함께 할 시간을 갖지만, 잡담이나 잡기로 위안을 얻을 뿐, 여기저기 기웃거리다 빈손으로 돌아가는 자신을 발견하는 길이 허망하다.

생존을 위한 사교는 필요하지만, 본질에서 사교에 남는 것은 아무것도 없다는 것을 알게 될 때쯤이면 이미 노년의 신분일 수도 있다. 더구나 사람은 기쁨을 주는 존재이기보다 실망을 주거나 갈등을 유발하는 요인이기 쉽다. 그나마 함께하다 홀로 되면 참을 수 없는 외로움에 스스로 비참해진다. 더구나 외로운 시간이 두려워 '자신을 낮추어 저급한 인물들과 교제하는 일은 하지 않은 편이 좋다'[61]는 말은 경청할 필요도 있다.

'영적 수입'이 부족할 때 삶은 공허하고 마치 물결에 표류하는 나뭇잎처럼 흐느적거리다가 이런 때 고통스러운 일이라도 발생하면 인생은 걷잡을 수 없는 불행에 빠져든다. 설령 경제적 수입이 적더라도 영적 수입이 있으면 굳건히 살아갈 정신의 토대가 되어 그것만으로도 불행해지지 않을 수도 있다.

그 책을 발간하고 3년 뒤에 죽은 톨스토이가 스스로 대표작이라 일컫는, 저술 기간만 15년 이상이 소요된, 365일 일기체로 쓰인 《인생이란 무엇인가》는 그의 마지막 저작이다.

성경, 불경, 공자, 노자, 장자, 마르쿠스 아우렐리우스, 파스칼, 칸트, 루소, 피타고라스, 에머슨, 존 러스킨, 쇼펜하우어, 탈무드, 소로우, 소크라테스, 세네카, 아우구스티누스, 에픽테토스, 무명의 잡지 발

61) 쇼펜하우어, 《쇼펜하우어 인생론》, 박현석 옮김, 나래북, 2013, p.316

행인 루시 말로리의 사상까지 모두 섭렵하며 자기의 글을 곁들인 《인생이란 무엇인가》는 두께만 약 1천 2백 쪽에 달하는 방대한 분량이다.

그는 죽기 5년 전부터 하루도 빠짐없이 그 책에 제시된 그 날의 생각을 읽었고, 누구보다 지혜로운 사람들과 교류하지 않고서 어떻게 살 수 있는지 이해할 수 없다는 서한을 친구에게 보내기도 했다.[62]

우리 격언에 "하루라도 글을 안 읽으면 입안에서 가시가 돋는다."라는 말도 있으나, 톨스토이는 다가오는 죽음 앞에서 만년에 자신의 정신의 결정체인 마지막 저서를 딸에게 낭독해 달라고 했으니 '영적 수입'은 죽는 날까지 필요한 것이라 여길만하다.

다음으로 살펴볼 부문은 글쓰기와 관련된 영적 수입의 문제이다. 글이 써지지 않을 때는 타자기 앞에서 피를 흘리는 기분이라고 어니스트 헤밍웨이는 말한다. 의식의 샘이 마르거나 어떤 일로 의식의 흐름이 막히면 글을 쓸 수가 없다. 의식의 샘은 영혼의 수입으로 생기는 것이고, 의식의 단절은 잡동사니 같은 현실적인 일이 초래한 결과이다.

작가에게 필요한 네 가지 요소는, '독서+사색+글쓰기+글 정리'로 요약된다. 여기서 사색과 읽기가 영적 수입이요, 글쓰기는 영적 지출이고 글 정리는 청소 혹은 정돈 작업 같은 거다.

나이가 들어가면 길어야 하루에 통산 2~3시간 정도 정신 활동에도 더는 두뇌가 작동하지 않지만 젊어서는 지구력이 있어 생업에 쫓기더라도 시간을 내어 영적(정신) 수입에 관심을 두어야 한다.

삶이 고통스럽고, 그 의의를 찾기 어렵다 해도 살아내야 하는 과정

◇◇◇◇◇◇◇◇◇◇◇◇

62) 레프 톨스토이, 《인생이란 무엇인가》, 채수동 옮김, 동서문화사, 2021, p.1196 참조

XI 자기 구원에 대하여

이므로, 이를 뒷받침할 만한 정신적 소양을 갖춰야 하고, 이는 정신의 수입에서 그 답을 찾을 수 있다.

그런 의미에서 해도 그만 안 해도 그만인 일에 시간을 죽이는 무의미한 활동은 하지 않는 편이 현명하다. 재산 늘리는 일에서 삶의 의의를 발견할 수도 있고, 성교를 한 번이라도 더 하는 데서 삶의 의의를 찾고, 공놀이를 한 번 더 하며 행복을 느끼고, 기를 쓰고 '한 자리' 차지하는 데서 일생의 의의를 발견할 수 있을지 모르나, 해보면 그 공허함을 알 수 있다.

발견할 과제로서 삶의 의의는 각자만의 체험이고 아니면 미발견 상태로 그냥 살다 죽어도 되지만 쇠털같이 많은 날, '그렇고 그런' 일상 속에 살다 가기엔 인생이 너무 의미 없고 허무하단 생각이 들 수 있다.

인생 의의를 발견하려는 노력은 그 결과의 획득과 무관하게 필요한 과정이 아닐까 싶다. 그런데도 뭔가 갈급하고 부족한 느낌이 드는 이유는 새롭게 채워지는 정신이 '미완성의 정신'을 일깨워 주고 있기 때문이다.

그렇지만, 인생은 완성이 아닌 미완성 상태로 끝이 나며, 문학은 한때를 살아간 인생 단면의 표상일 뿐이라고 생각할 수 있다. 인생이 그렇듯이 문학이 그렇듯이, 미완성이다. 세상의 모든 강물이 흘러들어도 바다를 다 메울 수 없다는 늙은 솔로몬의 말에 위안을 얻는다.

"그래서 어쨌다는 건데."

혹은, "결론이 뭐야?"

'결론은 없다'가 결론이다.

결론이 있다면 그토록 장황하게 말할 필요가 없을 듯하다. 그러나 결론이 없다는 것만 알면 그것으로 모든 문제가 해결되고 삶의 지침으로 삼을 수가 있을까.

삶은 결론을 내야 하는 일이 아닌, 길다면 길고 짧다면 짧은 과정의 여정일 뿐이다. 어떤 길을 거쳐 죽음에 도달하는 여행인가, 그것이 문제다.

XI 자기 구원에 대하여

톨스토이의 '파스칼' 소고

파스칼의 《팡세》를 두 번 읽었다. 첫 번째는 10대 시절이었고 두 번째는 환갑 무렵이었다.

첫 번째 읽은 《팡세》는 천주교 세례를 받았을 무렵이므로 천주교 신부님의 추천이거나 아니면 천주교를 알아가는 과정에서의 '일어난 일'이었던 것 같다. 하지만 내용이 단편적이라 잘 이해되지는 않았고 본시 천재들이 하는 말이 다소 뜬금없는지라 독백같이 생각되었다.

두 번째 환갑 무렵에 다시 읽게 된 동기는 고교 때 읽은 《팡세》에 대한 잔상이 남아 있었고 이제 다시 파스칼이 무엇을 말하려 하는지 인생을 살 만큼 산 나이가 되어 다시 알아보고 싶은 일종의 허영심에 바탕을 둔 '정신적 번뇌' 때문이었던 것 같다.

파스칼의 생애와 생각을 자기 나름대로 요약한 톨스토이[63]의, 말하자면, 짧은 '파스칼' 평전 같은 글을 통해 파스칼을 더욱 잘 이해할 수 있게 되었다. 요즘 말로 하면 파스칼에 대한 '과외 공부'랄까….

수학자, 물리학자, 공학자, 철학자, 신학자를 겸하는 파스칼의 생애는 학문적 명예와 신앙 사이의 번민이었다. '그는 네덜란드 신학자 얀센의 저서를 읽고 큰 충격을 받은 것 같다'.

그 내용은 인간에게는 '육체적 번뇌'와 '정신적 번뇌'가 있다는 점이

---

63) 레프 톨스토이, 《인생이란 무엇인가》, 채수동 옮김, 동서문화사, 2021, pp.615~622

다. 아울러 신학자 얀센은, '인생의 의미'에 대해서는 그것에 대한 가르침이 존재(有)한다는 믿음과 그 가르침을 발견하는 일이 행복에 이르는 두 가지 믿음이라고 말했다.

육체적 번뇌는 '육적 인간'으로서 고통을 불러오는 오는 질병, 육체의 요구에서 파생하는 정욕, 안락함, 쾌락 등의 문제라고 볼 수 있다.

한편 정신적 번뇌라고 함은 양심의 문제, 의미의 문제부터, 공명심, 명예욕, 시기심, 질투, 분노, 증오, 봉사 헌신 등의 문제까지 포함한다. 인간에게 육신 이외에 정신의 욕구로 인한 번뇌도 만만치 않아 오히려 육체적 번민을 넘어설 수도 있다. 정신적 번뇌 중에 무엇이 문제인가는 자신이 처한 조건에 따라 달라진다.

파스칼은 연구자로서의 명예 혹은 명성과 신앙 사이에서 갈등을 겪었던 것 같다. 허리에 못이 박힌 허리띠를 차고 다니던 파스칼은 세상이 그의 학문적 업적을 칭송할 때마다 명예심과 자만심을 떨쳐버리고자 허리를 강하게 자극하여 몸을 찌르도록 하는 방법을 쓰기도 했다니 그의 정신적 번뇌 정도를 짐작할 수 있다.

아마 그가 그토록 명예와 자만심을 경계한 이유는, '지식욕의 만족'이라는 정신적 번뇌는 고상하지만, 인간을 신에게서 멀어지게 한다는 얀센의 지적을 받아들인 결과로 보인다.

보통사람은 정신적 번뇌는커녕 육신의 번뇌 차원을 벗어나지 못한 채로 죽어간다는 생각을 하면 삶이 참으로 초라하다는 생각을 하게 된다.

모든 재산을 가난한 사람에게 나누어주고 검소하고 엄격하게 살았으나 본래 병약하여 39세에 죽은 파스칼은, 질병은 모든 세속적 행복과 육체적 쾌락을 포기하는 것을 가르치고 한평생 우리를 지배한 욕정

XI 자기 구원에 대하여

에서의 해방이며 명예와 물욕을 극복하여 죽음을 기다릴 수 있는 상태로 도와준다고 말했다. 죽음이 닥친 순간에는, "주여 저를 버리지 마옵소서." 이 말을 마지막으로 세상을 떠났다고 전한다….

파스칼은 젊은 날에 실연의 경험도 있어 욕정의 번뇌가 없었다고 볼 수 없으나 그에 대한 흔적이 없음으로 보아 그에게서 육적 번뇌가 그다지 고통스러운 문제가 되지는 않았던 것 같다.

아무튼, 그는 신이 없는 불행, 신이 있는 행복을 주장하는 것이다. 속세적 대성공을 거두었음에도, '인생의 의미'에 대한 회의에 빠져 자살 유혹에 시달렸던 톨스토이는 파스칼을 연구하며 많은 위안과 도움을 받은 것으로 보인다.

> "자기 부정은 자신을 부정하는 것이 아닌 자신 속의 동물적인
> 부분을 부정하는 것이다."[64]

자기 부정은 동물적 자아를 죽이고 정신적 자아로 의식의 중심이 옮겨가는 과정이다.

---

64) 레프 톨스토이, 《인생이란 무엇인가》, 채수동 옮김, 동서문화사, 2021, p.694

어떤 자유론

그대가 삶에서 추구하는 가치가 무엇인가, 물으면 아마 10인 중에 즉답하는 사람은 잘해야 한두 명 있을까 모르겠네. 오히려 질문 요지를 파악 못 하는 사람도 있을 거고, '가치'가 무엇인가 되묻는 사람도 있을 수 있지.

'바보'는 무엇을 위해 살았는지 금방 답변을 못 하는 사람이야. 왜냐하면, 자신의 삶과 생각이 지향하는 곳이 무엇인지도 모르고 되는대로 내지르고 살았으니 그렇지.

그러나 실상, 특별히 맹목적인 '바보' 같은 인간 이외에는 모두 삶에서 어떠한 가치를 추구하는 중이지만 그 삶을 반추하거나 분석해 본 일이 없으므로 즉답을 하지 못할 뿐이야.

예컨대 오로지 금전에 매몰되어 사는 사람, 성적 쾌락을 좇아 사는 사람, 사람을 거느리기 좋아해 권력을 탐하는 사람, 경쟁심에서 출세에 눈먼 사람, 인기에 목숨 거는 사람, 맹목적으로 일 중독에 빠져 사는 사람, 사치와 허영심에 들떠 사는 사람, 자존감 하나로 사는 사람, 성직자처럼 성스럽게 사는 사람, 명예를 드러내며 뽐내기를 목숨처럼 여기는 사람 등 수많은 유형의 사람이 있지. 물론 이런 것들이 복합적으로 나타나는 '규정할 수 없는 존재'로서 인간이기도 하지만 특징적인 면을 우선해서 언급하면 그렇다는 거지.

그러나 그렇게 관찰된 삶의 형태는 표면에서 나타나는 현상일 뿐이고 본질에서 사람의 언행과 생각을 지배하고 명령하는 정신의 중추가 있다고 보는 것이지. 그것은 마치 핵과 같은 존재로서 한 인간을 지배하는 사령탑과 같아.

사람의 생애는 그것이 그려내는 역정이지. 내가 말하는 삶의 가치는 그것을 말하는 것일세. 그러므로 가치는 돈, 섹스, 권력, 명예, 인기, 잡기, 위락 등과 같이 구체적인 것이 아닌 포괄적이며 관념적이라고 볼 수 있지.

누군가가 인생에서 '성공하는 中'이라 말하면 그 친구는 '네가 무슨 일에 성공했단 말인가?' 아마 입에 거품을 물고 달려들 것일세, 거룩하게는 사회에 어떻게 이바지하고 헌신했으며, 얼마나 알아주는 유명한 사람이 되었으며, 실물 재산을 얼마나 쌓았으며, 직무에서 이룬 업적이 무엇이며, 계급은 어디까지 올랐으며, 자식들을 얼마나 잘 훈육하였느냐며 따지면서 기세를 올릴지도 모르네.

그는 돈이 많은 사람만이 오로지 부자라는 가치관을 지니고 사는 사람이니 아마 자기보다 재력이 많고 적음에만 혈안이 되어 상대방을 파악하고 있을 것일세. 그런 부류의 인간은 재산이 아주 많은 사람 앞에서는 말 한마디 못 하고 벙어리 시늉을 할 테지만 말이야. 참으로, 비루한 인생이지.

하지만 그에 대한 '가치' 없는 비판은 그만두기로 하세. 무슨 가치를 중히 여기며 살았는지는 잘 알 수 없기에 하는 수 없이 한 인간을 예로 들어 설명해야겠네.

내가 생에서 추구한 유일한 가치는 자유였다네. 어렵게 생각할 필요도 없이, 자유는 '내 맘대로 하는 거야', 자극적으로 말하면 '끌리는 대로 사는 거지'. 자유는 속박의 상태에서 벗어나는 일이야, 속박은 네 가지 측면에서 발생한다고 볼 수 있지. 건강, 재물, 시간과 사회생활이 그것이지.

건강이 우리네 삶에 자유를 억압하는 요인인 것은 모르는 사람이 없을 터이니 더는 긴말이 필요 없을 듯하네.

재물의 결핍은 소유와 향유의 제한이나 속박을 초래하지. 먹고 싶은 것을 참게 하는 속박이며, 가고 싶은 곳을 못 가게 하는 속박이며, 잠자고 싶어도 참아야 하는 속박이며, 도와주거나 인심을 쓰고 싶어도 억눌러야 하는 제한이며, 거주 선택의 자유에도 제한이 따르고, 심하면 금전 상환의 의무를 발생시키기도 하지. 즉 금전상의 이유로 자유가 훼손되기에 그 자유를 원하기에 사람들은 그토록 그것에 환장하는 거지.

또한, 시간과 사회적인 자유는 매우 중요하네. 우선 아무리 수입이 좋은 일이라도 개인 시간이 나지 않는 직업은 자유의 속박 속에 있다고 여겨지네.

사회적으로 하고 싶지 않은 일은 안 하기, 맘에 안 들면 직장 때려치우기, 윗사람 보기 싫으면 혼자 하는 직업 찾기, 늦잠 자도 되는 직장 찾기, 맘대로 전업하기. 사회적 관계상의 자유로서 보기 싫은 사람은 꼬락서니 안 보기, 재수 없는 인간 욕해주기, 좋은 사람에겐 추파를 던져 꼬드기기….

그렇다고 완전히 자유를 누리는 것은 아니네, 자유에는 언제나 한계가 있기 마련이어서 그것을 지키면서 될 수 있는 대로 자유의 영역을 확장하거나 신장하는 삶을 추구하는 일이 또 다른 자유의 역할이지.

가치가 상충하는 일은 천칭이 기우는 편을 택할 뿐이야. 그러니까 다른 측면을 일체 무시하고 사는 것은 아니지. 행복 추구 관점에서 건강상의 자유는 기본이고, 경제적 자유, 즉 금전적 자유와 더불어 사회적 선택의 자유가 중요하다는 뜻이네. 내 말을 듣고 보면 사람들이 추구하는 가치는 대개 '자유'가 아닌가 싶네.

자유는 그렇게 무엇을 누리는 상태이기도 하지만 한편으로 무엇이 '없어도 되는 상태'를 지칭하기도 하지. 그러니까 자유를 신장하려면 뒷받침하는 '정신'이 필요하다는 거지. 갑자기 실물적 얘기를 하다 '정신'이라니, 이게 무슨 소리야?

위에서 말할 것들이 모두 가능한 사람은 아마 없을 것이네. 그러니까, 결핍과 속박이 있어도 그런 상태에서도 자유로운, 즉 그것 없이도 살 수 있는, 내 마음을 자유의 제한이 없는 상태로 만들어야 한다는 뜻이네!

자유가 속박되지 않도록 노력하고 진력하고 그래야겠지만 안 되면 마음을 바꿔먹어야 한다는 말일세. 간단한 원리이지. '있어도 좋고 없어도 좋은' 상태의 추종 같은 것이니까.

먹고살려면 싫어도 직장에 나가고 힘든 일도 마다하지 않으며 군말 없이 살아가는 모습이 바로 한정된 자유를 구가하는 모범적이고 자기희생적 모습이라고 말할 수 있지.

결론적으로 자유를 구가하려면 정신의 힘을 갈고닦는 일이 제일 중요하고 부차적으로 경제적인 힘을 기르고, 사회적 관계에 목매지 않고 홀로 사는 연습이 필요하다는 게 나의 주장일세. 그러니까 느낌만 아니라, 생각을 좀 하며 사는 편이 자유에 가깝네. 느낌은 생각에 앞서 분노를 일으켜 자신의 자유를 망가트릴지도 모르니까.

하지만 생각만 있고 느낌을 무시하는 냉혈한은 그의 능력을 과소 평가받고 거부감이 들어 한 방에 벼락을 맞는 일도 발생하지만, 그 얘기는 이번에는 논외로 하자고.

종교적 의미만 제거하면, 진리가 너희를 자유롭게 한다는 말도 정신가치를 추종하라는 의미가 아니던가. 아무렴, 자유로워야지. 그것이 제일 중요한 가치이지.

한편 아리스토텔레스는 《니코마코스 윤리학》에서 우리가 피해야 할 덕목으로 악덕, 자제력 없음, 그리고 짐승 같은 상태를 말하였지. 아무리 자유가 소중해도 짐승 같은 욕정은 자제의 대상이므로 참아야 하지 않겠나 싶네. 나는 참고 말고도 없네. 욕정이 없으니 말일세. 그러니까 그 상태는 노년이 주는 자유의 선물 중의 하나일세.

자유의 본질을 알고, 그것을 획득하려 노력하고, 안 되는 부분은 마음으로 다스려 자유를 찾고, 자유를 제한할 욕정의 문제를 알고, 있으면 좋고 없으면 없는 대로 맘속에서 자유를 찾았다면 그대의 삶은 '성공'하는 중일세.

그러니 누가 성공한 인생이라고 말할 때, 배 아파할 필요는 없지. 그러지 말고 이 기회에 그대의 자유는 안녕하신지, 한번 살펴보시게나.

그대의 자유를 위하여!

희망의 속삭임

    Mantovani, Percy Faith, Paul Mauriat는 소규모 악단의 지휘자 겸 작곡자, 편곡자로서 주로 'Easy listening' 계열이나 'Mood music' 풍의 곡을 연주했다.

    50~60년대 활약한 Mantovani, Percy Faith 악단의 연주는 개인사적으로 보면 초등학교에서 중고생까지 흔히 들을 수 있었다. 평생 가장 많은 상상력과 감수성을 자극하고 기쁨과 위안을 준 예술 장르는 아마 음악이 아니었나 회상한다.

    50대 중반까지는 음원을 꾸준히 모으기도 하고 듣기도 하고 그랬지만 그 나이가 지나서는 슬그머니 음악과 거리가 멀어져 가고 있다. 감수성이 둔해지고 세파에 찌들어 현세적이고 물질적인 것이 아니면 관심을 두기 어려운 그야말로 식충인간이 되기 시작한 무렵도 그때쯤이다.

    인제는 내게서 멀어져 간 음악이지만 이따금 듣는 음악은 젊은 날의 장면을 떠올리며 스쳐 간 기억을 산책하게 만든다.

    Paul Mauriat 악단은 2천 년대 초반 내한 공연할 때 푸른 상의 재킷을 입고 연주하던 모습이 기억에 남았으나 그때는 이미 Paul Mauriat가 아닌 사람이 지휘자였다.

    그리고 2천년대 초반까지 활동한 당대 유명한 피아노 연주자로 아일랜드 출신, Phil Coulter가 있다. 특히 이 사람의 애조를 띤 연주는 은은히 가슴을 파고드는 매력이 있어 여느 피아노 연주가와는 사뭇 다른 느낌을 준다.

학교 때 음악책에도 나왔던 것으로 기억하는 노래 〈희망의 속삭임, Whispering Hope〉은 성가곡으로 쓰일 정도로 희망의 노래이다. 이 노래의 압권은 "Hope for the sunshine tomorrow after darkness is gone(어둠이 가고 내일의 태양에 대한 희망)."이다.

희망. 희망. 희망.

언제부터인가 우리는 희망을 잃고 살아왔는지도 모른다. 아니, 그 시기를 알 수 없도록 희망이란 단어가 생소한 기간이 우리에게 아주 길었는지도 모른다.

인간에 대한 희망, 세상에 대한 희망이 얼마나 어리석고 어처구니없는 것인가, 수많은 배반과 횡포, 절망, 시대가 주는 진한 어둠 속의 세월을 살아내며 희망은 어느덧 힘을 잃고 말았다….

믿을 것은 자연밖에 없다는 생각이 들기 시작한 노년이 되면서 서서히 멀어진 음악이었다. 그렇다면 희망은 없어도 좋은 것인가? 체념과 실망의 대안으로 희망은 품지 말아도 좋은 것인가?

그렇다면 고작 우리의 희망은 무엇에 관한 것인가? 십중팔구 입에 오르내리기 거북한 '저열한' 희망일 가능성이 크다. 기껏 '돈', '명예', '출세', '섹스', '위락'….

실상 우리의 삶이 거기에 목을 매고 평생을 산다고 볼 때 속된 욕망을 탓할 일은 전혀 아니다. 그래도 우리는 음악에서 한 가닥 희망을 발

XI 자기 구원에 대하여

견할 수 있으니 음악에 위안을 맡기는 편도 좋다. 건강상태가 그다지 좋지 않은 사람에게 독서와 글쓰기는 무리한 일이고 대안으로서 음악 듣기가 좋아 보인다.

2천 년대 초반까지 활약한 Phil Coulter의 독특하고 애절한 피아노 연주곡 〈Whispering Hope〉를 듣는다. 연달아 사망한 그의 친형제를 목격한 경험이 있는 그의 연주는 영혼을 달래는 힘이 있다고 믿어진다.

그래도 실망보단 절망보단 희망이 낫다. 희망 외에 달리 다른 마음을 가질 방법이 없다. 자연도 희망이요, 음악도 희망이요, 시도 희망이요, 노래도 희망이다….

"Hope for the sunshine tomorrow after darkness is gone."

어둠이 가고 광명이 찾아온다잖아!

기다려 보자.

우리는 질병이 낫기를 간절히 희망한다. 우리의 희망은 일어나지 않아야 할 일들이 정상으로 돌아오기를 바랄 뿐 새로운 이득이 없는 처량한 경우가 대부분이다.

그나마 희망이 충족되면 이내 권태가 시작된다. 우리의 희망은 대부분이 본시 품지 않아도 될 것이었다. 잃어버린 건강을 다시 찾을 거라는 희망은 당초에 생각지도 못한 희망이었고, 가버린 사랑이 다시 찾아

올 거라는 터무니없는 희망은 머물러 있어도 잘 모를 일상이 지난 후의 일이고. 날아간 재물이 다시 들어올 거라는 희망은 있을 때는 망각하고 살았던 자만의 소산이다. 그래도 희망이 실망보다 좋고 절망보다는 더욱 좋은 것이 아닌가.

"지나가 버린 날들 하루하루가 얼마나 무의미하고 공허하고 무기력할까! 그가 남긴 발자취는 얼마나 미미한가! …그런데도 인간은 살기를 원한다…. 미래에 희망을 걸어본다…."

"인간은 왜 다가올 날들이 방금 지나가 버린 날들과 다를 것이라 상상할까?"

"'내일, 내일!' 스스로 위로해 본다."**65**

"Hope for the sunshine tomorrow after darkness is gone."

어둠이 가고 희망의 태양이 다시 떠오르길 기다린다. 그것은 폭풍우 지나고 구름 속을 헤치며 나오는 희망의 태양 같은 것이다.

---

65) 이반 세르게예비치 투르게네프, 《사랑은 죽음보다 더 강하다》, 조주관 옮김, 민음사, 2018, p.99

후
기

젊어서 이따금 해오던 글쓰기가 2013년 여름부터 거의 매일의 일이 되었으니 올해는 만 10년이 되는 해이다.

그간 겁 없이, 《철학하는 공학사의 인생론》(2015년), 《후회할 짓도 하며 살아야》(2017년) 2권의 책을 발간한 이후 6년이 흐른 지금까지 쓴 글의 분량이 거의 4천 쪽에 가깝다.

무슨 일이든 10년은 해야 초보를 면하고 전문가가 된다는 속설은 그다지 신경 쓰이는 말은 아니지만, 은근히 그 말이 맞는다는 외경심도 있는 지금이다.

처음보다 자유로워지기는커녕 글쓰기에 두려움이 많아지고 역량의 부족을 느끼며 자신의 글에 대한 만족도가 오히려 낮아지고 있다.

그렇지만 지난 1년 사이 눈병이 나고, 당뇨가 생겨 앞으로의 건강을 담보할 수 없다는 절박감에 우선 지난 1년간 쓴 글을 모아 발간하기로 하여 이 책을 펴낸다.

무엇 하나 대단한 생각과 예지가 있는 글도 아니지만 70 평생 경험, 독서와 사유의 결과물로서 독자의 인생에 티끌만치는 도움이 될 부분이 있을지도 모른다는 생각에 발간을 결심하였다.

저자는 자기의 책이 읽히기를 원하지만 그런 일은 잘 일어나지 않을 것을 잘 알면서도 글을 쓰는 것보다 쓰지 않는 편이 더 힘들었던 자기 구원의 기록으로 이는 타자에게도 필요한 과제라고 여기며 이 책을 남긴다.

이 책은 쇼펜하우어의 지적처럼 독자의 시간만 잡아먹는 허섭스레기 '나쁜 책'이 아님을 확신한다. 교정에 많은 시간을 보낸 딸 자영에게 고마운 마음을 여기에 적는다.

**비교하는
인생에**

행복은 없다

초판 1쇄 발행   2024. 2. 19.
　　2쇄 발행   2024. 7. 17.

지은이 송영우
펴낸이 김병호
펴낸곳 주식회사 바른북스

편집진행 박하연
디자인 양헌경

등록 2019년 4월 3일 제2019-000040호
주소 서울시 성동구 연무장5길 9-16, 301호 (성수동2가, 블루스톤타워)
대표전화 070-7857-9719 | **경영지원** 02-3409-9719 | **팩스** 070-7610-9820

•바른북스는 여러분의 다양한 아이디어와 원고 투고를 설레는 마음으로 기다리고 있습니다.

이메일 barunbooks21@naver.com | **원고투고** barunbooks21@naver.com
홈페이지 www.barunbooks.com | **공식 블로그** blog.naver.com/barunbooks7
공식 포스트 post.naver.com/barunbooks7 | **페이스북** facebook.com/barunbooks7

ⓒ 송영우, 2024
ISBN 979-11-93647-03-5 03810